El Mercenario

STEVEN PRESSFIELD

EL MERCENARIO

Traducción de Ignacio Alonso Blanco

ALMUZARA

Título original: A Man at Arms
Original edition: W. W. Norton & Company, New York, 2021

Primera edición: noviembre de 2021

Editorial Almuzara • Colección Novela histórica
Director editorial: Antonio Cuesta
Edición de Javier Ortega

www.editorialalmuzara.com
pedidos@almuzaralibros.com - info@almuzaralibros.com

Imprime: Romanyà Valls
ISBN: 978-84-18757-20-4
Depósito Legal: CO-992-2021

Hecho e impreso en España - *Made and printed in Spain*

Índice

Para Diana

Si hablo en lenguas humanas y angelicales, pero no tengo amor, no soy más que un metal que resuena o un platillo que hace ruido. Si tengo el don de profecía y entiendo todos los misterios y poseo todo conocimiento, y si tengo una fe que logra trasladar montañas, pero me falta el amor, no soy nada.
Corintios 13: 1-2

Una cosa es estudiar la guerra y otra vivir la vida del guerrero.
Telamón de Arcadia, mercenario antes y después de Cristo.

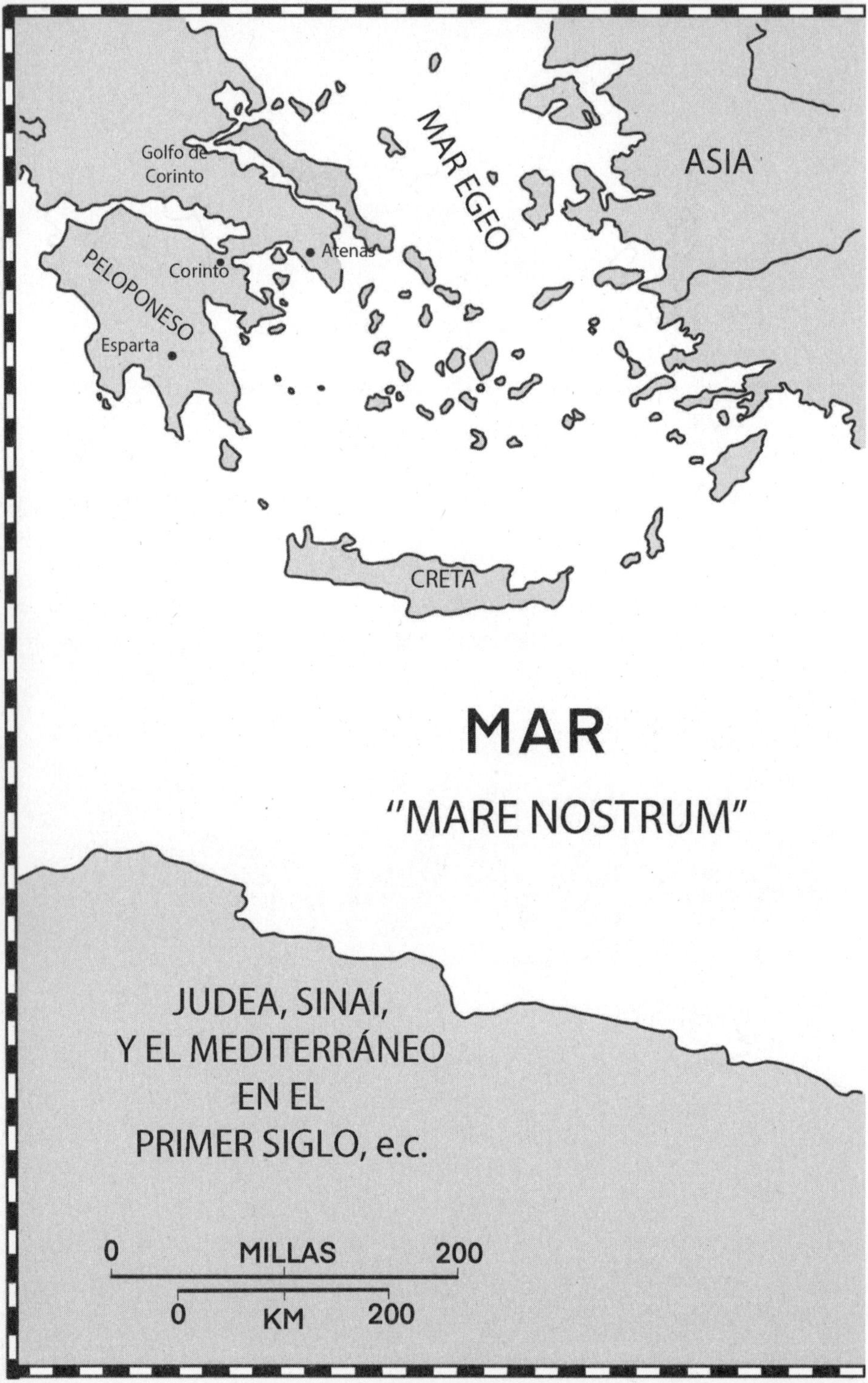
MAR EGEO
ASIA
Golfo de Corinto
Atenas
Corinto
PELOPONESO
Esparta
CRETA
MAR
"MARE NOSTRUM"
JUDEA, SINAÍ, Y EL MEDITERRÁNEO EN EL PRIMER SIGLO, e.c.
0 MILLAS 200
0 KM 200

CAPADOCIA
LICIA/PANFILIA
CILICIA
SIRIA
CHIPRE
MEDITERRÁNEO
CELESIRIA
GALILEA
Mar de Galilea
SAMARIA
SAMARIA
Jerusalén
JUDEA
Ascalón
Gaza
Mar Muerto
Narices Cortadas
Los corrales
IDUMEA
NABATEA
Alejandría
Pelusio
Aqueducto
Abandondo
Valle de
Lavanda
El Hormiguero
Gran
Lago Amargo
EGIPTO
DESIERTO
DE SINAÍ
Río Nilo
Mar Rojo

Libro primero
Legio X

I
Un hombre armado

Hay en Judea, en la milla ochenta y uno de la calzada que lleva de Jerusalén a Damasco, una cuesta tan prolongada y abrupta que el progreso de las carretas, e incluso el de los viajeros a pie, al llegar cerca de la cumbre no es más que un exhausto avance a paso de tortuga.

Era aquel un lugar donde forajidos y salteadores gustaban de tender sus emboscadas.

Antes, y durante cierto tiempo, allá por los últimos años de gobierno del emperador Claudio, la caballería romana patrullaba con regularidad tan peligroso lugar. Los viajeros interrumpían su marcha al pie de la cuesta y aguardaban hasta ver la polvareda que indicaba la aproximación de legionarios a caballo. Los *equites legionis* escoltaban a los caminantes a lo largo de la zona de riesgo. Pero después, durante los meses precedentes a la ascensión al trono del nuevo emperador, Nerón, cuando la Gran Revuelta judía protagonizada por los zelotes hebreos comenzó a cobrar fuerza, los romanos dejaron de aventurarse en lugares tan apartados de su cuartel general, situado en Jerusalén, y prefirieron no arriesgar sus pellejos para proteger a un pueblo sometido cuyos hijos insurrectos los asesinaban en plena calle.

Los salteadores regresaron.

Para entonces ya alguien había construido una posada al pie de la cuesta. Poco tiempo después, el establecimiento, al principio compuesto por un puñado de tiendas, añadió a sus dependencias una zona vallada que servía como una especie de bastión o refugio. Allí había una cocina, cubierta por un socarrén, una guarnicionería, el taller de un ruedero y el despacho del caballerizo, con una zona comunal donde guardar y abrevar el ganado, además de unas cuantas salas de uso compartido y suelo de piedra que se podían alquilar para pernoctar. Por entonces el lugar ni siquiera tenía nombre. Lo llamaban, simplemente, «Pie de la Cuesta». Todavía hoy está en funcionamiento. Cualquier viajero conocedor de la región sabe de él.

Sucedió que un joven de la zona, un muchacho de catorce años, analfabeto, membrudo y ambicioso llamado David, hijo de Eli, se encontraba en ese preciso lugar al anochecer de cierto día de *tishréi*, el mes hebreo correspondiente al octubre romano, en el año que llegaría a conocerse como 55 *anno Domini*, año del Señor. David había salido con dos amigos del pueblo para contemplar la emboscada matutina.

Aquel mismo atardecer, se encontraba reunida en el patio de la posada alrededor de una docena de carros y carretas de transporte, tirados por mulas y caballos, además de unos cuantos viajeros a pie... vendedores ambulantes, vagabundos y transeúntes de toda condición. A estos se unieron dos familias que viajaban cargadas con todos sus bienes terrenales, una los llevaba en una carretilla de dos ruedas y la otra en un carro tirado por un burro. Hacia medianoche llegó un último caminante, procedente de Jerusalén; un hombre de unos cuarenta años que entró con paso decidido acompañado por su hija, una muda que rondaba los nueve o diez años.

El joven David quedó impresionado por el aspecto de la niña. Arisca, sucia, descalza y con el cabello tan enmarañado que parecía no haber peine o cepillo capaz de arreglarlo, la niña se asemejaba más a un animal salvaje que a un ser humano. Su padre, si tal era la relación de parentesco respecto al viajero adulto que parecía cuidar de ella, la llevaba sujeta por la cintura con una correa tan mugrienta como las ropas de la pequeña. Ni el hombre ni la niña realizaron el menor esfuerzo por presentarse al resto de la compañía, sino que se retiraron de inmediato al rincón más solitario.

Sin embargo, el personaje más sorprendente entre los reunidos aquel atardecer era un hombre armado que iba solo y se mantenía apartado de la conversación general, sin tan siquiera intercambiar con los demás un simple asentimiento a modo de saludo. En el antebrazo derecho del guerrero se podía percibir el descolorido tatuaje militar de un soldado, o un antiguo soldado, de la legión Décima.

LEGIO X

De inmediato, David se sintió intrigado por aquel individuo, aunque vacilaba y no se decidía a acercarse o dedicarle un gesto de saludo.

Sabía que el periodo de servicio de un legionario era de veinticinco años. Un soldado podía licenciarse antes debido a una invalidez o como recompensa por un hecho valeroso. Aquellos que completaban su servicio casi siempre regresaban a sus provincias de origen (digamos Hispania, Galia o Germania). Pocos escogían quedarse en la árida e inhóspita Judea. Se había establecido en Gaza una colonia de antiguos legionarios y otra más al norte, en terrenos concedidos por el emperador y próximos a la costera Cesarea Marítima. Pero la verdad es que encontrar a un hombre armado y sin filiación era, por derecho propio, un suceso extraordinario. David se preguntaba de qué vivía aquel individuo. ¿Quién contrataría a un solo soldado de infantería? ¿Qué podría conseguir un solo hombre?

Otros dentro del patio habían sentido la misma curiosidad que el muchacho por aquel hombre armado y, de hecho, tras un rato, comenzaron a acercarse a él, con cautela al principio y después con mayor ánimo y descaro. Los carreteros estaban organizando a todos los hombres capaces con el fin de crear una línea de defensa mutua, preparando la subida a la cumbre que tendría lugar por la mañana.

¿Participaría el hombre armado? ¿Ayudaría en el enfrentamiento con los salteadores?

¿Aceptaría, de hecho, dirigir la compañía?

El hombre declinó la oferta.

El individuo, tomando su impedimenta, se retiró a un rincón junto a la guarnicionería, donde había un barril de agua potable colocado sobre un banco, con un cazo sujeto por una tira de cuero sin curtir colgado a un lado. Por casualidad, en ese mismo momento el padre y la niña cruzaron el recinto dirigiéndose también a la barrica de agua. La niña se acercó. Era evidente que el guerrero la asustaba. Pero el individuo sonrió y le tendió el cazo.

—Tú primero —dijo, en latín.

A pesar del ofrecimiento, la niña se retiró en busca de la protección de su padre.

El hombre armado, al comprender que la niña no hablaba la lengua de las fuerzas de ocupación, se dirigió de nuevo a ella, pero esta vez en arameo.

—No tengas miedo. No voy a hacerte daño.

En esta ocasión la niña avanzó y aceptó el cazo. Sus ojos, inquietos e inteligentes, parecían observar al guerrero de pies a cabeza. El mercenario, por su parte, estudiaba a la niña con no menos detenimiento.

Una vez hubo bebido, la pequeña devolvió la calabaza al hombre armado. Este le dio las gracias y le preguntó su nombre.

La pequeña no respondió.

—¿La niña es sordomuda? —preguntó al padre.

—Puede oír —respondió—. Pero no hablar.

Luego, el padre se retiró con su hija al recoveco donde se habían establecido al llegar.

El rechazo inicial del hombre armado no había desalentado a los transportistas; de hecho, los había animado a redoblar esfuerzos para reclutarlo en defensa de su causa. Los carreteros colocaron frente a él sus toscas armas (lanzas, hachas, mazas y garrotes) y realizaron solemnes juramentos de seguir en todo momento las órdenes del hombre armado. Combatirían junto a él con el fervor de los desesperados.

Aun así, el individuo ponía reparos.

Dijo que no era asunto baladí empuñar armas con intención de emplearlas.

—Si me permiten, señores, ¿por qué no pagan lo que piden los salteadores? Para ellos, esa cima no es más que un portazgo. Cumplan sus exigencias y prosigan su camino.

—Usted no lo entiende, hermano —dijo el jefe de los carreteros—. Bien conocemos a esos canallas. Nos lo quitarán todo… Y, mientras, nos harán pasar un infierno.

Se estaba haciendo tarde. Hachones colgados en las paredes iluminaban el patio. Los pequeños propietarios de la caravana se arremolinaban impacientes alrededor del hombre armado. El joven David se abrió paso entre el tumulto y ocupó un lugar en primera fila con el fin de poder observar mejor la discusión.

Tras una observación más minuciosa, el desconocido no parecía romano, sino griego. Nadie le había preguntado su nombre; tampoco él lo dijo. Se trataba de un individuo de constitución fuerte, musculosa, y estatura ligeramente superior a la media. Aparentaba tener entre cuarenta y cuarenta y cinco años, aunque en la imaginación de David parecía imponerse cierta indeterminación respecto a su edad. En su barba y cabello se podían ver indicios de canas, pero su aspecto general era el de un hombre en la flor de la vida. Iba vestido al estilo romano y llevaba una *paenula*, un capote de lana roja, impermeabilizado, tan desteñido que parecía marrón, y entonces doblado para dormir sobre él. Estaba sentado en el suelo del patio, relajado, con las piernas cruzadas y los hombros apoyados en su impedimenta, que había dispuesto contra la pared exterior de la caseta del guarnicionero.

El armamento del hombre correspondía al de un legionario, pero adaptado de un modo que David jamás había visto. Su arma arrojadiza era una versión corta y ligera del *pilum* romano, de apenas un metro y medio de longitud y sin la pesada bola de hierro en el punto de equilibrio, de modo que volaría como una jabalina, pero la espiga de metal no se doblaría tras el impacto, como sucedía con los *pila* militares, sino que penetraría con tanta profundidad como permitiese la fuerza de lanzamiento. El asta de fresno del arma, entonces apoyada contra la pared de la guarnicionería, también hacía las veces de palo de transporte y, durante la marcha, de ella colgaba la tienda de campaña enrollada, la saca de víveres, los utensilios de cocina y demás. Sobre su regazo, enfundada en una vaina de cuero ribeteada con piel de oveja, reposaba un *gladius* romano, la espada corta empleada por los legionarios.

Entre las tiras de sus cáligas se podían entrever los puños de dos cuchillos arrojadizos. Sujeto al hatillo que, evidentemente, contenía todas las posesiones del individuo, se encontraba un arco de extraordinaria longitud, fruto de la ciencia de las amazonas, hecho de láminas de cuerno de íbice y madera de fresno, guardado en una funda de transporte confeccionada con piel de lobo que, además, contenía un manojo de flechas, entre una docena y una veintena, cuyos astiles no parecían corresponderse con los pesados proyectiles de largo alcance empleados por los *sagittarii* de las tropas auxiliares, sino con el tamaño preferido por los arqueros de la caballería siria y parta, más ligeros y pensados para disparos a corta distancia.

Además, el guerrero llevaba un gorro de lana aceitada, como los preferidos por los marinos debido a su impermeabilidad frente a la lluvia y las rociadas, pero rematado con una piel de zorro con ojos de ágata y dientes de mármol.

—¿Nos dirigirá? —preguntó de nuevo el jefe de los carreteros.

—Trabajo por dinero —aseveró el mercenario.

Junto al jefe presionaba otra media docena de arrieros. Los exploradores, casi todos muchachos de la región, como David, habían reconocido la zona de las emboscadas apenas unos minutos antes. Informaron de una fuerza de al menos diez hombres bloqueando el camino, armados y alerta, con el propósito evidente de interceptar la caravana a primera hora de la mañana, en cuanto esta alcanzase la cumbre.

—¿Cuánto? —preguntó el jefe.

El mercenario mostró sus diez dedos dos veces.

—¿Sestercios?

—Denarios.

Un denario eran cuatro sestercios. Veinte denarios equivalían a la paga mensual de un soldado de la infantería pesada. El sueldo del jefe de la caravana no llegaría a la mitad de esa suma.

—Señor, su sentido del humor es admirable —afirmó, aunque su tono de voz no indicaba nada de eso—. Veinte denarios es el doble de lo que me exigirán los salteadores.

—Pero solo un quinto del peaje que cobrarán a toda la caravana —replicó el mercenario.

Sus palabras recibieron una oleada de indignadas réplicas. Las maldiciones llovieron sobre él. Los carreteros maldijeron su arrogancia. ¿Uno contra diez? ¿Qué garantías les daba ese tipo de que no huiría en cuanto comenzase la refriega?... O que, simplemente, aún estuviese allí por la mañana.

—¿La paga de un mes? ¡Es inaceptable! Prefiero que me roben los bandidos de esa colina antes de que me extorsione alguien como usted.

—Como guste —contestó el hombre armado. Caló su gorro y se acomodó como si fuese a dormir.

Desde su retiro, el padre y la niña observaban con gran atención.

El jefe de la caravana presionó al hombre armado por última vez.

—Usted mismo habrá de atravesar el lugar de la emboscada si sale de aquí. Los bandidos también lo atacarán. ¿No preferiría pelear respaldado por nuestras armas?

El mercenario se acurrucó, buscando aún más comodidad para echar la cabezada.

Al verlo, el jefe de los carreteros desplegó su esterilla de paja en el suelo.

—¡Pues quédese ahí! ¡Y que lo achicharre el fuego del infierno! Nos enfrentaremos con esos hijos de puta nosotros solos.

Y, dirigiéndose a sus compañeros, el individuo proclamó con voz rotunda que menudos tiempos les había tocado vivir, si incluso hombres armados como ese carecían de agallas para enfrentarse con la escoria de los caminos y se dedicaban a burlarse de sus necesitados compañeros.

II
Orden

Para comprender la dimensión histórica del momento en que se desarrolla este relato, debemos tener en cuenta la transformación material, política y espiritual que para los hebreos de Judea supuso la conquista romana.

La gente respetaba a los romanos por su poderío militar y la crueldad con la que lo aplicaban, al tiempo que los odiaban y despreciaban por idólatras y malvados. Los conquistados judíos toleraban a las legiones y demás funcionarios del Imperio solo porque sabían de su segura e inevitable expulsión. El sistema de gobierno patriarcal constituido entonces en Judea, con el recuerdo todavía vivo de los triunfos de los macabeos y sus sucesores directos, los asmoneos, aún suponía una formidable fuerza de combate, armada e imbuida de espíritu insurrecto, pero entonces se mantenía oculta.

Recuérdese también que el fundamento de la Fe hebrea reposaba sobre el poder y la invencibilidad de su Dios, el Señor de los Ejércitos, que, desde su punto de vista, no se limitaba a observar pasivo el devenir de Su pueblo, sino que desempeñaba una temible y activa función en su protección y defensa. La anárquica Roma no solo se vería expulsada de la Tierra Prometida, sino arrasada por la maquinaria bélica del Todopoderoso cuando llegase Su elegido y de un modo que dejase patente frente al resto del mundo la majestad del único Dios.

¿Y, por su parte, cómo veían los romanos a los judíos? Los funcionarios y oficiales de alta graduación contemplaban a la élite de

Judea con gran cautela y profundo desconcierto. No los comprendían... No comprendían su celo, su fervor religioso ni la arraigada pasión con la que se identificaban con su función de recipientes de la Ley Divina, con la historia de sus padecimientos como pueblo y con la creencia de estar destinados a ser los proveedores de la redención para toda la humanidad. Los procuradores y prefectos romanos escogieron no ejercer un gobierno directo, sino vicario, y nombraron entre los individuos del pueblo sojuzgado funcionarios encargados de los asuntos judíos que les pudiesen proporcionar el favor de los tribunales y, al mismo tiempo, controlasen a su gente.

En cuanto a las disposiciones legislativas romanas, estas aborrecían y detestaban a los judíos. El grado de arrogancia latina frente a los nativos de Judea apenas conocía límites; incluso un *miles gregarius*, un soldado raso, consideraba que servía en el más remoto y malhadado distrito del Imperio. Los legionarios maldecían aquel puesto como si de un agujero del infierno se tratase, habitado por una insufrible caterva de santurrones insumisos. Para ellos, los judíos estaban por debajo de las bestias pues, al menos, se podía entrenar a un perro o a un asno para que rindiesen un servicio que justificase el puñado de grano o despojos que sus amos tuviesen a bien darles.

Por el contrario, en Siria, una región situada inmediatamente al norte de Judea, la gente se había acomodado enseguida a las costumbres de los conquistadores. Los sirios comerciaban, colaboraban y se mezclaban.

Los hebreos resistían. Sus pescuezos no se doblegaban bajo el yugo romano. Los judíos rechazaban toda iniciativa de inclusión y desdeñaban cualquier oferta de cortesía y asimilación.

Los romanos, como hiciesen con insuperable maestría en todos los rincones del Imperio, rehicieron el mundo local a imagen y semejanza del suyo.

Construyeron presas y levantaron acueductos. Desviaron ríos y dragaron puertos. Los ingenieros romanos llevaron agua potable a zonas desérticas desde montañas situadas a cientos de kilómetros de distancia. Los conquistadores erigieron baluartes y fortificaciones; levantaron rompeolas y excavaron puertos y fondeaderos.

Roma construyó vías. Nada parecido a los caminos formados por rodadas o huellas de caravanas que durante siglos habían bastado para satisfacer las necesidades del territorio, sino calzadas de piedra con anchura suficiente para que se cruzasen dos carretas de buen tamaño. Los ingenieros romanos enderezaron caminos sinuosos y nivelaron senderos escarpados. Los desniveles y llanuras de inundación que habían ahogado el comercio durante milenios desaparecieron gracias a la ciencia romana y se reformaron para acoger a las nuevas vías de comunicación.

Antes de la llegada de Roma, el comercio entre Judea, Samaria e Idumea se limitaba a la carga que pudiese transportar una carreta de dos ruedas tirada por bueyes o lo que cupiese en las alforjas de un camello o un asno... Y que esos bienes se pudiesen transportar sin peligro de robo. Productos perecederos, como frutas y verduras, e incluso ciertos vinos y aceites, solo se conseguían en mercados locales, pues se malograban por el camino.

Pero entonces los romanos construyeron sus calzadas. De inmediato, el empleo de grandes carretas se hizo viable. De pronto uno se las encontraba por todos lados, y no avanzando a través de fango y cieno al cansino paso de los bueyes, sino rodando a buen ritmo tiradas por troncos de mulas o caballos a lo largo de las vías de comunicación recién construidas. Los vehículos con ruedas de borde metálico no cubrían ocho o diez kilómetros diarios, como las viejas caravanas, sino veinticinco; a veces incluso treinta o más.

Las calzadas romanas eran, ante todo, caminos militares. Sus primeros usuarios fueron las legiones. Las razones de la existencia de esas arterias eran la conquista y la supresión de disturbios. Una legión completa, unos cinco mil cuatrocientos hombres incluida la caballería y la caravana de intendencia, podía desplazarse de Jerusalén a Jericó en menos de una jornada, y desde Damasco a Gaza en poco más de una semana.

Los romanos excavaron pozos, pero no al azar y en medio de ninguna parte (y a una jornada de marcha entre uno y otro), como habían hecho beduinos y nabateos durante siglos, sino más o menos cada quince kilómetros, siguiendo un trazo paralelo a las nuevas calzadas. Sus ingenieros tendieron puentes con arcos de piedra sobre cauces secos, haciéndolos transitables incluso en meses lluviosos y convirtiendo cualquier guarida rebelde en posible víctima del violento asalto romano. También construyeron aljibes para almacenar el agua de las lluvias invernales. Erigieron fuertes con depósitos de suministros, armas y maquinaria bélica. Puntearon el territorio con baluartes unidos por una red de vías de transporte militar para mantenerlo encadenado del mismo modo que el carcelero mantiene sujeto a un preso con esposas y grilletes.

Además, estaba la administración romana. Adjuntaron batallones de burócratas y funcionarios a sus fuerzas de infantería y caballería. Los auditores y magistrados romanos pusieron orden y organización en asuntos tales como el cobro de impuestos, la realización de censos y la administración de justicia, hasta entonces en manos de príncipes y sacerdotes locales, y acabaron con forajidos y salteadores.

Los romanos tenían un poder inconmensurable. Poseían habilidad y riqueza, además de conocimientos científicos y el dominio de las artes. Pero, sobre todo, tenían orden.

El año de nacimiento de nuestro joven David, unos rebeldes judíos cercaron a un destacamento legionario en una reseca colina situada al sur de la calzada entre Jerusalén y Siquem. Los zelotes tenían una posición aventajada y bombardeaban a los hijos de Roma con una lluvia de proyectiles de honda e incluso pedruscos de cinco kilos lanzados con catapultas de campaña. El comandante romano envió una sección de doce hombres para que rompiesen el cerco, fuesen por agua y regresasen.

Lo hicieron.

Uno podría preguntarse cómo esa ciudad a orillas del Tíber había logrado dominar a todo el mundo conocido. Pues lo hizo del siguiente modo:

Un romano recibe órdenes y las cumple.

Una partida rebelde, de haberse encontrado copada como lo estaban los legionarios, jamás habría regresado. Se hubiesen salvado.

Así que esos fueron los cambios, las alteraciones que la conquista romana llevó al paisaje de Siria y Judea.

Pero el reordenamiento más revolucionario no llegó por caminos de piedra ni mediante la fuerza de la espada. Porque fue...

El correo.

El servicio postal diario.

Antes de la llegada de los romanos, un israelita de Belén o un sirio de Palmira habría pasado su vida separado, en realidad ignorante, del resto del mundo. Su universo terminaba en las puertas de la ciudad o en el pozo comunal. ¿Acaso pensaría en comerciar, estudiar o en aventurarse al exterior? ¿Cómo podría, si todo lo que conocía del mundo no era más que el paisaje extendido frente a la puerta de su casa y le resultaba inconcebible hacer planes para un mañana más distante que el trecho que pudiese recorrer ese mismo día?

Roma trajo el correo, y con el correo llegó el mundo.

De repente uno, aunque fuese el más pobre y humilde labriego de la región, sabía de Atenas y Alejandría. Y no solo eso: podía enviar misivas a tales lugares y, ¡oh, milagro!, recibir respuesta. El viticultor ya podía vender su producto allende los mares, y artesanos y herreros enviaban sus manufacturas a cualquier lugar al alcance de las calzadas y mensajeros romanos.

Por supuesto, la motivación de Roma era puramente egoísta. Los conquistadores creían que sus caminos y vías fluviales, y el comercio y la comunicación postal que corrían por ellos, sujetarían a los pueblos sometidos con los grilletes de la dependencia y el orden de sus señores, haciéndolos sumisos, obedientes e incapaces de rebelarse. No obstante, como sucede con cualquier innovación capaz de alterar el orbe, pronto se pusieron de manifiesto consecuencias imprevistas y no deseadas.

El propio correo —o, mejor dicho, la posibilidad de transmitir a todo el Imperio ideas nuevas y sediciosas— resultó ser la amenaza más grave para su hegemonía, y no solo en Judea y Oriente, sino en todas las provincias situadas bajo el dominio de Roma. Y este peligro no nació de siervos o ejércitos, sino de la escritura de un solo hombre (Saulo de Tarso, más tarde conocido como Pablo el Apóstol) que, para rematar la ironía, fue un acérrimo defensor del despotismo y la opresión de los romanos.

Pero regresemos al momento en el que los salteadores acechaban en la cima… y la caravana emprendía el ascenso matutino sin la protección de nuestro hombre armado, dirigiéndose directamente a su predestinada y catastrófica confrontación.

III
Enfrentamiento en la Angostura

David y sus amigos habían ascendido hasta la cima bastante antes del alba. Como si fuesen asistentes a una obra dramática en busca de los mejores asientos, se acomodaron en una roca que dominaba el lugar donde probablemente se libraría la escaramuza. El paso formaba allí un cuello de botella. El camino se extendía entre abruptas laderas rocosas a lo largo de unos cientos de metros.

Ese desfiladero, conocido por los lugareños como la Angostura, se encontraba en el lado meridional, en el extremo que bajaba a Jerusalén.

Allí aguardaban los salteadores. Su número ascendía a doce. Cuatro de ellos cuidaban de los caballos en una posición oculta, a unos quince o dieciséis metros subiendo por la ladera oriental. Otros seis se alineaban en el lado occidental del paso, pegados al camino, pero a unos veinte metros por encima. Para desayunar habían cocido pan de pita, ácimo, que acompañaron con vino y aceite de oliva. Los forajidos iban armados, cada uno a su manera, con sables de estilo damasceno, sencillos arcos de pastor y la típica lanza siria de doble punta. Dos de ellos se encontraban acuclillados en el camino, riéndose de alguna chanza. Ninguno mostraba temor o aprensión.

Para ellos era otro día de trabajo.

Los muchachos, David y sus amigos, conocían de vista a unos cuantos salteadores. Eran pastores de cabras y labriegos de la zona reclutados y pagados de vez en cuando por los malhechores del lugar... Individuos endurecidos condenados a galeras o a penas de cárcel, ya fuese romana o judía.

Ahí llegaba la caravana.

La columna ascendía con un paso tan lento y forzado, debido a la pronunciada inclinación de la cuesta (y sin duda también al temor de lo que aguardaba en la cima), que el polvo levantado por las vueltas de las ruedas y los cascos de los animales de tiro apenas llegaba a los tobillos de los arrieros. Entre las carretas, y tras ellas, avanzaban los transeúntes a pie, ya fuesen estos viajeros, comerciantes o simples trotamundos. Por delante, y flanqueando ambos lados de la caravana, se desplegaba otra docena de mirones, sobre todo niños y jovenzuelos de las aldeas cercanas.

La pareja de bandidos acuclillada se irguió. Uno de los salteadores de fortuna hizo una señal y avanzaron varios pasos hacia la caravana hasta colocarse en una posición que bloqueaba el camino. A su vez, tres de sus compañeros ocultos descendieron desde el alto de la ladera, aunque se mantuvieron a un lado y a cierta distancia de la Angostura. De momento, ninguno blandió sus armas.

La primera carreta y sus dos inmediatas sucesoras superaron la cuesta y avanzaron internándose en el paso llano y estrecho de la cima. Los carreteros no iban sentados en el pescante, sino caminaban a los lados del tronco sujetando al animal guía con un ronzal, a la izquierda.

—¡Vamos desarmados! —voceó el jefe de la caravana a los dos salteadores que les cortaban el paso—. ¡Estamos dispuestos a pagar!

Uno de esos salteadores de alquiler, al parecer el cabecilla de la banda, indicó a la pareja que había estado en cuclillas que avanzase un poco más. Entonces esgrimieron sus picas y caminaron con las moharras levantadas. Los demás salteadores, incluidos los encargados de los caballos, se habían puesto en pie.

El jefe de la caravana avanzó con las manos en alto, las palmas abiertas y vueltas hacia el frente.

—¡No veo ningún pago! —dijo el cabecilla. David y los demás chicos pensaron que un enviado de los salteadores había llevado una embajada de medianoche a la posada y negociado las condiciones de paso.

Cincuenta denarios.

—¡Adelántate! ¡Tú y los dos que te siguen! —ordenó el cabecilla. Él y su compinche ya se encontraban a unos treinta pasos de la primera carreta, entonces inmóvil. Tras ella se detuvieron los demás carros y caminantes.

El jefe de la caravana hizo un gesto para que sus dos lugartenientes avanzasen a su lado. Se apresuraron a situarse al frente. Ninguno de ellos llevaba nada en las manos. El mayoral mostraba una palma vacía. En su otra mano sujetaba una escarcela.

—¡Entrega! —voceó el gerifalte.

El cabecilla y los tres primeros salteadores, y luego otros cinco miembros de su séquito, se dirigieron al lugar de reunión manteniendo la ventaja de sus posiciones elevadas. Evidentemente, pretendían retener a los tres carreteros a punta de lanza hasta que hubiese pasado toda la caravana, no fuese que los arrieros hubieran urdido alguna traición.

—¡No vamos a acercarnos a vosotros! —gritó el jefe de la caravana. De nuevo mostró la escarcela.

La arrojó hacia los salteadores. Aterrizó sobre el polvo del camino con un pesado ¡plaf!

David y sus amigos intercambiaron una mirada. Se estaban divirtiendo.

Entonces el cabecilla avanzó hasta el camino. Portaba un pesado arco de pastor, de esos que emplean para proteger a sus rebaños de los lobos.

—¡Adelante! —berreó al jefe de la caravana.

Ningún salteador, tampoco el gerifalte, realizó movimiento alguno hacia la bolsa.

—¡Coge el dinero! —gritó el mayoral.

—¡Quiero que lo traigas tú!

Dicho eso, disparó una flecha que pasó silbando junto a la oreja del jefe de la caravana y golpeó en la madera frente al pescante de su carreta emitiendo un ruido similar al chasquido de un látigo.

—¡Ahora! —repitió el salteador. Colocó una segunda flecha y tensó el arco.

Los lugartenientes de la caravana gritaron a su jefe, urgiéndolo a obedecer.

—¡Coge tu dinero y vete! —chilló el mayoral.

El salteador disparó de nuevo, esta vez a la mula guía de la carreta del jefe de la caravana. La flecha acertó de lleno en el cuello de la bestia. El animal rebuznó entre las guías e intentó retroceder. Los cascos de la pobre bestia fallaron bajo el almohadillado del pretal. Cayó a un lado y a punto estuvo de llevar consigo a los otros tres animales del tronco.

—¡Aaaayyy! —chilló el mayoral. Su rostro había adquirido el color de la sangre. La flecha bien pudiera haberse clavado en sus entrañas. Corrió hasta el animal herido, sin duda su favorito, pues era el guía del tronco, la piedra angular de su sustento.

—¡Adelante! —vociferó de nuevo el cabecilla, extrayendo una tercera flecha—. O la siguiente te arregla el pelo.

David oyó a sus amigos retroceder en lo alto de la roca. De pronto el juego había dejado de ser divertido.

—¡Vete! ¡Vete! —gritaron los dos compañeros del mayoral. Pero el hombre no quería, o quizá no podía. Se inclinaba sobre su animal, entonces quejándose y pataleando, mientras lanzaba juramentos al cielo.

El arco del maleante se tensó al límite.

—¡Ya vamos, ya vamos! —gritaron los otros dos carreteros mientras rebasaban al jefe de la caravana, trastabillando aterrados, hacia el cabecilla y sus compinches.

—¡Quiero que sea él! —vociferó el salteador. Se había adelantado a grandes zancadas hasta quedar situado a unos veinte pasos del mayoral. La mula continuaba lanzando agónicos rebuznos entre las guías del carromato. El joven David tuvo la necesidad de apartar la vista, tan triste era la visión. El jefe, desolado, retrocedió hasta la caja de su carruaje. «Va a sacar algún ungüento para su animal, o quizá algo para quitarle la flecha», pensó David.

No.

El hombre estaba sacando una lanza.

Profiriendo un alarido, el jefe se abalanzó hacia el cabecilla de los salteadores con la clara intención de atravesarlo con la moharra del arma.

El bandido disparó.

La flecha golpeó al mayoral en el punto donde la garganta se une al pecho, hundiéndose con fuerza sobre el extremo interno de la clavícula derecha. El impulso del ataque lo hizo avanzar tres o cuatro pasos más antes de caer de bruces sobre el camino. Cuando su torso golpeó el suelo, ya estaba atravesado por dos jabalinas.

—¡Matadlos a todos! —mugió el cabecilla.

Los jinetes, ya a caballo y blandiendo sus lanzas, cargaron ladera abajo. Los demás salteadores avanzaron con potentes pasos. Chillidos de pánico surgieron entre arrieros y caminantes. Huyeron en todas direcciones.

En ese momento, David sintió que su carne se tensaba como respuesta involuntaria a un sonido diferente a cualquiera que hubiese escuchado hasta entonces.

El hombre armado apareció en la ladera por encima de los salteadores.

Nadie lo había visto u oído acercarse.

Sobre la cabeza volteaba una honda de cuero como las que llevan los pastores para proteger sus rebaños. David conocía la potencia y el alcance de semejante arma. Todos los chicos la conocían. Pero nunca había oído un silbido tan cortante como el que emitía aquel estridente instrumento de muerte.

El guerrero disparó.

El proyectil de la honda voló tan rápido que David no pudo ver su trayectoria. Su mirada se fijó en el más cercano de los salteadores cuando la piedra lo alcanzó de lleno en la frente y, casi al mismo tiempo, la parte posterior de su cráneo volaba por los aires lanzando una rociada de hueso y tejido. El hombre se desplomó como un saco de piedras.

El guerrero se abalanzaba desbocado.

Primero lanzó el *pilum*, que destripó a un segundo salteador situado junto al camino. Antes de que hubiese caído al suelo, también murió el forajido junto a él, abierto desde la garganta hasta el ombligo por el tajo que el hombre armado le propinase con una dolabra.

Entonces les tocó a los salteadores chillar despavoridos.

David vio a dos de ellos tirar sus lanzas, dar media vuelta y huir corriendo.

El guerrero asesinó a uno con un tajo de dolabra, asestado a dos manos, que le hendió los riñones partiéndole la columna vertebral; a continuación lanzó por encima de la cabeza el hacha de combate que, girando en el aire, fue a enterrarse en la masa de músculos situados entre los omoplatos del otro cuando este apenas había tenido tiempo para dar media vuelta y huir.

Para entonces el cabecilla ya se había vuelto. Tensó el arco y apuntó al guerrero, en ese momento a menos de diez metros de él. A tan corta distancia, la evidente habilidad del forajido con el arco garantizaba que la flecha atravesase el corazón de su enemigo en el cien por cien de los casos.

El maleante disparó su arma.

A ojos de David, entonces abiertos como ruedas de carromato, el proyectil parecía volar como si el tiempo se hubiese ralentizado. El joven pudo ver la acanaladura en la punta de guerra y las barbas de las plumas ondulándose en el aire.

Vio al hombre armado levantar la mano izquierda abierta y, con exquisita deliberación, desviar el astil de un manotazo, de modo que la punta asesina pasó inofensiva a su lado, haciendo solo una pequeña muesca en la oreja del gorro de piel de zorro que llevaba a la cabeza.

El gerifalte, al ver aquello, dio media vuelta y, totalmente aterrado, subió de un salto a lomos de uno de los caballos. David pudo ver las caderas del individuo sobre la carona y los talones de sus pies calzados con sandalias golpeando los flancos del animal.

Sin prisa, el guerrero tomó su arco de amazona.

Colocó una flecha.

Tensó.

David no pudo ver el vuelo del astil. Solo oyó el sonido y vio al cabecilla inclinarse, primero hacia delante y después retroceder violentamente para caer desmadejado en el suelo mientras su montura, ya sin jinete, galopaba rebasando la caravana de carromatos cuesta abajo en dirección a la posada.

El chico estaba situado en medio del camino. Había descendido por la ladera desde su punto de observación, aunque más tarde no recordaría haberlo hecho. Se encontró frente al guerrero. David no detectó ni ira ni satisfacción en los ojos del sujeto. Tenía la mirada limpia. Ni siquiera jadeaba.

—Recupera esa flecha —le ordenó. Su tono no era brusco ni imperioso—. Tráemela. No limpies nada, ni en el astil ni en las plumas. Después ve a recoger mis cosas, están ahí arriba, en la ladera.

El guerrero se acercó a la bolsa tirada en el suelo dando grandes zancadas y la recogió.

David, corriendo en busca de la flecha, rebasó a toda velocidad a la niña salvaje a quien la noche antes el hombre armado había saludado junto a la barrica de agua dispuesta en el patio de la posada.

Todos los demás miembros de la caravana, excepto el padre de la niña, habían huido ladera abajo o buscado refugio tras las carretas o entre las hendiduras que bordeaban el camino.

Solo la niña se mantuvo en su sitio, descalza en el tramo de la cima, con los ojos fijos en el guerrero.

IV
Equites legionis

David oyó a la caballería romana antes de verla. Había bajado trastabillando por el camino hasta llegar al cuerpo del cabecilla y estaba palpando frenético los pliegues de su capote en busca de la flecha que lo había asesinado cuando colina arriba, por el lado de Jerusalén, subió el estruendo de los cascos de caballos y los gritos de los legionarios.

Miró a su espalda y vio desmontar a diez de ellos, que rodearon y neutralizaron al guerrero mientras el resto del escuadrón, dos veintenas de jinetes, bloqueó y rodeó a la caravana, los miembros que allí se encontraban y los salteadores supervivientes, con la pericia y práctica habilidad propia de los legionarios romanos, controlando de inmediato el escenario de la emboscada y su contenido.

La flecha.

¿Dónde demonios habría ido a parar?

David no encontraba el astil por ninguna parte, hasta que una de las viajeras que acompañaban a la caravana, al comprender qué estaba buscando, llamó su atención y señaló hacia un lugar unos veinte pasos cuesta abajo.

El muchacho se apresuró corriendo hasta el lugar señalado. La flecha yacía en el espacio pedregoso abierto entre un miliario y una mata de cardo. La recogió.

La punta de guerra brillaba limpia bajo la luz del sol, igual que el astil, sin rastro de huesos o fluidos. Pero las remeras, las plumas situadas en el extremo del vástago, junto al culatín… estaban empapadas de algo viscoso que no era sangre, sino tejido y cartílago. David advirtió cuatro muescas superficiales talladas en el astil, junto al emplumado.

Regresó a la caravana corriendo con su trofeo.

El guerrero se encontraba en el centro de un círculo formado por las moharras de los soldados de caballería. Estaba hablando en latín, lengua de la que David solo poseía un conocimiento rudimentario, con el teniente al mando, que permanecía a caballo. El muchacho entendió la palabra que significaba «dinero». El hombre armado mostraba la bolsa.

Reclamaba su pago.

Los legionarios, ya desmontados, recorrían la caravana de arriba abajo, registrando las carretas y vaciándolas de su carga. Buscaban algo. David vio a dos soldados desnudar a uno de los caminantes de la caravana, bajándole la ropa hasta los tobillos, para arrancarle de las manos su pobre hatillo y el resto de su magra impedimenta y acabar esparciendo todo en el camino. Otra pareja de soldados de caballería empujó a una mujer de sesenta años contra la rueda de un carromato, le levantaron la túnica hasta los hombros y comenzaron a manosearle las nalgas y el pecho.

—¿Dónde está? —bramaban los soldados.

La misma pregunta tronaba a lo largo de la caravana.

—¿Quién la esconde?

El chico vislumbró a la niña salvaje colgándose de los faldones de su padre. Los romanos, sin lugar a duda, eran unos maestros del terror. Sabían cómo tratar con dureza a las personas, destruir su voluntad de resistencia y pastorearlas como un rebaño. Feroces blasfemias pronunciadas en latín y arameo, la lengua franca de la zona, ascendieron a los cielos. Repartieron puñetazos y patadas con fabulosa violencia.

David cruzó una mirada con el guerrero. El individuo vio la flecha sujeta en el puño del muchacho y, con un vistazo, le dijo sin hablar: *Guárdala en lugar seguro. No permitas que estos bastardos le pongan sus manos encima.*

El joven sintió una oleada de orgullo por haber recibido cierto reconocimiento por parte de su héroe. En silencio, juró morir antes de entregar el proyectil.

Los romanos se fijaron en el padre, el caminante que acompañaba a la niña salvaje. De inmediato fue el objeto de su ira.

—¡Aquí está el hombre! —gritó uno.

Los legionarios se abalanzaron contra él.

—¡Traedlo!

Un violento puñetazo derribó al padre. La niña chillaba emitiendo un gorgoteo ahogado, sofocado, mientras sujetaba el muslo de su guardián. Dos romanos agarraron al individuo por los tobillos. Lo alzaron, sujetándolo cabeza abajo como haría una labriega desplumando una gallina. Otros se dedicaron a golpearle las costillas con las astas de sus lanzas.

El guerrero contempló el espectáculo, neutralizado por media docena de moharras.

Habían desnudado por completo al caminante, el padre de la niña.

Su equipaje, o lo que fuese, estaba roto y desperdigado por el suelo. Un legionario sujetó al pobre hombre por la mandíbula, como un campesino agarraría la pata de un cordero o una borrega enferma, y le metió los dedos hasta la garganta como si buscase algo oculto en la boca. A continuación, dos soldados le separaron las piernas y un tercero le introdujo tres dedos en el ano. La niña se revolvía alrededor de los soldados intentando defender a su padre con impotente furor.

Los legionarios se fijaron entonces en la pequeña.

David, horrorizado, sintió la necesidad de apartarse cuando una pareja de soldados la sujetó arrancándola de junto a su padre. Uno de ellos abrió la boca de la pequeña y le metió los dedos hasta la garganta. Después la levantó cogiéndola por los tobillos y le bajó la túnica sobre la cabeza mientras ella lanzaba un chillido de mudo pavor. Tres dedos de la mano diestra del soldado se hundieron entre las piernas de la niña.

El rostro del hombre armado se demudó de ira. El guerrero salió del círculo de moharras dando una violenta zancada y se lanzó contra el legionario.

Un golpe en la sien despatarró al romano. De inmediato dos, después uno más, tres, legionarios embistieron al guerrero por la espalda. Apenas el peso de los hombres lo hizo caer al suelo, la niña se zafó.

Pero no lo podían contener. A pesar de los cuerpos de sus asaltantes y la lluvia de golpes y puñetazos que le propinaban, el mercenario logró ponerse de rodillas y golpear una y otra vez con sus puños el rostro del primer legionario.

La niña corrió hasta su padre, que intentaba por todos los medios apartarla de la gresca. Pero la pequeña no se movía, permanecía clavada en el suelo con sus ojos como brasas fijas en el guerrero mientras este continuaba apaleando al legionario.

Un golpe en el cráneo propinado con una pesada cadena hizo que el mercenario cayese al suelo.

—¡Apresadlo! —berreó el teniente.

Los romanos sujetaron al guerrero contra el suelo. Sobre su espalda cayó un chaparrón de golpes propinados con garrotes y astas de lanza. Sujetaron, no sin esfuerzo, sus muñecas con esposas. Unos grilletes de hierro le inmovilizaron los pies.

David levantó la mirada y vio al padre saltar sobre una de las monturas de la caballería romana, un alazán cuatralbo, y colocar a su hija en la grupa. La pareja partió al galope.

Los persiguieron juramentos y maldiciones.

Unos jinetes salieron a darles caza.

Los viajeros y comerciantes de la caravana se dispersaron huyendo a la carrera.

David se encontró junto a la impedimenta del guerrero, con todas sus armas dispuestas alrededor. Uno de los legionarios debió de haberla recogido de lo alto de la ladera. El joven, como siguiendo la orden de una voz interior, tomó el equipamiento y la vara de transporte y se colgó el paquete al hombro.

En ese momento arrastraban al hombre, entonces encadenado, hacia la jaula de una carreta para prisioneros que retumbaba cuesta arriba tirada por un tronco de cuatro mulas, parte de la columna romana. La mazmorra con ruedas ya venía ocupada por tres facinerosos.

El muchacho intercambió una mirada con el guerrero. Con un gesto, intentó decir: *Tengo tus armas e impedimenta. Mantendré todo a buen recaudo.*

El mercenario lo comprendió e hizo un asentimiento.

David ya había dado un par de zancadas, intentando apartarse de la refriega, cuando sintió una mano sujetándolo por detrás y luego un fuerte pescozón.

Un sargento legionario lo obligó a volverse para encararse con él.

—¿Quién cojones tú *es*? —exigió saber el soldado de caballería, hablando un mal hebreo.

David sujetó con fuerza el equipo y las armas del guerrero. Hizo una señal hacia el cautivo, entonces encadenado, que estaban subiendo a la carreta de prisioneros.

—Yo iba con él, señor. Soy su aprendiz.

V
El hombre más peligroso de Palestina

Desde el punto de vista estratégico, Jerusalén es un enigma y una contradicción.

El lugar no domina ningún puerto, fondeadero, ruta o red comercial. Su ocupación no es necesaria para asegurar el dominio militar del país (esa tarea se lleva a cabo desde el despacho del gobernador, en la costera Cesarea) y tampoco sirve para interceptar ninguna fuerza invasora, a no ser que esta avanzase desde el este.

Jerusalén es de fácil asedio. A pesar de sus murallas, la ciudad había sido atacada y tomada al asalto en más de veinte ocasiones. La habían conquistado jebuseos, filisteos y egipcios. Los babilonios de Nabucodonosor la saquearon. Ciro el Grande la conquistó para Persia. Alejandro Magno la tomó sin luchar. Los judíos la habían hecho suya diez siglos antes, bajo el mando de su gran rey David, pero desde entonces la ciudad había sufrido numerosas invasiones y capturas.

Alrededor de Jerusalén se extiende un territorio desagradable. La ciudad se alza sobre una cresta rocosa y estéril. Los carreteros refunfuñan porque toda carga debe ser *subida*. El grano, el aceite y, en realidad, casi todos los productos necesarios para vivir han de llegar por tierra, pues no hay posibilidad de transporte marítimo o fluvial. El terreno circundante no es capaz de proporcionar pasto suficiente para alimentar el ganado requerido por una guarnición de tan solo una cohorte ni se puede cultivar en él ninguna clase de grano o cereal más allá de la mera agricultura de subsistencia. No se puede llevar agua a la ciudad mediante acueductos debido a su elevada ubicación. Lo cierto es que incluso las familias más acaudaladas del lugar satisfacían sus necesidades al modo de sus ancestros... enviando a las criadas a sacar agua del pozo y llevarla al hogar en jarras de arcilla colocadas en precario equilibrio sobre sus cabezas.

El aislamiento de Jerusalén suponía aún mayores dificultades para la guarnición o el cuerpo burocrático encargado de la ocupación de la ciudad y el dominio de su arisco populacho. Las carretas y caravanas de suministros y armamento cargadas en la planicie costera, Siria o el valle del Jordán solo se podían transportar a un elevado coste y corriendo un gran peligro por caminos llenos de lugares donde sufrir asaltos y emboscadas. Los productos egipcios solo podían llegar por mar, pues en medio se encuentra el yermo Sinaí y, en cualquier caso, a continuación, la carga habría de recorrer los indefensos caminos que partían desde los puertos de Gaza, Jafa o Cesarea Marítima.

A pesar de todo, Jerusalén suponía una plaza indispensable para cualquier conquistador de Judea. Allí, y en ningún otro lugar, se encontraba la capital administrativa y religiosa de los hebreos... El gran Templo de Salomón, con su santuario, el Sanctasanctórum donde se guardaba el Arca de la Alianza. Allí, y en ningún otro lugar, se podía uno reunir, comunicarse y negociar con los jefes seglares y religiosos de los judíos. Esos tozudos, polémicos y tenaces sujetos se reunían en grandes y locuaces grupos. Sus proyectos y pasiones, ya fuesen para este mundo o el venidero, eran tan ininteligibles para sus señores romanos como inmunes frente a toda clase de influencia externa.

Y, además, a los hebreos les gustaban las multitudes. Durante la festividad de Pésaj, la Pascua judía, la ciudad acogía a no menos de un millón de celebrantes, es decir, no solo la mitad de la población hebrea de Judea, sino también de Siria, Egipto, Creta, Chipre y las ciudades del Egeo oriental.

Al menos tal era la evaluación del tribuno militar Marco Severo Pertinax, comandante en jefe de la guarnición de Jerusalén a las órdenes de Marco Antonio Félix, procurador de Judea destacado en la capital de la provincia, Cesarea Marítima.

Este oficial, en una carta cuyo contenido circuló entre el pueblo sometido, le hacía saber a su superior que:

> *Nuestra posición en este lugar es como la de un león sentado en un avispero. Podemos aplastar a los judíos una y otra vez, pero continuarán aguijoneándonos el trasero y nada podemos hacer para acabar con ellos.*

Dos días habían pasado desde el arresto del guerrero en el lugar de la emboscada tendida en la calzada entre Jerusalén y Damasco. Transportaron al mercenario en la carreta prisión hasta el centro de detención militar, situada inmediatamente después de la puerta Esenia, también llamada Sha'ar Ha'ashpot o «puerta del Muladar» (pues desde sus muros arrojaban cada noche todos los desperdicios de la urbe para quemarlos), la más baja de las siete puertas que tenía la ciudadela de Jerusalén. El prisionero pasó la noche en ese lugar y a la mañana siguiente lo transfirieron, para leerle los cargos, a la prisión militar de la torre Antonia, sede del centro administrativo romano de Judea y el edificio de piedra más grande entre Éfeso y Babilonia.

El joven David, padeciendo bajo los casi treinta kilos de la impedimenta, coraza y armas del guerrero, no pudo seguir el paso de la caballería y necesitó media jornada adicional para completar la caminata de sesenta y cinco kilómetros que separaban la ciudad del lugar de la emboscada. Llegó a Jerusalén tarde y temeroso de que ya hubiesen flagelado y ejecutado al mercenario. Pero un sargento de guardia destacado en la puerta de Damasco informó al muchacho (después de que media docena de caminantes lo hubiese apartado a patadas y pescozones) de que el individuo continuaba con vida; de hecho, hacía pocos minutos que lo habían llevado a entrevistarse con Severo Pertinax, el comandante de la guarnición.

—Por favor, señor —rogó David—, ¿me podría decir el nombre del guerrero?

El suboficial observó al muchacho con gesto dubitativo.

—¿Dices que eres su aprendiz y no sabes su nombre?

David, mortificado, preguntó dónde tendría lugar esa entrevista entre el comandante de la guarnición y el guerrero. El sargento le indicó que fuese al taller de carpintería situado bajo la muralla septentrional de la torre. Ese establecimiento, con su techo elevado y sus abiertos aleros, proporcionaba cierto frescor en las infernales mañanas de Judea. El suboficial le hizo saber que era allí donde el jefe de la guarnición acostumbraba a comer y a menudo recibir a peticionarios y todo tipo de suplicantes.

David le dio las gracias y, echándose de nuevo al hombro su engorrosa carga, comenzó a caminar.

—Telamón —le dijo el sargento—. Así se llama tu maestro. Es un mercenario griego, de Arcadia.

»Y sigue el aroma de las virutas de pino —añadió.

David obedeció, recorriendo el interior de los muros de la ciudad hasta llegar a los talleres de carpintería. Era un edificio de adobe, encalado, con una techumbre abierta, compuesta por vigas y cubierta de tejas rojas. Cuesta abajo, contra el muro, había montones de virutas que alcanzaban la cintura de un hombre. Los niños de la zona las recogían para emplearlas como combustible o para cubrir el suelo de los establos. David deambuló por el lugar simulando recoger ese material, intentando no llamar la atención de los muchos legionarios que patrullaban las callejuelas o reposaban a la sombra de los porches.

De pronto oyó la voz de su maestro (*Telamón*, se dijo, intentando fijar el nombre en su memoria) procedente del interior del edificio donde se hallaba el taller. Según le habían dicho los vecinos, los carpinteros eran cautivos, sobre todo judíos y delincuentes de poca monta. Llevaban grilletes mientras trabajaban.

David distinguió las voces de otros tres hombres. El tono de su discurso era imperioso y acusador. Las respuestas de Telamón, cuando las había, se limitaban a monosílabos o gruñidos. El intercambio, o los fragmentos de conversación que llegó a oír, se desarrollaba en latín, de modo que aún podía entender menos su significado. No fue capaz de encontrar un modo de entrar en el taller. Soldados y carceleros bloqueaban cualquier posible punto de acceso.

Sin embargo, el joven descubrió una brecha entre la cima del muro de una caballeriza adyacente y el alero del tejado de la carpintería. Se encaramó a esa abertura, cargado con las armas e impedimenta del guerrero, y avanzó, primero agachado y después reptando, hasta alcanzar un punto elevado situado directamente bajo el alero. Desde ese escondrijo, el muchacho podía ver y oír la entrevista que tenía lugar allá abajo, y entender tanto como le permitiese su conocimiento de la lengua de los romanos.

Estaban presentes el guerrero, todavía con esposas y grilletes, un oficial con rango de tribuno, al parecer Severo, el comandante de la plaza, un asistente de menor graduación, que al muchacho le pareció un oficial adjunto o quizá el segundo al mando, y el teniente de caballería que había realizado el arresto en la Angostura.

—El soldado al que le rompiste la mandíbula y le hiciste escupir los dientes era un buen hombre —le decía el teniente a Telamón—, un sargento con dieciséis años de servicio y numerosas condecoraciones al valor. Ahora vamos a tener que licenciarlo y mandarlo al retiro. Y yo tendré que entrenar a otro para que ocupe su lugar, y no sé qué cojones me va a costar eso, por no hablar del coste de su repatriación y de la educación de sus hijos. El importe de todo eso, como sabes de sobra, no sale de los fondos del tesoro provincial de Antioquía, sino de nuestro presupuesto de campaña…

Con una mirada, el comandante de la guarnición interrumpió el discurso del teniente.

—Atacar a un soldado romano se castiga con la muerte —le dijo a Telamón—. ¿Qué tienes que decir al respecto?

—¿Y con qué se castiga a un soldado romano por asaltar a una niña? —contestó el guerrero.

—Mira, voy a darte mi parecer —intervino el teniente. Señaló a Telamón—. El detenido no atacó presa de un arrebato pasional… ¿Por qué iba nadie a defender a una rapaza escrofulosa sin conocerla de nada?... Sino con premeditación e intención criminal, con el fin de dañar a Roma. Es un vendido a esos zelotes hebreos —acusó el oficial—, si acaso no es uno de ellos, o miembro de alguna de las cien bandas y coaliciones rebeldes que tienen los judíos.

El comandante de la guarnición le preguntó al teniente qué castigo proponía.

—Que cabalgue la yegua de madera —respondió el joven oficial haciendo un gesto hacia el extremo oriental del taller. David estiró el cuello para mirar. Contra la pared descansaba un montón de travesaños para la cruz recién labrados.

—Lo iré a ver al tercer día —añadió el teniente—, cuando se partan los tendones de sus lomos y las tripas se le escurran por el culo.

El tribuno estudió la expresión del guerrero. Les hizo saber a su oficial adjunto y al teniente que aquel individuo se había entrenado toda su vida para enfrentarse a momentos como aquel, e incluso peores.

—Pero tú no dejarás escapar un sollozo, ¿verdad, amigo mío?

David, observando desde su escondrijo, pudo distinguir la marca militar en el antebrazo del comandante de la guarnición:

LEGIO X

—Conozco de sobra a este hombre —dijo Pertinax.

Lo cierto es que David había percibido un vínculo oculto entre el cautivo y su carcelero.

—¿Sigues trabajando por dinero, peregrino? —preguntó Severo al hombre armado.

David pudo entender bien poco del intercambio que tuvo lugar a continuación, pues discurrió en una mezcla de latín y jerga legionaria. El tribuno se había dirigido a Telamón llamándolo «peregrino», el término para referirse a aquellos carentes de la ciudadanía romana que servían en distintas legiones y cuerpos auxiliares.

El comandante de la guarnición informó a su adjunto y al teniente de caballería que, hacía solo veinticuatro meses, el hombre encadenado ante ellos era el soldado más hábil de la afamada legión Décima... La Décima Fretensis (no confundir con su hermana Décima Gémina, destacada en Hispania) era descendiente directa de la Décima, reunida por César en Galia un siglo antes.

—Pero a la única águila que saludaba este hijo de puta era a la impresa en las monedas de oro. —Luego, señalando al teniente, añadió—: Y, por cierto, este tipo no es ningún agente de los zelotes ni de ninguna otra secta de los hebreos esos. No se pueden permitir pagarlo.

A ojos de David, Marco Severo Pertinax, caballero de la Orden Ecuestre y tribuno militar de la legión Décima Fretensis, era el epítome de oficial romano... Perfectamente rasurado, de porte impecable, atractivo como un dios y poseedor de un aplomo y dominio de sí mismo absolutos. El muchacho avanzó reptando a lo largo de la viga dispuesta por encima de él, con la esperanza de ver y oír mejor. El tribuno se dirigió a su oficial adjunto y al teniente con un tono que parodiaba al de una lección magistral, señalando al guerrero situado frente a él.

—Ustedes, caballeros, están habituados a esa práctica habitual entre los extranjeros alistados en las legiones consistente en abandonar sus nombres originales y, en su lugar, adoptar identidades romanas... La estructura de tres nombres. —Severo señaló y se dirigió por sus nombres a los dos sargentos situados a la espalda de Telamón, encargados de su custodia—. Como, por ejemplo, usted, Séptimo Justo Antonio, y también usted, Cayo Procopio Marcial. Pero este no...

Dicho eso, el tribuno se dirigió directamente al mercenario.

—Este mantuvo su nombre griego, carente incluso de patronímico. Y eso no es todo, amigos míos. Este hombre se ganó su licencia tres años antes de tiempo por su valor; el legado de la legión en persona le colocó sobre sus hombros la banda de la condecoración. Cualquier otro hubiese lucido ese reconocimiento con orgullo. Pero tú te deshiciste de la tuya, ¿verdad, peregrino? ¿O acaso la vendiste por un puñado de monedas de plata? Tampoco reclamaste la ciudadanía romana, inherente al recibo de tal honor y que, de hecho, hubieses obtenido de todos modos tras tu periodo de servicio. La rechazaste. Rehusaste.

»Como podéis ver, amigos míos —prosiguió Severo—, este hombre se mantiene por encima de preocupaciones tales como el amor al emperador o los lazos de camaradería con aquellos que sirven a su lado. ¿No es así, peregrino? Desde tu punto de vista, considerarse romano sería... ¿Qué? ¿Una deficiencia filosófica? ¿Una carencia de autonomía personal? ¿Cómo dice esa máxima de vuestro credo? *Solo los necios luchan por una bandera o una causa.* Sí, eso es. Lo recuerdo. Aquí el individuo es todo un filósofo. Eso que otros, almas más cándidas, llaman «honor», él lo define como «ilusión». No, no ilusión, mejor «autoengaño». ¿He citado tu código correctamente, presidiario?

—Bastante —replicó Telamón.

Severo sonrió.

—Ahora mismo podría ordenar que te clavasen en una cruz y todos y cada uno de los miembros de esta guarnición comprarían una entrada para disfrutar del espectáculo.

El romano hizo una pausa.

Su expresión se ablandó.

—Pero quizá esté más influenciado por tu filosofía de lo que estoy dispuesto a reconocer. Verás, me parece que se ha presentado la oportunidad de que tú, y solo tú, puedas rendir un servicio a Roma.

Un trabajo, dijo.

Un encargo.

—Pierde cuidado, peregrino. Serás remunerado. ¿Aceptarás?

Severo sacó una bolsa de cuero. La arrojó sobre la mesa de carpintero colocada entre el guerrero y él.

—Advertid, amigos míos, que a este soldado de fortuna no le he descrito la tarea que le deseo encargar. Me he limitado a mostrar la recompensa que recibiría por ejecutarla con éxito. ¿Por qué? Porque aquí nuestro hermano de armas, demasiado bueno para considerarse romano y demasiado orgulloso para aceptar la ciudadanía según nuestra norma, considera todos los avatares de la guerra tan valiosos como inútiles. Solo pregunta una cosa: «¿Cuánto pagan?».

—Acepto —dijo Telamón—. ¿Cuál es el trabajo?

Centímetro a centímetro, David había reptado por la viga hasta situarse casi encima del lugar ocupado por el guerrero. No osó dejar la impedimenta y el armamento del mercenario tan lejos, apoyados contra la pared, así que se mantuvo unido a su carga, o casi, sujetándola con una tira de cuero sin curtir atada al tobillo.

En ese momento, bajo él, el jefe de la guarnición hizo un gesto de asentimiento al teniente. Este, por su parte, hizo una señal a los dos sargentos que vigilaban en posición de firmes desde el fondo de la estancia. Los hombres se adelantaron y, con un mazo y unas tenazas diseñadas para la tarea, quitaron los pernos de las esposas y grilletes que sujetaban a Telamón.

El tribuno se dirigió al mercenario.

—Ese hebreo que tu alocada intercesión ayudó a liberar... El individuo que huyó a lomos de una montura de nuestra caballería... Lo quiero. Quiero que lo encuentres y me lo traigas.

Severo, con el fin de proporcionar cierta información adicional al mercenario, le hizo saber que el fugitivo había estado detenido en aquella misma torre, en la mazmorra subterránea reservada para los presos políticos y los insurrectos mesiánicos. Lo habían puesto en libertad cuatro días antes, a él y a la niña muda a su cargo, por orden directa de Severo.

—Confiaba en que ese malandrín me llevase hasta una cosa que ando buscando. Pero los acontecimientos, como bien sabes, se han desarrollado de otro modo.

David sintió un movimiento bajo su talón izquierdo. Estiró el cuello para mirar. Una rata marrón grande como el puño de un hombre restregaba sus bigotes contra la zona expuesta del pie de David. El muchacho se mordió con fuerza el labio inferior para evitar proferir un grito. Apoyó una mano en la viga bajo él, sujetó con la otra la tira de cuero sin curtir que lo unía a la impedimenta y armamento del guerrero y tensó hasta la última fibra de su cuerpo para lograr mantenerse en silencio.

—¿Quién es ese hombre? —preguntó Telamón a Severo.

«¿Le doy una patada?», pensó David. «No. Si la rata cae, me descubrirán».

El comandante de la guarnición siguió hablando bajo el escondrijo del muchacho.

—Hay tres clases de judíos en este malhadado país. Los del templo, los zelotes y los mesiánicos. A los primeros se les puede comprar con riquezas o poder y a los segundos se les puede combatir con las armas. Pero los terceros lo resisten todo. No se les puede sobornar ni coaccionar; y tampoco se puede razonar con ellos. No se preocupan de este mundo, sino de otro. El hombre al que perseguirás es uno de esos.

Severo le preguntó a Telamón si había oído hablar, o conocido, a un judío subversivo que se hacía llamar Pablo el Apóstol.

El mercenario contestó que conocía el nombre, pero poco más.

—Ese judío de Cilicia es ciudadano romano —dijo el tribuno—. Lo llamaban Saulo de Tarso y trabajaba como funcionario de alto rango al servicio del sanedrín... Fue un despiadado perseguidor de los llamados «cristianos». Según dicen, experimentó alguna clase de «conversión» milagrosa, tras la cual pasó a ser un acólito del mismo culto que antes hostigaba sin duelo... Y desde entonces se ha dedicado a su nueva función con el mismo celo que emplease en la anterior. Ahora, instalado en Éfeso y haciéndose llamar «Pablo el Apóstol», supervisa una operación de carácter general dedicada al apoyo y predicamento de esta nueva religión en todo el Imperio.

Telamón asimiló todo aquello.

—¿Y ese era el hombre que se escapó en la Angostura?

—No. Pero ese fugitivo guarda una estrecha relación con él, además de mantener una comunicación regular. Se llama Miguel. O bien lleva una carta del Apóstol o bien va a un lugar o en busca de un individuo que se la dé.

Telamón preguntó por el contenido de la carta. ¿Sabía Severo qué ponía o a quién iba dirigida?

—Su contenido es fácil de saber. Sedición. ¿A quién está dirigida? A la clandestina comunidad cristiana de Corinto, en Grecia. El Apóstol conoce bien esa ciudad. Él mismo fundó la secta nazarena en ella.

El tribuno le explicó que la epístola a los corintios no era una sucinta nota de amor. Constaba de tres mil palabras, o más.

—En un pergamino, probablemente bien atado y escrito con letra minúscula. Podría ser tan pequeño como un pulgar.

El comandante de la guarnición le dijo que el fugitivo llamado Miguel no se conformaría con entregar esa carta a una sola comunidad. Severo lo sabía, o eso dijo, por los desafiantes juramentos que el hombre había proferido en esa misma torre, sujeto al potro.

En Corinto se harían copias de las palabras del Apóstol y desde allí se diseminarían a un centenar de colonias, fomentando la rebelión y la insurrección.

—Roma no puede permitirlo. Esa carta tiene que ser interceptada.

Severo hizo una pausa en ese momento y miró al mercenario a los ojos con una expresión que intentaba transmitir la urgencia y las críticas consecuencias del encargo.

—No sé dónde habrá guardado la carta el nazareno ese ni cómo llegará a sus manos. Ese es tu trabajo, peregrino. Tráeme el documento y entrégame al hombre.

David sintió a la rata encaramarse en el talón y avanzar después por sus pantorrillas desnudas. Sus partes pudendas colgaban expuestas bajo el dobladillo de la túnica. Notó los bigotes de la rata tanteando la ruta pierna arriba, e incluso oyó el ansioso olfateo del roedor. Las mudas oraciones del joven cobraron fervor.

El comandante de la guarnición continuaba hablando con el mercenario.

—Ese hombre, Miguel, cuya huida fue posible gracias a tu intervención en el paso, es el hombre más peligroso de Palestina.

El comandante aflojó el cordón que cerraba la bolsa antes arrojada sobre la mesa. De ella salieron dos puñados de monedas.

—Doce águilas de oro —dijo Severo—. El equivalente a cuatro años de tu paga cuando servías en la legión. Recibirás otra docena cuando traigas al nazareno y su carta.

Telamón emitió un silbido.

Los bigotes de la rata tanteaban entonces la parte interna del muslo de David. Por un instante, el muchacho pensó en saltar desde su escondite, a pesar de que ello supusiese la prisión o la muerte. En vez de eso, su mano derecha, la que se sujetaba a la viga, salió disparada hacia la rata, la sujetó por la parte posterior del cuello y le partió la columna vertebral con un único y violento chasquido. Los hombres de abajo oyeron el ruido, o creyeron oír un ruido, pero después de mirar a su alrededor y no descubrir nada olvidaron la interrupción. David sujetaba al roedor apretándole el cuello con fuerza, no fuese que diera un espasmo agónico y se le escapase.

Sintió un dolor agudo y supo que el animal lo había mordido.

Una gota de sangre brotó del muslo de David, cayó al vacío y aterrizó sobre el suelo de tablones de pino, entre los pies del guerrero, con un suave ¡plaf! El mercenario no se movió ni mostró reacción alguna. Tampoco pareció advertirlo el comandante de la guarnición, ni ninguno de los romanos.

David se atrevió a respirar.

—¿Y cuál será el destino de ese nazareno, ese Miguel, cuando te lo entregue? —preguntó el guerrero.

Severo señaló los travesaños apoyados contra el muro del taller.

—El mismo que el tuyo si fracasas.

El tribuno empujó la bolsa y las monedas hacia Telamón. El mercenario las cogió.

El oficial le proporcionó más información que podría resultarle útil para el cumplimiento de su misión. Le dijo que un informante del presidio había dado a los carceleros ciertos detalles obtenidos de las confidencias de Miguel.

El guerrero preguntó si podría hablar con el individuo.

—El informante es una mujer —respondió el tribuno—. Una hechicera, nada menos.

Severo empleó el término hebreo, *kishshephah*, pronunciándolo divertido, como asombrado por la profundidad de la superstición e ignorancia existente en aquel país abandonado de la mano de los dioses frente al término griego, *mágissa*, derivado del persa *magi*, que aborda el empleo de las artes oscuras con seriedad y trata la disciplina con respeto.

—La mujer dice que todas las noches sale de la prisión volando, convertida en cuervo, y también dice que, si consigue un trozo de uña o un mechón del cabello de un enemigo, es capaz de lanzar un hechizo mortal y acabar con él.

El guerrero dijo que hablaría con ella.

El comandante, haciendo un gesto de asentimiento a su lugarteniente, ordenó que trajesen a la mujer.

—Vas a necesitar un intérprete —le dijo a Telamón—. La bruja solo habla hebreo y arameo o, al menos, se niega a comunicarse con nosotros en otra lengua.

El mercenario dijo que no necesitaba ningún intérprete, pues había traído al suyo.

Dicho eso, efectuó un rápido giro, tomó un tablón del banco de carpintero dispuesto a su espalda y, descargando un fuerte golpe hacia lo alto, sacudió la parte inferior de la viga donde el joven David se había colgado.

El muchacho cayó entre un revoltijo de miembros y maderos. La impedimenta del mercenario aterrizó con gran estruendo, esparciendo armas y enseres en todas direcciones. Hasta la estrujada rata cayó. Los oficiales romanos y los cautivos que trabajaban en los bancos retrocedieron sorprendidos, antes de estallar en carcajadas.

—¿Este es tu intérprete? —preguntó Severo.

El guerrero se alzó sobre el muchacho, tendiéndole una mano para ayudarle a levantarse.

David no encontraba palabras, solo podía emitir un ininteligible galimatías mientras se apresuraba a recoger la coraza y las armas del guerrero y a reordenar su impedimenta.

—¿Y este rapaz lleva todo el tiempo escuchando desde las vigas?

—Incluso ha sangrado sobre el suelo de tu taller.

La entrevista concluyó con esa divertida anécdota. Fueron en busca de la hechicera. El guerrero tomó su equipo (o aquello que deseó cargar, dejando el resto para David) y, escoltado por el teniente y los dos sargentos que le habían quitado las cadenas, se dispuso a salir a la calle empedrada conocida como vía Papilio por los romanos y calle de los Mártires por los jerosolimitanos, que llevaba a la entrada sudeste de la torre Antonia, donde tendría lugar su entrevista con la bruja.

Al cruzar el taller, la mirada de Telamón se detuvo en los travesaños de las cruces aguardando ser empleados. Los miró como si advirtiese que esos artefactos se producían de todos los tamaños... Algunos lo bastante pequeños, al parecer, para utilizarlos con mujeres e incluso niños.

—¿Funciona? —preguntó el guerrero al tribuno.

—¿El qué?

—Emplear el terror para dominar al pueblo.

Severo lo meditó.

—La verdad es que no. Pero ayuda a romper el tedio.

Libro segundo
Gaza

VI
La hechicera

—No es ninguna hechicera, sino una curandera normal y corriente, de esas que utilizan hierbas —dijo el joven David—. Y no muy buena en lo suyo.

El hombre y el chico habían acampado dos veces fuera de Jerusalén. La pareja ya había dejado atrás la provincia de Judea y cruzaba la llanura costera de Idumea, el antiguo reino de Edom, dirigiéndose a la ciudad de Gaza, bajo dominio romano desde la muerte de Herodes el Grande. Desde allí, había explicado Telamón de mala gana y solo después de que David lo importunase en varias ocasiones, su rumbo los llevaría al territorio de los egipcios, una vez superado el paso de Rafah; allí se internarían en el agreste Sinaí. El cortejo lo completaban dos mulas de Jericó, compradas por un «accio» de plata (ocho de estas monedas equivalían a un «coson» escita, conocido como «águila» entre los romanos) en el mercado de ganado situado extramuros frente a la puerta de Jafa.

La entrevista con la hechicera tuvo lugar inmediatamente después de la puesta en libertad del guerrero, en el patio con suelo de tierra apisonada abierto por debajo de la puerta Taddy, la entrada ceremonial de la torre Antonia. Un solo carcelero sacó a la mujer, engrilletada; no era romano, sino un hebreo de confianza empleado en la prisión. La mujer no se sentó en ninguno de los dos bancos que había, ni tampoco bajo la abundante sombra proyectada por el muro oriental del patio, sino al sol, sin pañuelo ni velo que le cubriese el rostro. Telamón se sentó frente a ella con las piernas cruzadas. David ocupó un espacio entre ambos, a un lado, para realizar su labor como intérprete. El mercenario le ofreció agua fresca. La bruja la rechazó.

—Tú eres el que va a cazar al nazareno Miguel —dijo la hechicera antes de que Telamón pronunciase una palabra—. No por Dios, sino por oro.

Aquella mujer infundió una inmediata sensación de terror en David.

Al principio la tomó por una leprosa, tan marchitas parecían sus mejillas y mandíbula y tan nudosos los dorsos de sus manos. Su cabello, negro y de espesos rizos, caía enmarañado sobre su rostro. A primera vista la hechicera parecía una vieja arpía de setenta años, aunque tras una observación más minuciosa David calculó que debería tener poco más de cuarenta.

La hechicera le dijo a Telamón, directamente y con un vehemente tono desafiante, que no pensaba contarle nada... Ni los asuntos tratados en sus conversaciones con el preso Miguel ni cómo llegó a ser su confidente. Tampoco hablaría del tipo de acuerdo que había alcanzado con el comandante de la guarnición, ni revelaría los cargos por los que la habían detenido y apresado.

Telamón planteó sus preguntas sin rodeos.

—¿Llegaste a ver la carta o solo sabes de su existencia porque has oído hablar de ella? ¿La tiene Miguel en su poder? Si no es así, ¿se la entregará un tercero en algún lugar situado en el camino a Corinto? ¿Dónde? ¿Quién?

La bruja contempló al mercenario con hostilidad y desprecio.

—La vi muy bien. Con estos dos ojos. El nazareno la tenía, pero después la quemó o la rompió.

—¿Cuál era su extensión? —preguntó Telamón—. ¿Se podría enrollar y guardar en alguna parte discreta del cuerpo? ¿Quién es la pequeña? ¿Es hija de Miguel? ¿Por qué los romanos retienen a una niña de esa edad?

El mercenario aseveró, por experiencia, según él, que las prisiones romanas eran auténticos nidos de informantes.

—¿Quién más sabe lo que le has contado a Severo? ¿Cómo te recompensó? ¿Qué mercaste a cambio de tan preciada información?

El guerrero quiso preguntarle a la bruja acerca del destino inmediato del fugitivo Miguel. ¿Tenía idea de cuál sería el primer lugar al que iría de camino a Corinto?

—Si lo supiese —respondió la hechicera—, tú serías la última persona a quien se lo diría.

El mercenario le ofreció dinero. La bruja escupió en el suelo.

Telamón le ofreció interceder por ella ante Severo para que le conmutasen la pena o incluso la pusieran en libertad. La mujer se limitó a reír.

Cada vez que se dirigía al guerrero, cosa que hizo a menudo, interrumpiéndolo en medio de una pregunta o hablando antes de que hubiese planteado una, lo hacía con la prodigalidad propia de alguien que hubiese sufrido la más grave e íntima afrenta personal, como haría un amante rechazado o un camarada traicionado.

—¿Qué clase de hombre realiza semejante encargo a cambio de dinero? ¿No tienes temor de los cielos?

David, al interpretar sus palabras, intentaba suavizar el furor del discurso de la bruja, aunque era imposible disimular el vitriolo que rezumaba su discurso. Por otra parte, los conocimientos que tenía el guerrero de la lengua hebrea —la hechicera se negó a emplear el arameo, un idioma más extendido— no eran, al parecer, tan limitados como había dicho.

El mercenario mantuvo una postura ecuánime a lo largo de toda la entrevista. En ningún momento alzó la voz ni respondió al veneno que escupía la hechicera.

—Basta con que lo pidas, mujer —dijo al final, mostrando una de las águilas de oro—, y compraré tu libertad.

La mujer respondió como si le hubiesen arrojado ácido al rostro. De sus labios brotaron blasfemias. Dijo que salía de prisión cada noche, volando, convertida en cuervo, y que podía obtener su libertad en cualquier momento. Y ni Severo ni todos los ejércitos de Roma podrían impedirlo. La mujer señaló el tatuaje en el antebrazo de Telamón:

—Crees que eres tú el que me interroga, peregrino. Pero soy yo la que observa la negrura de tu corazón. No puedes ocultarme nada. ¿Ves esas letras entintadas en tu carne? Están marcadas indelebles en tu alma. No te librarás de ellas con tanta facilidad como crees.

El mercenario lo encajó sin mostrar reacción alguna. Le agradeció a la hechicera su tiempo y, tras colocar dos monedas de cobre en una piedra plana frente a ella, se levantó y marchó antes de que la mujer pudiese rechazar aquella compensación.

La entrevista se repitió en la mente de David durante días. ¿Estaba él, de alguna manera, incluido en el maleficio de la bruja?

El joven también recordaba, con igual desazón, el último intercambio entre el guerrero y el tribuno que tuvo lugar fuera de la puerta Esenia.

David había pasado el final de la mañana comprando suministros para el camino que los aguardaba, además de los atalajes necesarios para las dos mulas. Durmió en la paja de los establos romanos dispuestos dentro de la torre. Aquella noche la voz de alarma sonó dos veces en las barriadas de la ciudad. Respondieron destacamentos militares de caballería y de infantería. David oyó sus pisadas dirigiéndose aprisa, a paso ligero, en dirección a los altercados. Oyó gritos procedentes del corazón de la urbe y vio llamas ardiendo en los barrios apartados.

A la mañana siguiente, Severo, acompañado por el mismo teniente de caballería que tomase bajo su custodia al guerrero en la Angostura, se despidió de Telamón y su aprendiz en la cuesta bajo la muralla meridional de la ciudad. El joven oficial resultó ser sobrino de Severo y este lo trataba como su protegido y confidente.

El teniente le entregó a Telamón algo que su oficial superior llamó un «paquete de información». El paquete, según le dijo Severo, contenía una *lex de captis*, una «licencia de captura», emitida con el sello personal del tribuno, la cual protegería al mercenario por tierra y por mar frente a cualquiera que pretendiese llevarse a su prisionero y también salvoconductos dirigidos a los capitanes de puerto de Tiro, Sidón y Seleucia Pieria. Además, el paquete incluía un plano militar de la ciudad de Corinto y sus aledaños, con notas donde se concretaban las últimas localizaciones conocidas de las comunidades nazarenas ocultas bajo tierra y un listado con los nombres y descripciones físicas de los principales cabecillas de los insurrectos.

—El gerifalte de esa caterva es un hombre llamado Simón el del Puerto, de apellido y edad desconocidos —le informó el teniente—. Se dice de él que es un dirigente político, si es que se puede aplicar semejante término a nada relacionado con esa secta mesiánica que debe tener unas treinta agrupaciones esparcidas por ahí, todas ellas discretas, no solo en Corinto, sino en todo el Peloponeso, incluso en lugares tan apartados como la isla de Corfú. Tiene una hermana, Miriam, también jefa de esos sediciosos. Aparte de estos dos, el único nombre que sabemos es el de una tal Josefa, también de apellido y familia desconocidos, a la que llaman Partenos, «Virgen». Parece que ella es la jefa mística. Por supuesto, estos nombres pueden ser falsos o corresponder a identidades encubiertas. Además, en cualquier momento otro miembro puede sustituir o suplantar a cualquiera de ellos. La información contenida en este paquete es de hace meses y no se puede confiar a ciegas en ella.

David observó el paquete con disimulo, lanzando vistazos cada vez que tuvo la oportunidad de no parecer entrometido. Para él, las líneas escritas no eran más que garabatos; su ignorancia y condición de analfabeto le produjo rubor.

Severo tomó la palabra donde lo había dejado su sobrino y continuó informando a Telamón.

—Esos tres, Simón, Miriam y Josefa, sean cuales sean los nombres con los que ahora viajan, son los destinatarios de la carta del Apóstol. Estarán esperándola. Serán ellos quienes propaguen el mensaje. Se deben tratar como a enemigos de Roma. Su erradicación es de máxima prioridad para el emperador. Respecto a la libertad con la que puedes desempeñar el encargo, no hace falta decir que en caso de no lograr interceptar, adquirir, destruir o traer la carta, Roma vería con muy buenos ojos que eliminases a esos tres individuos; a esos y a cualquier otro miembro de su secta.

Era una mañana calurosa y el tribuno se revolvió incómodo dentro de su armadura, una *lorica segmentata*. Estaba tocado con una gálea emplumada, como el teniente, además de calzar cáligas y llevar grebas de bronce. Ambos portaban sendas *gladii* como la de Telamón, sujetas a un tahalí provisto de un cinturón donde colgaba una daga e iban acompañados por dos *decurii*, pelotones de infantería pesada compuestos por diez hombres.

En ambos lados del camino que los llevaría a la calzada de Gaza, que discurría al sur y al oeste bajando por la puerta Esenia, se podían ver filas de cruces recién erigidas de las que colgaban los restos de una docena de los sediciosos llamados *sicarii*.

—Los hombres de la daga —comentó el comandante de la guarnición—. Un nuevo término para un nuevo tipo de guerrero, si es que se les puede aplicar tan honorable calificativo. Estos son zelotes —añadió—. Adalides de los hebreos que se ocultan entre la multitud a la espera de hundir sus aceros en las espaldas y gargantas de los soldados de mi legión... que también es la *tuya*, peregrino.

El tribuno observó la fila de cruces.

—¿Cómo se supone que yo, o cualquier otro, combata a tales causantes de terror? Ni siquiera puedo dejar que uno de mis hombres vaya a comprar una pera al mercado judío. Nuestros soldados solo pueden aventurarse fuera de la torre en patrullas de cuatro o más efectivos... Y provistos de armas y corazas. Los judíos escupen en nuestras sombras al pasar. Este país estallará en una revuelta, si no este año, el siguiente. ¿Y entonces qué? Pues entonces tendremos que arrasar la ciudad... Y lo haremos.

Las mulas podían oler el olor de la sangre y percibir la agonía de los rebeldes crucificados. Ambas comenzaron a patalear y resistirse. Severo observó al joven David tirando de su bestia por el ronzal, tensándolo.

—Este «aprendiz» que llevas... —El romano se dirigía a Telamón, aunque su asentimiento señalaba a David—. Él y sus paisanos se comerían crudos a nuestros hermanos para cenar. ¿No es así, muchacho?

Se dirigió directamente a David.

—¿Por qué los judíos no podéis aceptar el orden y la prosperidad romana? ¿Qué más podemos hacer por vosotros además de construir calzadas, proporcionaros agua corriente y enriquecer a vuestros tenderos y comerciantes? Y, a pesar de todo, degolláis a nuestros hijos en plena calle. ¿Acaso os hemos prohibido la práctica de vuestra religión? ¿Se empeña Roma en que adoréis a sus dioses o, aunque solo sea, sepáis de su existencia? ¡No! Vuestro templo es el mayor de Oriente. Vuestros sabios y sacerdotes amasan fortunas gracias al comercio regulado y monopolizado por vuestras leyes y protegido por nuestras armas. En nombre de los cielos, estoy al mando de la guarnición imperial destacada en Jerusalén y, a pesar de todo, no tengo potestad para decidir nada, más allá de dónde tirar las boñigas de las monturas de mi caballería, sin pedir permiso al sumo sacerdote o al Sanedrín, que el infierno los devore. Roma os ofrece un banquete de bendiciones, sin pedir a cambio nada más que paz, ¡y aun así nos odiáis!

Severo se volvió luego hacia Telamón y, con expresión compasiva, pronunció su evaluación personal.

—A pesar de nuestras diferencias, mercenario, tú y yo tenemos algo en común: ambos vivimos con los pies en el suelo. Estos judíos y mesiánicos no. Viven para el mundo venidero y no se puede razonar con ellos mejor que con una sombra o un espectro.

El tribuno se contuvo, comprendiendo que había dado rienda suelta a su temperamento frente a un muchacho analfabeto, lo cual empeoraba la escena. Recuperó su autocontrol y sonrió a Telamón con algo no muy diferente a una mueca.

—¿Ves como estos judíos son capaces de sacar a uno de sus casillas? Roma ha conquistado cien pueblos y ninguno permanece tan altivo como este. Quizá no fuiste tan tonto al licenciarte cuando tuviste la oportunidad, amigo mío.

Severo posó una mano sobre el hombro del guerrero.

—Tráeme la carta, hermano. Tráeme a ese hombre y la carta y yo mismo doblaré tu recompensa.

VII
El aprendiz de guerrero

Y así fue como el mercenario y su pupilo se pusieron en camino. Cada uno llevaba a la espalda su equipaje de primera necesidad. Las mulas iban cargadas con la impedimenta necesaria para acampar, así como el casco, la coraza, el correaje, el calzado de repuesto y el armamento, además de todo el agua y forraje que pudiesen transportar sin desfallecer. El hombre no iba a permitirle al muchacho montar el animal que llevaba ni siquiera un instante. Ambos caminarían por delante y a la izquierda de su mula.

Los viajeros habían empleado la red de caminos y veredas que se cruzaban en las colinas de Judea, desde Beit Shemesh hasta la planicie costera de Filistea, durante siglos e incluso milenios. Hacía mucho tiempo que los lugares adecuados para pernoctar, provistos de manantiales o refugios o, sencillamente, situados al resguardo del sol y el viento, se conocían y reconocían como campamentos abiertos a todo el mundo. Estos lugares estaban protegidos por la costumbre judía desde tiempos anteriores incluso a la ley mosaica. Allí acampaban caravanas y ganaderos conductores de rebaños, además de viajeros, comerciantes y celebrantes religiosos. Los invitados a las bodas levantaban sus tiendas en esos terrenos de camino a sus destinos, igual que hacían las familias que se dirigían al Gran Templo para festejar la Pascua judía o participar en cualquier otro rito religioso. Uno podía reconocer esas paradas por los caminos que llevaban a ella, senderos de tierra tan apisonada que parecían de piedra después de siglos de paso, o por los cercos de ladrillos ennegrecidos por hogueras prendidas desde tiempos de Salomón.

El guerrero evitaba tales campamentos a no ser que acudir a ellos sirviese a algún propósito; pero su propósito se lo guardaba para sí. Esto hacía que David se sintiese intranquilo y ansioso.

Cuando el muchacho se sentía inquieto, hablaba. No podía parar. El guerrero no contestaba. El mercenario solo había iniciado una conversación en los dos últimos días. Fue tres horas después de abandonar Jerusalén, allá donde el camino de los comerciantes doblaba hacia el norte en dirección a la calzada que llevaba desde esta ciudad a Damasco, ese camino donde se había tendido la emboscada de la Angostura.

—Tu pueblo queda calzada abajo —dijo el guerrero.

—¿Y?

—¿No tienes ganas de contarle a tu padre la idea que se te ha metido ahora en la cabeza?

Bajo el dobladillo de la túnica del muchacho todavía se podían distinguir lívidos verdugones.

—¿Decirle? ¿Para qué? ¿Para que me arree otra tanda de correazos?

El mercenario no respondió, dirigió su mula hacia el sur en la bifurcación que llevaba a Gaza y el desolado Sinaí.

—Ahora mi padre eres tú —dijo el muchacho.

El guerrero se limitó a gruñir.

Frente a ellos se extendía un paisaje pedregoso y monótono que descendía hacia la llanura y el mar. Casi al final de la jornada, en el pozo de Abisag, a las afueras del pueblo de Bet Natan, el hombre volvió a dirigirse al muchacho.

—Te he traído conmigo porque has mostrado cierta presencia de ánimo. Pero no soy ni tu padre ni tu hermano ni tu amigo. Puedes observar y aprender todo lo que seas capaz. Si te matan mientras viajamos juntos, enterraré tus huesos.

Y, como pago por su trabajo hasta la fecha, le dio una moneda de cobre.

—Yo espero ser pagado por mi trabajo —dijo el hombre—. Y pago el de los demás.

El hombre y el muchacho atravesaban entonces territorio

civilizado, una región que seiscientos años antes fue el reino de los filisteos y después conquistaron las huestes del babilonio Nabucodonosor y luego los asmoneos para, al final, caer en manos de Roma en tiempos de César y Pompeyo. Granjas y viñedos punteaban el paisaje. El guerrero continuaba evitando terrenos transitados. David acabó reconociendo la imposibilidad de que la presencia de semejante individuo no llamase la atención. Al hombre todo aquello le resultaba tedioso, por no decir imprudente. Así que la compañía, el hombre y el chico, acampaba en altozanos y promontorios solitarios.

—¿Por qué vamos en esta dirección? —preguntó David la primera noche—. ¿Ese nazareno no se habrá dirigido al norte? El sur solo nos llevará al desierto. Nuestra presa intentará llegar a Corinto por mar, desde Seleucia Pieria o uno de esos puertos del norte, ¿no?

Telamón permitió una hoguera ese atardecer, pero advirtió al muchacho que sería la última.

—Antes de que tu sudor, o el mío, se hubiese secado tras la refriega en la Angostura, nuestro amigo el teniente de caballería ya había enviado a uno de sus soldados a galope tendido de regreso a Jerusalén para informar a Severo de la huida de ese tal Miguel. Media jornada después, se habrían despachado a otros jinetes para alertar a todo puesto de peaje y centro de seguridad de la ruta septentrional. La legión Décima está acantonada en Cirro y la Duodécima Fulminata y la Sexta Ferrata en Ráfana. Hay destacamentos de la Tercera Gálica destacados en Antioquía. La flota oriental controla Éfeso, Metimna, Mitilene y todos los puertos del Egeo. Todas y cada una de las unidades al servicio del Imperio están dando caza al nazareno en esa dirección.

En la cuarta jornada ingresaron en la provincia de Gaza. No había frontera que lo señalase a excepción de un miliario tan achaparrado que uno podría tropezar con él y tan erosionado por la arena y el viento que apenas se podía leer su inscripción:

ASCALÓN / GAZA

El muchacho se afanó por intentar simular que comprendía esta inscripción. No obstante, pudo ver que el mercenario, aunque no hizo comentarios, se había dado cuenta de que era analfabeto.

—Vamos a entrar en territorio de salteadores y forajidos —informó el guerrero—. A partir de ahora tú y yo actuaremos como si nos encontrásemos en guerra.

Telamón sacó la dolabra de entre su impedimenta y se la entregó al muchacho... Era el útil de trinchera empleado por las legiones con el que le había partido la columna y los riñones al segundo salteador en la Angostura.

—A partir de ahora, no vamos a hacer nada sin tener un arma a mano. No dormiremos, comeremos o responderemos a la llamada de la naturaleza con las manos vacías. Desde este momento hasta la consecución de nuestro objetivo no habrá un instante en el que durmamos al mismo tiempo. Uno de los dos estará despierto y alerta. Si te sorprendo dormido, no volverás a despertarte.

Aquella noche acamparon en un promontorio; no hubo hoguera.

David descubrió que experimentaba por primera vez qué era el miedo.

Pensó en la casa de su padre y en el apretado cuchitril que compartía con sus dos hermanos pequeños. Pensó en su madre y sus tres hermanas.

Pensó en Jerusalén. David había visitado el lugar solo una vez, con su familia, para el Séder de Pésaj, cuando era demasiado pequeño para valorar la ciudad y comprender la situación política en la que estaba inmersa. No sería hasta entonces, viajando con el mercenario, cuando pudo observar la metrópolis con ojos de adulto, o casi.

Allí, recordó David, sobre el laberinto de pasajes y callejuelas que componía la ciudad amurallada, se elevaba el monte Moria, el lugar donde Abraham había atado a Isaac y un ángel detuvo el inmisericorde filo del patriarca. El joven contempló la torre de David y la ciudad de David, la Jerusalén original, con sus puertas y sus mil años de antigüedad. Subió hasta el Lugar de la Calavera, donde habían crucificado a Jesús de Nazaret, el rabino proclamado mesías por el pueblo llano e iletrado. Y deambuló por la calle que entonces esos cristianos llamaban Vía Dolorosa, sobre cuyos adoquines el mártir cargó con el travesaño de la cruz que sería su destino.

David, mientras cumplía con la tarea de aprovisionamiento, pasó por el jardín de Getsemaní y subió al monte de los Olivos, que dominaba el valle de Cedrón. Vio el mar de tumbas de generaciones de judíos aguardando por el verdadero mesías. Vio en el patio del templo a los cambistas en sus puestos y mesas, entre el molesto clamor de los fieles que habían recorrido leguas para orar y ofrecer un sacrificio. Uno no obtenía una ofrenda religiosa, digamos un cabrito, o incluso una paloma o un pichón inmaculado, a cambio de una moneda profana. Eso contaminaría la ofrenda y sería impía a ojos del Cielo. Las dracmas y los denarios de los celebrantes se habrían de cambiar por la moneda del templo. Aquel era el lugar, según había oído David, donde Jesús de Nazaret había expulsado a los cambistas y destruido sus puestos en un estallido de violencia. ¿De verdad tan anárquico individuo podía ser el redentor que los judíos llevaban veinte siglos esperando? Parecía una idea absurda. No obstante, David sabía que miles de personas, quizá incluso decenas de miles, así lo creían. Y cada día eran más.

En el templo del Monte había contemplado las procesiones de los saduceos y sus rivales, los fariseos, a quienes los seguidores de Jesús despreciaban por ser los lamebotas de los romanos. ¿Lo eran? David advirtió las ajadas suelas del calzado de los fariseos y los deshilachados dobladillos de sus túnicas mientras estos arrastraban los pies avanzando en fila de a uno para orar en el patio más allá del cual se encontraba el Sanctasanctórum, entonando salmos compuestos por el rey David. Aquellos eran hombres buenos, temerosos de Dios, que habían hecho voto de pobreza y mantenían las tradiciones de sabiduría y devoción frente a la conquista romana y, además, estudiaban la Torá a la luz de las velas hasta tan tarde que tenían la vista estropeada y los hombros siempre encorvados. Sus acólitos habían dedicado sus vidas a preservar vivo el acervo popular del pueblo de Israel. El linaje de sus ancestros se remontaba hasta aquellos que peregrinaron con Moisés, hasta los cautivos de Babilonia que regresaron con Esdras y Nehemías y reconstruyeron el templo arrasado por las fuerzas de Nabucodonosor.

A ojos de David, aquellos hombres de Dios, los altivos saduceos y los humildes fariseos, se encontraban en un plano de existencia al que el muchacho ni siquiera podía soñar con intentar alcanzar. Vivían, pudo ver, en un nivel diferente de aquellos ocupados en cuidar rebaños o cultivar la tierra. Sabían leer y escribir; comprendían los misterios de la Cábala; hablaban con el Todopoderoso. Sabían cómo dirigirse a Él, cómo escuchar y comprender Sus palabras; adivinaban cuál era Su voluntad. David se preguntaba cómo podría un chico como él no respetar a hombres tan instruidos, defensores de los baluartes del Señor frente al sinsentido de la bienintencionada pero ignorante e iletrada muchedumbre.

David pensó en que Miguel el Nazareno no se alineaba con aquellos instruidos maestros, sino con paletos y catetos. Su «religión», si es que se podía llamar así, era la fe de la calle y el corral, que es como decir la superstición y la patraña, en realidad el sacrilegio, engendrada por la imposición de manos y la realización de los llamados «milagros» que, según había oído decir, a menudo no eran más que trucos y juegos de manos, «curaciones» o «sanaciones» preparadas, o algún tipo de alucinación histérica creada por el aglutinamiento de masas de zarrapastrosos unidos por la desesperada búsqueda de un alivio para sus pesares.

«Y, aun así —decía su voz interior—, ¿quién soy yo para juzgar? ¿Qué sé yo? Soy un chaval de una aldea que, por no tener, no tiene ni nombre y, encima, no sé leer ni escribir. Y jamás sabré».

La verdad, pensaba David, es que podía recitar de memoria la Torá, pero ¿cómo la había aprendido? Con la ayuda de su igualmente analfabeto progenitor, un ignorante que golpeaba a sus hijos con regularidad y se humillaba frente al más insignificante soldado raso del ejército romano o al más modesto de los clérigos del Sanedrín. «Aun así, ¿cómo voy a culpar a mi padre? ¿Qué maltrato nos ha dado que antes no hubiese descargado el Dios de nuestros padres cien veces sobre los hijos de Israel, siglo tras siglo, y que todavía hoy sigue descargando? ¿Rey del universo? ¡Pues expulsa a los romanos! Derrótalos como dice la Torá que hiciste con hititas y cananeos, jebuseos y amorreos. ¿Dónde está nuestro Josué? ¿Dónde podemos encontrar a un Saúl, un David o un Jonatán? ¿Dónde está Judas Macabeo?», pensó David.

El muchacho sabía que los zelotes estaban empuñando la espada por Israel. Sus filos ensartaban los hígados de los soldados romanos en plena calle, tal como había dicho el tribuno Severo. David sabía que también esos eran hombres buenos. Lo cierto es que el chico había pasado muchas noches en vela pensando en cómo ingresar en sus filas.

«¿A quién seguir? ¿Cuál es el camino correcto?

»¿Dios es omnisciente? ¿Ve el sufrimiento de Su pueblo?

»¿Cómo puede el Hacedor del universo permanecer apartado y en silencio mientras sus adoradores son humillados y denigrados, asesinados a centenares por la maquinaria bélica romana?»

David no sabía la respuesta a ninguna de esas preguntas… Hasta aquella tarde en la venta llamada Pie de la Cuesta, cuando por primera vez posó su mirada en un guerrero llamado Telamón de Arcadia.

La conversión del muchacho duró menos de un segundo.

David supo de inmediato, y en lo más profundo de sí, que eso era lo que quería, lo que deseaba ser.

«He aquí un hombre con los pies bien asentados en el suelo —pensó entonces el joven—, no en la esfera de sueños e ilusiones. Aquí está un hombre que teme a la muerte, como todos nosotros, y que, quizá debido a su gran experiencia bélica, conoce incluso con más precisión los misterios del azar y el sino pero, a pesar de todo, se enfrenta a ellos cada día; además, tiene cicatrices para demostrarlo.

»Este no es un hombre en busca de un plano de existencia más allá del mortal o el mundano, sino alguien que vive en este mundo de polvo y lucha sin ilusiones ni autoengaños».

David supo al instante que seguiría a aquel hombre. Aprendería sus enseñanzas. Cumpliría sus órdenes.

Él, muy joven, se matricularía en la academia de la calzada y la escuela del conflicto. David sabía que los secretos que pudiese revelar el guerrero habría de arrebatárselos uno a uno, sacando una lección de cada acto, de cada palabra. No le importaba. Estaba dispuesto a pagar cualquier precio.

«¿Por qué este?», se preguntaba entonces, caminando en compañía de aquel mercenario solitario. ¿Por qué él y no uno de los miles de lanceros, arqueros y soldados de caballería, judíos o gentiles, con los que David se había encontrado a lo largo de sus breves pero intensos años de existencia?

David sintió algo por aquel individuo. No sabría explicar la esencia de su sentimiento, ni siquiera a medias, ni siquiera a sí mismo. No obstante, lo sentido por el muchacho respecto a ese hombre era algo más profundo y sustancial que simplemente «fuerza», «habilidad» o, como decían los griegos, *andreia*, virilidad, «ser hombre».

También el mercenario tenía una religión. No era algo como la lámpara de la fe o la creencia en futuras bendiciones. No era el código de un soldado o un código de honor. Se trataba de algo más austero y solitario, una doctrina carente de piedad incluso hacia uno mismo pero que, de alguna manera, David sentía vinculada a una verdad tan inmutable como la muerte y tan básica como la creación.

David decidió que daría todas sus pertenencias, presentes y futuras, por adquirir aquello en posesión del guerrero… Su sabiduría, su entendimiento, el conocimiento de todos esos misterios. Estaría dispuesto a morir por ser y convertirse en alguien como él.

Libro tercero
El yermo

VIII
Los corrales

David dobló la esquina hacia los corrales y allí estaba el caballo... La montura robada al destacamento de caballería que Miguel el Nazareno emplease en su huida. El animal era un capón alazán cuatralbo con una gran estrella blanca. Carecía de silla y arreos. Tenía el ronzal, pero no la brida.

Telamón vio el caballo en ese mismo instante. Si su ánimo se alteró de algún modo, David no pudo detectarlo.

Sin embargo, el mercenario se había dirigido al lugar con la esperanza de encontrar precisamente eso.

El asentamiento tenía características judías, samaritanas y egipcias. Se trataba de un puesto comercial situado en un cruce de la calzada llamado Antedón por los israelitas y Bardawill por los hijos del Nilo. Desde allí se veía el Gran Mar... El *Mare Nostrum*, como decían los romanos.

Calor.

El lugar hervía a primera hora de la tarde y apestaba con el acre hedor de las boñigas de caballos, camellos y mulas tostándose al sol, por no hablar de los excrementos de las cabras y ovejas encerradas en corrales cercados con matas de cardo y espino.

La noche anterior, David había sufrido un segundo ataque de pánico irracional.

Decidió abandonar a Telamón. Regresaría a casa. Mejor afrontar la ira de su padre que pasar otra jornada caminando en silencio, a la espera de que aquel hombre duro y extraño advirtiese su presencia; y de verlo hacer alguna señal de que le importaba, mejor no hablar. Pero, llegada la mañana, el joven olió el aroma de la brisa marina. Comprendió que la perspectiva de internarse en territorio salvaje no le resultaba tan aterradora como la noche previa. Se reprendió en silencio por prestar atención a esos fantasmas que crecían en la oscuridad.

El guerrero ingresó en los corrales causando el esperado revuelo. Corraleros y caballerizos, granjeros locales que llevaban sus ovejas y carneros al mercado... Para nadie pasó inadvertido el tatuaje en el antebrazo del hombre, donde se leía ***LEGIO X***, la calidad de su armamento y el oscuro tono de su tez curtida por el sol. David hubo de admitir que le gustaba la notoriedad que conllevaba ir en compañía de aquel hombre.

—¿Cómo ha caído en tus manos?

Esa era la voz de Telamón dirigiéndose al dueño de los corrales. Los dos hombres se encontraban al sol, junto al tercero de la, más o menos, media docena de cercados. En aquella región, donde escaseaba la madera, los corrales se cerraban con piedras y matas de espino que se alzaban hasta el pecho de un hombre y tenían cancillas hechas con palos. Los niños y otros trabajadores se apoyaron en esos palos, algunos se encaramaron a ellos para observar al caballo. El animal estaba encerrado en un recinto delimitado con sogas.

—Pura casualidad —respondió el dueño—. Aunque tan buena suerte te pueda costar el pellejo.

David advirtió el tatuaje militar en el antebrazo derecho del dueño del corral:

LEGIO VI

Aquel lugar, comprendió el muchacho, debía de ser una de esas «concesiones» (los romanos las llamaban *conlocationem*), es decir, tierras concedidas a legionarios retirados como recompensa por sus servicios.

El dueño del establecimiento era un tipo de unos cincuenta años, calvo como un calabacín, con hebras grises en la barba, al que le faltaba la oreja izquierda y cuatro de cuyos dientes frontales estaban hechos de marfil. Bajo el dobladillo de su túnica se podían ver con claridad antiguas cicatrices de quemaduras en la parte posterior de sus piernas. David advirtió que el hombre se había fijado en la marca militar de Telamón, de igual modo que el mercenario había reparado en la de su nuevo camarada.

Ninguno dijo una palabra al respecto, pero el tono de sus voces cambió a partir de entonces. A una señal de asentimiento del dueño, un chico fornido llevó agua fresca en una vasija de barro con un cazo hecho de calabaza. Telamón le dio las gracias a su nuevo amigo. Le ofreció el primer trago a David. Solo entonces bebió él.

Habían descubierto al caballo, tal fue el tema de conversación durante unos minutos, corriendo suelto por las dunas al nordeste de un lugar llamado Rafah que, al parecer, se encontraba a varios kilómetros de aquellos corrales. El animal estaba muerto de hambre y sed, pero aun así fueron necesarios dos equipos de jinetes para sujetarlo. Los hombres identificaron de inmediato al bruto gracias a la marca de sus cuartos traseros, la **x** de la legión Décima, y concluyeron que se había perdido o lo habían robado. Sorprender a uno en posesión de semejante trofeo significaba morir en una cruz romana.

—¿Qué te parece este trozo de carne equina, amigo? —le preguntó el dueño a David, colocándole una de sus manos sobre los hombros con una palmada—. Vale más de lo que gente como tú o yo podamos ganar en nuestra vida. Este cabrón atesora diez años de entrenamiento y ha sido mejor tratado y alimentado que cualquier pisa-hormigas por debajo de un sargento de centuria. Puede cargar, ejecutar una contramarcha lacedemonia a galope tendido y mantener una formación perfecta entre el estruendo de los clarines. ¿Que si es inteligente? Ahí donde lo ves, este elemento puede hacer cualquier cosa que no sea andar sobre dos patas y hablar.

La mirada de David se dirigió a Telamón. Que ese caballo estuviese suelto significaba dos cosas:

Telamón estaba en lo cierto respecto a la dirección en la que huyó Miguel el Nazareno.

El fugitivo iba a pie.

—¿Ves esta manea? —dijo el dueño de los corrales dirigiéndose a Telamón. Le mostró una fuerte correa de cuero, como el cinturón de un hombre, forrada de borreguillo y destinada a sujetar las patas delanteras de un caballo, bajo los espolones, para impedir que se perdiese mientras pastaba o escapase durante la pernoctación. Las lengüetas entre las hebillas estaban mordisqueadas.

—A este animal lo han sujetado con esto cada noche desde que era un potro y jamás se le ocurrió darle ni un mordisquillo a la manea. Pero la primera noche que los ladrones lo amarraron así, esperó a que se durmiesen y después… *ñam, ñam, ñam*… ¡Y se escapó!

—¿Ni silla ni brida?

—Apuesto a que las encuentras en el lugar donde los fugitivos acamparon por última vez. Quemadas o enterradas lo bastante profundo como para que nadie se tope con ellas.

—¿Dónde dirías que acamparon? —preguntó Telamón.

El dueño del establecimiento sonrió.

—Exactamente en el mismo lugar al que vas.

Mientras Telamón y el dueño desenmarañaban la historia, una caravana compuesta por caballos y camellos apareció por el sur, emergiendo del espejismo formado en el camino que venía de los yermos del Sinaí.

La caravana entró en los corrales siguiendo un sendero indirecto tapado por una línea de tamariscos… Un acceso creado, al parecer, para que la aproximación de una cuadrilla quedase oculta a los ojos de un observador situado en la calzada principal.

David advirtió que el dueño daba la bienvenida al jefe de la caravana llamándolo por su nombre, para después reunir con un silbido a los caballerizos, que se apresuraron a ocuparse de los animales, darles agua y forraje, comprobar los arreos y la sujeción de la carga y ofrecer comida y bebida a los hombres. David le lanzó una mirada a Telamón. El guerrero observaba a los recién llegados con mucha atención.

Lo que más sorprendió a David, aparte de la capa de polvo y *loess*, una arenisca del desierto similar al talco que parecía pegarse a cualquier superficie de tela o piel, era cómo a pesar de las modestas dimensiones de la carga que acarreaban las bestias (solo cinco camellos con unas alforjas que pendían casi vacías a sus flancos), la comitiva venía custodiada por no menos de una docena de jinetes (con sus capuchas negras y los rostros cubiertos); todos judíos pertenecientes a la secta ortodoxa de los saduceos, identificables por sus pantalones abombados y sus lanzas de tres metros, a lomos de los rápidos, duros y pequeños ponis de la península y todos armados hasta los dientes.

—Una caravana de Alejandría —señaló el dueño de los corrales al reparar en la perpleja mirada de David—. Doce días les ha costado, a través de la absoluta desolación de los yermos.

El hombre le dijo que la carga de la caravana se dirigía al Gran Templo de Jerusalén. Regresarían dentro de veinte jornadas para realizar el mismo recorrido.

—¿Qué hay en las bolsas? —preguntó David.

—Algo que ningún recaudador romano verá jamás —respondió el dueño del establecimiento.

David advirtió que los guerreros a caballo habían prestado una atención especial a Telamón y a los componentes de su equipo propios de la legión antes de, al parecer, decidir que no era un espía ni un soldado en activo, sino un mercenario nómada y solitario.

Los jinetes de la caravana dejaron sus monturas al cuidado de los caballerizos. Luego, una vez habían desmontado, pero conservando su armamento, se dirigieron a la sombra de la cocina exterior. Cuatro guerreros se separaron de sus compañeros. Estos permanecieron junto a los camellos cargados y no comieron ni bebieron, al menos por el momento.

El dueño de los corrales se dirigió de nuevo a Telamón.

—Seguro que irá al Hormiguero —le dijo.

—¿Quién?

—El hombre que andas buscando.

David aguzó el oído al oír aquello. El joven había escuchado historias de ese lugar, un refugio de proscritos tan profundamente enclavado en el desierto que ni siquiera los romanos osaban aventurarse en él.

El Hormiguero, decían las historias, era una ciudad totalmente subterránea habitada por tres comunidades absolutamente dispares... Ascetas y anacoretas en busca de visiones extáticas en medio de la naturaleza salvaje; refugiados políticos perseguidos por los romanos; proscritos y comerciantes de esclavos, forajidos y saqueadores oriundos de las tribus del Sinaí dedicados a perpetrar asaltos a lo largo y ancho del territorio. Todos vivían en comunidad dentro del Hormiguero bajo las normas de un acuerdo tan antiguo como Adán.

—Pero eso ya lo habías pensado antes de venir acá —le dijo a Telamón.

David observó al viejo ladino. «A buen seguro que la caballería romana ya ha pasado por estos corrales en busca de la montura robada, y del hombre y la niña que se la llevaron. No iban a guardar secretos en un lugar como este, y menos con un tipo semejante», pensó.

Telamón parecía pensar lo mismo.

—Ese hombre que ando buscando —le dijo al dueño—, ¿no habrá pasado por aquí en su huida?

—Ay, un tipo como ese es demasiado astuto para hacer algo así.

Telamón rio y colocó un «Antonio» de plata, uno de los viejos denarios acuñados durante la guerra contra Octavio y todavía de curso legal, en la mano del dueño. El mercenario pagaba para que cuidasen de sus mulas. Sobre todo, le dijo al propietario de los corrales, quería que les examinase las pezuñas alguien que fuese buen veterinario, y también que prestase especial atención a las ranillas; las quería en buenas condiciones y limpias de guijarros y espinas.

El hombre lo observó.

—Ese sujeto al que buscas, si puedo preguntar... ¿Lo buscas a él solo o andas tras algún objeto de valor que lleva encima?

Telamón no respondió. Le pidió al dueño que ordenase a sus caballerizos afeitar las espaldas de las dos mulas y que permitiesen al joven David mirar y aprender cómo trabajaban. El recio pelo que cubría la zona dorsal de las bestias, sudado y apelmazado bajo el peso de los arreos y las alforjas, se había retorcido hasta formar nudos que, inevitablemente, se hundían en la carne de los animales como púas de erizo bajo una silla de montar. El afeitado las libraría de esas molestias.

El dueño dijo que se ocuparía de inmediato.

—Ese para el que cumples el encargo... Vive en la torre Antonia, en Jerusalén, ¿verdad? —Señaló el campo abierto hacia el sur—. Así que, trabajando al servicio de ese oficial, ¿deberás aventurarte ahí fuera y regresar?

Berreó a sus muchachos, que acudieron a la carrera para tomar las mulas de Telamón y ocuparse de sus necesidades.

—El desierto es un nido de malhechores —le dijo al mercenario—. Su estilo de vida es el pillaje. Si tienes algo de sentido común, y creo que lo tienes, no caminarás el doble de lo necesario ni te arriesgarás a correr el peligro en el que te pondrá ese lugar, sino que continuarás hacia el oeste.

El dueño de los corrales cogió a Telamón por el codo y lo atrajo hacia sí.

—Y aún te voy a decir algo más, amigo mío. Si ese «objeto de valor» es lo que creo que es, después de conseguirlo no vas a descansar hasta meterte en la corte del *praefectus augustalis* de la egipcia Alejandría. Es a él y no a Jerusalén a quien entregarás ese trofeo. Y lo harás porque Alejandría, poderosa ciudad querida por Roma, puede recurrir al tesoro del Imperio para recompensar a quienes la favorecen, mientras Judea tiene que echar mano de los agotados cofres de su base militar.

David se fijó en los caballerizos mientras estos se dedicaban a examinar las pezuñas y espaldas de las mulas y les ayudó a acolchar y reorganizar los arreos de las cargas. Luego, cuando el joven intentó preguntar a los chicos acerca del contenido de las alforjas que llevaban los camellos de los Capuchas Negras, ellos se limitaron a soltar risitas y lanzar miradas furtivas a su alrededor. Eran Idumeos, hombres duros oriundos de los pueblos fronterizos que hablaban un dialecto que David apenas podía entender.

Desde el establo pudo ver a Telamón con el dueño de los corrales, en el exterior. Ambos estaban arrodillados en el suelo, el hombre dibujaba algo en la tierra con un palo. Telamón formulaba preguntas, indicando ciertos puntos en el dibujo. David observó al dueño mientras contestaba.

Unos minutos después, dueño y mercenario fueron juntos hasta un banco dispuesto bajo la sombra de la cocina exterior. Allí compartieron una comida consistente en pan de pita, huevos cocidos, sal y aceite de oliva. Concluido el ágape, el anfitrión quiso hacer de la comida un regalo. Telamón lo rechazó con vehemencia. David lo vio colocar dos monedas de cobre junto a los platos y tender otra a los pilluelos encargados de la cocina que los habían atendido.

Telamón y David se dispusieron a reanudar su camino. El dueño de los corrales salió por el portón dando zancadas, para despedirse y entregarle al joven un paquete hecho con hojas de palma... Una cena consistente en pan de pita, huevos cocidos, sal y aceite de oliva, igual a la que acababa de compartir con el guerrero. David le dio las gracias. La mirada del muchacho regresaba una y otra vez a los recintos cubiertos, a los Capuchas Negras, a sus armas y cargamento.

—*Shomrim* —afirmó el dueño, empleando el término hebreo para «guardianes», tanto de las personas como de la fe—. Un ejército a la espera —le dijo a Telamón—. A la espera del día en que su Dios les ordene sacudirse el yugo romano.

Telamón y David tomaron los ronzales de sus mulas y las dirigieron hacia el suroeste, la dirección de los yermos del Sinaí. El dueño señaló hacia una cresta de colinas basálticas desvanecidas a lo lejos. Le propuso a Telamón que acampase por primera vez en la zona más occidental de la cordillera, en un lugar llamado el valle de Lavanda, en el camino a Wadi Alnahl. Allí vivía un hombre llamado Timoteo que seguramente habría visto y sabido de cualquiera que hubiese entrado en el desierto siguiendo esa ruta.

—Vais a necesitar un *dolet* —añadió, empleando la palabra hebrea para «regalo», como muestra de respeto que el huésped dona al anfitrión en agradecimiento por su hospitalidad y refugio. El veterano señaló una fila de vasijas de arcilla dispuestas al sol—. Tomad cuantas deseéis. Una buena jarra de vino siempre es bienvenida.

A un asentimiento de Telamón, David recogió unas cuantas vasijas y las aseguró con gran cuidado entre la carga de las mulas, de modo que no chocasen unas con otras. El dueño lo observaba con expresión divertida.

—¿Cómo es, mi pequeño amigo, que no sientes ninguna inquietud por estar a punto de entrar en uno de los yermos más crueles del mundo, habitado por gente medio loca o absolutamente malvada?

—Sigo a mi maestro —respondió David—. Y, con el amparo de los cielos, no necesito más seguridad.

IX
En el yermo

El desierto no se hace desierto de inmediato.

La primera aldea a la que el hombre y el muchacho llegaron se llamaba Abusan al-Kabir y era un poblado tan pequeño y mísero que no tenía ni mercado, aunque siempre se podían comprar melones *lupa* en los puestos situados a un lado del camino, atendidos por muchachas escuálidas y mujeres desdentadas; más allá se hallaba un villorrio algo más grande, llamado Wadi Kabrit. David percibió el aroma del mar en ambos lugares y en la tercera población que encontraron, cuyo nombre había olvidado, vislumbró a lo lejos las palmeras típicas de la costa, aunque no llegó a ver el agua.

A lo largo del litoral corría la vía Solitudia, una buena calzada romana, con piso de piedra y anchura suficiente para dos carretas. No obstante, Telamón se mantuvo alejado de ella.

—Ese al que perseguimos no se habrá arriesgado a tomarla.

En vez de continuar por la calzada, el mercenario escogió la ruta de camellos empleada por beduinos y otros pastores nómadas que trazaba una gran curva desde Petra, en la Arabia nabatea, hasta Beerseba y desde allí, a través del Sinaí, hacia el Gran Lago Amargo, la ciudad egipcia de Pelusio y el brazo más oriental de la desembocadura del Nilo.

En esta predesértica región se veían abundantes signos de civilización. Una gran cantidad de aves migratorias surcaba sus cielos. Los excrementos de cabras y ovejas cubrían cada rincón de la cara de un acantilado, o la pared del *uadi*, donde los animales podían refugiarse o descansar. Pasaban caravanas. También se veían renunciantes, a veces solos, a veces en grupos, acampados en las bocas de las cavernas o bajo techumbres de piedra extraída de las paredes de los riscos.

David se había imaginado que los yermos estarían vacíos, como un paisaje carente de vida y movimiento. Para su sorpresa, había incluso vegetación y el lugar bullía con la actividad de hombres y bestias. Apenas pasado el mediodía, Telamón y él entraron en una garganta abierta entre dos sierras. David vio extendiéndose ante ellos un paisaje plagado de arbustos que tomó por tamariscos o, quizá, acacias. Al acercarse descubrió que eran personas... Mujeres recolectando los frutos de las plantas del desierto.

Las féminas estaban envueltas de pies a cabeza con brillantes y coloridos ropajes de muselina que dejaban solo una rendija para la nariz y los ojos. Cada una llevaba un odre de agua y, atado con una cuerda a la cintura, arrastraba por el suelo un gran saco de lino bien lleno.

Telamón saludó a la más cercana de las cosechadoras y luego, acompañado por David, se acercó a ella.

—¿Qué recogéis, hermanas?

La mujer les mostró un ramito marchito. Llevaba manoplas de cuero sin curtir y se cuidaba de no acercar la planta a la nariz o a la boca y de respirar sus efluvios.

—*Haban*, *ashkar*, manzanas de Sodoma. —Luego señaló un segundo saco, más pequeño, colgado en su cintura—. Y azucena del diablo.

—¿Sois brujas? —preguntó Telamón.

La mujer rio.

—Esclavas.

Entonces David advirtió la presencia de guardias entre las cosechadoras, armados con arcos, hondas y lanzas, y también cubiertos de pies a cabeza.

El hombre y el chico se sentaron a refugio del calor vespertino junto a un manantial que brotaba en un afloramiento rocoso. También un padre y su hijo fueron a resguardarse en ese lugar. La pareja llevaba un burro tan pequeño que, al principio, David creyó que se trataba de un perro, aunque su carga era tan pesada como la colocada en la ancha espalda de la mula de Jericó propiedad de Telamón.

—¿Qué hacéis por aquí? —preguntó David al niño.

El chico levantó la solapa de una de las sacas cargadas en la espalda del asno. La bolsa se agitaba, repleta de escorpiones vivos.

—Los ordeñamos para sacar el veneno —dijo.

La ponzoña se empleaba para obtener un elixir llamado *almahlusat*, un «hacedor de visiones», explicó el padre. Era un producto muy apreciado en Alejandría, e incluso en la propia Roma.

—Los sacerdotes también lo usan —añadió.

—¿Para qué? —preguntó David.

—Para ver a Dios.

—¡El desierto es una *froomah*, hijo mío! —aseveró el padre, empleando el término nabateo para «botica»—. Dios ha plantado aquí un antídoto para cualquier cosa que dañe a los hombres. ¡Y libre de impuestos!

David comenzó a comprender que uno atravesaba aquel lugar predesértico yendo de un lugar habitado a otro o, mejor dicho, de pozo en pozo. Los viajeros, al encontrarse con otros compañeros en el camino, contaban las noticias de la zona que habían atravesado y otro tanto recibían a cambio.

Allí fuera, al preguntar por la distancia entre dos puntos, esta se concretaba en pozos: «Hasta Wadi Alnahl son cuatro pozos». «Hasta Alejandría son treinta».

David no se atrevió a preguntarle a Telamón dónde comenzaba el Gran Desierto o cuándo llegarían a él. Sabía que el mercenario tan solo le respondería con una mirada severa.

Avanzada la jornada, hombre y muchacho llegaron a un marchito valle tan carente de vida que ninguno de los dos vio por los alrededores árbol ni arbusto alguno. David trastabillaba medio atontado debido a la doble opresión del resplandor del sol del atardecer en sus ojos y las llamaradas que subían a través de las suelas de sus sandalias desde el aún ardiente suelo del desierto. Se había retrasado veinte pasos respecto a Telamón.

David sintió algo posándose en el dorso de su mano; era una abeja.

«Qué extraño verla aquí, donde nada crece ni florece», pensó. Después se posó una segunda, y luego una tercera y una cuarta. David oyó un fortísimo zumbido y después percibió la presencia de una sombra, como la creada por una nube, siseando justo encima de él. Una abeja se introdujo en una de las narinas de su mula. La bestia se plantó y berreó.

Antes de que David pudiese saber qué pasaba o reaccionar, un enjambre de miles de individuos llenó el aire alrededor de sus ojos y oídos. Al frente, veía a Telamón envuelto en el mismo asalto. La mula de David rebuznaba y coceaba, obligando al muchacho a sujetar el ronzal con ambas manos.

—¡Maestro! —Oyó gritar a su propia voz como si no fuese suya. Corrió hacia delante, huyendo del violento ataque que lo seguía y que emitía un sonido tan agudo y vibrante que parecía capaz de ahogar sus chillidos.

A través de la furibunda nube que envolvía su cabeza, el chico vio un poste erguido, o quizá fuese un tocón, junto al mercenario. Telamón hablaba con el objeto.

David comprendió que el poste era un hombre.

La carne del individuo estaba cubierta por una capa de abejas.

David apretó el paso.

Las abejas formaban una especie de barba en la cara del hombre y un casco sobre su ceño. El enjambre lo envolvía como si fuese un abrigo y unos pantalones, formando incluso botas alrededor de sus pies.

—Quédate quieto —le ordenó el individuo—. No hagas aspavientos. Y, pase lo que pase, no muestres temor.

Miríadas de insectos envolvían a Telamón y a David. Pero no se posaban en masa sobre ellos, como hacían en el hombre de las abejas. Estas se limitaban a revolotear formando una nube alrededor de sus cabezas.

—Permanece tranquilo —le dijo el hombre—. Todo habrá pasado en un momento.

Lo cierto es que, poco después, el enjambre se fue. A la cuenta de veinte, había desaparecido por completo y solo quedaban las posadas en el hombre de las abejas. Estas parecían muy tranquilas, sin la menor inquietud. Ni zumbaban ni bullían.

—Bienvenidos al valle de Lavanda —dijo el individuo. Hizo un gesto hacia la estribación de la sierra. Allí una alfombra de flores de vivos colores, azul, rosa, fucsia, morado y violeta, se extendía kilómetros y kilómetros a lo largo de una cárcava resguardada—. Tienen permiso para pasar.

David contempló al hombre, asombrado. Las abejas le atestaban los pabellones auditivos y los agujeros de la nariz. Se posaban incluso sobre sus pestañas.

—¿Se encuentra bien, señor? ¿Ese enjambre está posado día y noche sobre usted?

El hombre rio, indicando que no sentía preocupación alguna.

—¿Pero no le pican? —preguntó David.

El hombre sonrió con sus labios hechos de abejas.

—Soy todo aguijones —contestó.

Con una mirada, Telamón le dijo a David: «Destapa las alforjas».

El joven obedeció.

—Si me permite la pregunta —dijo el mercenario—. ¿Es usted ese al que llaman Timoteo?

—El mismo.

El mercenario se presentó y también presentó a David. No dijo nada de la misión que estaba llevando a cabo ni para quién trabajaba. Señaló las jarras de arcilla que sus mulas habían transportado desde los corrales.

—Le hemos traído una dádiva.

El hombre hecho de abejas le dio las gracias e indicó a ambos que lo siguiesen.

No se les estaba permitido entrar en el valle de Lavanda. Su anfitrión los llevó unos cuatrocientos metros más allá de las estribaciones de la cresta. Desde ese punto privilegiado, los dirigió a un vivac dispuesto entre tamariscos en el extremo septentrional del valle.

—Dejen las jarras aquí —indicó el hombre—. Más tarde enviaré a un muchacho a buscarlas. Hay un manantial con un estanque donde se podrán refrescar. Permanezcan solo una noche. De momento, ustedes dos son los únicos viajeros. Estarán solos y a salvo.

Para entonces, las cuencas de los ojos del hombre estaban libres de abejas, así como sus labios y nariz. David se dio cuenta de que ya se estaba acostumbrando a ver aquella extraña aparición.

—En los corrales de Gaza nos dijeron que podría tener información de cualquiera que pasara por aquí —le dijo Telamón a Timoteo.

El mercenario hizo gesto de tomar la escarcela.

El hombre alzó una mano, dejando claro que la remuneración era innecesaria.

Telamón se disculpó de inmediato. Rogó al hombre que lo perdonase por cualquier ofensa que, de modo involuntario, pudiese haber cometido.

—En los yermos se ayuda a todos los necesitados —dijo Timoteo—, pues cualquiera, en cualquier momento, puede necesitar ayuda.

El hombre hecho de abejas se enderezó y miró a su alrededor. Era obvio que se estaba disponiendo a marchar. No había humano ni animal a la vista.

—Ese al que buscan pasó por aquí hace tres noches —dijo Timoteo.

El individuo descolgó algo de su hombro. David vio que el hombre llevaba una especie de morral. De entre sus pliegues extrajo una jarra de arcilla del tamaño de un melón pequeño. La vasija tenía la boca sellada con cera y sujeta con un cordel.

—Miel —dijo el hombre hecho de abejas.

Le tendió la vasija a Telamón.

—Esta será su dádiva para el Hormiguero.

El hombre dio media vuelta y comenzó a alejarse, todavía envuelto en abejas.

—¡Señor! —dijo Telamón, pidiendo al individuo que se volviese. El mercenario le dio las gracias por la miel y por franquearles el acceso al manantial y al campamento—. ¿Cómo sabe que estamos buscando a alguien o que vamos al Hormiguero?

—Hay que ser muy necio, o estar loco, para aventurarse en este yermo si no es en busca de algo muy valioso. Conocí al hombre que pasó por aquí hace tres noches. Me dijo que ustedes lo seguirían.

David sintió la necesidad de preguntarle algo. «¿El hombre se refirió concretamente a nosotros o a cualquier partida que hubiese salido en su persecución? ¿Le dio permiso para colocarnos tras sus pasos?».

No obstante, el muchacho se mordió la lengua al ver que Telamón evitaba indagar en busca de más información.

El hombre hecho de abejas se encontraba entonces directamente frente al mercenario. Por un instante, su rostro quedó limpio de enjambre. David vio que se trataba de un individuo de mediana edad con unos ojos amables en cuya mirada el chico no encontró sino pesar.

—Si me permite la pregunta, señor —dijo Telamón—, ¿cómo es que ha terminado en este lugar? ¿Nació aquí?

—Nací en Jerusalén —respondió el hombre. Mostró sus manos, entonces sin abejas en ellas. En ambas palmas tenía una espeluznante y profunda cicatriz, la causada por una perforación realizada con un instrumento punzante como, por ejemplo, un clavo de hierro.

De nuevo David hubo de morderse la lengua.

—Los enemigos del Imperio me salvaron —dijo el hombre de las abejas—. Me trajeron aquí, a lugar seguro. Estas me curaron. —Hizo un gesto hacia el enjambre, que aún le cubría brazos y hombros—. Ahora las sirvo —añadió—. A ellas y a todo el que pase por aquí.

Telamón le agradeció de nuevo su hospitalidad y la información facilitada. La mirada que el mercenario le lanzó a David ordenaba recoger el ronzal de la mula y proseguir la marcha hasta el lugar de acampada situado al final de la cresta. Mientras David obedecía, vio que Telamón se volvía para llamar de nuevo al hombre hecho de abejas.

—¿Me permite importunarlo con una última pregunta, amigo mío?

El hombre dio media vuelta.

—Si otros siguiesen este camino y preguntasen si el muchacho y yo hemos pasado por aquí —dijo Telamón—, ¿se lo diría?

El hombre hizo un gesto hacia el enjambre que, de nuevo, se arremolinaba a su alrededor.

—Eso depende de estas —respondió.

X
Ocho kilómetros de secarral

David no podía dominar la inquietud de su mente ni de su lengua.

—¿Por qué llevamos estas mulas? —preguntó pasado el mediodía, ya superado el valle de Lavanda. Telamón había dado por concluida la caminata de la jornada y se disponía a preparar el campamento. El mercenario siempre lo hacía horas antes del oscurecer, escogiendo un lugar donde los enemigos no pudiesen sorprenderlos con facilidad desde lo alto. Luego preparaba el pan en un horno de tierra, un bollo plano que partía a la mitad y que David y él devoraban acompañado de aceite y cebollas crudas. El guerrero bebía posca, un brebaje romano consistente en una mezcla de agua y vinagre que a David le parecía repulsiva.

Una vez preparado el campamento, lo primero que hizo el mercenario fue ocuparse de los animales. Solo después de que sus necesidades estuvieron atendidas, permitió que David y él comiesen algo, incluso que se sentasen. A continuación, el mercenario ejecutó sus ejercicios calisténicos, una rutina que duraba media hora. Inmediatamente después, recogieron cualquier utensilio que hubiesen empleado para preparar el campamento, volvieron a cargar las mulas y se desplazaron para pernoctar en un lugar que, a ojos de David, parecía la ubicación más remota e inhóspita imaginable.

—Duerme —le dijo Telamón—. Yo haré la primera guardia.

Pero David no pudo dar ni una cabezada… Hasta que le llegó el turno de oficiar como centinela y entonces tuvo que luchar denodadamente contra el sueño abofeteándose el rostro, incluso pinchándose con púas de espino de camello para evitar quedarse dormido.

Telamón ejecutó el mismo protocolo al día siguiente, primero la caminata, después la acampada de refresco y luego la de pernocta. David guardó silencio todo el tiempo. No obstante, la segunda vez que el hombre y el muchacho descargaron las mulas ya no pudo continuar manteniendo esa actitud.

—¿Por qué tenemos que preparar el campamento dos veces al día? Pensaba que íbamos en apresurada persecución de Miguel el Nazareno. ¿Y por qué no permite que montemos en estos animales? ¿Acaso no queremos ir más rápido? ¿Por qué no vamos a caballo? ¿Por qué tenemos que retrasarnos andando al paso de estos bichos, que parecen tener resina en las pezuñas? ¿Y por qué, al menos, no deja que lleven nuestro equipo personal? Hace que carguemos con todas nuestras cosas. Estos animales solo llevan agua y forraje para ellos, además de unas astas de lanza que jamás emplearemos, un par de vasijas y un molino de mano. ¿Y por qué tenemos que levantar el campamento en lo alto de estas malditas laderas? Tardamos dos horas en llegar. ¿Para qué? Solo para bajar por la mañana, ¡lo que nos hace perder aún más tiempo! Pensaba que el entrenamiento de los romanos consistía en lograr que las legiones cubriesen rápido grandes distancias. Y aquí andamos nosotros, sin prisa, perdiendo el tiempo, acampando en plena tarde malgastando horas de luz, ¡y solo para recogerlo todo después y volver a acampar más tarde!

Telamón no dijo nada.

—¿Y por qué nunca responde a mis preguntas? ¿Cómo voy a aprender a ser un guerrero si no me enseña?

A la mañana siguiente, tras una hora de marcha, el mercenario subió a una cresta que dominaba una cuenca abierta entre dos sierras basálticas. Lomos de colinas rocosas flanqueaban el secarral extendiéndose hasta donde alcanzaba la vista.

—¿Qué ruta escogerías para atravesar ese llano? —preguntó Telamón al muchacho.

David señaló el sendero de camellos que corría por su centro.

Telamón no dijo nada.

Dos horas más tarde, mientras el hombre y el muchacho se tambaleaban llevando las mulas a lo largo de la línea del talud de la cresta más septentrional, resbalando por el escarpado pedrero y avanzando con gran esfuerzo a través del pedregoso terreno, David se maldecía por habérsele ocurrido plantear una sola pregunta.

Se detuvieron varias horas después. Telamón quitó los arreos y las alforjas de su mula para dejarla descansar. David hizo lo mismo, aunque le parecía ridículo mimar al animal de esa manera.

—Jamás seguimos la cuenca de un valle o nos exponemos en campo abierto caminando por calzadas, veredas o senderos —le dijo el mercenario—; nosotros vamos de un lugar adecuado para tender una emboscada al siguiente. Se llama dominar las alturas.

Señaló la pedregosa vereda bajo sus pies.

—Esto de aquí se llama línea de talud. Tú has sido pastor. ¿Qué ves ante ti? Una vereda hecha por el paso de cabras montesas, venados y onagros. Esos animales tan tímidos serán nuestros guías. Desde este sendero podemos ver a cualquier enemigo que cruce el secarral de ahí abajo, pero él no nos verá a no ser que nos dejemos ver. Si fuésemos una legión, avanzaríamos por la cuenca del valle, claro. No tendríamos más remedio, pues con nosotros iría toda la caravana de intendencia y una cantidad de civiles siguiendo al campamento tan numerosa como nuestras huestes. Pero solo somos dos. Y desde aquí arriba contamos como una legión.

Unas horas después prepararon el campamento y Telamón habló de nuevo.

—Viajamos con mulas porque los caballos se partirían las patas en estas montañas. Una mula desciende una ladera en la oscuridad sin dar jamás un paso en falso. En un caso extremo, la mula nos llevaría a donde hay agua, mientras un caballo se dedicaría a dar vueltas en círculo hasta morir. En caso de necesitar dinero podemos venderlas o intercambiarlas o, si llegásemos a estar tan desesperados, comerlas. Y, además, son una buena compañía. ¿Has visto la afición que nos tienen? Ya no te hace falta tirar del ronzal para guiarla, ni a mí tampoco. Hemos dejado de manearlas por la noche. Créeme, ¡no nos abandonarían ni en medio del fragor de la batalla.

David se sintió tan aliviado porque Telamón había hablado que se sorprendió incluso sonriendo.

—¿Entonces deberíamos ponerles nombre?

—No —respondió Telamón de inmediato—. Yo me arrepiento incluso de saber el tuyo.

Cayó la noche. El hombre y el muchacho se desplazaron a un terreno aún más elevado después de desmantelar el «campamento de fajina» de modo que no quedase rastro de este. El mercenario acomodó las mulas en una hondonada. Después escogió una posición, se quitó el sombrero y se sentó cruzando las piernas, con su *gladius* posado en el regazo y dos *pila* a su lado, sobre un saliente rocoso que dominaba el tramo de secarral que habían cruzado aquella jornada.

—Siéntate —dijo, indicando un sitio a su lado.

David obedeció. También él colocó sus armas a mano, la dolabra que le había dado Telamón y su propia daga, y se situó, como el mercenario, mirando hacia la llanura.

—¿Qué hacemos aquí? —preguntó.

—Vigilar.

—¿Vigilar qué?

Había pasado una hora y el guerrero no se había movido. No se había levantado ni siquiera estirado. Ya se había puesto el sol; la noche caía muy fresca.

El muchacho temblaba; le castañeaban los dientes. A las dos horas se movió como si fuese a levantarse. Telamón lo sujetó por el muslo. El hombre empujó al chico colocándolo en el lugar donde se había sentado.

—¡Tengo que mear!

—Pues mea.

El chico intentó levantarse de nuevo. Y de nuevo el hombre lo sujetó.

—Alíviate aquí donde estás.

La luna atravesaba el gélido cielo. David contó en silencio hasta mil. Cuando volvió a mirarla, esta apenas se había movido. Repitió su observación dos veces y llegó a la conclusión de que se desplazaba hacia atrás.

Seis horas más tarde ya estaba convencido de que iba a volverse loco. La desorientación y los pensamientos aterradores bullían dentro de su cráneo. Vio chacales. Vio lobos. Los escorpiones subían a hurtadillas por sus tobillos. Vio al demonio. Vio a Dios. Vio a su madre y hermanas.

Llegó un momento en el que se dio cuenta de que se había orinado en la túnica; el suelo estaba empapado.

—Señor, me estoy helando.

Octava hora. El joven intentó levantarse de nuevo. La mano del hombre lo mantuvo en el suelo. No le dejaba moverse.

El muchacho dio dos cabezadas aquella noche. En ambas ocasiones se despertó con un sobresalto al sentir la afilada punta de la espada del guerrero apoyada bajo la carne de su tambaleante barbilla.

Se acercaba el alba. El muchacho sentía como si sus rodillas se hubiesen petrificado. El *rigor mortis* parecía haberse instalado en su mandíbula. No podía sentir las extremidades.

Su único objetivo era concluir aquel aprendizaje autoimpuesto.

Había sido un imbécil al emprender aquella aventura.

Ni el mismísimo infierno podía ser más atroz.

El chico parpadeó y se frotó los ojos.

Allá abajo, las primeras luces del alba teñían de rosa pálido los ocho kilómetros de secarral. El aire aún llevaba el frescor nocturno.

Telamón continuaba manteniendo una postura erguida. No se había levantado, hablado o movido en toda la noche.

—¿Aún estás aquí? —preguntó el guerrero.

El chico se esforzó para que su mente procesase las palabras que lo librasen de aquel sinsentido.

—Dime qué ves —dijo el hombre.

—¿Qué veo en mi mente?

—Qué ves por ahí.

Telamón hizo un gesto hacia los ocho kilómetros de secarral extendidos bajo ellos.

—¿Viste aquella columna de caballería? ¿La ves ahora?

El chico parpadeó y forzó la vista.

—Allí —indicó el hombre—. ¿Ves cómo la luz del amanecer se refleja en sus corazas?

Los ojos de David se negaban a enfocar. Sus mejillas se sonrojaron. Sintió la médula crujir dentro de los huesos.

Telamón señaló de nuevo hacia el otro lado de la llanura.

Entonces David vio la columna.

—Romanos —dijo Telamón—. Se han podido ver desde hace una hora, siguen exactamente el camino que suponen que hemos tomado.

El chico sintió que el cuerpo entero ardía de vergüenza.

Siéntate.

Vigila.

¿Cómo iba a convertirse en un guerrero si ni siquiera podía cumplir eso?

Telamón señaló a los *equites legionis* avanzando en columna de a dos, al paso, cruzando la cuenca abierta allá abajo.

—¿Por qué crees que ha salido ese destacamento de caballería? —preguntó.

El joven dudó.

—Los ha enviado el comandante de la guarnición.

Por primera vez, la expresión del guerrero mostró un gesto de aprobación.

—En cuanto capturemos al nazareno Miguel y obtengamos la carta —le dijo—, ese destacamento de caballería nos atrapará y nos matará.

XI
El cañón de tono pastel

A media mañana, el hombre y el muchacho se internaron en una ancha llanura pedregosa enmarcada por unas crestas calcáreas que se alzaban a los lados. La cruzaron aprisa, caminando junto a las mulas. Cerca del mediodía, Telamón llevó a la comitiva hacia unas espinosas matas de tamarisco que parecían ofrecer algo de sombra. El hombre no dijo ni una palabra en toda la mañana.

«Pronto parará para descargar las mulas y dejarlas descansar», pensó David. El chico esperaba el evento con placer pues, para él, significaba poder dar uno o dos tragos del odre.

Pero, en vez de parar, Telamón ralentizó la marcha y dejó que David lo alcanzase y caminase a su lado.

—¿Qué piensas de ese jinete solitario que nos sigue?

De nuevo, la mortificación lo hizo sonrojar. Estaba demasiado avergonzado para atreverse a volver la cabeza y echar un vistazo.

—¿Se refiere a los romanos, señor?

Obtuvo una seria mirada por respuesta.

—Sea quien sea, nos ha estado siguiendo desde que abandonamos el valle de Lavanda. ¿Deberíamos dejar que nos alcanzase?

—¡Deje que lo mate, señor! —Las palabras brotaron de su boca con pasión y aparente espontaneidad.

Telamón sonrió.

—¡Lo haré! —dijo el muchacho—. Llévenos a un paso estrecho. Por los cielos que se lo demostraré.

El hombre y el chico continuaron avanzando a través de la pedregosa llanura. David miraba una y otra vez al desierto tras ellos. No veía a nadie.

Cuervos y milanos planeaban sobre sus cabezas.

Alguien capaz de volar entre ellos, por encima del desolado terreno, habría visto al guerrero deteniendo a la pequeña caravana en un bosquecillo de terebintos y acacias situado a los pies de una cresta granítica.

Un pozo.

Cualquiera que disfrutase de la aventajada posición de las aves en vuelo, habría observado cómo el hombre y el muchacho se dedicaban a ejecutar en silencio una serie de acciones bien practicadas. Primero detuvieron las mulas y las manearon a cierta distancia del pozo. Después las descargaron y luego les quitaron sus arreos. A continuación, frotaron y secaron la irritada y sudorosa piel de los animales. Las bestias rebuznaban oliendo el agua.

A una señal del hombre, el muchacho fue hasta el pozo, lanzó dentro el odre sujetándolo por su correa de cuero trenzado y esperó hasta oír el chapuzón en el fondo y sentir el pellejo llenándose con el agua que entraba por su boca. Subió el pellejo mano a mano hasta sacarlo al sol. Para entonces, el guerrero ya había montado las tres patas del recipiente de piel vacuna aceitada que hacía las veces de abrevadero para las mulas. El hombre hablaba a los animales con tono tranquilizador mientras el chico regresaba cargado con el lustroso y goteante pellejo.

Rellenó el abrevadero.

Permitieron que los animales bebiesen.

El muchacho trotó hasta el lado oriental del oasis. Volvió la vista atrás, escrutando la neblina del mediodía en busca de alguna señal del jinete que los seguía, pero no vio a nadie.

Regresó, consciente de que Telamón lo observaba.

Lo siguiente lo hubiese visto un espectador que surcase los cielos en compañía de cuervos y milanos.

El hombre se quitó la túnica y avanzó hacia un lugar a la sombra, dentro del bosquecillo. Allí comenzó a realizar sus ejercicios de combate.

En primer lugar, se situó frente al tronco de una recia acacia. Luego, empleándolo como un *palus* romano, ejecutó una serie de movimientos, primero arrojando el *pilum* desde cierta distancia y después trabajando técnicas de combate cuerpo a cuerpo con el *gladius*. El guerrero se movía sin prisa y en absoluto silencio. Estocada, bloqueo, vuelta, tajo. Avance, giro, estocada, retirada, nueva estocada. El muchacho lo observaba prestando toda su atención.

El hombre no dio lección alguna. No pronunció ni una palabra. Una vez concluidos los ejercicios con el poste, salió a campo abierto, situándose en medio de la llanura. Asentó los pies, separados, formando un ángulo agudo entre sí, y se movió con exquisita concentración y propósito ejecutando una segunda serie de combinaciones, primero con las manos vacías y después con el *gladius*. Esos ejercicios calisténicos imitaban los movimientos habituales durante el combate, ciertos bloqueos y estocadas, avances y retiradas, vueltas y giros.

Tampoco en esta ocasión el guerrero dio instrucción alguna.

Llegado a un punto, el hombre adoptó cierta posición. Le hizo una señal al muchacho, indicándole que se acercase. Le ordenó que cogiese el escudo metálico, de cinco kilos, entonces posado en el suelo entre los arreos de las mulas, y le dijo que le asegurase el arma con tanta firmeza como fuese posible en el antebrazo izquierdo; después apoyó su hombro izquierdo bajo el borde.

Le ordenó que se abalanzase contra él.

Golpéame.

El muchacho dudó.

El hombre insistió,

No te lances a medias.

Dalo todo.

Con tanta fuerza como puedas.

El muchacho obedeció.

El armazón del escudo resonó como una campana cuando el chico se estrelló a toda velocidad contra el hombro del guerrero. La posición del hombre no se alteró ni medio palmo. El muchacho cayó al suelo, despatarrado y aturdido.

Otra vez.

Otra vez y más fuerte.

Más fuerte aún.

Cada vez que el muchacho chocaba era como si lo hiciese contra un muro de piedra.

La frente, una oreja y ambas manos del joven sangraban debido al continuo impacto contra el metal del escudo sujeto en un objetivo fijo e inamovible.

El hombre hizo un gesto indicando al muchacho que podía parar. Adoptó de nuevo la postura que había mantenido durante todo el ejercicio.

—Esto se llama «enroque» —le dijo.

Con un gesto, le indicó que atacase de nuevo.

En esta ocasión, un instante antes del momento fatal, el hombre se apartó de la trayectoria del muchacho haciéndose a un lado. El chico pasó como una exhalación, sin chocar con nada. En pleno avance, el hombre lo trabó por un tobillo, volteándolo con un movimiento tan preciso que parecía como si apenas se hubiese movido, haciendo caer al muchacho con tremenda violencia. El golpe vació sus pulmones de aire. El chico levantó la mirada, confuso y jadeante. La zarpa izquierda del hombre se cerró formando un puño alrededor de sus partes pudendas mientras la otra lo aferraba por la garganta como la garra de un ave rapaz.

—Este volteo se llama «proyección» —dijo el hombre.

Lo ayudó a levantarse.

Telamón le dijo al muchacho que todos los movimientos defensivos ejecutados en combate eran variaciones del enroque y la proyección.

Dieron cuenta de un almuerzo consistente en cebada tostada mezclada con aceite de oliva. El hombre bebió un cuenco de posca. El chico bebió agua.

—Si me permite la pregunta, maestro —dijo el muchacho, una vez reunido valor suficiente para hablar—, ¿de qué conoce al tribuno Severo?

El guerrero se tensó al oírlo. Por un instante, su rostro se ensombreció como si se hubiese ofendido por el atrevimiento del muchacho al formular semejante pregunta. Después su expresión se relajó. A su manera, parecía aprobar la temeridad de su aprendiz.

—Las artes marciales que te enseño a ti —le dijo— se las enseñé a él.

La caravana se compuso de nuevo, dirigiéndose esta vez hacia el oeste, en dirección a la entrada del verdadero desierto.

Los espejismos comenzaban a debilitarse pasado el mediodía.

En cierta ocasión, a un lado y a distancia respetable, David divisó algo que parecía ser una columna de humo. Para investigarla, Telamón, a regañadientes, dirigió la caravana hacia el lugar.

El humo era un hombre… Un tipo desnudo y solitario que, al parecer, no tenía ni campamento ni impedimenta.

—¿Quién es? —preguntó David.

—Un anacoreta. Un ermitaño en busca de Dios.

El individuo bailaba descalzo sobre el suelo desnudo canturreando una cantinela comprensible solo para él.

—Déjalo en paz —dijo Telamón.

Hombre y muchacho pasaron de largo.

Una hora más tarde, la reverberación de mediodía desapareció por completo Por primera vez, David pudo ver el polvo levantado por el jinete que los seguía.

Miró a Telamón.

Telamón también lo había visto.

Bien pasado el mediodía ingresaron en una región de angostos cañones esculpidos por el viento, cuyas lisas paredes de tono pastel se elevaban por encima de sus cabezas, estrechándose tanto a lo largo del recorrido que hubieron de caminar en fila de a uno por delante de los animales.

—Ese jinete que nos sigue no puede pasar por ninguna otra parte más que por aquí —dijo el muchacho— si pretende ir tras nuestros pasos —cerró la diestra alrededor de la empuñadura de su daga—. Señor, permítame atacarlo.

El mercenario sonrió.

—¿Y qué harás con ese espetón para pollos?

—Enseñarle buenos modales.

El hombre soltó una carcajada y continuó caminando.

El chico lo siguió refunfuñando, taciturno.

Minutos después la pareja llegó a un pasaje singularmente estrecho, con salientes rocosos situados a ambos lados por encima de la altura de un hombre a caballo.

—Puedo atacarlo desde arriba. Por favor, señor, ¡déjeme!

—¿Y si nuestro perseguidor es un hombre inocente? Puede ser un asceta como el que encontramos antes.

—Ese hijo de puta no es inocente de nada.

—Vaya, ahora resulta que es un hijo de puta…

El muchacho ya no podía esperar más, así que saltó sobre el lomo de su mula y, desde esa plataforma, se encaramó en la pared del cañón para ocultarse en un saliente donde podría permanecer a la espera de cualquier jinete que pasase y saltar sobre el intruso con facilidad.

Telamón no dijo nada. Se limitó a estirar un brazo hacia atrás y a coger el ronzal de la mula del chico.

—Gracias, maestro. No fallaré.

Telamón caminó medio estadio más, hasta un lugar donde el paso se ensanchaba alcanzando la amplitud de una sala. Allí maneó las mulas, les colocó sus morrales con una ración de cebada tostada y, tomando una jabalina y su espada, corrió sin ruido sobre el suelo de arena hasta una plataforma situada frente al chico, pero media docena de pasos por encima.

Pasaron los minutos.

El hombre y el muchacho aguzaron los oídos en busca del repiqueteo de arreos y hebillas o del ruidoso resoplido de la respiración de un caballo acercándose.

El muchacho se tiró un pedo.

El hombre hubo de morderse los labios para no reír por la divertida expresión plasmada en el rostro del chico.

Y, de pronto, llegó el jinete.

El perseguidor cabalgaba encapuchado y cubierto de pies a cabeza. Su mirada parecía concentrada solo en las huellas de los cascos marcados en la arena frente a él.

El muchacho se lanzó profiriendo un alarido.

Falló.

El joven había saltado con demasiado entusiasmo. Chocó con la pared opuesta del cañón, golpeándose el hombro izquierdo primero y estrellando la parte del cráneo por encima de la oreja después.

—¡Aghh! —gritó el jinete al recibir en uno de sus costados el impacto de aquel inesperado proyectil. Su montura retrocedió. El hombre cayó.

David, espoleado por la humillación, saltó sobre el individuo, que daba feroces codazos para defenderse. Telamón vio cómo la daga resbalaba del agarre del muchacho.

El jinete se puso en pie de un salto.

David se lanzó contra él, derribándolo.

Rodaron por el suelo cada uno enredándose con las ropas del otro.

El muchacho propinó patadas y puñetazos al entrometido. Cogió la capucha con bufanda del sujeto y la echó hacia atrás para descubrir su rostro.

El jinete era una mujer.

La hechicera.

Los bucles de la fémina, que parecían colas de rata, sobresalían por delante y debajo de la capucha. Se levantó e intentó arañar los ojos de David con sus mugrientas garras. Una tremenda patada acertó de lleno en los testículos del muchacho.

La bruja berreaba en hebreo lanzando maldiciones sobre el chico que, al reconocerla (por no decir que la arremetida de la mujer lo dejó doblado), había cesado su ataque y retrocedido trastabillando hasta la pared del cañón.

La hechicera se alzó sobre el muchacho con los puños apretados, siseando y escupiendo como una arpía.

Telamón los miraba desde su elevada ubicación, riendo a mandíbula batiente.

Libro cuarto
El Hormiguero

XII
El jugo del árbol de elah

Pasó la noche y la mañana. La partida compuesta por Telamón y David ya había dejado atrás la región de los cañones. Recorrían entonces un *serir*, una llanura pedregosa y desértica. Tras ellos, tan alejada que solo se podía divisar el polvo levantado por su montura, la hechicera desarrollaba su ardua marcha.

David, dirigiéndose a Telamón, hizo un gesto hacia la voluta elevada a su espalda.

—Señor, ¿podríamos, sin perjuicio nuestro o de nuestra misión, mostrar algún signo de compasión por esa pobre mujer?

—Fuiste tú quien me rogó que te dejase matarla.

La bruja, tras asegurar su victoria sobre David en la pelea del cañón, había caído de rodillas, desmadejada por el agotamiento y la deshidratación. Su poni parecía sufrir penurias similares. Telamón sujetó al animal. Después desnudó a la mujer y le quitó sus armas… Llevaba tres: una daga, de las llamadas *sica*; una honda, provista de una docena de proyectiles de plomo, y un dardo lastrado oculto en la cinturilla. El guerrero dio a la montura de la hechicera agua suficiente para que pudiese levantar de nuevo su cabeza. A ella no le dio nada.

—No os sigo a vosotros —juró la bruja—. Me escapé de la prisión. Estoy yendo al Hormiguero, como todos los fugitivos que pretenden librarse de los ejércitos de Roma.

La hechicera suplicó caridad a Telamón, recordándole que ella lo había ayudado durante la entrevista que mantuvieron en la cárcel.

—No me dijiste nada —respondió el mercenario—. Te envía Severo y en tu mente solo habita la traición.

Cayó la primera noche. El guerrero no permitió que la mujer acampase a menos de cien pasos. Dejó que David cuidase de su caballo, pero se negó a concederle a ella el menor acomodo. Antes de comenzar la primera guardia, ató a la bruja de pies y manos y luego la estacó. Le ordenó a David que prendiese una antorcha junto a ella para que estuviese iluminada durante su turno de guardia. Si lograba soltarse, aunque solo fuese una extremidad, el chico tenía orden de matarla.

La mujer pronunció un solemne juramento aseverando que no estaba conchabada con Severo ni trabajaba al servicio de ninguna institución romana. Según dijo, se había fugado de la torre Antonia recurriendo a las artes oscuras y seguía aquel itinerario solo porque suponía la ruta más directa hasta el Hormiguero.

Telamón le preguntó a la mujer cómo había superado a Timoteo, en el valle de Lavanda.

—¿A ese idiota? ¿Crees que dejé que me viese? ¡Volé por encima de él como un cuervo negro en la oscuridad de la noche!

Telamón sonrió.

—¿Tu poni y tú? —Luego señaló las hinchazones en la carne de sus extremidades—. Pero otros centinelas sí te vieron, ¿verdad? Tienes picaduras de abeja en las manos, los brazos y la cara.

La hechicera gruñó.

Telamón instruyó a David acerca de cómo iba a acabar con ella.

—¿Alguna vez has matado cabras u ovejas?

El chico asintió, sombrío y a regañadientes.

—Un buen golpe aquí —dijo el guerrero—, entre los ojos, para atontarla. Tírala al suelo boca abajo. Coloca una rodilla entre sus omoplatos y descarga sobre ella todo tu peso para mantenerla quieta en su sitio. Sujeta tu hoja con la diestra y colócala bajo su mandíbula. Presiona su coronilla con la mano izquierda. Da un buen tirón con la derecha, asegurándote de que le abres la tráquea y la arteria. Se desangrará más rápido que un ganso.

El muchacho protestó diciendo que no podía hacer eso.

Telamón lo miró.

—La *sica* esa que llevaba. ¿El hígado de quién crees que pensaba atravesar después de haber ensartado el mío?

Al oír aquello, la mujer chilló en hebreo, para que solo la entendiese David, diciendo que Telamón era una mala bestia y un enemigo de los cielos y que su alma, la del joven, sería por siempre maldita si seguía la incitación de semejante monstruo.

El chico se volvió a Telamón para interpretar las palabras.

—Lo he entendido —le dijo.

El guerrero le advirtió que la bruja era responsabilidad suya, del chico.

—Mátala ahora o mátala después. Tendrás que hacerlo de todos modos.

El muchacho no podía.

El guerrero se fue al campamento.

Llegó la mañana. El hombre y el chico, entonces con tres animales, ya fuera de la región de los cañones, ingresaron en una ancha planicie pedregosa cortada por numerosos lechos fluviales resecos.

Dispusieron su primer campamento a la sombra de una pequeña cresta. Telamón atendió las necesidades de los animales, realizó su rutina de calistenia y preparó el terreno para cocer el bollo de pan diario.

En el yermo, la hechicera avanzaba con paso tambaleante.

David la observó.

Tras un penoso intervalo, la mujer logró trastabillar hasta situarse lo bastante cerca del campamento para que oyeran su voz.

—No voy a suplicar —gritó.

Telamón se levantó, encarándola. Resultaba evidente que la bruja se encontraba en una situación límite.

—¿Puedo ponerme junto a vosotros para protegerme del sol?

—Quédate donde estás.

—¿Puedo recoger algo?

La hechicera se refería a si Telamón le iba a permitir recoger hierbas y raíces.

—No. No puedes —respondió.

—¿Me darás al menos agua para hacer una infusión?

—No voy a darte nada —le dijo Telamón. Luego, colocando la mano sobre el pomo de su espada, fue hacia ella.

La bruja retrocedió.

Telamón cogió el ronzal de su mula y le dijo a David:

—Vamos, tenemos que disponer el campamento de pernocta.

El hombre comenzó a caminar.

El muchacho se opuso.

—Señor —le dijo—, no podemos dejar a esa mujer en tal estado.

—¿Por qué no?

—¿Ha visto sus tobillos? —En las piernas de la hechicera se veían heridas supurantes—. ¡La lepra la está devorando!

—Esas heridas son por los grilletes de la prisión —rebatió—. En cualquier caso, sus pociones y emplastos no servirán para aliviar el padecimiento. Habrá muerto antes de que pasen dos amaneceres.

David cargó al hombro uno de los tres odres que tenía la caravana. Luego, desafiando a la autoridad de su maestro, se acercó a la mujer. Derramó líquido en sus manos ahuecadas. La bruja tragó con avidez. David descubrió, entre los enseres de la mujer, una pequeña jofaina de bronce. Llenó el recipiente y se lo dejó a un lado.

El chico regresó junto a Telamón.

—Tienes un corazón demasiado blando —le dijo el guerrero.

Pero no hizo nada contra la intervención del muchacho.

La pareja prosiguió su camino y estableció el campamento de pernocta en lo alto de un promontorio situado casi dos kilómetros más al oeste.

Se pusieron de nuevo en marcha con la llegada de la aurora, tirando de las mulas y el poni que le habían quitado a la hechicera. Divisaron lobos bajo la tenue luz del amanecer y también una manada de unas cien gacelas, tan tímidas que huyeron como rayos situándose a tres veces un tiro de flecha.

—¡Señor! —exclamó de pronto David, señalando a retaguardia—. ¿Ha visto eso?

A lo lejos podían vislumbrar a la hechicera renqueando en su dirección, sirviéndose de un retorcido cayado.

—Ha tenido que pasar la noche dando tumbos detrás de nosotros

—dijo David. El chico rogó por la ayuda de su maestro—: ¡Señor! Hay lobos. ¡Olerán su rastro!

Telamón silenció al muchacho con un gesto. Concedió, con un ademán, permiso para proporcionar ayuda a la mujer. David cogió un odre. Sujetó al poni por el ronzal y partió a toda prisa en auxilio de la bruja.

Telamón lo observó, inmóvil.

Mientras el joven ayudaba a la hechicera en su doloroso trance, el guerrero se dirigió hacia un bosquecillo de árboles de *elah*, que los árabes llamaban *butom*. El mercenario cortó varias ramas verdes, les hizo unas incisiones a lo largo y las colocó al calor del sol, que ya se elevaba raudo sobre el horizonte.

David y la mujer se acercaron.

Telamón dejó que la bruja bebiese agua y le permitió al chico recoger algunas migajas del pan de la jornada anterior para que se las diese.

Era obvio que la hechicera padecía terribles sufrimientos.

El guerrero recolocó las ramas de *elah*, presumiblemente con la intención de secarlas al sol, y las examinó en busca de una característica solo conocida por él. Aún no había dicho una palabra. La bruja tampoco. La mujer yacía en ese instante en la breve sombra proyectada por los vientres de las mulas.

Todavía sin hablar, Telamón preparó una pequeña hoguera. Colocó las ramas de *elah* sobre las llamas y de ellas pudo extraer un cuarto de copa de líquido amargo y apestoso. Lo mezcló con vinagre y lo puso al fuego hasta reducirlo a una pasta fétida y viscosa.

—Trae a la mujer.

David obedeció.

—¿Qué es eso? —La bruja ojeaba el extracto con mirada dubitativa. Telamón le ordenó que se incorporase y extendiese sus desnudas y lesionadas pantorrillas sobre la arena. A continuación le indicó a David que la sujetase por los codos, con fuerza. Él, por su parte, se sentó descargando todo su peso sobre las rodillas de la mujer, mirando a los pies.

—Trementina.

Aplicó la pasta en los tobillos de la mujer, directamente sobre las heridas.

La bruja chilló y forcejeó para zafarse.

Momentos después pareció como si el dolor remitiese ligeramente.

No obstante, aún sollozaba cuando Telamón sacó de la hoguera una rama ardiendo. Con un rápido movimiento, le tocó un tobillo con ella y después el otro. La trementina se inflamó.

Los ojos de la mujer lanzaron un destello agónico y después se pusieron en blanco. Se desplomó de espaldas sobre la arena, como muerta.

David se levantó de un brinco, soltándola como si quemase. Miró a su maestro con ojos desorbitados.

—Debería funcionar —dijo Telamón.

El mercenario se levantó. Recogió su mula, disponiéndose a partir, y le indicó a David que tomase la suya y también el poni de la bruja.

—Si no muere esta noche, pasado mañana podrá andar.

XIII
El fuego del inframundo

David vio el humo a más de quince kilómetros de distancia y pudo olerlo a poco menos de diez. El joven y su mentor llegaron a la última cresta. El Hormiguero se extendía ante ellos a dos mil pasos de distancia. Unas siluetas demasiado lejanas para saber si iban a pie o a caballo se dispersaban en todas direcciones. Densas columnas de humo salían de numerosas grietas abiertas en el suelo.

—¡Están en el infierno! —exclamó el muchacho.

David comenzó a descargar las alforjas de su mula con la clara intención de saltar a lomos del animal y correr en auxilio de la colonia en llamas. Telamón sujetó al chico por el hombro.

—¿Cómo atraviesa un guerrero una llanura en campo abierto? —preguntó con voz calmada.

David, angustiado, miró a su maestro con ojos frenéticos.

—¡Señor, hay gente muriendo allá abajo!

La expresión del guerrero no se inmutó.

—¿Cómo atraviesa un guerrero una llanura en campo abierto?

David encajó las mandíbulas. Las venas pulsaban en sus sienes.

El joven dominó su impulso realizando un esfuerzo.

—Un guerrero la atraviesa armado —respondió—. Y se aproxima desde el flanco o la retaguardia.

—Bien —dijo Telamón.

Soltó al muchacho.

Habían pasado cuarenta y ocho horas desde que Telamón atendiese las heridas de la bruja con la resina del árbol de *elah* y luego la abandonase en la pedregosa llanura.

Lo cierto es que la mujer había recuperado su capacidad de caminar, aunque despacio y con unos dolores casi paralizantes. Como en jornadas anteriores, siguió los pasos del hombre y el chico. Ella también veía el humo del Hormiguero y se esforzaba por avanzar caminando tan aprisa como era capaz.

Coronó la última cresta tan dolorida que a punto estuvo de caer desmayada.

La humeante colonia se extendía frente a ella. La hechicera tardó unos instantes en recobrar el aliento. Entonces pudo ver, a lo lejos, al hombre y al muchacho. La pareja llevaba a los animales a través de la llanura, desviándose hacia el norte del infierno que era el Hormiguero.

Cuando el mercenario y su aprendiz estuvieron alineados con el eje norte-sur de las llamas, todavía a casi mil pasos de su extremo más septentrional, se dirigieron a un flanco y comenzaron a caminar de vuelta a la colonia. Telamón abría la marcha. El hombre y el muchacho mantenían una distancia lateral de cincuenta pasos y otros tantos de avance. Ambos llevaban sus armas dispuestas.

La hechicera comenzó entonces a descender por la cresta, avanzando directamente hacia el Hormiguero. Todavía se encontraba muy lejos para distinguir detalles. Perdió de vista a Telamón y al chico cuando estos entraron en la zona de conflagración y su paso quedó oculto tras la densa y abundante humareda.

La mujer continuó avanzando con todo su tesón. Ya podía distinguir individuos y agrupaciones de media docena de personas, unas corriendo, otras juntándose, presas de la conmoción y el espanto. Era evidente que el apuro no había pasado. La bruja, mirando entre las tinieblas, vislumbró una silueta salir de un portal humeante cargada con un bulto que, por el tamaño, parecía un niño pequeño. Otras siluetas se acercaron corriendo. El hombre entregó al bebé a una de ellas y a continuación se desplomó. Al principio, las mujeres entonaron cánticos en voz baja alrededor del bebé, mirándolo como sin comprender, y después lanzaron chillidos de congoja.

La hechicera llegaba entonces a los márgenes de la calamitosa localidad. No necesitaba preguntar a qué se debía toda aquella catástrofe. Una fila de caballos y camellos, guiada por docenas de hombres, se dirigía hacia el norte alejándose del holocausto.

Saqueadores.

A ambos lados del camino se podían ver las siluetas de los cadáveres y los cuerpos de los moribundos, habitantes del Hormiguero, algunos atravesados por flechas y otros con los vientres abiertos o las espaldas destrozadas a lanzazos. Muchos más estaban despatarrados por ahí, con sus desgarradas ropas en llamas.

Entonces la mujer vio a Telamón y al muchacho.

El mercenario avanzaba entre el fragor con feroz determinación, gritando el nombre de «Miguel» y observando con atención los rostros de los espectros que por allí se encontraban arrodillados, en cuclillas o dando tumbos.

—¡Miguel! —continuaba voceando el guerrero.

El muchacho también gritaba ese nombre, pero con una voz apagada por el horror. Su mirada, perdida e inexpresiva, recorría el caos desatado a su alrededor como si fuese incapaz de asimilar su tremenda realidad.

La hechicera ya ingresaba entonces en la zona catastrófica. Atribuladas figuras se aproximaron a ella, trastornadas a causa del dolor y la desesperación. Tomaron a la bruja por otra víctima de la contienda al ver sus maltratadas extremidades inferiores. Le prestaron su ayuda. Gracias a esos desdichados (mujeres y jovencitas yazidíes de Betar, muchachos cuyos amplios pantalones los delataban como pertenecientes a los tamarizda, cazadores de avutardas y sisones, e incluso damas de edad avanzada con tatuajes de los cicatricea) la bruja obtuvo una sucinta crónica de la calamidad.

El incendio había comenzado bajo tierra. Los asaltantes idumeos que se habían aventurado más allá del Néguev, aunque quizá fuesen árabes nabateos rapiñando vía Beerseba (en medio del alboroto nadie llegó a saberlo con certeza), prendieron fuego a los almacenes de forraje seco situados en los corrales subterráneos, donde guardaban cabras y ovejas. El propósito de los forajidos era sembrar el pánico provocando una gran cantidad de humo y, de este modo, hacer salir a campo abierto a los pobladores de la colonia. Por supuesto, algunas ovejas no tardaron en arder. Hubo una estampida. Los animales, enloquecidos por el terror, desbarataron todas las barreras e irrumpieron en la zona comercial que el Hormiguero tenía bajo tierra, volcando puestos e incendiando túneles y tenderetes.

Dio la casualidad de que esa jornada se hubiesen reunido allí yazdaníes adoradores de Mitra para celebrar la conmemoración del nacimiento de su arcángel, Melek Taus, que tomaba la forma, según creían sus fieles, de un pavo real. Los yazdaníes habían traído con ellos a lo largo de su peregrinaje —o quizá comprado a los comerciantes, que, previsores, se habían preparado para el acontecimiento— gran cantidad de pavos vivos, machos y hembras. Estas criaturas son terriblemente feroces cuando se sienten acorraladas y, además, tienen una fuerza en absoluto desdeñable. Docenas de ellas salieron en estampida, causando todavía más daño y confusión a la ya existente. Aún nadie sabía cuántos habitantes de la ciudad subterránea habían caído aplastados en la avalancha.

—¡Miguel! ¡Miguel!

La hechicera oía a Telamón gritando el nombre del nazareno. Lo vio interceptar e interrogar a un individuo de la localidad, después a otro y luego a otro más. La mujer no podía distinguir las palabras concretas del mercenario, se encontraba demasiado lejos, pero sí pudo ver, por los gestos que empleaba, que describía al nazareno y pedía información acerca de su sino o su paradero.

Entonces comenzó a incubarse un siniestro acontecimiento.

Mientras la bruja avanzaba entre la multitud, vio cómo unos hombres de la colonia habían advertido la presencia del mercenario y se lo hacían saber a los demás. Su actitud indicaba hostilidad y recelo. Un individuo al que había intentado interrogar Telamón corrió hacia el grupo formado por los otros y les habló con urgencia, mientras gesticulaba señalando al guerrero.

El grupo avanzó, llamando a más gente.

La hechicera observó cómo varios de ellos empuñaban sus armas mientras otros pedían una, que mujeres y niños se apresuraron a proporcionar. El conjunto, entonces superior a una docena de individuos, comenzó a seguir y cercar al guerrero.

Telamón lo advirtió.

La hechicera observó cómo el mercenario ordenaba a David que se apartase de él, llegando incluso a empujarlo para alejarlo de sí.

También vio que el muchacho se resistía.

Todos a una, los hombres rodearon a Telamón.

La bruja vio espadas y lanzas. Oyó voces airadas. Otros habitantes de la colonia, incluso mujeres y niños, se unieron al enfrentamiento.

La hechicera se abrió paso a empujones y codazos.

Cuando por fin atravesó el gentío, vio a Telamón empuñando el *gladius* con una mano y el *pilum* con la otra, preparado en el centro del círculo de enemigos. David, blandiendo su dolabra con ambas manos, ocupaba su puesto junto al mercenario.

Un hombre mayor, con un gran mostacho pelirrojo, se adelantó ingresando en el círculo. Exigió saber el nombre e intenciones de Telamón.

—No pienso hablar de mis asuntos con alguien que levanta un arma contra mí —replicó el mercenario.

Llegaron más hombres. A una señal del bigotudo jefe, tres de ellos se adelantaron con arcos flechados, apuntando al centro del pecho de Telamón.

—¡Habla o atente a las consecuencias! —ordenó el jefe.

Todos advirtieron el tatuaje militar del mercenario:

LEGIO X

La mirada de la bruja fue de los arqueros a Telamón. Los primeros avanzaron con evidentes intenciones homicidas, situando los astiles de sus flechas en posición casi horizontal para disparar a bocajarro. El mercenario asentó los pies en el suelo. Parecía a punto de abalanzarse contra sus enemigos.

En ese momento, una figura salió de entre los márgenes del círculo.

Una criatura.

Una niña.

La hechicera la reconoció de inmediato.

Era la muda, la hija salvaje de Miguel el Nazareno.

La niña corrió directamente hacia Telamón. Se agarró a su cintura, envolviéndola con los brazos y hundiendo el rostro en la lana de su capote.

La vestimenta de la pequeña estaba chamuscada en unas partes y carbonizada en otras. Tenía marcas de quemaduras en brazos y rostro. Incluso las puntas de su enmarañado cabello parecían abrasadas.

De inmediato, las matronas y ancianas presentes entre el gentío, y no pocos hombres, comenzaron a vociferar exigiendo al guerrero que soltase a la pequeña y la dejase a su cuidado.

La niña se aferraba a Telamón como si este fuese un peñasco en medio de la galerna. No pensaba soltarlo.

La rapaza, emitiendo los crudos chillidos de alguien incapaz de hablar, parecía hacerle señales al guerrero para que la protegiese y fuese su paladín. Señalaba desesperadamente el rastro dejado por los salteadores en su huida, como si implorase al mercenario que siguiese esa dirección... Y que, al parecer, la llevase consigo.

—¿Cómo? —preguntó Telamón—. ¿Los forajidos se han llevado a tu padre?

La pequeña gesticuló de nuevo, esta vez incluso más frenética, señalando el sendero tomado por los bandidos.

«¡Sí! ¡Tenemos que salir ahora mismo en su persecución!», decían sus gestos.

El mercenario parecía sorprendido, incluso desconcertado por el abrazo de la niña y su desesperada adhesión. Con una mano situó a la pequeña tras él, manteniéndola cerca al tiempo que la protegía del semicírculo de hombres que lo rodeaban.

Telamón se enfrentó a sus acusadores.

—¿Qué queréis? ¿Qué os he hecho para descargar contra mí semejante furor?

La respuesta brotó simultáneamente de una docena de gargantas.

Un destacamento de la caballería romana se había presentado en el lugar una jornada antes de la catástrofe; todos los soldados tenían tatuada la X de la legión Décima. Exigieron a los pobladores que entregasen a cierto fugitivo: un nazareno llamado Miguel que había buscado refugio allí después de fugarse de la prisión romana de Jerusalén.

La gente se negó en masa.

Los *equites legiones*, superados en número, se fueron.

Veinticuatro horas después llegaron los salteadores.

—Ya ves lo que han hecho —dijo el jefe.

Los hombres del Hormiguero se acercaron aún más a Telamón.

—¡Es un espía enviado por Roma! —berreó uno.

—¡Matadlo! —vociferó otro.

El viejo del mostacho retuvo a sus camaradas. Se dirigió a Telamón.

—Árabes y romanos quieren a ese tal Miguel. ¿Por qué?

Telamón no contestó.

—También tú lo persigues. ¿Con qué propósito?

El guerrero se negaba a contestar.

—¡Malditos seáis todos! —bramó el anciano—. ¡Vuestra codicia ha destruido nuestro mundo!

Armas asesinas se prepararon para destripar a Telamón.

—¡Esperad!

Era la hechicera quien ingresaba entonces en el círculo.

Todas las miradas se posaron en aquella renqueante aparición de cabello revuelto.

Los hombres de la colonia retrocedieron sobresaltados.

La bruja rebuscó en la mula que había llevado David.

—¡Os hemos traído una dádiva!

Y mostró la vasija de arcilla llena de miel que el hombre hecho de abejas diese a Telamón.

El mercenario miró a la bruja perplejo y sorprendido.

—¡Tú! ¡Deja eso!

La mujer avanzó a trompicones hacia el jefe llevando la vasija.

—¿Quién es la bruja esta? —mugió uno de los presentes.

Otro le arrebató el recipiente de las manos.

La vasija se hizo añicos contra el suelo.

Los hombres decidieron atacar también a la bruja.

—¡Matadlos a todos!

—¡Enviadlos al infierno!

El gentío volvía a moverse con intención asesina.

De pronto la niña se separó de Telamón. Corrió al centro del círculo, se inclinó y cogió una esquirla de la vasija. Luego recogió un trozo de madera carbonizada.

Se colocó delante del jefe y garabateó en el pedazo de arcilla una palabra en griego:

FILOS

La pequeña se la mostró al jefe y después la sostuvo en alto para que se viese.

Filos.

«Amigo».

Volvió a abrazarse a Telamón.

Algunas voces entre la concurrencia identificaron a la niña.

Unas cuantas personas confirmaron haberla visto por la colonia. Era la hija de Miguel el Nazareno... El fugitivo al que los romanos estaban dando caza y que los nabateos se habían llevado.

Y allí estaba ella, afirmando con feroz vehemencia que aquel guerrero, que también iba en busca de Miguel, era su amigo.

El ardor de los colonos menguó.

Las miradas se volvieron al jefe.

—¿Quién es esta pequeña? —le preguntó a Telamón—. ¿Quién es la arpía?

—Quédate con la bruja. No está con nosotros.

—¿Nosotros? ¿Quiénes sois «nosotros»? ¿Qué malhadado sino te ha traído a nuestro hogar?

Era evidente que nadie entre el gentío, ni siquiera aquel anciano, comprendía el asunto que había causado la devastación de sus hogares ni la función que esos desconocidos desempeñaban en todo aquello.

¿La ira de Dios? ¿Algún pecado o falta de la comunidad? ¿O se trataba de mera casualidad, de mala suerte?

Al final el jefe se dirigió a Telamón.

—¡Vete! —le dijo—. Salid de este lugar, todos vosotros, antes de que el Todopoderoso se piense mejor la clemencia que ha tenido a bien concederos.

Libro quinto
Narices cortadas

XIV
El salar

No resultó difícil seguir el rastro de los salteadores. Los malhechores no habían realizado el menor esfuerzo por ocultar su paso. Al parecer, cabalgaban con el más absoluto descuido.

Los ojos de Telamón, incluso los de David, podían identificar con facilidad los lugares donde partidas menores habían salido al galope alejándose del cuerpo principal, quizá persiguiendo alguna pieza de caza… Gacelas, íbices o uno de esos onagros que los árabes llamaban *ariama*. O quizá fuese que los saqueadores más jóvenes se persiguiesen unos a otros por diversión o debido a la euforia causada por la esperanza de obtener una fortuna. Incluso dejaban sus campamentos como vertederos cuyos residuos acababan esparcidos en el terreno, arrastrados por el vendaval que se levantaba cada noche en las proximidades de la costa.

La partida del guerrero recorría entonces terreno salino, crujiente y áspero. El viento levantaba nubecillas de polvo cargado de sal que giraban formando pequeños remolinos. Telamón, como los demás, avanzaba con el rostro cubierto por una bufanda para protegerse la nariz y la boca.

El mercenario no permitió que nadie montase los animales excepto la niña, cuyas quemaduras eran más graves de lo que al principio él había supuesto y más debilitantes de lo que ella estaba dispuesta a reconocer. Telamón obligó a la hechicera, que todavía andaba rezagada tras la caravana, a recoger las hierbas medicinales que necesitase para hacer emplastos y ungüentos. La bruja aprovechó la oportunidad para ganarse al guerrero con sus bálsamos o, al menos, tratar de impedir, día tras día, hora tras hora, que la abandonase.

—Miguel el Nazareno necesitará mi ayuda aún más que esta pequeña —afirmaba—, si es que lo encontramos y lo podemos liberar.

La verdad es que los remedios de la hechicera surtieron un notable efecto, no solo aliviando el tormento de la niña, sino fortaleciendo a todos los miembros de la partida durante la marcha. La bruja preparaba una tisana con anastasia y espino, útil para ayudar al centinela nocturno a mantenerse alerta, y también una especie de resina masticable con hojas de *samwa* y menta de caballo que hacía maravillas a la hora de mitigar la sed de los caminantes. Hacía, además, incluso una especie de bollo con *baatharan* y *eilejaan* («cura», en la lengua de los beduinos) que tenía un efecto tranquilizador en las bestias frente a las súbitas ráfagas de viento y remolinos de los yermos y, además, también ayudaba a que no se espantasen al detectar el olor y los ruidos de los animales salvajes que por la noche acechaban alrededor del campamento.

La bruja, animada por la tolerancia que de momento le mostraba Telamón, comenzó a fastidiar a David.

—¿Cuántas jornadas quedan hasta el mar? —preguntó al joven la primera tarde tras abandonar el Hormiguero.

El chico no lo sabía.

—Pregúntale —dijo la hechicera señalando al guerrero, que caminaba al frente de la caravana a través de la crujiente y deslumbrante llanura.

David vaciló.

—Temes acercarte a él —afirmó la bruja con tono burlón.

Llamaba a David «mi pequeño guerrero» y se burlaba de él cuando nadie la oía.

—¿Por qué atiendes a ese hombre de modo tan servil? Te abandonará en el mismo instante en que seas una carga. Eres judío. Deberías ser fiel a los tuyos. ¿Por qué inclinarte ante ese siervo de Roma?

David no respondió, se limitó a alargar sus zancadas para alejarse de la lengua de la mujer. Sin embargo, la bruja se mantenía a su paso.

—Si todavía estás en este mundo es gracias a los encantamientos que he lanzado para protegerte, aunque no lo sepas.

David huyó de nuevo.

—¡Deja de molestarme! A ver, ¿por qué nos has seguido desde Jerusalén? Mi maestro cree que eres una traidora al servicio de Severo. ¿Crees que no te ha visto mientras haces tus «recolecciones»? Te ha visto merodear por ahí. Estás dejando señales, marcas nuestra ruta.

La hechicera se burló de David aún con más descaro.

—¿Acaso crees que soy una pérfida, muchacho? Pues entonces haz algo al respecto. ¡Mátame, si te atreves!

El mercenario y la niña se volvieron al oír aquello; el altercado había llamado su atención.

La hechicera lo advirtió.

—No te atreves, ¿verdad? —le dijo a David, lo bastante alto para que la oyesen el guerrero y la niña—. ¡No te atreves porque sabes que te dejaría ciego o te convertiría en un leproso!

La niña, al ver aquello, bufó burlona.

La bruja se volvió hacia ella.

—¿Y tú qué miras, rata silvestre?

La niña adoptó una actitud de escarnio, frunciendo el ceño exactamente igual que hacía la hechicera, torciendo un labio y apuntándola con un dedo retuerto y acusador.

La bruja cogió una piedra y se la tiró.

La pequeña soltó una carcajada y se alejó al trote, a lomos del poni de la mujer que, para entonces, era su montura por defecto.

Esa noche, en el campamento, la bruja se acomodó junto a la niña. Cuando Telamón se alejó para hacer la guardia, la hechicera le habló a la pequeña en privado.

—Tu padre tiene la carta del Apóstol, ¿no es así? Se encontró con un aliado en el Hormiguero. Ese era el plan, ¿verdad? Por eso fuisteis allí.

La niña escupió y apartó su manta, acercándose al lugar donde el guerrero había dispuesto sus cosas.

La bruja soltó una carcajada.

—Crees que ese hombre es tu salvador, ¿verdad? Sirve a Roma, el muy bribón… Pretende atrapar a tu padre y devolverlo encadenado. No lo protegerá, bobalicona, lo va a entregar a cambio de oro.

La segunda mañana, la hechicera se situó junto a Telamón durante la marcha. David, hasta entonces en ese puesto, se alejó.

—Ahora ese nazareno ya tiene la carta —aseveró—. Alguien se la entregó en el Hormiguero. Esa harapienta mocosa me lo confirmó anoche, o casi.

Telamón la miró con escepticismo.

—Metida en sus tripas —dijo la hechicera—. O quizá se la haya metido en el culo, si es que los árabes todavía no se la han sacado.

La mujer adoptaba un tono más conciliador con el guerrero que con el chico o la niña. Parecía como si milagrosamente hubiese adquirido la capacidad de hablar no solo en griego, sino también en latín... Eso sí, con acento de Judea.

La hechicera le hizo saber a Telamón que la tradición de buena convivencia en el Hormiguero era tan antigua que algo de enorme relevancia tuvo que acontecer para incitar a los asaltantes nabateos a perpetrar el imperdonable delito de romper la tregua, por no hablar de que el efecto de su cumplimiento (la existencia de un lugar donde nadie hubiese de temer nada) era de vital importancia para la supervivencia de los clanes, tribus y familias enfrentadas que se refugiaban en la colonia.

—¿Qué otra cosa pudo ser sino un tesoro romano? ¡Una gratificación a cambio del nazareno! Ay, mercenario, ya no eres el único que anda detrás de esa recompensa ... Si es que alguna vez lo fuiste.

Telamón interrogó a la hechicera, como hiciese en Jerusalén, respecto a qué sabía acerca de la carta del Apóstol.

—Fuiste tú quien habló de ese nazareno en prisión. ¿Cómo hiciste para ganarte su confianza?

—Si ese desalmado me dijo una sola palabra veraz fue por su propia conveniencia —afirmó la bruja—. Ni yo ni nadie pudo sacarle una sílaba que no quisiera pronunciar. Si no me crees, pregúntale a Severo, que lo tuvo dos días y dos noches en el potro sin conseguir nada. Fue el cristiano el que me utilizó a mí, no yo a él.

La hechicera dijo no saber nada de la carta, salvo que era extensa, al menos cinco mil palabras, y que su contenido podía ser comprometedor.

—Y el que la redactó, el llamado Pablo el Apóstol, es un poeta. Eso se lo hay que conceder. El hombre es un genio. Sea lo que sea que haya en esa epístola, prenderá la chispa de la revolución entre quienes la reciban. Los romanos temen a esos versos, aun sin haberlos visto, más que a todas las dagas de esos zelotes, los *sicarii*; e incluso más que a una rebelión general de los hijos de Israel.

Pasado el mediodía de la tercera jornada, Telamón se acercó a los restos de un campamento nabateo. Las huellas de una docena de caballos se dirigían al nordeste, y más o menos el doble hacia el noroeste. También vio el rastro de un grupo menor, quizá compuesto por unos seis o siete individuos, que se dirigía directamente al mar.

—¿Cuál vamos a seguir? —preguntó David.

—Los árabes no los llamarían así —dijo Telamón, señalando las huellas que se dirigían a este y oeste—, pero los grupos que dejaron estos rastros son patrullas de reconocimiento destacadas en vanguardia, dirigiéndose al mar, con el fin de proteger los flancos de la caravana verdaderamente importante.

Telamón se volvió hacia la niña.

—Tu padre estará con los que han tomado el camino central. Esa media docena de individuos se lo ha llevado.

Aquella tarde la partida del guerrero llegó a una cantera de áridos abierta en el espinazo de una sierra caliza. El hueco excavado tenía la extensión de una pequeña ciudad y era lo bastante profundo, en volumen, para contener un municipio completo.

A lo largo de la jornada, la caravana pasó junto a los restos de los campamentos de picapedreros, donde había grandes montones de sillares y mampuestos colocados en filas como si fuesen munición de catapulta.

—Yo trabajé aquí —dijo el mercenario.

Señaló el trazado del agrimensor, visible a intervalos bajo la arena arrastrada por el viento. La línea, cincelada en la roca allá donde sobresalía en el terreno, corría recta desde el horizonte septentrional hasta los yermos meridionales.

—Iba a ser una calzada —dijo el guerrero—. Cinco pasos y medio de anchura, con piso de piedra y unos cuatro pasos simples de cimentación. —Señaló hacia el oeste, en dirección a una cresta basáltica—. Y allí, un acueducto.

David observó. También la bruja y la niña. Vieron unos pilares a medio construir que seguían la ubicación de los picos a poco más de tres kilómetros del lugar donde se encontraban, en dirección sur.

—Las legiones levantan tales maravillas. La mía, la Décima Fretensis, trabajó en el camino de la costa hasta aquí durante dos años y medio. En realidad eran labores disciplinarias —explicó—; había que recuperar la fuerza perdida y prepararse para la siguiente campaña.

Telamón señaló de nuevo hacia el oeste, en dirección a la línea del acueducto.

—La Sexta Ferrata abrió ese paso a través de cuatro millas de granito puro.

Aquella noche, el mercenario permitió que se encendiese una hoguera.

—Las verdaderas divinidades tutelares de Roma son el Orden y la Conquista —dijo sin dirigirse a nadie en particular—. Las legiones trabajan para modelar el mundo al gusto y servicio de esos dioses. ¿El Hormiguero? Eso iba a ser una ciudad romana... Claudianópolis. He tenido el plano en mis manos. Esta calzada la uniría con el mar. Ese acueducto iba a convertir el desierto en un vergel.

Entonces el mercenario se puso en pie. Los ojos de la niña lo siguieron con atención, al igual que los de David. Lo que fuese que en ese momento el guerrero estaba a punto de decir no fue dicho.

—Me ocuparé de la primera y la última —dijo, refiriéndose a los turnos de guardia nocturna.

David tomó aire.

—Señor, si no soy muy indiscreto... ¿Por qué dejó la legión?

Por un instante, el guerrero lo miró como si lo hubiese sorprendido, e incluso gratificado, la osadía de la pregunta.

—Yo estaba en la legión. Nunca pertenecí a ella.

La hechicera también lo miraba, prestando gran atención.

—Las cohortes romanas se rigen solo por dos leyes —dijo el mercenario—: Mantén la formación y jamás abandones el águila. ¿Pero qué representa ese estandarte, además de la vanidad del Imperio y la vanagloria de sus oficiales? Una vez luché por orgullo y honor. Y no más.

David volvió a hacer acopio de coraje.

—Entonces, señor, ¿por qué luchaba?

—Lucha por dinero —afirmó la hechicera—. Para él da lo mismo un bando que otro. Sirve al oro y a nadie más.

La mirada de la niña permanecía fija sobre el mercenario. Él pareció sentirla.

—No sirvo al dinero. Hago que el dinero me sirva a mí. Al final de la campaña no me preocupan ni el orgullo ni la culpa. Quiero dinero. Quiero mi paga. Desde ese punto de vista, la guerra es un trabajo… Y nada más. Servir por dinero aleja al soldado del objetivo que desea alcanzar su comandante. Sirvo solo para servir, combato solo para combatir y camino solo para caminar.

El mercenario se dispuso a encaramarse en un saliente rocoso que dominaba el campamento.

—Apagad la hoguera y echaos a dormir.

A media mañana de la jornada siguiente percibieron el aroma del mar.

Telamón condujo a la partida por un cauce seco a la vista de la calzada costera.

—Esa ciudad frente a nosotros se llama Rhinococura, «narices cortadas». Algún día tendrá puerto; en cuanto los ingenieros romanos logren diseñarlo. De momento, apenas llega a fondeadero.

Hizo una pausa para asegurarse de que le prestaban atención.

—Los salteadores están en algún lugar de ahí abajo. Mañana por la mañana tomarán la calzada en dirección este, hacia Jerusalén, u oeste, hacia Alejandría; allá donde crean que les pagarán mejor por el nazareno.

Además, hablando de los bandidos, dijo que esa noche estarían borrachos, celebrando sus prometedoras expectativas.

—Entraremos pasada la medianoche —dijo el guerrero—. Y los mataremos a todos.

XV
Narices Cortadas

Tal como había dicho Telamón, la ciudad portuaria de Rhinococura ni era ciudad ni tenía puerto, sino que consistía en un desordenado revoltijo de cabañas de adobe y maquinaria de construcción en desuso dispuesto a lo largo de un cabo barrido por las galernas. Hacia el este, en el interior y paralelo a la costa, se extendía el pasaje de casi cincuenta kilómetros que los romanos llamaban Tosta Caesio y los árabes Ji'radi.

Y, en efecto, aún no había puerto. Los romanos estaban construyendo uno. Un tosco espigón llamado Spatha, «espada larga», corría a lo largo de un embarcadero de escasa profundidad. Los romanos, afirmó Telamón, lo habían dragado con barcas grúa accionadas por pesos y cables de remolque tirados por mulas. No obstante, abandonaron la empresa cuando decidieron destacar a la legión escogida para la obra, la Sexta Ferrata, en Judea con el fin de reforzar a la Décima Fretensis y ciertas unidades de la Duodécima Fulminata en su misión de contener la creciente inestabilidad avivada por la aceptación popular de los zelotes y otras facciones sediciosas.

En un momento a medio camino entre el mediodía y el ocaso, Telamón llevó a la compañía a una rambla, que los árabes llamaban *uadi*, situada directamente al sur del abandonado recinto de obras donde él, tendido boca abajo y oculto tras una línea de tamariscos, podía vigilar el camino que llevaba al este. No podía ver el mar, pero sí oír el suave golpeo de sus olas arrastrado por el viento. Destacó a David al frente, descalzo y vestido con una túnica al modo de los pastores, para realizar una labor de reconocimiento preliminar.

El muchacho regresó varias horas después. Informó no haber encontrado al fugitivo Miguel, pero había conseguido localizar un campamento de tiendas situado en el camino, lugar donde los traficantes de esclavos nabateos habían dispuesto su base. Eran ocho. David contó seis caballos asegurados por una soga y cinco camellos, dos con sillas de montar a su lado, en la arena, y los otros, al parecer, empleados como bestias de carga.

Telamón elogió el informe de novedades del muchacho.

A continuación, el guerrero exploró la ciudad por su cuenta. Encapuchado, ataviado con una túnica y armado solo con una daga y una lanza larga, un bastón de combate, el mercenario se dirigió al lugar que le describiese David. Encontró y estudió el campamento de traficantes de esclavos desde lejos, pues no se atrevió a acercarse ya que, a pesar de ir disfrazado, su estatura y porte llamarían la atención.

A partir de sus observaciones y charlas con varios lugareños, Telamón supo que la localidad mantenía un esporádico mercado de esclavos, ya los hubiesen apresado a bordo de los barcos que costeaban el territorio o traídos del desierto por bandidos nómadas. Según le dijeron, el mercado situado frente al camino alternaba sus servicios de venta entre ganado y humanos. La principal industria local era la pesca. Una flota de aspecto lamentable, que esos días se dedicaba a carenar aprovechando la falta de vientos, pescaba espadines, gambas y un tipo de mejillón que los romanos llamaban *gallus*, «gallo», que era un bocado exquisito en los mercados portuarios de Gaza, Pelusio y Alejandría. Telamón se enteró de todo esto gracias a sus encuentros con pescadores y otros naturales del lugar.

Sin embargo, no pudo confirmar el paradero de Miguel, pues ni lo vio ni logró obtener información fiable al respecto. Lo cierto es que ni siquiera pudo determinar con certeza si habían llevado al nazareno a ese lugar.

—Yo lo encontraré —dijo la hechicera cuando Telamón regresó a la rambla.

—Ve con ella —ordenó a David. El sol había comenzado a hundirse en el horizonte.

Telamón pasó la caída de la tarde en el campamento con la niña como única compañía.

El guerrero ejecutó su rutina de ejercicios calisténicos. Afiló las hojas de sus armas. Reordenó las alforjas y arneses de las mulas, preparándolas para ponerse en marcha de inmediato. Dejó los arreos junto a los animales, aunque sí les colocó las cargas.

La niña observaba cada movimiento que ejecutaba el mercenario. Estudiaba con particular atención sus ejercicios de combate. Cuando Telamón practicó la posición llamada «enroque», la niña colocó sus pies exactamente igual que él y ejecutó la postura con idéntica perfección. Mientras practicaba el movimiento llamado «proyección», el mercenario levantó la mirada y vio a la niña imitar sus movimientos con asombrosa exactitud.

De vez en cuando la niña se acercaba al mercenario emitiendo sonidos apurados y gestos que pretendían decirle, o eso suponía, que los rescatadores, es decir, David y él, no debían retrasarse sino golpear de inmediato a los salteadores, antes de que torturasen o matasen a Miguel, su padre.

Telamón intentó comunicarse con la pequeña, pero los signos que ella empleaba para expresarse lo confundían. No podía asegurar si la niña era una ingenua o estaba muy nerviosa, como lo estaría cualquier criatura en tales circunstancias.

La niña, al comprender la expresión plasmada en los ojos de Telamón, lo atravesó con la mirada y se colocó en jarras, con los puños apretados contra las caderas. Su postura parecía decir: «Que sea muda no implica que sea tonta».

—¿Cuántos años tienes? —le preguntó.

La niña se encogió de hombros.

—¿De dónde eres? ¿Dónde naciste?

Otro encogimiento de hombros.

—¿Pudiste hablar alguna vez?

La niña negó con la cabeza.

Telamón la observó con atención.

—¿Cómo es que una rapaza como tú sabe escribir? ¿Quién te enseñó? ¿Sabes escribir más palabras que esa que garabateaste en el Hormiguero?

La niña hizo unas marcas en la arena.

—¿Te enseñó tu madre?

La niña lo confirmó con un gesto.

—¿Dónde está?

La pequeña lo miró desafiante.

—¿Muerta? ¿Cuánto tiempo?

Dos dedos.

El mercenario asimiló la información.

—Cuando esta noche vayamos en busca de tu padre, te quedarás aquí, con las mulas.

La niña pataleó y negó con vehemencia.

—Alguien debe vigilar a los animales. Tienen que estar preparados para cuando huyamos.

La niña imitó la postura de la hechicera. Lo hizo con tanta perfección que el hombre no pudo contener una carcajada.

—Ella no —le dijo—. Tú.

La pequeña volvió a patalear y a fruncir el ceño. De nuevo imitó a la bruja. En esta ocasión señaló con decisión el *gladius* del guerrero. Después se pasó una mano por la garganta.

—No te fías de ella, ¿verdad?

Los gestos de la niña insistieron en su mensaje. «¡Mátala!». «¿Por qué permites que esa malvada continúe con vida?», parecía decir su expresión.

Telamón estudió de nuevo a la pequeña. No lograba decidir si tan solo se trataba de una bestia diminuta y cruel o de una astuta y sagaz observadora de los asuntos bélicos.

—¿El nombre de César te suena de algo? Me refiero al primer César, al que reunió mi legión, la Décima, hace un siglo, en Galia.

La niña lo confirmó con una mirada.

Telamón no sabía si creerla. Pero su postura pareció relajarse en cierto modo. El guerrero había estado en pie todo el tiempo. Su estatura se elevaba ante la muchacha en toda su talla. Entonces flexionó las rodillas y se inclinó, de modo que sus ojos estuviesen a la altura de los de ella.

—En Galia vivía un gran enemigo de César, llamado Vercingetórix, que envió exploradores a caballo para seguir la marcha de las legiones. Los jóvenes y atentos oficiales romanos apremiaron a su comandante en jefe diciéndole: «Déjanos salir y matar a esos bárbaros». Pero César no lo permitió. «El enemigo cree espiarnos al enviar a sus exploradores, pero somos nosotros quienes lo espiamos a él», explicó a sus oficiales. «Solo temo al enemigo cuando no lo veo. Mientras permanezca cerca, puedo descansar tranquilo».

La niña asimiló la información.

«¿Lo habrá comprendido?», parecía decir la expresión del guerrero.

La niña se enderezó y señaló hacia el campamento de los mercaderes de esclavos. Se golpeó el pecho con la palma de la mano.

«¡Llévame! ¡Llévame esta noche contigo!».

Telamón negó con un gesto.

—En ese campamento habrá hombres armados. Al menos ocho, quizá más.

La pequeña movió la mandíbula. Tenía un puñado de piedras y comenzó a tirarlas una tras otra, con fuerza, contra la orilla de la rambla. No las arrojaba como lo hacían las niñas.

Cayó la noche.

La hechicera y David aún no habían regresado.

La niña se había vuelto tan inquieta que Telamón no estuvo seguro de poder dominarla.

—¿Tu padre entregará la carta a los árabes?

La mirada de la niña destelló.

—¿Y si lo torturan? ¿O acaso crees que ya se la ha dado?

«Nunca», decía la expresión de la pequeña.

—¿Por qué le importa tanto? ¿Por qué te importa a ti? ¿Qué significa esa carta para vosotros? ¿Qué bien imagináis que hará?

La niña se irguió apretando la mandíbula.

Llegaron ruidos desde el camino del mar. Se oyeron pisadas y después David y la hechicera salieron de la oscuridad.

—El hombre que buscas, el tal Miguel, está atado y amordazado en el camino —dijo la bruja—. Esos traficantes de esclavos se dedican a flagelarlo con una soga y a torturarlo con fuego.

XVI
El campamento de los traficantes de esclavos

David vio entonces a Miguel. El nazareno colgaba como un trapo, sin fuerza, con las muñecas atadas al costado de un barco sardinero varado en la playa. A sus pies refulgía una hoguera de brasas amontonadas sobre la arena.

Los salteadores habían situado su campamento entre los barcos de pesca, entonces escorados en el terreno del fondeadero en desuso. Dos hogueras de vigilancia flanqueaban el lugar a unos cincuenta pasos una de otra. La Osa Mayor había llegado a su nadir; las hogueras comenzaban a debilitarse. Era la hora correspondiente a la tercera guardia romana, pasada la medianoche pero sin llegar a la hora de las Brasas, cuando se atizaban las hogueras de vigilancia para que durasen encendidas hasta el alba.

Telamón dejó a la hechicera en la rambla, con las mulas y el caballo. La pequeña había rogado con desesperación, empleando su lenguaje sin palabras, que le fuese permitido acompañar a David y al guerrero. Este, sin hacerle caso, la dejó de guardia para que vigilase a la bruja. Le puso en las manos la dolabra de David, la afilada herramienta de trinchera con la que él, Telamón, había asesinado a dos bandidos en la refriega de la Angostura. Luego le dio órdenes a la niña, hablando lo bastante alto como para que la bruja lo oyese:

—Si esta mujer intenta alguna clase de traición, destrípala.

Telamón solo llevó consigo al chico. Se armó con el *gladius* y un trozo de cuerda. Sujetó dos cuchillos de lanzamiento en sus tobillos. David iba armado con una jabalina, además de cargar su propia daga.

El hombre y el chico llegaron al mar, a unos cuatrocientos metros al este del campamento de los traficantes de esclavos, y comenzaron a deslizarse por el terreno manteniéndose bien apartados del resplandor de las hogueras. El agua era tan poco profunda, apenas llegaba a las pantorrillas de un hombre, que el mercenario y el muchacho no pudieron nadar, ni siquiera chapotear al estilo de los perros, sino que hubieron de arrastrarse sobre el fondo pedregoso impulsándose con manos y pies como si fuesen cangrejos, mientras mantenían la cabeza, los hombros y la parte superior de la espalda sobre la superficie.

No había grandes mareas en aquella zona. Pequeñas olas lamían la playa con un golpeteo suave, audible solo cuando unas cuantas rompían a la vez. El agua era cálida y tan salobre que escocía en los ojos como si fuese vinagre.

Tardaron casi dos horas en cubrir el recorrido, que los llevó a un lugar del campamento de traficantes diametralmente opuesto a su punto de entrada.

Durante todo ese tiempo, los salteadores, divididos en dos bandos, se dedicaron a discutir el destino de Miguel.

Unos querían matar allí mismo al nazareno y abrirle el vientre para buscar la carta. O al menos eso es lo que David pudo interpretar a partir de sus gestos, pues solo entendió unas pocas frases dichas en un dialecto árabe. El segundo grupo argumentaba con la misma vehemencia —cimentando su razonamiento mediante un nutrido intercambio de golpes y puñetazos con sus compinches del bando contrario— que debían mantener al cautivo con vida para entregárselo a los romanos y que ellos lo interrogasen.

—Aunque lo abriésemos de arriba abajo y encontrásemos la carta, ¡vale más vivo que muerto!

Ese era, le parecía a David, el argumento sostenido por la segunda camarilla.

Al final, los traficantes de esclavos se cansaron del debate. Comenzaron a acomodarse uno a uno en la arena, junto al fuego. Durmieron. Tres o cuatro más, entretenidos con unas mujeres junto a un grupo de tres barcos varados en el extremo oriental del campamento, también prepararon un lugar donde tumbarse.

El nazareno colgaba como un carnero eviscerado. Sus brazos, estirados, sujetos por las muñecas, pendían de dos cornamusas de la regala de la embarcación varada más al oeste.

—¿Está muerto? —preguntó David con un susurro.

El chico sintió una mano sobre su hombro. Telamón hizo un gesto de asentimiento hacia la playa. Su expresión decía: «Coge esto».

El mercenario colocó en manos de David su *gladius*. A cambio, tomó la jabalina del muchacho.

—Suelta al nazareno. Caerá como un fardo cuando cortes la primera cuerda. Sujétalo y mantenlo en pie. No dejes que grite.

—¿Y usted qué hará?

—Me ocuparé de esos dos durmientes.

David, al sentir el pomo de la espada contra el talón de su mano, le pareció tocar un ser vivo. El terror lo embargó. Orinó en la tibia agua. Sintió una acuciante necesidad de vaciar sus intestinos.

—Puedes hacerlo —le dijo Telamón en voz baja—. Estaré a tu lado antes de que hayas acabado con el primer corte.

David quería preguntar «¿cuándo?», pero no fue capaz de mover los labios.

—Ahora —dijo Telamón.

El mercenario se irguió cuan alto era y comenzó su avance.

David intentó ponerse en pie.

Sus rodillas no lo obedecían.

Telamón lo levantó tirando de él.

—¡Vete!

El guerrero comenzó a caminar dando potentes zancadas.

En ese instante, en la playa, un árabe oculto entre las sombras cuya presencia David no había advertido, gritó y comenzó a señalar nervioso hacia el mar.

Durante un segundo aterrador, el muchacho creyó que el bandido los había descubierto. «Pero bueno, ¿cómo es posible que no nos vea?», pensó.

El individuo señalaba hacia un lugar situado más allá, en mar abierto.

David oyó voces gritando desde las aguas. Miró a su espalda y vio un barco de guerra, un navío ligero de treinta remos, quince por banda dispuestos en un solo orden…, pero no, no era una embarcación, eran *dos*, saliendo de entre la oscuridad, dirigiéndose directamente hacia la playa.

Voces a bordo gritaban a los acampados en la costa.

Los bandidos situados en la playa respondieron haciendo señales con la mano.

Aún no habían visto a David y Telamón.

Para entonces, el hombre y el muchacho ya habían llegado a la arena. David corrió hacia el nazareno maniatado.

A su izquierda vio cómo Telamón caía sobre los dos bandidos que dormitaban junto al fuego. Uno se estaba incorporando cuando el mercenario lo atravesó con la jabalina. Advirtió que le quitaba de la mano una espada de hoja curva y acto seguido oyó un sonido silbante. La cabeza del segundo bandido, separada de los hombros, rodó como un melón sobre la arena, recorriendo apenas unos pies hasta detenerse, meciéndose, con sus aterrados ojos aún abiertos mientras se movía la barbuda mandíbula.

El *gladius* resbaló de la mano del chico. David cayó de rodillas. Todo lo que había comido en las últimas tres jornadas salió de sus entrañas con una arcada.

El muchacho sintió la presencia de Telamón en pie, a su lado. El guerrero arrojó lejos la espada del primer bandido que matase. Recogió su *gladius*. Lo empleó para cortar las ataduras del nazareno. Levantó a Miguel a pulso y se lo echó sobre el hombro izquierdo.

—¡Coge el *pilum*! —Le gritó a David, señalando al asta de hierro clavada en el vientre del primer salteador.

El campamento de los traficantes había cobrado una violenta vivacidad. Por todas partes corrían hombres armados.

Los dos barcos de guerra estaban a punto de varar.

Eran dos rápidas embarcaciones, dos correos que los romanos llamaban *naves actuariae*. David las conocía por sus aparejos y su doble timón, uno a proa y otro a popa. Era los navíos más rápidos de la armada imperial… Embarcaciones de cabotaje capaces de embicar en cualquier dirección, a proa o a popa, entregar sus mensajes o estibar una carga y luego zarpar tan rápidamente como habían llegado.

—¡Coge el *pilum*!

El chico todavía estaba de rodillas.

Los bandidos se lanzaron contra Telamón desde tres direcciones. David vio al mercenario ensartar a uno con una estocada ascendente tan violenta que levantó al individuo del suelo. Después, el guerrero mató a los otros dos con una rápida sucesión de tajos. Y todo eso con el peso de Miguel el Nazareno sobre sus hombros.

El muchacho recuperó la compostura junto a las brasas que los árabes emplearon para calentar los hierros con los que torturaron al prisionero. Frente a él yacía, despatarrado en la arena, el traficante ensartado.

Los hombres del primer barco corrieron a toda velocidad hacia David y Telamón. El chico vio espadas y antorchas. Vio pies calzados y arcos dispuestos.

David ya había cogido el *pilum*. Lo tenía sujeto por el asta de madera. Miró al hombre tirado en la arena.

El forajido aún vivía.

Estaba tumbado sobre su espalda, junto a las brasas.

El sujeto aferraba la jabalina con ambas manos. No pensaba soltarla.

—¡Usa el pie! —gritó Telamón.

Comenzó un tira y afloja entre David y el forajido ensartado.

Los primeros romanos ya se encontraban a menos de quince metros. David podía oírlos vociferar.

—¡Tu pie! —berreó Telamón al chico—. ¡Eso que tienes al final de la pierna!

David colocó un talón sobre el pecho del malhechor atravesado.

—¡Tira!

Lo hizo.

Algo surgió entre la oscuridad frente al muchacho.

El joven teniente.

¡Era el oficial de caballería de Jerusalén! ¡El sobrino y protegido de Severo!

Durante un largo instante, David no lo reconoció.

El oficial no tuvo ese problema.

—¡Tú! —gritó—. ¿Cómo es que estás aquí? ¿Dónde está tu maestro?

El decurión, en medio de la oscuridad y la confusión, no había visto al guerrero.

De pronto David supo quién era. Sus ojos se abrieron de asombro. ¿Por qué el romano había navegado hasta allí? ¿En busca de Telamón? ¿Cómo iba a saber…?

El oficial alzó ambas manos. Voceó a sus hombres que se detuviesen…, y otro tanto pidió a los árabes.

En ese momento, Telamón ingresó en el círculo de luz de los rescoldos.

El teniente dudó un segundo.

—¡Asombroso trabajo, peregrino! ¿Tienes la carta? ¿Dónde está la niña?

Telamón miraba al romano con fijeza. En ese momento parecía tan sorprendido como David.

—Los árabes enviaron a un jinete desde el Hormiguero —informó el teniente—. Zarpé anoche de Gaza, cumpliendo órdenes de Severo. Los bogadores han remado sin descanso durante una jornada completa.

La mirada del soldado de caballería se posó en el cuerpo que colgaba del hombro de Telamón. Parecía como si acabase de advertir su existencia.

—¿Es él? ¿Es Miguel el Nazareno?

El teniente calzaba cáligas y vestía una túnica blanca sobre la que llevaba una coraza segmentada y una *paenula* escarlata, el capote de invierno empleado por los oficiales de la legión.

Telamón aún no había pronunciado ni una palabra.

—He traído tu oro —le dijo el joven oficial—. ¿Tienes la carta? ¡Dámela!

Mas que ver, David sintió algo saliendo a toda prisa de entre la oscuridad. Un árabe, empuñando con dos manos una cimitarra damascena, se abalanzó corriendo a toda velocidad contra Telamón. David oyó el alarido del maleante. Vio al hombre levantar su espada disponiéndose a golpear…

Más tarde, el muchacho, intentando recordar sus actos, no fue capaz de saber con certeza dónde se encontraba o qué movimiento había ejecutado. Sintió el peso del árabe lanzado a la carrera chocar con su cadera derecha, después lo vio saltar y pasarle por encima dando una voltereta. El forajido cayó de espalda en la arena.

David oyó el espeluznante sonido que hacen huesos y tendones cuando los atraviesa una estocada. Se volvió y vio a Telamón tirar de su *gladius*, hundido casi hasta la empuñadura, para sacarlo de debajo del esternón del bandido tirado en la arena.

El chico apenas podría recordar algo de lo sucedido a continuación.

Recordaba al teniente plantado frente a Telamón, enfrentándose con él enseñándole los dientes, *gladius* en mano. Los rescoldos de la hoguera iluminaban los rostros de ambos. El romano gritaba al mercenario que entregase al nazareno.

Telamón no pensaba hacerlo.

El oficial le vociferaba, airado.

Hubo un intercambio de golpes.

Los legionarios se lanzaron a la gresca.

Telamón mató a uno asestándole un lanzazo con el *pilum* que David arrancase del forajido ensartado.

El teniente lanzó una estocada a Telamón. El mercenario la bloqueó y contraatacó. David vio un tajo abierto en el antebrazo del joven oficial.

Llegaron unos caballos.

La hechicera.

La niña.

Se oyeron gritos en la oscuridad. David perdió su sentido de orientación en aquel vórtice de miembros y rostros, golpes, pezuñas y hojas dando tajos bajo la parpadeante luz de las brasas.

Se sorprendió a sí mismo ayudando a Telamón a subir al nazareno, entonces consciente y esforzándose por hablar, a la grupa del caballo que montaba el mercenario. Luego, a lomos de las mulas y los caballos arrebatados a los árabes, se alejaron al galope por la rambla internándose en la oscuridad.

XVII
El interior del desierto

Miguel ya no podía cabalgar más. Llevaban media hora en el desierto cuando Telamón hubo de detener la huida del grupo.

Cortó ramas de terebinto para hacer una parihuela de arrastre y en ella colocaron al nazareno envuelto en la túnica que el mercenario empleaba para dormir.

Telamón ordenó a la hechicera que recogiese hierbas a pesar de la oscuridad. La mujer obedeció y empleando cierta variedad de aloes obtuvo un emplasto astringente y un ungüento cicatrizante. Todo eso aplicaron en las quemaduras y numerosas lesiones que el nazareno tenía en el cuerpo. Además, los árabes le habían sacado el ojo izquierdo quemándoselo con la punta de un hierro candente.

La bruja, por propia iniciativa, elaboró un calmante con regaliz silvestre y *Ephedra arabica* que, según afirmaba, era un analgésico tan potente como el opio mesopotámico. Se lo administró al nazareno en forma de tisana, que habría de beber casi hirviendo. Miguel estuvo despierto durante todo el proceso, pero no pudo hablar ni hacer señales.

En tales condiciones, la más fuerte de las dos mulas transportó al nazareno durante toda la noche y la jornada siguiente, con la niña cabalgando a su lado, abrumada por la angustia y la aflicción.

Los dos caballos de los salteadores no fueron de gran utilidad. Uno se espantó la primera noche, descendiendo una ladera, y se despeñó. El otro, avanzando en la oscuridad, se partió una de sus patas delanteras al introducirla en una madriguera.

Telamón tapó los ojos de la pobre bestia con su capote y la sacrificó del modo más piadoso posible, aunque no desperdició la oportunidad de cortar unas buenas tajadas de carne de los cuartos traseros y guardarlas como futuro alimento, envolviéndolas con la vejiga que sacó de las entrañas del animal y limpió con su sangre. Además, le extrajo el hígado y el corazón y, tras cortarlos en tiras del tamaño del dedo de un hombre, hizo que cada miembro de la partida las zampase crudas apenas improvisaron el siguiente campamento (no pensaba arriesgarse a encender una hoguera), pues necesitaban recuperar fuerzas. Él devoró cada pedacito que dejaron los demás.

La partida progresaba entonces a través del desierto evitando caminos y senderos. El mercenario desconfiaba al ver huellas de camellos, pues temía que los pudiesen llevar a campamentos de otros saqueadores. Se dirigía al sur y al oeste orientándose por las principales estrellas de la Osa Mayor y la estrella Polar, en la Osa Menor. La partida se alejaba del mar internándose en el desierto.

Vieron las plumas de polvo que levantaron sus perseguidores durante la primera jornada hasta pasado el mediodía de la segunda. Eran dos, avanzando en paralelo a varios kilómetros una de otra. Parecían competir.

—Los romanos pretenden arrebatar el trofeo a los árabes —supuso Telamón—. Y otro tanto hacen los árabes.

Hacia el atardecer se podía distinguir una tercera y luego una cuarta columna, una avanzando por el este y otra por el oeste. El guerrero supuso que se trataba de los grupos de reconocimiento destacados por los traficantes de esclavos, los que se habían separado del grueso de la expedición de saqueo.

—O eso o hay más tribus por ahí intentando cobrar la recompensa de los romanos —dijo.

La hechicera todavía renqueaba por sus heridas. Maldecía furiosa a Telamón cada vez que este rechazaba sus ruegos por poder compartir el poni con la niña.

—Ya te avisaré cuando tengas derecho a ese privilegio —le decía.

La ira de la bruja no tardó en hacer de la niña su segundo objetivo. Trastabillaba a su lado, entre ella y la mula que arrastraba la parihuela de Miguel.

—¿Crees que ese hombre te está ayudando? —La bruja señaló a Telamón con un dedo sarmentoso—. ¿Lo crees porque no entregó a tu padre cuando estábamos en el fondeadero? ¡No seas tonta! No lo hizo porque aún no tiene la carta, ¡imbécil!

David reprobó a la hechicera por su malicia. La bruja escupió y se alejó.

Se dirigió a Telamón, señalando a Miguel.

—¿Cómo piensas obtener esa carta, peregrino? La ha tragado y la tiene en las tripas. O se la ha metido por el culo. Ábrele las entrañas y líbranos de este sufrimiento. ¡Lo haré yo, si te faltan agallas!

David le arrojó un terrón, ordenándole que contuviese su lengua.

—¿Y tú? —dijo la bruja, enfrentándose con el muchacho—. Tú eres un bodoque aún más ignorante que esa cateta sin habla. ¿Qué crees que hará tu maestro cuando consiga la carta? No la llevará a Jerusalén... ¿Cómo va a hacerlo, si casi decapita al sobrino del jefe de la guarnición?... Se la entregará al gobernador romano de Alejandría. —Señaló hacia el oeste, en dirección a Egipto, rumbo que, efectivamente, seguía la partida—. Los señores de Egipto tienen más dinero con el que pagar, ¿no es así, mercenario? Y, además, le encantaría cosechar la gloria frente a Roma. Ese es tu plan, ¿no?

Telamón dejó que la bruja cabalgara solo para que callase.

Los rebotes que daba la parihuela sobre el pedregoso y desigual terreno terminaron acrecentando los padecimientos del nazareno. Ni siquiera el analgésico de la hechicera lo aliviaba. La vacía cuenca del ojo izquierdo de Miguel supuraba sangre y un humor blancuzco y amarillento que, según dijo Telamón, en las legiones se conocía como *pus*.

La hechicera, siguiendo las indicaciones del mercenario, rellenó la cuenca de Miguel con la pulpa extraída de los tallos de cardo, cambiando tan rudimentario emplasto cada media hora. «Demos una oportunidad a la mujer», pensó David. A pesar de sus incesantes provocaciones e invectivas, a su manera había asumido la función de enfermera y cuidadora. Desmontaba a ratos y renqueaba junto al nazareno canturreando cualquier cantinela que creyese capaz de ofrecer cierto socorro. Miguel parecía ajeno a todo aquello. ¿Podía oír? ¿Sabía dónde estaba? La niña lo atendía en cada parada, en las pocas que permitía Telamón.

Miguel salió de su delirio y tuvo intervalos de lucidez en dos ocasiones repartidas a lo largo de la segunda noche. En la primera, habló a su hija con tono de urgencia durante no poco tiempo, esforzándose en lo posible para que nadie más pudiese oír sus palabras. Por su parte, la niña informó fervientemente a su padre de todos los acontecimientos, al parecer desde lo sucedido en el Hormiguero hasta ese momento, mediante signos y una serie de gruñidos y balidos que servían como lengua vehicular entre ambos.

A juzgar por sus gestos y la atención que mostraba al observar, la principal preocupación del nazareno parecía consistir en la evaluación del carácter y los objetivos del hombre en cuyas manos se encontraba. Las preguntas que le hacía a la niña parecían guardar más relación con Telamón que con ningún otro asunto.

Durante su segundo periodo de lucidez, el nazareno reunió fuerzas para dirigirse directamente al mercenario. Telamón se situó junto al herido y se arrodilló a su lado. Miguel le rogó al guerrero que lo dejase morir.

—Llévese a la niña —imploró.

El nazareno dijo ser una carga que ralentizaba al grupo y facilitaba su apresamiento.

Telamón no quiso ni oír hablar del asunto.

—Usted es el hombre que Severo Pertinax envió en mi busca desde Jerusalén, ¿verdad? ¿Por qué a usted, si también ha desplegado a su caballería y ofrecido recompensas? ¿Quién es? ¿Cuáles son sus órdenes?

Telamón silenció al nazareno con un ademán.

—Ahorre energía —le dijo—. Su trabajo ahora es sobrevivir.

Miguel observó al mercenario con atención.

—¿Por qué me ayuda? Moriré antes de entregarle la carta. Y lo sabe.

Telamón no respondió. Arropó al nazareno protegiéndolo del frío con su propio capote y acomodó el maltratado cuerpo del hombre empleando la zalea que utilizaba a modo de almohada para dormir. Solo después, cuando el cristiano cayó en un misericordioso sopor, el guerrero rompió su silencio hablándole a la niña, aunque cuidándose de que David y la bruja también lo oyeran.

—Los romanos no fueron capaces de quebrar a tu padre con el potro, y tampoco pudieron esos cabrones con sus cuerdas y sus brasas.

La mirada de Telamón se dirigió al yaciente nazareno.

—Todo un hombre, sí señor.

Al amanecer, el mercenario divisó un frente tormentoso al suroeste. Llevó a la compañía en esa dirección. Al atardecer se levantó un fuerte vendaval. Telamón hizo que lo capeasen. No iba a permitir que una tempestad los detuviese. El temporal borró las huellas de la partida, incluso las profundas pisadas de las cargadas mulas. Por fin, al tercer amanecer, los fugitivos otearon el horizonte tras ellos y no vieron nada.

Se encontraban en el interior del desierto, en algún lugar situado más allá de los mapas o de cualquier tipo de conocimiento.

Hacia el oeste, a poco más de un kilómetro y medio, se elevaba una cresta basáltica. Telamón dirigió a la partida hacia su cima. Llevó a Miguel en brazos cuando la gran mula se negó a caminar, agotada. Una grieta abierta en la roca les sirvió de escondrijo. El mercenario, en compañía de David, buscó y encontró un mirador, una fina plataforma desde la cual dominaban algo más de quince kilómetros del territorio plagado de lomas que les había costado dos jornadas atravesar.

—Siéntate.

El hombre y el chico tomaron posturas idénticas a las adoptadas durante su segundo atardecer en el Sinaí. Llegaba el ocaso. Miraban hacia el este, nada obstaculizaba su aventajada posición, mientras el sol se hundía a sus espaldas derramando una dramática luz sobre el paisaje.

Por encima del hombro, Telamón pudo oír la voz de Miguel ascendiendo por la pared rocosa. El nazareno hablaba entonces con más facilidad. Sus padecimientos continuaban siendo terribles, pero su espíritu se negaba a rendirse. Hablaba en griego, con voz tranquila y firme, dirigiéndose a la niña.

El mercenario podía sentir cómo David, sentado a su izquierda, se esforzaba por sobreponerse al terrible cansancio que machacaba sus huesos. El muchacho luchaba por hacer que su mente se concentrase en lo que debía hacer en ese momento: permanecer inmóvil y vigilar.

—David —dijo Telamón.

El chico se enderezó con un sobresalto. Era la primera vez que oía a su mentor llamarlo por su nombre.

—Diga, señor.

—Allá, en la playa…

—¿Sí?

—Te desenvolviste bien.

El hombre percibió que el muchacho se sonrojaba de gozo y se fortalecía su resolución.

Telamón oyó a alguien aproximándose por la espalda, a su derecha.

La niña.

La pequeña había subido allí desde el lugar de acampada. Telamón no se volvió hacia ella. No dijo una palabra ni realizó ninguna indicación de que había advertido su presencia, pero sus sentidos prestaron total atención a la postura y actitud de la niña.

La pequeña permaneció inmóvil durante unos instantes observando al mercenario y al muchacho sentados en sus puestos.

Luego también se sentó, inmediatamente a la derecha de Telamón.

Adoptó una actitud idéntica a la del guerrero.

Cuando la mirada del mercenario se dirigió hacia el este, oteando el desierto, ella hizo otro tanto.

Telamón no dijo nada.

La escuchó respirar.

Las inhalaciones y exhalaciones de la pequeña se acompasaron con las de él.

Sus ojos observaban el desierto exactamente igual que hacía él.

Telamón oyó a David moviéndose nervioso a su izquierda.

La niña se había asentado, permaneciendo inmóvil como una piedra.

Su respiración había adoptado un ritmo fijo y silencioso.

Una vez, tras varias horas, Telamón se levantó. Regresó con pan y aceite, que colocó en una piedra plana, y medio cuenco de posca. Le dio algo a David y algo a la niña.

Informó a la pequeña de que Miguel descansaba tranquilo. La hechicera, le dijo, estaba sentada a su lado.

Pasada la medianoche, Telamón creyó ver un destello a varios kilómetros de distancia, en la olla, hacia el este.

¿Una llama?

Parpadeó y se frotó los ojos.

¿Estarían sus perseguidores avanzando bajo la luz de unas antorchas?

El mercenario sintió un súbito golpe en su hombro derecho. La niña. Había abandonado su puesto de vigilancia para colocarse a toda prisa junto a Telamón.

Señaló hacia el este.

—Lo veo —dijo Telamón.

También David se había puesto alerta. También él escrutaba a lo lejos.

La niña negó con la cabeza, insistiendo.

Alzó dos dedos.

Volvió a señalar hacia el este.

Telamón forzó la vista.

Solo veía un destello.

La niña volvió a golpearle el hombro. De nuevo le mostró dos dedos.

Realizó el signo con énfasis ante los ojos de Telamón y señaló con feroz intensidad hacia el sur del primer destello, sobre el que Telamón tenía puesta la mirada.

Entonces el guerrero vio la segunda columna.

La niña tenía razón.

—¿Antorchas?

La pequeña asintió con fuerza.

David lo intentó, pero no pudo ver ni el primer ni el segundo destello.

En cambio. al volverse hacia su maestro sí vio un destello en sus ojos… Uno muy débil que brilló un instante y luego desapareció.

Estaba dedicado a la niña y era inconfundible.

Era una mirada de respeto.

XVIII
Conocimiento del terreno

El sol estaba alto y la partida progresaba rápido hacia el oeste, o tan rápido como le permitía su carga. Telamón quería el sol ascendente a su espalda. Quería ver al frente a tanta distancia como fuese posible.

—Estamos en apuros —dijo.

Caminaba con pasos pesados junto a Miguel. El nazareno ya podía levantar la cabeza, al menos un poco, tumbado en su parihuela. La hechicera avanzaba unos pasos por delante, guiando la mula menor. Telamón les habló a los dos.

—Hay un dicho en las legiones: *Locus notitia*… «Conocimiento del terreno».

David y la niña caminaban detrás, pero acercándose lentamente para oír.

—No conocemos este desierto. Los árabes que nos persiguen sí. Guían a los romanos y los romanos los siguen gustosos. ¿Por qué se han dividido en dos columnas? Nos están pastoreando. Nos están llevando adonde quieren que vayamos.

Les contó a Miguel y a la hechicera acerca del avistamiento que hiciesen la noche pasada.

—¿Por qué cabalgan con antorchas? No para ver mejor. Verían igual de bien con la luz de las estrellas. Las antorchas eran para que las viésemos nosotros. Para mostrarnos lo cerca que están y lo rápido que se aproximan.

Miguel volvió a rogarle a Telamón que lo dejase atrás.

—Coged a la niña y huid. Os retraso; sin mí tendréis una oportunidad.

Telamón no hizo caso de sus palabras.

—El teniente y protegido de Severo navegó hasta la playa de Narices Cortadas —dijo—. ¿Por qué? El tribuno confía en ese oficial más que en cualquier otro. Zarpó a bordo de una embarcación de treinta remeros *después* de lanzar en nuestra persecución a un destacamento de caballería. ¿Por qué?

El guerrero se dirigió a la hechicera.

—Algo ha cambiado, ¿verdad? ¿Qué es? Estabas en prisión. Severo te liberó y te subió a un caballo. ¿Qué te dijo?

El mercenario lanzó una brevísima mirada a la niña. «Por eso la mantengo con nosotros», decían sus ojos.

La hechicera insistió del modo más enfático posible en que no sabía nada.

—¿Qué imaginas que te harán los romanos si nos atrapan? —le preguntó—. Te entregarán a los árabes para que se entretengan contigo. Dime qué sabes y tendremos una oportunidad.

—Nada —aseveró la hechicera—. ¡No sé nada!

Telamón señaló el yermo frente a ellos. El paisaje consistía en un desierto llano y monótono cortado por sierras dolomíticas, algunas de hasta seiscientos metros de altura.

—No se nos ocurrirá internarnos en esos montes. Están repletos de caminos sin salida y cañones ciegos. Pero tampoco podemos permanecer en el llano. Árabes y romanos nos atraparán en una jornada, quizá antes.

Los fugitivos volvieron sus miradas hacia el este. Se podían ver las plumas de polvo levantadas por sus perseguidores evolucionando exactamente tal como dijo Telamón, avanzando en diagonal para acotar y dirigir el rumbo de la partida.

El guerrero guio a los suyos.

Pasado el mediodía, rodearon las estribaciones de un monte y, tras un cuarto de hora de marcha, se encontraron bloqueados por una pared cortada a pico sin pasadizo que la atravesase ni camino que la rodeara. Solo la Fortuna, en última instancia, los salvó cuando se reveló la existencia de un pasaje.

Tras ellos, las dos columnas, salteadores y romanos, habían entrado en el lugar a galope tendido. Ya se encontraban lo bastante cerca para que se viese entre el polvo que ocultaba su verdadero número el reflejo de los rayos del sol en las moharras de sus lanzas.

Las mulas flaqueaban, cubiertas de espuma. El poni ya no podía levantar la cabeza. Telamón ordenó que lo soltasen. Tomó su carga y se la echó a la espalda.

Miguel intentó dos veces levantarse de la parihuela y avanzar por su propio pie. Fracasó en ambas ocasiones. Y en ambas ocasiones la niña le ayudó a tumbarse de nuevo.

La partida subió entonces por una escarpa, una especie de meseta rocosa de dolomía y esquisto, sin arbustos ni lugar donde refugiarse.

La superficie ascendente de la escarpa parecía extenderse hasta el infinito.

La mula que transportaba a Miguel comenzó a flaquear. Telamón se quitó de encima la impedimenta y la abandonó. Cargó al nazareno a su espalda. David tiró de ambas mulas. La niña corría por delante, reconocía el sendero y regresaba. Tras ellos podían ver las dos columnas con claridad.

La partida, siguiendo las órdenes de Telamón, se deshizo de todo utensilio que no fuese esencial.

—Es botín —dijo—. Eso retrasará a los muy hijos de puta.

Y lo cierto es que así fue. Los perseguidores se entretuvieron en recoger el clípeo de Telamón, un paquete de mantas y un *pilum* que había dejado. David echó un vistazo a su espalda. Por un instante (estaba tan agotado que no supo de cuánta brevedad) se permitió creer que en su huida habían logrado ganar cierta distancia respecto a sus cazadores.

La niña regresó corriendo del frente.

David advirtió su mirada.

—¿Qué pasa? —quiso saber Telamón.

La pequeña señalaba hacia la parte alta del sendero realizando signos de preocupación. Telamón posó a Miguel en el suelo. Partió a la carrera, siguiendo a la niña.

David fue tras ellos.

La escarpa acababa allí.

Frente a ellos se abría un precipicio.

La meseta se prolongaba kilómetros y kilómetros frente a ellos. Podían verlo. Se trataba de las mismas escamas dolomíticas, el mismo suelo de esquisto, la misma olla monótona.

Solo que ese terreno estaba separado del lugar donde se encontraban por un vacío de diez metros de anchura.

Telamón miró al fondo.

El precipicio se hundía decenas de metros.

David llegó corriendo, al igual que la bruja.

—Tiene que haber un modo de bajar —dijo Telamón. Envió a la mujer y al muchacho a explorar el borde del precipicio en busca de senderos—. Buscad una vereda. Una senda de animales. Buscad cualquier cosa que nos ayude a salir de este lugar.

Dicho eso, regresó a la carrera en busca de Miguel.

A su regreso, la bruja había encontrado un camino de cabras.

Tirando de las mulas, que rebuznaban y se revolvían, la partida logró descender unos quince metros por un sendero repleto de curvas, tan angosto que solo podían avanzar de uno en uno y tan escarpado que habían de agarrarse a las hendiduras abiertas en la pared cortada a pico.

Y concluyó el sendero.

Las mulas rehusaron moverse.

La partida se encontraba en una plataforma apenas lo bastante grande para que cupiesen todos.

Telamón ordenó a David que regresase para saber de los perseguidores.

—No dejes que te vean. Cabe la posibilidad de que aquí pierdan nuestro rastro.

Posó a Miguel en el suelo.

—Eres un optimista —graznó el nazareno con voz ronca.

La niña se situó junto a su padre. Lo levantó, ayudándolo a recostarse en una grieta de la escarpada pared.

Telamón observó la pared opuesta. ¡Estaba tan cerca!

Su mirada se posó en una formación rocosa situada justo frente a él… Una torre de piedra con la cima plana de poco más de tres metros de altura. Fuerte. Grande y redonda como una chimenea.

—Dame el arco —le ordenó a la bruja, señalando una de las alforjas colocadas en la espalda de la mula más fuerte—. Dame el arco y una cuerda.

—¿Y qué vas a hacer?

—Tú tráemelo.

La bruja obedeció.

—¡Los salteadores vienen directos hacia nosotros! —dijo David desde lo alto—. Están a menos de mil pasos.

Telamón sujetó la cuerda a una flecha formando un nudo corredizo, una especie de lazo como el que se emplea para atrapar caballos.

Tensó el arco tanto como pudo y disparó a través del abismo, hacia el saliente cilíndrico del otro lado.

—¿Estás loco? —chilló la hechicera.

Los demás observaban, también sin poder dar crédito a lo que veían.

—Si quieres disparar a algo, ¡dispara a los árabes! —berreó la bruja.

Telamón intentaba rodear la grieta con el bucle, lazar el saliente alzado frente a él.

—¿Has perdido el juicio? —gritó la hechicera—. La soga es demasiado pesada. No puedes alcanzar el otro lado de ese precipicio, y aunque pudieras…

Telamón recogió la cuerda y la flecha.

Disparó de nuevo.

Y una vez más.

La pesada soga caía corta.

—¡Setecientos pasos! —anunció David.

—¡Danos armas! —aulló la bruja—. ¡Luchemos!

Telamón lo intentó de nuevo. Tensó el arco con toda su fuerza. Flecha y soga volaron con tremenda potencia a través del abismo.

Y, aun así, quedó corta.

Telamón recogió el cabo, mano a mano, y lo intentó de nuevo.

De pronto, la niña se presentó frente a él.

Tiró de su brazo.

Telamón no le hizo caso. Continuó recogiendo la pesada soga.

La niña volvió a tirar, pero con más fuerza. Esta vez, el guerrero la miró.

La niña le mostró un cordel. Realizó un gesto enérgico.

—Es inútil —le dijo—. No soportará mi peso.

Prosiguió recogiendo la soga.

La niña volvió a darle un toque.

Se señaló a sí misma.

De nuevo le mostró el cordel.

Y se señaló a sí misma una segunda vez.

—¿Tú?

La pequeña se golpeó el pecho, con fuerza, empleando la palma de la mano.

Por primera vez, el hombre y la niña se miraron de verdad a los ojos.

—Muy bien —dijo—. Prepárate.

XIX
El abismo

Telamón desató la pesada soga. La niña le tendió el cabo más ligero. El mercenario preparó un nudo corredizo y sujetó el cordel a la flecha tal como hiciese antes, al final del astil, apenas a un centímetro del emplumado.

—¿Es así como pretendes salvarnos? —lloriqueó la bruja—. ¿Mandando a esa mona al otro lado?

Telamón lanzó una rápida mirada a Miguel, como pidiéndole permiso. El padre de la niña pareció asentir.

Telamón tensó el arco tanto como pudo.

Disparó.

La flecha, cargada con un cabo más ligero, voló con suavidad. El lazo se abrió… ¡Y atrapó la chimenea!

Telamón recolocó sus pies para afianzarse con más seguridad. Con la mano derecha sacudió la cuerda para enviar una ola a lo largo. Al otro lado del abismo, el lazo se ajustó alrededor del saliente como la gaza de un marino alrededor de un amarre.

—¡Quinientos pasos! —gritó David desde lo alto.

Telamón tiró de la cuerda, tensándola.

La niña ya estaba sujetando la pesada soga en torno a su cintura.

El mercenario pasó el cordel alrededor de una sólida prominencia, enrolló el sobrante por encima de sus caderas y tensó la cuerda.

La niña se acercó a Telamón, situándose en el borde. El guerrero comprobó el cordel una y otra vez hasta quedar bien convencido de que estaba seguro. Se inclinó y de una de sus botas desenvainó uno de los cuchillos de lanzamiento. Lo colocó en la cinturilla de la pequeña.

—Si los árabes nos atrapan en este lado, corta la cuerda y corre.

La niña bajó la mirada hacia el cuchillo. David también lo observó, curioso. En el talón de la empuñadura tenía labrada una X.

La niña aseguró el cuchillo. Luego se situó directamente frente a Telamón.

—Tus manos —dijo el guerrero—. Vas a necesitar algo para...

La pequeña le mostró sus palmas.

Estaban llenas de callos.

—Este será nuestro fin —aseveró la bruja. Y se volvió, como si fuese incapaz de mirar.

La niña se fue.

Se colgó de la cuerda.

Sobre el abismo.

Telamón sujetaba su extremo del cabo, fijándolo con toda su fuerza.

Miguel miraba a la niña y al abismo abierto bajo ella.

La pequeña, ágil como una acróbata, recorría la cuerda mano a mano.

—¡Cuatrocientos pasos! —gritó David. Telamón le ordenó que regresase. El chico se apresuró a bajar por el camino de cabras hasta llegar a la plataforma.

—Coge los arneses de las mulas y saca un par de argollas de hierro.

David obedeció.

—Tráeme los paquetes.

—¿Piensas cargarnos a todos? ¿Cómo? —chilló la hechicera, angustiada—. ¿Columpiándonos en ese cordel como si fuésemos macacos?

La niña había cubierto tres cuartos del recorrido.

Una de sus manos perdió el agarre.

Miguel jadeó.

Telamón tiró más fuerte para asegurar la cuerda.

La niña recuperó su posición.

—¡Sube una pierna! —gritó Telamón—. ¡Pasa una corva sobre la cuerda!

La pequeña lo hizo.

Puño a puño, la niña superó el último tramo del recorrido.

La pequeña se dejó caer en el polvoriento suelo del otro lado. Sin perder tiempo, desató la soga que llevaba alrededor de su cintura. Hizo una gaza con ella y la pasó alrededor del saliente cilíndrico.

La hechicera no le quitaba los ojos de encima.

—¿Sabe hacer un nudo?

—Estamos a punto de averiguarlo —respondió Telamón.

El guerrero pasó las dos argollas de los arneses por el chicote de la soga. A estos aseguró un paquete compuesto por los utensilios indispensables para el grupo: armas, agua y el botiquín. Recogió el cordel tendido desde el otro lado del abismo. Sujetó un extremo al paquete y otro a su cintura. Después aseguró la soga alrededor del mismo rocoso y macizo saliente que antes había empleado para sujetar el cordel.

Telamón empujó a David.

—Ahora vas tú —le dijo mientras preparaba su arco y un haz de flechas. Miró hacia lo alto, al sendero de la cima donde probablemente asomarían los bandidos.

David agarró la soga. Esta cedió dos o tres palmos bajo su peso incluso antes de colgarse en el vacío.

—Baja por la pared —le ordenó Telamón.

El muchacho, tanteando con los pies en busca de grietas, descendió por debajo de la plataforma tanto como pudo, antes de balancearse sobre el abismo.

—¡Vete! —gritó Telamón.

David se descolgó. Su peso causó un violento descenso, equivalente a su altura, hasta que la soga quedó tensa de nuevo y, tras unos cuantos rebotes incontrolados, comenzó a estabilizarse balanceo a balanceo.

Al otro lado del abismo, la pequeña saltaba y señalaba nerviosa al borde por encima del grupo.

David oyó voces de hombres. Volvió la vista hacia la plataforma. La hechicera freía al guerrero a preguntas.

—¿No nos vas a mandar a los demás? ¿También vas a mandar al herido? ¿Cómo voy a cruzar yo?

—Eres una bruja —respondió el mercenario—. Vuela.

David se deslizaba, mano a mano, hacia el otro lado.

Y allí, al otro lado del abismo, la niña tiraba de la soga con toda su fuerza, intentando estabilizarla y evitar los balanceos.

Telamón atrajo a Miguel hacia sí. Ató al nazareno a su espalda.

—¡Esto es un disparate! —gritó la bruja.

Telamón se volvió un brevísimo instante hacia las mulas, que lo miraban desoladas.

—Lo siento, chicas, os llevaría si pudiese.

Con Miguel sujeto a su espalda, el mercenario descendió igual que hizo David antes que él, por la cara del precipicio, con una mano sujetando la soga y la otra sujetando la roca, ayudándose de la suela claveteada de sus cáligas. David estaba colgado en su lado de la soga y esta se balanceaba sobre el vacío.

—¡Agárrate!

El mercenario, con el nazareno atado a su espalda, se columpió sobre el abismo.

Al otro lado, la niña brincó alarmada cuando la soga comenzó a oscilar con violencia y a descender, bajo la repentina suma del peso de los dos hombres.

Los perseguidores se presentaron entonces en la cima... Romanos y nabateos, mezclados, a pie y a caballo. Durante unos instantes se quedaron mirando boquiabiertos al abismo. Aún no habían descubierto a Telamón y los demás, un poco más abajo de donde se encontraban. David colgaba inmóvil. Metro y medio lo separaba de la seguridad del terreno abierto al otro lado, pero a él, sujeto a una soga que se balanceaba y rebotaba sin control, le parecía un kilómetro y medio. Veía que ya estaba cerca de la plataforma rocosa, tan cerca que parecía como si la pudiese tocar, sobre cuya resbaladiza superficie la niña asentaba sus pies descalzos y tiraba con toda su fuerza de la soga, que no dejaba de rebotar y de mecerse. Sus ojos animaban frenéticos al joven para que prosiguiese el avance. David había pasado ambas piernas por encima de la soga sujetándose primero con las corvas y luego, cuando sus fuerzas comenzaron a fallar, con los tobillos.

Telamón, cargado con Miguel, ya había cubierto un tercio del recorrido. Alrededor de su cintura estaba atado el cordel con el que había sujetado las armas y los enseres del grupo. Ese paquete, unido a la soga con correas y el par de argollas, se encontraba entonces posado en la plataforma, a los pies de la hechicera.

Más tarde, David recordaría haber vuelto la vista atrás cuando ya había cubierto nueve décimas partes de la anchura del abismo. Vio a Miguel atado a la espalda de Telamón, sujetándose al cuello del mercenario con ambos brazos mientras sus pies colgaban sin control bajo él. Más allá de Telamón y el nazareno, David vio a la bruja brincando presa del miedo y la ira sobre la última plataforma. El chico oía sus maldiciones, las oía incluso por encima del martilleo de su corazón y el bombeo de la sangre en sus oídos.

—¡Me abandonas! ¡Canalla! —chillaba a Telamón, profiriendo hechizos de perdición eterna en latín, árabe y arameo.

Telamón gritaba a David que terminase el recorrido para que pudiera sacar el equipo de la plataforma. El joven hizo acopio de coraje. Sus pies tocaron la pared del barranco. La niña lo sujetó. De alguna manera, el chico consiguió encaramarse en el saliente del otro lado.

—¡Ya estoy! —dijo a Telamón.

David vio al mercenario tirar del cordel, el sujeto al paquete. La saca se arrastró despacio, cubriendo los dos últimos palmos de la plataforma, se balanceó y cayó al vacío. Las argollas de hierro la sujetaron. La soga se tensó como la cuerda de un arco y vibró con violencia arriba y abajo una vez y arriba y abajo de nuevo. David oyó su propia voz chillando como si fuese la de otro. Por unos segundos pareció imposible que la soga, aun fuerte como era, resistiese el impacto de la caída, bien porque se zafasen los nudos o porque la línea se partiese. Pero el conjunto resistió. Telamón colgaba de la soga con fuerza sobrehumana. Retomó el avance, centímetro a centímetro.

En ese momento los jinetes descubrieron a su presa. David los vio señalando hacia la pared del barranco. Los oyó llamándose a voces.

Entonces los salteadores entendieron qué estaba pasando allí. El chico los vio tomar sus arcos y haces de flechas y luego bajar a pie hasta la plataforma, bordeando el precipicio.

En ese instante, la hechicera saltó lanzándose hacia el paquete, que pendía en el vacío.

El cordel vibró. David observó horrorizado cómo la línea se tensó hasta tal punto que incluso pudo oír fibras partiéndose a lo largo de toda su longitud. La bruja se había lanzado desde la plataforma a la saca de enseres como un saltador de trampolín. Se sujetó al paquete con manos y pies.

David vio que la mano izquierda de Telamón perdía el agarre de la soga. El peso de Miguel tiraba del mercenario. Al mismo tiempo, el peso de los paquetes, doblado entonces con el de la bruja, tensaba la soga hasta hacerla formar un ángulo agudo, como el numeral romano «V».

David unió sus esfuerzos a los de la niña, tirando de la soga, intentando detener su descontrolado vaivén.

Los jinetes se apresuraban bajando por el angosto y escarpado sendero en busca de la plataforma final. David los oía gritar en su lengua: «¡Cortad la soga!».

Parecía no haber nada que lo evitase. Pero entonces las mulas echaron a correr. La pareja, asustada por las voces y los apresurados pasos de los bandidos, trotó en fila de a uno sendero arriba en dirección a la cima. Como ya había dicho Telamón, ningún animal que no fuese una cabra montesa podía desenvolverse en laderas abruptas con la facilidad de una mula.

Los animales pasaron junto a los jinetes a toda velocidad. Rocas y peñascos rebotaban por todos lados. Los perseguidores se pegaron a la pared del barranco presas del pánico.

De alguna manera, Telamón reunió fuerza suficiente para recuperar el agarre de la soga. La sujetó con ambas manos.

Entonces ya volaban las flechas de los jinetes.

David vio cómo dos de ellas se clavaban en el paquete de enseres y a una tercera atravesar los faldones de la hechicera. Entonces la mujer se dedicó a maldecirlos *a ellos*.

El teniente romano llegó a la plataforma. Gritaba a los nabateos empleando la lengua franca de la zona, mientras apartaba a manotazos los arcos de los jinetes.

—¡Dejad de disparar!

Los árabes lanzaron abucheos y se rebelaron.

Telamón llegó al otro lado.

David y la niña los ayudaron a subir. En cuestión de segundos, el guerrero recogió a la bruja y el resto de la impedimenta.

—¡Peregrino! —gritó el teniente desde el otro lado. La distancia entre ambas paredes del barranco era lo bastante estrecha para que alguien pudiese lanzar con facilidad una piedra de un lado al otro. Se podía oír sin dificultad la voz del joven oficial, a pesar de los improperios que lanzaban los malhechores desplegados a su alrededor.

La partida de Telamón corrió para ponerse a cubierto tras los peñascos del saliente. Mientras, al otro lado de la grieta, el teniente por fin había logrado que los nabateos dejasen de enviarles una rociada de flechas tras otra.

El oficial se situó al borde de la plataforma opuesta. Se quitó el casco y habló con voz firme:

—¡Peregrino! Soy Quinto Flavio Publio. Me conoces. Soy el oficial que te apresó en la Angostura. Estaba presente cuando te entrevistaste con mi superior, Marco Severo Pertinax, en el taller de carpintería de la torre Antonia, en Jerusalén. Y conmigo peleaste cuerpo a cuerpo hace tres días, en la playa de Narices Cortadas.

Telamón abandonó su parapeto y se situó en el saliente.

—¿En qué puedo servirte, Quinto Flavio Publio?

La verdad es que el mercenario conocía de sobra al oficial. Por ley, los ambiciosos hijos de las familias de la nobleza romana debían servir en las legiones. Así adquirían fama y experiencia de mando. Quinto Flavio era uno de ellos. Si demostraba buena templanza y noble ambición ascendería de su actual puesto como simple teniente de caballería a otro más importante, el de tribuno laticlavio, y luego desempeñaría el cargo de legado, comandante de una legión, y acabar ingresando en el senado.

—Tú y yo somos hombres razonables —aseveró el teniente. Se disculpó por la refriega en la playa de Narices Cortadas. Juró que todo aquello fue un malentendido fruto de la escasa luz y la mezcolanza de lenguas. Allí, y en ese momento, intentaba arreglar las cosas—. Danos la carta. Triplicaré tu recompensa y te garantizo un salvoconducto a cualquier parte del Imperio.

—¿Dónde está Severo?

—Viene en barco. He enviado a buscarlo.

—Negociaré con él, y solo con él —aseguró el mercenario.

—Si tal es tu deseo... —respondió el teniente—. Pero será mejor que te pongas bajo mi protección. Solo yo puedo defenderte de estos salvajes...

Los jinetes bufaron y silbaron al oír aquellas palabras. El árabe es una lengua rica en vituperios e imprecaciones y ningún dialecto posee un léxico más abundante al respecto que el nabateo. Andanadas de insultos volaron a través del abismo. El teniente intentaba detener todo aquello. Los malhechores no le hacían caso. En realidad, redoblaron sus juramentos.

—¡Escúchame, peregrino! Ya ves cómo son estos bárbaros. ¿Te imaginas qué harían contigo si te cogen cautivo?

»No tienes escapatoria —prosiguió—. Vas a pie. Estos árabes y nosotros vamos a caballo. Se habla de ti y de ese nazareno desde Gaza hasta Alejandría. Sé de tres grupos tribales que han salido a darte caza desde el este, a cuál más ingobernable, y hay rumores de cuatro partidas más procedentes del oeste, de Egipto, que tienen intención de interceptar tu ruta de huida. Entra en razón, hermano. ¡Entrégame la carta!

—No la tengo, Quinto Flavio. No la he encontrado. Y no vas a conseguirla de manos de este hombre —dijo Telamón señalando a Miguel—. De momento, he fracasado.

—Pues entonces déjalo en nuestras manos. Yo te pagaré lo acordado. Te doy mi palabra de oficial.

Telamón pareció meditar la oferta. La niña, al verlo, salió de detrás del afloramiento y corrió hasta estrellarse contra sus caderas. Agarró con ambas manos una muñeca del mercenario y tiró de ella con violencia.

—Por nuestro vínculo militar y por los dioses de mis antepasados, juro que no te causaré daño ni a ti ni a ninguno de tus protegidos, a excepción del nazareno —aseveró el teniente.

Telamón no respondió. La niña, a todas luces angustiada por el sino de su padre, tiró aún con más fuerza del brazo del mercenario.

—¿Por qué dudas, peregrino? ¿Piensas entregar a tu prisionero en Alejandría en vez de en Jerusalén? Ten por seguro que no recibirás más dinero por parte del gobernador de Egipto. Han zarpado de Gaza dos veloces correos con destino a esa ciudad para dar instrucciones de apresarte. Se te ha acabado la suerte. ¡Sé razonable! ¡Danos lo que prometiste y conviértete en un hombre rico!

Los ojos de Telamón bajaron hacia la niña. La pequeña había dejado de tirar de su brazo. Entonces se limitaba sostenerle la mirada.

El oficial habló de nuevo.

—Temes por la seguridad de la niña, amigo mío. Lo comprendo. ¡Entrégala al cuidado de Roma! Basta con que la dejes junto al nazareno. Te doy mi palabra de honor de que no se le causará daño alguno.

La niña continuaba sosteniendo la mirada de Telamón.

—Pon la niña a nuestro cuidado —dijo el teniente—. No permitas que una criatura inocente sufra hasta perecer en este yermo. Deja que la devolvamos a la civilización y la pongamos a salvo. ¡Solo es una niña!

Telamón miró al oficial desde el otro lado del abismo. Cortó la fuerte soga sujeta alrededor del saliente cilíndrico con un tajo de su *gladius*. La soga cayó al vacío.

—No hay niños en esta partida —dijo.

Libro sexto
En medio de la tormenta

XX
La tormenta

Los relámpagos rasgaban el cielo.

Los rayos crujían atravesando el horizonte. Media legua al oeste de su posición se desataba la primera tormenta invernal. El mercenario se dirigió directamente hacia ella. Cargaba con Miguel rodeando su cintura con un brazo mientras el nazareno reposaba su sangradura alrededor del cuello del guerrero. El individuo continuaba rogando que lo dejasen atrás. Telamón no quería ni oír hablar del asunto. Miguel colgaba a su lado mientras intentaba, empleando la poca fuerza que tenía, caminar, cojear o aliviar de alguna manera su peso del hombro del mercenario.

El guerrero recuperó el cuchillo de lanzamiento que le había entregado a la niña antes de cruzar el barranco. Y registró de nuevo el cuerpo y las ropas de Miguel hasta comprobar que no portaba ni armas ni utensilio alguno que pudiese emplearse como tal.

David caminaba lentamente tras los pasos de Telamón. No lograba comprender los actos del guerrero. Además, el mercenario no daba explicaciones. Simplemente caminaba. Todos los miembros de la partida sabían que corrían peligro. Y todos comprendían que la tormenta era su única esperanza. Debían alcanzarla, y refugiarse bajo el chaparrón, antes de que sus perseguidores los alcanzasen.

La partida encontró un sendero por el que bajar de la escarpadura.

Entonces corrían un peligro aún mayor pues, probablemente, el destacamento que los perseguía a caballo ya habría llegado, o pronto llegaría, a esa misma llanura.

Telamón no permitió descanso de ninguna clase. Avanzaron trabajosamente durante una hora, después otra, cubiertos por un cielo plomizo tan bajo que les daba la impresión de ser capaces de tocarlo solo con alzar una mano. La jornada se había puesto fresca. El mercenario cargó con Miguel una hora más. El guerrero socorrió incluso a la hechicera, permitiéndole que se apoyase en su otro hombro.

Al final se abrieron los cielos. La lluvia cayó en cantidad inimaginable y la llanura por la que progresaba la partida se convirtió primero en un terreno resbaladizo, debido a la ocre escorrentía causada por la precipitación, y después en un lodazal yermo, traicionero y rezumante de detritos donde se desprendían las rocas a medida que los otrora resecos lechos y arroyuelos se trasformaban en torrentes.

Telamón hizo que la partida acelerase el paso. El mercenario llevaba a sus protegidos al frente, haciéndolos avanzar tan rápido como podían a pesar de los elementos y sus propias debilidades.

La noche caía salvaje y aullante.

El aguacero cobraba intensidad.

David avanzaba junto a su mentor, soportando parte del peso del nazareno.

—¡Señor! Necesito que me diga una cosa... ¿Qué intenciones tiene respecto a este hombre y la niña?

Telamón continuó caminando bajo la tormenta.

—¿Son o no son nuestros prisioneros? ¿Cuál es nuestro plan? ¿Llevarlos hasta Alejandría y venderlos al gobernador romano, tal como dijo el teniente?

—Hemos aceptado un trabajo —dijo Telamón—. Y lo cumpliremos.

—Pues si ese es nuestro propósito, señor, yo no quiero tomar parte. Semejante acto sería una infamia. Y no pienso participar.

La hechicera soltó una risotada al oírlo. La niña y ella se acercaron para escuchar la respuesta del mercenario.

—Fue tu responsabilidad desde el principio —dijo el hombre de armas, dirigiéndose a su aprendiz—. Lo sabías tan bien como yo.

El cauce de un arroyo desbordado cortaba el paso de la partida. El mercenario se acercó en busca de un vado.

David adoptó una actitud desafiante.

Al parecer, el chico hablaba en serio.

Telamón sacudió la cabeza.

Todavía cargaba con Miguel.

—El teniente dijo la verdad cuando afirmó que sus hombres y los árabes serían capaces de bajar y rodear esa colina casi tan rápido como nosotros descenderla. Van a caballo. Nosotros a pie. Debemos acelerar la marcha mientras la tormenta borre nuestro rastro. —El guerrero señaló el yermo extendido hacia el oeste, lugar al que dirigía la partida—. Y, puesto que has prestado tanta atención al consejo de nuestro amigo Quinto Flavio Publio, lo habrás oído citar la existencia de otras bandas dedicadas a darnos caza, quizá procedentes de ahí, de Egipto, de Alejandría.

La mirada del mercenario se había oscurecido por el cansancio y la tensión. Continuó hablándole a David, pero lo bastante alto para que los demás escuchasen sus palabras.

—¿Acaso crees que esas recompensas que ofrecen los romanos son solo por el nazareno? Tu pellejo y el mío valen una fortuna para esos hijos de puta. —Un rayo partió el firmamento. La lluvia caía formando cortinas de agua en la frente de David.

—También puede ser que desees quedarte y debatir los detalles con los hijos de Roma y Nabatea —añadió Telamón.

La partida cruzó la corriente empleando las que parecían ser sus últimas fuerzas. Una hora después llegaron frente a un risco basáltico. La hechicera señaló hacia un conjunto de cavernas visible a lo largo de la pared. Le rogó a Telamón que les permitiese buscar cobijo en una de ellas, aunque solo fuese durante unos minutos, para refugiarse así de la tormenta.

El mercenario se opuso.

—Un rato será una hora, después otra y luego toda la noche. Nos despertarán los filos de sus espadas en nuestras gargantas.

La partida continuó caminando hasta el agotamiento y más allá. La bruja avanzaba a trompicones junto a David, renqueando con sus todavía maltrechos tobillos y pantorrillas.

La mujer se retrasó en dos ocasiones, luego en una tercera y después en una cuarta.

David fue a recogerla cada una de esas veces.

La última vez que cargó con ella vio a Telamón surgir de entre la oscuridad y acercarse hasta él.

—Suéltala —le ordenó.

David no obedeció.

—La poca información veraz que pudiese proporcionarnos ya nos la ha dado —aseveró el guerrero—. Ya no nos sirve de nada.

Tiempo después, al recordar aquella noche, el joven no sabría decir qué lo había impulsado a desafiar al hombre que escogiese como maestro. Quizá fue resultado de la angustia que le causaba aquella misión y al compromiso adquirido con ella. O a lo mejor fue fruto de la desesperación, de la fatiga o del puro terror.

David vio a Telamón desenvainar su espada.

—O lo haces tú o lo hago yo —le dijo el guerrero.

Dicho eso, avanzó hacia la hechicera.

—¡Lo está intentando! —chilló David—. ¡Cargaré con ella! No nos retrasaremos. Por el amor de Dios, ¿qué pretende hacer?

El mercenario rebasó al muchacho. Asió a la bruja por el cabello y tiró para dejar expuesta su garganta.

En ese instante, la niña apareció entre las sombras. Sujetó la muñeca de Telamón con ambas manos. La pequeña se colgó de él con tal fuerza que, cuando el hombre alzó el brazo armado para golpear, quedó suspendida en el aire con sus pies desnudos, sus ropas empapadas, su melena revuelta por la tormenta...

Telamón bajó el brazo.

Se quedó mirando a la niña.

—¿Quién *eres*?

Dejó a la pequeña y se volvió hacia David y la bruja.

—¿Quiénes sois *todos* vosotros? —gritó el guerrero—. ¿Y se puede saber cómo, en nombre de la noche eterna que cubre el camino del infierno, se ha mezclado mi vida con la vuestra?

XXI
El uadi

La partida estaba vadeando un torrente cuando se oyó ruido de caballos.

David se volvió en redondo y vio media docena de espectros cubiertos con capuchas negras lanzada al galope, devorando terreno a través de la fangosa llanura en dirección al rugiente cauce.

La compañía de Telamón se había demorado un cuarto de hora a orillas de la desbordada rambla. Tendieron una soga para vadearla. El mercenario la atravesó en primer lugar y aseguró el cabo en la orilla opuesta. Después llevó a Miguel y luego, con la ayuda de David, ayudó a cruzar a la hechicera y a la niña. La pequeña trepaba por la ribera opuesta para situarse justo por encima del joven. David observó cómo la niña hundía los dedos de sus descalzos pies en el barro buscando un punto de apoyo. Inmediatamente después le tocó subir a la bruja. Trastabilló intentando encaramarse por encima del corte. Miguel se arrodilló en lo alto, sobre ella, y extendió una mano para ayudarla a subir.

En ese instante una flecha negra se enterró hasta el emplumado en el lodo junto a la mejilla de David. La siguió otra que pasó zumbando por el lado opuesto, cerca de su oreja.

En la refriega de la Angostura, el tiempo pareció ralentizarse. David recordaba los astiles de las flechas volando frente a él como si flotasen; sus ojos pudieron distinguir los detalles de la varilla y las plumas; pudieron ver incluso cómo el proyectil vibraba y giraba en vuelo.

Pero en ese momento sucedió lo contrario.

Todas las acciones se aceleraron. Los minutos se convirtieron en segundos. Los segundos se comprimieron en instantes.

David vio a los dos jinetes en cabeza entrar a galope tendido en la corriente. Vio las rodillas de los caballos batiendo en la barrosa corriente. Vio a Telamón en el cauce, hundido hasta media pantorrilla, adoptando la postura que llamaba «enroque».

El guerrero desmontó a un jinete con un tajo de su herramienta de trinchera. El golpe seccionó a la altura del codo el brazo con el que el hombre sujetaba las riendas.

Otra oscilación del arma acabó con el segundo jinete.

David clavó con toda su fuerza los dedos en el barro para trepar por la ribera. En su puño derecho llevaba el *pilum* de metro y medio, la jabalina que Telamón no había desechado en la huida. «Me "enrocaré" ahí arriba. Presentaré batalla en la cima», pensó el joven.

Mientras, en el arroyo, Telamón cayó sobre uno de los jinetes que había desmontado. Le arrebató de la mano un arco compuesto de estilo parto. Y a ese mismo asaltante le quitó un *xifos*, la espada corta empleada por los lacedemonios.

Los salteadores se desplegaron al galope rodeando a Telamón; dos corriente abajo y tres corriente arriba.

El mercenario berreó dirigiéndose a David.

—¡Encara al enemigo! ¡No permitas que te vea la espalda!

El joven se limitó a observar un instante la cima de la ribera extendida a tras él. Allí vio a la bruja recogiendo piedras del suelo, preparándose para arrojarlas. La niña también se aprovisionó con piedras. Miguel, a pesar de sus múltiples heridas, se situó al lado de la pequeña, con las manos vacías, dispuesto a defenderla con su propio cuerpo.

Uno de aquellos espectros cubiertos con negros ropajes cayó de su montura cuando esta retrocedió al llegar a la pared de la rambla. David vio al jinete dar un potente salto y plantarse en la cima de la prominencia, con las mangas de sus ropas hinchándose y una espada curva destellando en su mano.

El demonio se abalanzó directamente contra David.

El muchacho afirmó sus pies en el terreno y se preparó para recibir el embate del individuo.

El hombre lo rebasó a la carrera.

Iba por la niña.

El nazareno defendió a su hija.

Miguel se colocó en la trayectoria del asaltante y sufrió el choque de su ataque. Ambos cayeron al suelo, forcejeando. La niña se lanzó a la refriega propinándole zarpazos al atacante con sus manos desnudas. El forajido se levantó de un salto.

Apartó al nazareno de un empujón.

Y se dispuso de nuevo a atacar a la niña.

David se oyó a sí mismo chillando. Sintió en sus manos la sacudida y el temblor del asta del *pilum* al hundir la moharra con toda su fuerza en los músculos situados entre los omóplatos del asaltante. La punta de metal resbaló al golpear la espina dorsal del individuo. El chico sintió cómo la moharra se desviaba abajo y a la derecha al perforar un pulmón. El muchacho había puesto todo su peso en la embestida.

El *pilum* se partió en el punto donde la vara de hierro se unía al mango de fresno.

David no vio a los otros dos atacantes. También esa pareja hizo caso omiso del resto de fugitivos y corrieron en busca de la niña.

El chico tampoco vio a Telamón desjarretar al primero de ellos, lanzado a la carrera a través de la lisa ribera, para después traspasarle el hígado por detrás con una estocada propinada con el *xifos* arrebatado al asaltante que mató en el torrente.

David no vio en la llanura a la segunda alma en pena, cubierta con su capucha negra, empuñando una *sica* y dando pasos furiosos hacia la niña al tiempo que profería un alarido ininteligible. Y tampoco vio cómo el mercenario disparaba dos flechas en tan rápida sucesión que la punta de hierro de la segunda pareció salir cuando las plumas de la primera apenas habían dejado atrás la empuñadura hecha de cuerno y tendón.

Llegaban otros dos asaltantes.

Telamón se situó entonces junto a David, tras subir del torrente a la ribera. El primer asesino, cubierto con su capucha negra, aún se retorcía bajo el muchacho intentando librarse del peso del joven y de la moharra del *pilum* partido. El mercenario le cortó el cuello con dos furiosos reveses. David sintió que el arma bajaba, arrastrada por el peso del enemigo caído; entonces Telamón sujetó al muchacho por debajo del brazo con su mano diestra y lo sostuvo, haciendo que se irguiese.

David recuperó la vista y los sentidos.

Vio al sexto asaltante, también a pie, avanzando directamente hacia la niña. El padre de la pequeña, alzándose sobre unos miembros que apenas soportaban su propio peso, se lanzó para interponerse en el paso del individuo. El asesino lo derribó de un puñetazo. Cogió a la niña por el cuello de la túnica y la levantó, gritándole una pregunta que se perdió entre el estruendo del torrente.

La niña escupió en el rostro del sicario.

El hombre alzó su hoja.

Telamón se encontraba detrás de David. El joven oyó cómo se tensaba el arco del guerrero. El astil voló rozando la oreja del chico, tan cerca que creyó sentir cómo el emplumado le acariciaba el pabellón. La punta de guerra se hundió en el brazo derecho del asesino vestido de negro, el que sujetaba la daga con la que pretendía degollar a la pequeña, atravesándole músculos y tendones hasta ir a clavarse en el hueso de la mejilla, que también atravesó internándose con profundidad en el cráneo con un sonido similar al golpe de un martillo sobre la cabeza de un clavo. David vio al atacante estremecerse y temblar y luego, cuando sus tibias y rodillas cedieron bajo su peso, desplomarse a un lado.

Antes de que el chico lograse hacer que sus miembros se moviesen, Telamón ya se había situado junto a la niña. Con un barrido de su pierna derecha situó a la pequeña a su espalda, protegiéndola con su vientre, muslos y pantorrillas. Al mismo tiempo, su torso, cabeza y ojos giraron para inspeccionar el campo de batalla en busca de cualquiera que pudiese suponer una amenaza.

—¡Buscad! —ordenó a David y a todos los demás—. ¡Encontradme a uno que aún respire!

El mercenario se entretuvo apenas un instante con Miguel, lo justo para cerciorarse de que su vida no corría un peligro inmediato.

Un vistazo a la niña le confirmó lo mismo.

Telamón se alzó entonces cuan alto era. Su pecho, cuello y rostro estaban renegridos con restos de sangre y tejido. Las venas de sus sienes sobresalían como maromas. Escupió una y otra vez; luego se frotó la cara, limpiándola de barro, sangre y arena.

David sintió como si el aire abandonase sus pulmones. ¿De verdad podían haber caído todos los atacantes? Por unos instantes, el chico no pudo creer que la refriega hubiese concluido tan rápido y con ese resultado. No obstante, los sentidos de Telamón y todo lo concerniente a la vorágine permanecían inalterados. Nueve figuras cubiertas con capuchas negras yacían despatarradas e inmóviles... Cuatro en el torrente, dos en la ribera, otras dos en el llano y un último sicario, reducido a un revoltijo de miembros, tirado frente a los temblorosos y desorbitados ojos del muchacho.

—¿Quiénes son? —Oyó David gritar a su propia voz, como si no fuese suya—. ¿Son nabateos?

Telamón caminaba apresurado entre los cuerpos en busca de uno vivo para interrogarlo. Iba tirando de los cadáveres, primero de uno y después de otro, y los dejaba caer en cuanto advertía que yacían sin vida.

—No son árabes —dijo—. Son judíos.

XX
Zilotés

Tardaron casi dos horas en formar una línea de cierre con una larga soga recogida entre los enseres de sus asaltantes y, trastabillando a la luz del alba, acorralar a cuatro de las monturas entonces sin dueño: dos caballos de monta y dos mulas cargadas con impedimenta. Telamón ordenó que dejasen de intentar atrapar al resto. Los animales eran demasiado tímidos y astutos para dejarse coger. Por otro lado, la partida no podía entretenerse mucho más tiempo, pues habría otros grupos perseguidores, sobre todo los romanos y nabateos presentes en Narices Cortadas, que con toda probabilidad estarían cercándolos.

Un sol envuelto en tinieblas ya se alzaba sobre la cadena montañosa cuando los cuatro, Telamón, David, la niña y la hechicera, regresaron con los animales al lecho del río; la fuerza de la corriente, que entonces apenas cubría un tobillo, disminuía por momentos. El grupo encontró a Miguel tal como lo habían dejado, con la espalda apoyada en un túmulo de arena, derrengado, y los cadáveres de los atacantes despatarrados en diferentes posturas a sus pies, en el fango.

—¿Ya has tenido suficiente, nazareno? —espetó la hechicera colocándose frente a él—. ¿Ya estás dispuesto a vomitar el trofeo que ocultas con tanto celo? —Hizo un ademán hacia los restos de la matanza—. ¿O acaso hemos de morir todos para satisfacer tu fanatismo?

—Déjalo en paz —dijo David—. No tiene la carta. Si la tuviese, ya habría…

—Ay… Sí que la tiene. ¡La tiene en su panza! Ahí dentro, envuelta en una tripa de cordero o algo parecido. ¿No me crees? Fíjate en lo despacio que se mueve al responder a la llamada de la naturaleza. Caga el paquete, lo limpia y lo vuelve a tragar. Eso o se lo mete por el culo tan adentro que para sacarlo tendrías que meterle la mano hasta el codo. ¡Ábrele las tripas! Ahí encontrarás la carta.

Entonces Telamón se situó frente a la bruja. Le tendió a David el ronzal de la montura que guiaba y le encargó que se ocupase de todos los animales y que recogiese el agua y los víveres cargados en la impedimenta de los asaltantes.

El mercenario desenvainó su *gladius*.

Con su hoja señaló los cuerpos esparcidos por el lugar.

—¿Quiénes son estos judíos? —exigió saber el guerrero, preguntándole a la bruja—. Ya he visto a otros cubiertos con esas capuchas negras.

La bruja no le hizo caso. Su garra sarmentosa señaló de nuevo a Miguel.

—Tenía la carta en prisión. La vi. Lo vi con ella. ¡Y juro por lo más sagrado que aún la lleva consigo!

—Son zelotes —afirmó Telamón, dirigiéndose a la bruja—. Y los has traído a nosotros.

El guerrero agarró a la mujer por el cuello de su túnica. La levantó, retorciendo la tela, hasta hacerla chillar. Colocó la punta de su espada en la garganta de la mujer.

—Les has dejado un rastro desde el principio. Fueron ellos, y no los romanos, quienes te sacaron de prisión. ¿Qué tienes que ver con esa gente?

Miguel se había puesto en pie a pesar de sus heridas y estado de debilidad. También David se acercó, abandonando el encargo de ocuparse de los caballos. Incluso la niña se situó frente a la hechicera.

La bruja los encaró uno a uno.

—*Zilotés* —respondió empleando el término griego, con un tono rebosante de locura y odio inextinguible.

Telamón la sujetó con fuerza.

—Eres uno de ellos.

Los ojos de la bruja le dieron la respuesta.

—¿Quién eres tú? ¿Su puta?

—Su reina.

—Es la primera cosa que creo de todas las que has dicho hasta ahora —dijo el guerrero.

La soltó. La mujer cayó de rodillas en el fango.

David buscó los ojos de la bruja con la mirada.

—¿Una zelote? ¿Les has ayudado a ellos y no a Roma?

—¿Roma? ¡Esto es lo que tengo que agradecer a Roma! —La bruja mostró las heridas de sus piernas, aún frescas—. ¡Y esto! —Estiró el cuello para mostrar las marcas de la soga con la que la sujetaban en la mazmorra y las del collar corredizo de cuero sin curtir.

El grupo la rodeó. La hechicera los observó uno a uno con una expresión de desdén que poco a poco iba tornándose en aborrecimiento. Pero su desprecio iba dirigido a David más que a ningún otro.

—¿Tienes la menor idea de qué significa «celo», muchacho? *Kana'ut*, en tu idioma. Significa «amor a Dios». Significa deseo de lo justo. ¡*Kana'ut* es el alma! Eso sin lo cual un hombre no es nada.

»¡Eres judío! —La bruja acosaba a David con palabras de reproche y desprecio—. Y a pesar de ello idolatras a este asesino al servicio de Roma y lo sigues como un perro. ¿Quién es, sino parte del aparato opresor que sufres tú y todos los tuyos? Sois borregos... ¡No tenéis celo!

La hechicera se irguió frente a Telamón. Hizo un gesto hacia los cuerpos esparcidos alrededor del hombre, en el lodazal.

—Y tú, peregrino... ¿Sueñas con librarte de los Capuchas Negras solo porque has asesinado a este puñado? Otras dos partidas de *shomrim* salieron de Jerusalén inmediatamente después de esos équites enviados en tu busca, los vi. Un grupo responde ante el Sanedrín, son cuarenta y montan caballos y camellos; el otro pertenece a la guardia farisaica y aún es más numeroso. Estos cadáveres que tienes a los pies son salteadores de caravanas enviados desde

Alejandría por el Consejo de los Diez. ¡Sí, desde ahí delante! ¡Desde el oeste! ¡Desde el lugar al que huyes!

La hechicera advirtió que sus palabras habían surtido efecto. Se movió con más audacia frente al guerrero.

—Jamás cruzarás el Nilo con vida. Tienes vedados todos los puertos desde Pelusio hasta Alejandría. Cien tribus y bandas te están dando caza. ¿Correr a refugiarte al Hormiguero? Allí ya se han destacado dos cohortes de tu legión, enviadas por Severo Pertinax con la promesa de veinte águilas de oro por tu cabeza.

El puño de Telamón se cerró con fuerza alrededor de la espada.

—Vamos, mátame —espetó la bruja—. Córtame la garganta, ser abyecto. Pero antes de que lo hagas voy a contarte lo que os cuesta mantenernos conquistados y sumisos bajo vuestro yugo...

»¿Sabes qué es "celo", mercenario? Pues celo es lo único que en esta tierra se enfrenta a las legiones. ¿Quieres que enumere sus nombres y acuartelamientos? Cualquier judío puede hacerlo. La Tercera Cirenaica y la Decimoquinta Apolínea en Alejandría. La Tercera Gálica en Antioquía. La Sexta Ferrata, corrígeme si me equivoco, en Ráfana. En Cirro se halla la Décima Fretensis, en la que tú serviste, Dios maldiga tu alma. ¡Ah, un momento! Me había olvidado de la Cuarta Escítica, en Zeugma... Y la Duodécima Fulminata, también en Ráfana, como la "acorazada". El celo, y solo el celo, es lo único que impide a esa maquinaria bélica reducir Israel a cenizas.

—Así que sabes de las legiones —respondió Telamón.

—Lo que sé es que César conquistó Galia con solo cuatro. Tiberio sometió a las provincias de Germania con seis. Sin embargo, tu amo, Claudio Nerón, tiene siete y amenaza con destacar más para contener a los míos en esta tierra, que para Roma no supone nada excepto un trofeo de conquista. ¿Qué es el Imperio? ¡Roma es el demonio! ¡Es la puta del mundo! De ella sale todo lo bárbaro e impío y, a pesar de todo...

Entonces la bruja se dirigió a Miguel con un ímpetu aún más feroz.

—... Y, a pesar de todo, un mal mucho más terrible acosa a los hijos de esta tierra. ¿De dónde procede? ¡De sus propios hijos! ¡De nuestros hermanos! ¡De vosotros!

El índice de la mujer apuntó al esternón del nazareno.

—Vosotros, que enfrentáis a judíos con judíos. Vosotros, que mináis el alma de Israel con esa locura de «el reino de Dios» y vuestro rechazo a todo lo legado por los profetas después de tres mil años de exilio y sufrimiento. ¿Qué es Israel? Es la sabiduría del pueblo, sus pesares y su historia. ¿Vais a sustituirlos con eso? ¿Con ese «mesías» de pacotilla y sus enseñanzas de corral?

El nazareno hizo el gesto de apartar a la bruja de un empujón. Ella se lanzó sobre el hombre aún con más fuerza. David saltó a su lado, desenvainando la daga para defenderlo.

La bruja golpeó al joven en el rostro.

La mujer le arrebató la daga antes de que nadie tuviese tiempo para reaccionar. Saltó sobre Miguel con la velocidad de una serpiente venenosa. En un instante logró rasgar la túnica del nazareno y lanzarle una cuchillada al vientre, entonces expuesto.

—¡Sí! —chilló la bruja—. ¡Esto es celo!

Telamón avanzó hacia ella, espada en mano.

—¡Atrás! —ladró la mujer—. Retrocede o lo destripo.

La hoja de la hechicera se encontraba a milímetros de las entrañas de Miguel.

—¡Ahora veréis la carta! ¡Se la sacaré a cuchilladas!

Telamón llevó su mirada a David y después a la niña. Los ojos de la pequeña estaban arrasados con lágrimas de angustia. Parecía a punto de situarse frente al filo de la bruja para salvar la vida de su padre.

Miguel lo advirtió.

—¡Quieta, pequeña! Estoy dispuesto a morir.

La escena, terrible, aterradora, se congeló un segundo. Resultaba evidente que la bruja deseaba con toda su fuerza eviscerar al nazareno. Al mismo tiempo, la espada de Telamón se alzó un instante antes de apartarse del cuello de la mujer.

La voz del mercenario rompió la tensión del momento.

—Vamos, ábrele las tripas —dijo—. No encontrarás la carta.

El guerrero relajó, solo un poco, la mano que empuñaba su espada.

Retrocedió medio paso.

—Tus amigos zelotes sabían dónde estaba esa carta. Viste cómo atacaron, todos, y adónde dirigieron deliberadamente su esfuerzo.

—¿De qué estás hablando?

—No se lanzaron en busca del nazareno, ¿verdad?

La hechicera fulminó a Telamón con la mirada. «¿Qué significa eso? ¿Es alguna especie de truco?», parecían preguntar sus ojos.

Telamón señaló con su espada al más próximo de los zelotes asesinados.

—Este podría haber acabado con Miguel ahí mismo. Sin embargo, lo rebasó corriendo a toda velocidad sin ni siquiera intentar descargar un solo golpe. ¿No es así?

El mercenario hizo un gesto hacia el cadáver de un segundo asaltante.

—Este ni se molestó en lanzar una mirada al nazareno. Y lo mismo con esos dos. Fueron a por la niña. Todos fueron a por ella. ¿Por qué? Porque sabían algo que nosotros no sabíamos. No sé de dónde, o de quién, recibieron la información. ¿Alguna fuente en Alejandría? ¿Del Sanedrín? ¿De un informante vinculado al Apóstol?

La hechicera sujetó a Miguel con más fuerza empleando su mano libre. Clavó una puntada en la carne del nazareno, lo suficiente para que brotase sangre y el hombre retrocediese involuntariamente.

De entre los pliegues de su túnica, Telamón extrajo una esquirla de cerámica... La misma en la que la niña escribiese una palabra tiempo atrás, en el Hormiguero.

Telamón la arrojó al suelo, entre la bruja y Miguel.

FILOS

—¿Pero qué dices, peregrino? ¿Que esta mocosa lleva la carta?

La mirada del mercenario se dirigió primero a la niña y después al nazareno.

—Una niña que no puede hablar y un hombre que no lo hará —dijo—. ¿Habría una pareja mejor para guardar un secreto capaz de hacer temblar a un imperio?

El filo de la bruja se apartó, un poco, del vientre de Miguel.

Telamón avanzó medio paso hacia ella.

—Viste la carta en prisión —dijo—. Me dijiste haberla visto en manos de la pequeña.

La expresión de la hechicera confirmó sus palabras.

—La niña sabe leer. Leyó la carta y la aprendió de memoria. Después la destruyó, o quizá lo hizo su padre.

Los ojos de la bruja se dirigieron a la pequeña.

—¿Esta cateta? ¿Esta rata costrosa?

—Es quien lleva la carta. Aquí. Entre las orejas —Telamón se dio una palmada en el cráneo—. Cuando se reúna con la comunidad de Corinto, si llega a hacerlo, la escribirá palabra a palabra.

El guerrero hizo un nuevo ademán hacia los cuerpos de los asaltantes.

—De alguna manera, tus amigos zelotes lo sabían o lo suponían. Lo mismo vale para el teniente romano. ¿Recuerdas el barranco? Allí intentó que le entregásemos a la pequeña.

La hechicera se volvió hacia Miguel primero y hacia la niña después.

Las expresiones plasmadas en los rostros de la pareja confirmaban, muy a su pesar, las conjeturas de Telamón.

El guerrero avanzó un último paso hacia la hechicera.

Tendió una mano.

La bruja posó en ella la empuñadura de la daga.

—No hay ninguna carta —dijo Telamón—. La niña es la carta.

Libro séptimo
Hacia el Nilo

XXIII
Copados

—¿Cuándo lo supo?

Era la voz de Miguel dirigiéndose a Telamón. Se encontraban en el periodo correspondiente a la tercera guardia romana; faltaban dos horas para el amanecer. El guerrero había colocado a Miguel a lomos de la mula más fuerte. El mercenario guiaba al animal a pie hacia barlovento, rumbo que todos seguían con gran dificultad y cubiertos de arriba abajo.

—Ya lo sabía antes del ataque de los zelotes, ¿verdad?

Telamón no quería entablar ese diálogo con Miguel. Sus palabras se limitaron a pedir al nazareno, de vez en cuando, que le confirmase si era capaz de cabalgar. El mercenario señaló al norte, hacia una accidentada cresta situada a cierta distancia frente a ellos.

—¿Puede continuar? Debemos llegar a esa cima antes de la salida del sol.

—Entonces, ya lo sabía incluso antes —dijo Miguel—, cuando estábamos en aquel precipicio. No, antes aún… En el Hormiguero. Lo supo cuando la pequeña escribió una palabra sobre el trozo de cerámica.

Ya habían pasado dos jornadas desde que la partida abandonase el lugar donde sufrió el asalto de los zelotes. Su organización de marcha había variado. Entonces la niña cabalgaba en la montura más rápida de las que recuperaron tras el ataque, al lado de Miguel y el guerrero. Iba armada con la daga marcada con una x, la misma que Telamón le prestó en el precipicio y recobró más tarde. El mercenario le había colocado el arma en las manos al mismo tiempo que la montaba en el caballo propiedad del cabecilla de los asaltantes.

La hechicera avanzaba tambaleándose en la retaguardia de la columna, a pie, maniatada y sujeta al último poni. El mercenario retomó la precaución de atarla de pies y manos y estacarla cada noche, una vez hubiese cumplido la orden diaria de recoger los ingredientes requeridos en la elaboración de los remedios necesarios para mejorar la condición del nazareno y acelerar su recuperación. Y, además, David y Telamón la mantenían bajo vigilancia durante la pernocta, labor a la que se sumó la niña como refuerzo.

Sin embargo, la bruja no había perdido ni un ápice de su fervor por lanzar invectivas.

—¡Así que es a mí a quien apresas! ¿Y con qué fin, mercenario? ¿Acaso crees que la próxima banda de perseguidores que te den caza van a perdonarte la vida por tenerme presa? ¡Jamás! El Todopoderoso no se lo permitiría. ¡Y tampoco yo!

Telamón continuó dirigiendo a la partida. Tras el diluvio se había levantado un vendaval que, a excepción de algunos momentos de calma, no cesaba. Y una nueva calamidad agravó sus penurias. Grandes diásporas, que los árabes llamaban *spina* y los romanos *anastatica*, rodaban entre ellos arrastradas por el viento de la tormenta. Los animales, asustados por esos asaltos de la Naturaleza, relinchaban y rebuznaban sin que nadie fuese capaz de calmarlos.

—¡Dios Misericordioso! —chilló la hechicera—. ¿Qué son estas cosas?

El asedio de las diásporas llegó sin aviso. En cuestión de segundos, una tremenda cantidad de estepicursores cubrió la cuenca hasta allá donde alcanzaba la vista. No les quedó más remedio que envolverse bien en sus ropajes y lanzarse a la lucha.

Las tribus de la península llamaban a estas diásporas «plantas rodantes», y cuando se daban tales invasiones, cuando se presentaban en semejante cantidad, decían que «los cielos rastrillaban la Tierra». Estas plantas crecían sin control en terrenos que se extendían durante kilómetros a lo largo del borde septentrional del desierto. Tenían forma esférica y alcanzaban una altura equivalente a la cintura de un hombre. El vendaval las arrancaba del suelo y rodaban dando tumbos por el paisaje. Nada las podía detener. Tenían un aspecto espinoso y reseco. Y, además, no podían cogerlas ni siquiera cuando estaban quietas, a no ser que se envolviesen bien los brazos y cubriesen sus manos con fuertes guantes.

Minutos después de que se desencadenase el asalto, la llanura se veía completamente cubierta por esos espinosos invasores. La partida quedó atrapada. Los caballos y las mulas se negaron a internarse en aquella masa de púas. David y la niña lo intentaron a pie, pero retrocedieron de inmediato, cuando las espinas de las plantas los pincharon incluso a través de sus túnicas de lana.

—Quemadlas —dijo la bruja—. Esas cosas están más secas que la piel de un lagarto.

Telamón no permitió que se encendiese ni un chispazo, preocupado porque la llama, o incluso una simple pluma de humo, delatase su posición.

Una vez se puso la luna y por fin remitió el vendaval, e incluso comenzó a soplar, aunque con menos fuerza, en dirección contraria dispersando los estepicursores, Telamón ordenó a la partida que formase y avanzase montada en columna de a uno con él a la cabeza.

—Dad por seguro que a estas horas romanos y nabateos —hizo saber a las personas a su cargo—, esos que nos alcanzaron al llegar al barranco, ya han llegado al lugar donde atacaron los zelotes. Otras bandas, formadas por gentes de tribus locales o bandidos, los seguirán de cerca, si es que no han llegado ya. Saben de nuestro paradero en un radio de, digamos, diez millas. Habrán enviado exploradores en todas direcciones. El objetivo de nuestros enemigos no es sino atraparnos entre el interior del desierto y esa cordillera infranqueable que corre paralela al mar. Los salteadores árabes y los *shomrim* fariseos y saduceos, por no hablar de otras partidas de zelotes jerosolimitanos, nos estarán rodeando por el sur, mientras otros destacamentos procedentes de Alejandría, atraídos por la recompensa romana, nos estarán dando caza por el norte y el oeste. El propósito de nuestros perseguidores es bloquear el único paso abierto en la cordillera del litoral. Estamos atrapados entre ellos y las bandas que nos acosan por el sur.

»Fijaos bien en esa línea de horizonte que marcan las colinas frente a nosotros —prosiguió—, pues ahí arriba tenemos que llegar al amanecer y ponernos a cubierto para que no nos puedan detectar desde el llano. Nosotros, desde esa cima, podremos otear la cuenca abierta hasta el mar y descubrir qué enemigos nos aguardan por allá. Por otra parte, si nos retrasamos y la luz del sol nos da de cara —dijo—, la única cuestión importante para nosotros será saber si nos quedan horas o minutos de vida.

El mercenario compartió con todos, animales incluidos, la escasa agua que las monturas de los zelotes llevaban en sus odres, reservando solo una ración para afrontar cualquier contingencia que pudiese surgir más adelante. Les concedió diez minutos para aliviar su hambre, si podían conseguir algo con lo que hacerlo. Él permaneció en ayunas, atendiendo las aún lacerantes dolencias de Miguel y los continuos padecimientos que el ojo vaciado causaba al nazareno.

El hombre aceptaba aquellos cuidados con gratitud. Sin embargo, no dejaba de observar al mercenario ni un solo instante; en realidad no había dejado de hacerlo desde la primera vez que recobrase la conciencia tras la refriega en el fondeadero de Rhinococura.

—Si sabía lo de la niña desde el Hormiguero, ¿por qué me salvó en la playa de Narices Cortadas? El oficial romano se enfrentó con usted. Podría haberme entregado y haberse quedado con la pequeña para venderla más tarde. Eso le ordenó hacer el oficial. Lo habría cubierto de oro.

Telamón continuó atendiendo la vacía cuenca del ojo de Miguel.

—Pero ese teniente también lo sabía, ¿verdad? ¿Quién se lo diría? ¿Algún otro informante de la prisión? Es probable que Severo también lo supiese. ¿Entonces qué sentido tiene que usted se quede conmigo? No le soy de ninguna utilidad y, a pesar de todo, ha pasado terribles penurias para protegerme. ¿Por qué?

—Quizá porque ha empezado a caerme bien —respondió Telamón.

La bruja soltó una risotada al oír aquello. Señaló al nazareno con un dedo huesudo.

—¡Sueñas despierto, cristiano! ¿De verdad imaginas que las intenciones de este malhechor respecto a ti y a la niña han cambiado?¿Por qué? ¿Porque antes solo tenía que entregar una carta y dejaros libres, mientras ahora deberá entregar a la niña para que afronte la tortura, la crucifixión y la muerte? ¿Acaso sueñas con que eso haya conmovido su pétreo corazón?

David y la niña se acercaron para escuchar la disputa. La mirada de la hechicera fue hasta la pequeña. La mujer hizo un gesto hacia Telamón.

—Míralo bien... Este es un asesino a sueldo que se burla de la piedad y mata con la frialdad de una bestia. ¡Escúchame, mocosa! ¿Es que crees que se preocupa por ti? —Señaló la daga tallada con la **x** que la niña cargaba al cinto—. ¿Por qué? ¿Porque ha puesto en tus manos esa cosa que parece el pasador de una ramera? ¡Míralo! Llevamos quince días soportando peligros mortales en estos yermos y ni siquiera te ha preguntado cómo te llamas; ni tampoco a mí.

La hechicera se dirigió entonces al muchacho y a Miguel.

—Y el tuyo lo sabe porque se lo han dicho los romanos, nada más. No les pondrá nombre a esos caballos ni a las mulas, como tampoco se lo puso a esas dos que llevó hasta el precipicio. ¿Por qué? Porque no le importa nada más que él. Su dios es el dinero... Y ante ese ídolo se postra sin reparo ni vergüenza.

Los primeros destellos del alba cayeron sobre la colina septentrional. La garra de la bruja señaló la cumbre.

—No os engañéis creyendo que vuestro adalid busca el modo de libraros de los romanos, de las bandas tribales o de las partidas de salteadores. Su objetivo es abrirse paso hacia el oeste. Os llevará a Alejandría, ¡ese es su plan! Venderos al gobernador o a los judíos, ¡al mejor postor!

Miguel había guardado silencio durante toda la perorata de la hechicera.

—No te creo, hermana —dijo entonces.

Telamón terminó de vendar la cuenca vacía de Miguel.

—¡Callad de una vez! Meted algo en la panza. Nos pondremos en marcha a la cuenta de cien.

Miguel se puso en pie.

De nuevo agradeció al mercenario sus cuidados. Sin embargo, resultaba evidente que el nazareno no tenía intención de acatar la orden de preparar la impedimenta. Tenía cosas que decir. Incluso los caballos parecieron advertirlo.

—¿Durante cuánto tiempo sirvió en la legión, amigo mío? —preguntó a Telamón.

—La verdad es que no lo sé.

El nazareno sonrió.

—¿Diez años? ¿Veinte, quizá?

Telamón ordenó de nuevo a la partida que se preparase para la marcha.

—Veintidós —respondió a regañadientes.

El nazareno meditó la respuesta. La cifra, resultaba evidente, no le sorprendió.

—Diría que no fue precisamente un *pisahormigas* como tantos otros. ¿Cuál era su graduación? ¿*Optio*? ¿*Duplicarius*? ¿Centurión?

El mercenario se echó su equipo al hombro. No pensaba responder.

—Un soldado de cierta graduación que sirviese durante todos esos años habría amasado una buena bolsa, ¿no crees? —prosiguió Miguel—. Más aún, la paga de un legionario por su licencia equivale a... ¿Cuánto? ¿Catorce años de soldada? Si añadimos posibles incentivos, premios y condecoraciones por actos de servicio y conquista, lo obtenido en saqueos y la parte del botín... Es probable que un hombre así pudiera retirarse para vivir como un patricio. Comprar una granja, tomar esposa y fundar una familia. Muchos lo han hecho. ¿Por qué usted no?

—Porque derrocha la pasta. La funde en juego y putas, como todos.

—No —dijo Miguel—. No creo que se trate de eso.

David y la niña se habían acercado aún más, prestando atención a cada palabra.

El nazareno se dirigió a Telamón.

—Nuestra amiga la bruja afirma que usted solo rinde culto a la riqueza. Y eso parece, según habla. Sin embargo, por aquí anda, tan escaso de recursos como, si se me permite decirlo, un anacoreta o un renunciante.

—Y, en efecto, esas son mis vocaciones —respondió el guerrero.

Miguel sonrió.

—Si no te molesta que te llame por tu nombre, Telamón, dime, ¿por qué no tienes dinero? No puedes evadir la respuesta con una chanza o evitarla con tu silencio... Es casi seguro que has amasado una buena fortuna sirviendo bajo las águilas de Roma.

Entonces le tocó sonreír al guerrero. Tomó el ronzal de la mula de Miguel, además del de la suya, y partió hacia la lejana colina.

El nazareno dio dos pasos inseguros y se situó a su lado. Sujetó la correa de cuero y obligó al mercenario a detenerse.

—Déjame adivinar —dijo Miguel, plantándose frente al mercenario—. Has donado cada moneda que has ganado… a gente que no lo podrá devolver o a los desamparados.

De nuevo, Telamón no pronunció respuesta alguna y se limitó a tirar del ronzal que llevaba a su animal, apartándose del nazareno.

—Está claro que no eres la mala bestia que aparentas ser —señaló Miguel, hablando alto para que lo oyesen David y la niña—. ¿Entonces, quién eres? Te he observado más de lo que piensas, hermano. Afirmas no creer en nada. Pero tus actos lo niegan. Si me permites decirlo, creo que posees una profunda y desarrollada filosofía, aunque no lo admitas o reconozcas ni ante ti mismo.

»He observado cómo matas —dijo Miguel—. No te desenvuelves como un carnicero, sino como una especie de asceta. No veo que muestres ira frente al enemigo. No disfrutas con la matanza. Interrúmpeme si digo algo que no sea la pura verdad. He observado tu rostro cuando te preparas para enfrentarte a un enemigo mortal. Te pones en situación, bajo la guadaña de la muerte, como diría el poeta, habiendo aceptado antes la tuya, incluso habiéndote preparado para recibirla y deseoso de ofrecerla. Eso hace que no haya manera de matarte. Hazme callar si pronuncio falsedades.

Telamón no respondió.

David escuchaba con gran atención, igual que la niña y, a decir verdad, también la bruja.

—Ese es un acto de profunda abnegación —continuó Miguel—. Digna del que ofreció lo mismo en la cruz. Pero deja que vaya un poco más allá, Telamón. ¿A quién dedicas tu vida? ¿Al dinero? ¿Al azar? ¿A nada? ¿Quieres que te diga lo que pienso, amigo mío?

—No creo que pueda hacer nada por evitarlo —respondió Telamón.

—Hermano, creo que en batalla ofreces tu vida a aquel que mora en tu interior, pero que ni se ve ni ha nacido. Me refiero a ese en el que te convertirás. Quieres morir. Di la verdad. Solo entonces te convertirás en ese que dentro de ti clama desesperadamente por nacer.

Telamón sonrió.

—No vas a convertirme, hermano.

Miguel respondió a esa sonrisa con la suya.

—Más bien al contrario, pues eres tú el que me está convirtiendo a mí. Me has dado la vida y la has defendido cuando otros intentaron arrebatármela. Me has permitido vivir cuando tenías incentivos de sobra para matarme, entre otros ese premio que afirmas valorar más que cualquier otra cosa: el dinero. Para mí eres un modelo, alguien incomparable. Eres, en cierto modo, el ser en el que me deseo convertir.

XIV
La cima

La niña se llamaba Ruth.

El guerrero se lo preguntó a Miguel mientras la partida apretaba el paso bajo la luz del amanecer hacia el sendero que ascendía a la cima de la colina.

La pequeña lo oyó y se volvió en la silla.

El mercenario, a pie, se dirigió a ella sin dejar de caminar.

—Me llamo Telamón —dijo presentándose—, soy de Arcadia; eso está en Grecia.

Tendió una mano y la niña la estrechó.

La hechicera, siguiendo a la comitiva, observó la comunión. Entonces habló y dijo:

> *Respondió Ruth: No me ruegues que te deje, y me aparte de ti; porque a dondequiera que tú fueres, iré yo, y dondequiera que vivieres, viviré. Tu pueblo será mi pueblo, y tu Dios mi Dios.*

Los demás se volvieron hacia la mujer. «¿Se está burlando?», parecían decir sus expresiones. Pero lo cierto es que su tono sonaba serio, incluso solemne. Pronunciaba las palabras como si realizase una profecía:

> *Donde tú murieres, moriré yo, y allí seré sepultada; así me haga Jehová, y aun me añada, que solo la muerte hará separación entre nosotras dos.*

Ya en la cima, la partida al completo, excepto la bruja, a quien Telamón había atado en una plataforma de granito junto a los animales, en un pequeño desfiladero situado unos trescientos metros por debajo del campamento, se dedicaron a otear con sumo cuidado los poco más de quince kilómetros de llanura abierta al norte. Vigilaban tumbados, hombro con hombro... Telamón a la izquierda, a su lado Ruth, después Miguel y luego David.

La olla consistía en un terreno arenoso, firme, cortado por líneas de dunas a intervalos aproximados de uno o dos kilómetros. Una imponente sierra granítica cerraba la cuenca a lo largo de su borde septentrional.

Un feroz vendaval barría la llanura de sur a norte levantando grandes nubes de álcali y *loess* que se elevaban formando trombas y remolinos.

La visión de la pequeña resultó, como en ocasiones anteriores, ser la mejor. Tras un tedioso rato vigilando el lejano horizonte, señaló a una grieta o a la entrada a un cañón apenas perceptible, situado en la base de la sierra, a unos quince kilómetros de distancia... Un desfiladero que parecía ser una especie de paso o el comienzo de un camino que podría llevar al otro lado de la cordillera y al mar.

Telamón tardó un buen rato en lograr que sus ojos enfocasen y le permitiesen ver, a duras penas, el lugar indicado por la niña.

La pequeña señaló la presencia de tres columnas a caballo, a kilómetros de distancia unas de otras, avanzando por la llanura desde el este en dirección al desfiladero. La de vanguardia llevaba carretas.

—Severo —anunció Telamón con tono serio—. Solo los romanos llevan su impedimenta en transporte rodado a través de este desierto. Nuestro amigo el tribuno ha llegado por mar tras el requerimiento de su sobrino, el joven teniente, tal como él mismo nos dijo.

Miguel reaccionó al oírlo.

—¿Severo? ¿Cómo lo sabes? ¿Cómo puedes estar seguro?

El guerrero sonrió.

—Eres más importante de lo que crees, Miguel. Tú y la carta del Apóstol.

En ese momento la atención de Telamón se concentró en lo que se temía era otra columna montada; de otra más.

—¿Qué es esa columna de polvo? —le preguntó a la niña, señalando una masa de nubes arenosas que parecían desplazarse con movimientos rápidos y erráticos por la planicie.

La niña respondió con señas, sin conceder mayor importancia.

—¿Qué dice?

—Plantas rodantes —respondió Miguel—, como esa tormenta de diásporas que nos atrapó anoche.

Telamón observó atento, protegiéndose los ojos del sol, hasta que se convenció de que la respuesta de la pequeña era correcta.

La partida permaneció en la cumbre casi una hora más. Durante ese tiempo, las tres columnas convergieron en un punto situado al pie de las montañas. La niña descubrió otra, también a caballo, o quizá montada en camellos, era difícil concretarlo a tanta distancia, y después una sexta. Todas se dirigieron al mismo lugar, al paso del desfiladero abierto en la cordillera.

—Dame un caballo —dijo Miguel a Telamón—. Deja que llame su atención. Así quizá tengáis la oportunidad de cruzar.

El mercenario rechazó la propuesta.

—Todas esas partidas de ahí abajo saben de la niña o sospechan de su existencia —le dijo—. Te dejarán escapar. En cualquier caso, si les da por perseguirte, los árabes o los Capuchas Negras no tardarían mucho en atraparte; bastaría con tres hombres, quizá menos. Ese paso está bloqueado y así permanecerá.

Telamón llevó a sus acompañantes colina abajo, hasta el desfiladero donde aguardaban las mulas y los caballos. Desató a la hechicera del peñasco donde la había apresado.

—Vaya, no robaste los animales y te largaste —dijo el mercenario.

—Te he tomado cariño.

La partida descendió hasta los pies de la colina. Telamón permitió que bebiesen una taza de agua y comiesen el pan que les quedaba, a quien le quedase.

Se sentaron formando un círculo y evaluaron la situación.

—Las montañas bloquean el paso al mar durante más millas de las que sería razonable recorrer en campo abierto. Solo he visto un camino… Y es el desfiladero donde se han reunido las columnas.

—¿Y eso qué quiere decir? —preguntó Miguel.

—Pues quiere decir que estamos copados. Estoy seguro de que a los árabes del Hormiguero y de Narices Cortadas, aliados con nuestro joven teniente y los *equites legionis* que nos persiguieron hasta el precipicio, se les han unido bandas de zelotes o *shomrim* de Alejandría, o quizá Pelusio, además de cualquier caterva de salteadores y bandidos que hayan decidido apostar por el ganador. Y eso por no hablar de Severo y su media cohorte montada... jugándose su carrera y cualquier esperanza que pueda tener en el futuro. Saben que solo hay un modo de cruzar esa cordillera para alcanzar el mar y ahí es donde nos esperan.

David propuso avanzar a marchas forzadas hacia el oeste, en dirección a Alejandría, en cuanto cayese la noche.

Telamón negó con la cabeza.

—Si Severo está ahí, al mando de un contingente de catafractos, a buen seguro habrá enviado por delante a otros, vía marítima, para reunir aún más efectivos en Egipto, al oeste. La Tercera Cirenaica y la Decimoquinta Apolínea están acuarteladas en Alejandría. Enviarán a sus mejores jinetes montados en los animales más rápidos y resistentes de sus caballerizas, abastecidos con agua y forraje suficiente para perseguirnos hasta lo más profundo del desierto... Más allá, incluso, de lo que osaríamos internarnos.

Se propusieron, y rechazaron, varias alternativas.

Al final, Telamón se levantó. Se estiró y se rascó la barba. Durante un buen rato permaneció sin decir nada. Era evidente que continuaba dándole vueltas a qué ruta de escape podría estar abierta, si es que la había.

Los demás estaban agotados y lo único que deseaban era cerrar los ojos.

—Adelante —les dijo el guerrero—. Dormid tanto como podáis.

Telamón comenzó a alejarse despacio.

La mirada de la niña lo siguió.

Cierto tiempo después, ella también se levantó.

Los ojos de David la siguieron.

Telamón se alejaba siguiendo un estrecho sendero.

Parecía ignorar que la niña, Ruth, lo seguía de cerca.

El mercenario se detuvo una vez, se arrodilló y con un palo dibujó algo en el suelo. La niña también se detuvo, manteniendo la distancia. Telamón se puso de nuevo en pie, todavía dándole vueltas a la cabeza, y reanudó su recorrido.

El terreno se extendía llano y despejado entre el campamento y el sendero que seguía Telamón. David observaba desde la distancia. Permanecía junto a Miguel y la hechicera, con los animales.

La pequeña Ruth continuó siguiendo a Telamón mientras este deambulaba ensimismado. Se mantuvo tras él, parecía que a propósito, situándose fuera de su campo de visión.

Si él se detenía, ella se detenía.

Y en cada una de esas ocasiones se quedaba completamente inmóvil, observándolo.

Al final el mercenario llegó a un punto adecuado y se sentó.

La niña también se sentó, aunque a su espalda, apartada, donde él no podía verla.

El mercenario se quedó en su puesto.

Un rato después, la niña se levantó y avanzó, paso a paso, hasta el margen externo del campo de visión del guerrero. Se sentó. Entonces ya era evidente que Telamón sabía de su presencia.

No reaccionó.

La niña se levantó, acercándose más.

Al final se sentó junto a él.

David no pudo dominar su curiosidad. Salió del campamento y, avanzando con no poco sigilo, se dirigió a un afloramiento rocoso desde el cual podía observar con claridad al guerrero con la niña.

El hombre no habló.

No miró a la pequeña ni realizó señal alguna de saber de su presencia.

Pero tampoco realizó el menor esfuerzo por apartarla o hacerla marchar.

Por su parte, la niña no hizo signos ni señales.

No gruñó ni realizó gesto alguno.

No escribió en el suelo.

David observaba.

¿Qué estaban haciendo el guerrero y la niña?

El chico no fue capaz de llegar a ninguna conclusión.

Lo que sí supo es que sintió un agudo pinchazo de envidia.

XXV
El desfiladero

Los romanos habían dispuesto un cortavientos para proteger su campamento frente al vendaval que soplaba desde el sur. Lo hicieron solapando dos piezas de lona, las mitades de la tienda de un contubernio, a un lado de un carromato de intendencia (el que llevaba agua, víveres y equipaje) sujetándolas con las ruedas delantera y trasera para formar el ángulo adecuado, una sobre el suelo, donde los hombres se podrían sentar, y la otra levantada para cortar el viento. Protegidos por tan prolijo refugio, cuatro soldados de caballería daban cuenta del rancho nocturno, o al menos lo intentaban, entre las sacudidas y chasquidos de la lona agitada por el viento y el temblor que movía el pesado vehículo haciendo que entrechocase su contenido.

Los soldados de caballería no advirtieron, o quizá ni siquiera vieron, la extraña masa de luces rodantes que se aproximaba a ellos desde el canal abierto en la llanura.

Uno de los équites, el más joven, oyó un chillido procedente de un lado del campamento, pero creyó que solo se trataba de un efecto del viento.

Entonces vieron las bolas de fuego.

La primera media docena surgió de entre las tinieblas, saltando y rebotando empujada por el viento, y después llegó una segunda oleada, dos veces mayor, de chisporroteantes y ardientes *Amaranthus diaspores*... Estepicursores. Estas bombas incendiarias, que alcanzaban la mitad de la altura de un hombre y ardían inflamadas por la resina almacenada en sus espinosas ramas, golpearon la parte trasera del carromato de intendencia, estrellándose contra el cortavientos. La lona comenzó a arder en cuestión de segundos. Los soldados de caballería se levantaron trastabillando, echando mano de sus armas, profiriendo maldiciones y berreando entre sí.

Oyeron gritos procedentes del campamento contiguo, el de los árabes nabateos, y del situado aún más allá, el de los salteadores tribales. También allí brotaban las llamas.

Unos caballos al galope rebasaron a los romanos.

Eran sus propios caballos.

Los soldados de caballería vieron a un joven y a una niña de aspecto salvaje a lomos de dos de esas monturas, robadas, arreando a las demás, una caballada de al menos un par de docenas, llevándolas al desierto. Los animales llevaban sus ronzales y los trozos de las cuerdas con las que los habían estacado.

El más joven de los soldados de caballería ya se había levantado, empuñando su lanza y su *spatha* de ancha hoja. Vio a los oficiales y a sus camaradas salir corriendo. Las bolas de fuego continuaban surgiendo de entre las tinieblas, rodando hacia ellos. Una de ellas golpeó de lleno al muchacho. Se la quitó de encima a manotazos, sacudiéndose las ardientes espinas que se habían clavado en su carne y sus ropas.

El joven jinete vio a Severo, su comandante en jefe, llegar corriendo al lugar. El tribuno, desaliñado, sin casco ni armadura y empuñando tan solo su *gladius*, comenzó a gritarle exigiendo que le dijese qué estaba pasando. El teniente de caballería también apareció a la carrera, seguido por una veintena de individuos de distintas unidades (équites y auxiliares de Siria y Samaria) también a pie, en completo desorden e igualmente desaliñados.

El joven intentó hablar, pero sus pulmones no respondieron. Un instante antes había sentido un golpe punzante en el centro de su tronco, justo bajo el plexo solar, que supuso causado por la impetuosa acometida del viento.

Bajó la mirada y vio el emplumado del astil de una flecha clavado de su epigastrio. La punta de guerra había atravesado su caja torácica y del centro de su espalda sobresalían dos cotos de astil. El jinete sintió más vergüenza que dolor. Veía a su comandante en jefe mirándolo con una expresión que denotaba preocupación e incredulidad. El joven dobló sus rodillas, buscando la arena a sus pies. «Déjeme descansar un momento, me levanto enseguida», pensó.

Pero fue la tierra la que se lanzó hacia él, golpeándolo de lleno en el rostro. Sintió los pasos del teniente acercándose a la carrera para socorrerlo.

—¡Déjalo! —Oyó gritar a Severo—. Está perdido.

El jinete rodó a un lado, sintiendo cómo el astil que lo atravesaba se partía dentro de su caja torácica justo bajo el plexo solar. Mantuvo la consciencia lo suficiente para ver sobre él a un ser fantasmagórico, barbudo y a caballo, surgiendo de entre las tinieblas tras la siguiente oleada de bolas de fuego. Vio a aquel hombre, cubierto con una piel de zorro con ojos de ágata y dientes de mármol que enmarcaba un ceño feroz, lanzándose a galope tendido contra Severo y arrojando, a menos de seis metros, un *pilum* dirigido directamente al pecho del oficial.

Desde su lecho de tierra, el joven soldado vio cómo su oficial se inclinaba a un lado para esquivar el proyectil y, con un ágil movimiento de pies, ejecutar la maniobra que en las legiones se conocía como «proyección» para, espada en mano, enfrentarse al espectro que se abalanzaba contra él.

El joven jinete observó las miradas asesinas que se intercambiaban Severo, su comandante en jefe, y el hombre cubierto con la piel de zorro mientras se propinaban feroces tajos, uno a pie y el otro a caballo. En ese momento entraron en escena árabes y legionarios lanzando dardos y jabalinas al hombre con la piel de zorro, que durante un largo rato, un rato eterno, los desafió intentando con toda su alma alcanzar al oficial y matarlo hasta que, al final, hubo de aceptar que la rociada de proyectiles terminaría acabando con él. Hizo dar media vuelta a su montura y la espoleó alejándose a toda prisa.

El sonido de los cascos se difuminaba en los oídos del joven soldado. Oía más voces y lamentos y sintió aún más bolas de fuego rodando a su alrededor.

Entonces los atacantes, llevándose lo que le pareció la mitad de las monturas del destacamento, huyeron al galope por donde habían venido, internándose en el yermo.

XXVI
De camino a Pelusio

La partida avanzó hacia el oeste, en dirección al Nilo, a lomos de los caballos romanos más fuertes, y llevando consigo tantas monturas militares y nabateas como pudieron, durante dos jornadas. Al tercer día los dejaron libres, a excepción de los necesarios para servirles de montura y cargar la impedimenta. No intentaron cruzar la cordillera que los separaba de la calzada costera y el mar, camino que Telamón consideraba demasiado arriesgado, sino que prosiguieron cruzando una llanura pedregosa que parecía infinita.

Su destino era la calzada de Pelusio, que seguía el brazo más oriental del Nilo, desde su desembocadura hasta Heliópolis.

Tras las tormentas, el yermo volvía a ser un lugar reseco y brutal. La partida caminaba junto a sus animales, sofocada no solo por el calor del sol, sino también por el que irradiaba de la superficie de la hamada que atravesaban; era como andar sobre una parrilla.

Telamón desató las manos de la hechicera. Le permitió caminar junto al resto del grupo.

La bruja, contra todo pronóstico, mostró una actitud más moderada. No se dedicó a incordiar a Telamón y los demás con sus diatribas y peroratas. Realizó las recogidas de hierbas y raíces con diligencia. Hizo cataplasmas que parecieron aliviar el padecimiento del nazareno.

—Toma —le dijo la segunda mañana—. Masca esto.

Le dio a Telamón y a los demás una hoja de sabor amargo y color verde azulado que llamaba *era gibla*, «beso nupcial», y les indicó que la doblasen en cuatro partes y la mascasen con cuidado, sin tragarla, pero dejando que el jugo se acumulase bajo la lengua hasta que fuese absorbido.

—¿Y qué nos hará? ¿Matarnos?

—Os mantendrá despiertos.

Por la noche, en el vivac, hizo un brebaje con *zahram*, espino del desierto, y *bardagoosh*, un tipo de salvia. Les aseguró que tras su ingesta podrían caminar media jornada sin hambre ni fatiga, aun sin haber tomado alimento.

Telamón reunió al grupo.

—Sé que es duro —les dijo—, pero debemos continuar caminando tan rápido como podamos. Severo ya habrá enviado veloces jinetes al mar a través de ese desfiladero para conseguir más ayuda y lograr interceptarnos en el oeste. Nuestro grupo tendrá que arrastrarse por este secarral mientras sus emisarios se permiten el lujo de ir por la calzada de la costa. Es probable que sus mensajes ya hayan llegado, por mar, a Pelusio y Alejandría.

Nuestro objetivo, reiteraba Telamón, es llegar a la calzada de Pelusio.

—Trabajé en su construcción. La conozco bien. Va de norte a sur paralela al brazo más oriental de la desembocadura del Nilo. En realidad, lo único que necesitamos para encontrarla es continuar hacia poniente.

Aquella noche permitió que se prendiese una hoguera, satisfecho porque la banda de fugitivos se hubiese distanciado de sus perseguidores, al menos por el momento. Con las herramientas de trinchera lograron excavar una poza de agua salobre, pero potable, ancha como una espada y de un metro de profundidad en el reseco cauce de una rambla. Para comer compartieron un pedazo de *kishar*, carne seca de cabra, y cebada tostada que encontraron en las alforjas de uno de los caballos árabes. La hechicera hizo una infusión de cortezas que los refrescó y contribuyó a levantarles el ánimo. David, por primera vez desde antes de entrar en el cañón de tonos pastel, se sintió lo bastante a salvo como para relajarse.

El joven observó a sus compañeros sentados alrededor de la hoguera. ¿En qué pensaba la bruja? No podía huir, por mucho que lo quisiera o desease. Miguel y Ruth tampoco. Sin Telamón serían carroña en cuestión de días, si no horas. Cada uno de ellos, al parecer, había aceptado su situación temporal como ser dependiente del mercenario.

«Además, el sacrificio colectivo de la compañía y el hecho de que todos lo hayamos afrontado con cierta fortaleza, e incluso honor, ha creado una especie de vínculo entre nosotros», pensó David. Cuando la bruja le servía a Telamón una tisana lo hacía, al parecer, sin rencor. La pequeña Ruth, por su parte, se había situado en una plataforma rocosa entre el mercenario y el nazareno como si ambos fuesen sus parientes. Incluso los caballos parecían haber refrenado su instinto de huida. El mercenario no los maneaba. Ellos, como sus compañeros humanos, no tenían lugar adonde ir.

La compañía dio cuenta de la cena en silencio, mirando el fuego y escuchando, como haría cualquiera en plena naturaleza, los ruidos de los animales, el sonido del viento y otros fenómenos más allá del círculo de luz de la hoguera.

Al final, el nazareno rompió el silencio.

—¿Puedo preguntarte algo, mercenario?

—Como quieras —contestó Telamón—, pero no te garantizo que responda.

Miguel, durante las jornadas pasadas desde el asalto de los zelotes, había comenzado a recuperar fuerzas. Y podía cabalgar. A pie, su resistencia no era demasiado fiable, aunque si se le concedía tiempo de descanso suficiente se podía contar con él. Podía mantener el paso.

—¿Crees en Dios? —preguntó entonces.

—No en el tuyo —dijo Telamón.

Miguel sonrió.

—Entonces… ¿crees en *algo*?

—Quizá.

El nazareno observó a su interlocutor.

—¿De verdad me desprecias tanto como parece?

—Al contrario —replicó Telamón—, te admiro. Eres un guerrero y todo un hombre. No siento más que respeto hacia ti.

—¿Y qué es, entonces, eso que tanto desdeñas? ¿Mi fe? ¿Mis creencias?

Ruth, sentada entre ambos, miraba alternativamente a uno y a otro.

—Mientras cruzábamos Gaza —le dijo Telamón—, el muchacho y yo nos detuvimos en unos corrales, al este del paso al yermo. Alguien había encontrado y dejado allí el caballo en el que la niña y tú escapasteis de la Angostura. El dueño y yo intercambiamos historias. Me preguntó qué sabía de esa «nueva religión».

—¿Te refieres a la mía?

—Le dije que no sabía nada, aunque podría describirla a grandes rasgos sin demasiado esfuerzo. Le dije que esa nueva fe se basaría en un suceso, o sucesos, que nunca sucedieron... De hecho, *no podrían* haber sucedido. Y que prometía un futuro que tampoco va a suceder. Ah, sí, se me olvidaba —añadió el guerrero—, y sin ninguna clase de pruebas.

Miguel sonrió de nuevo.

—¿De verdad puede ser que no creas en nada, mercenario?

Los jóvenes, David y Ruth, escuchaban con absoluta atención. Incluso la bruja, por una vez, mantuvo la boca cerrada.

—¿Qué es creer, Miguel? ¿Acaso uno cree en el sol? ¿En las estaciones? ¿En el cuerpo que habita? No es necesario creer en nada de eso. Su realidad es evidente. Creer solo es necesario cuando *algo no existe.*

—¿Dios existe?

—¿Qué Dios? ¿El emperador romano? ¿El pavo de los yazdaníes? ¿Y si ese «Dios» no es sino el reflejo de la pomposa imagen que de Él han hecho sus adoradores? Es vanidad. Sus fieles no adoran nada sino una versión mejorada de sí mismos... Y encima una vanidosa. ¿Y si esa vanidad hace que ellos, y quienes no son ellos, tengan que sufrir violencia y crueldad?

—Amargas palabras son esas, amigo mío.

—Este es el único mundo que hay, hermano. Aprende sus leyes y síguelas. Esa es la verdadera filosofía.

Miguel guardó silencio durante un buen rato, esperando que el guerrero prosiguiese. Como no lo hizo, el nazareno se aclaró la garganta y dijo:

—¿Y qué hay de los mundos del más allá?

—No hay mundos del más allá.

Telamón atizó la hoguera removiendo las brasas y lanzando chispas al aire. David miraba fascinado; nunca había oído a su maestro hablar durante tanto tiempo de ningún tema… Y, desde luego, no con tal vehemencia.

Telamón se dio cuenta de ello. Era evidente que estaba airado consigo mismo y con el rumbo que había tomado la conversación.

—Preguntaste a qué dios adoro —le dijo al nazareno—. Es una diosa. La más antigua y primigenia de todas las deidades, a la que mis paisanos llaman Eris.

—¿Eris?

—Discordia. Todo nace de la discordia. Incluso la propia Tierra. Y todo muere en la discordia.

El nazareno asimiló las palabras, pensativo.

—¿Y por eso te hiciste guerrero?

—Sí.

—¿Y eso ha resuelto tu enigma?

—¿Qué enigma?

—El enigma de tu existencia. De tu ser.

Telamón se puso en pie. Ruth lo siguió con la mirada, al igual que David y la hechicera.

—¿Te he molestado, hermano?

—De ninguna manera.

—Siéntate, por favor. Ha llegado el momento de sincerarnos uno con otro.

Telamón, serio y a regañadientes, asintió. De nuevo ocupó su lugar junto a la lumbre.

Miguel llenó una copa con la caliente tisana de la bruja. Se la ofreció a Telamón. El mercenario la aceptó.

—Por supuesto, sabes que mi fe rechaza todas las, digamos, verdades que has expuesto. De hecho, yo creo absolutamente lo contrario.

Entonces fue Telamón quien sonrió.

—Eso a lo que llamas real, yo lo llamo ilusión —dijo Miguel—. Autoengaño. Solo lo que es real no puede ser tocado ni visto, salvo por los ojos del alma. Si creyese, como tú, mercenario, que este mundo y sus leyes son todo lo que existe, ahora mismo me cortaría el cuello y os ahorraría la molestia a ti y a los romanos.

Miguel señaló hacia las mulas y caballos situados justo al otro lado del círculo de luz de la hoguera.

—Si no somos capaces de creer en cosas que se encuentren más allá del alcance de nuestros sentidos, entonces no somos mejores que esos animales y no hay esperanza para nosotros. Esa es la diferencia entre un hombre y una bestia: podemos percibir *eso que no está* y luchar, si no para hacerlo real, sí para presentarlo en esencia. Me das lástima, hermano. Te tienes a ti y nada más.

Nadie habló durante un larguísimo instante.

Al final fue Miguel quien, moviéndose en su asiento, se dirigió directamente a Telamón.

—Hay otro mundo —le dijo—, pero no sobre este, sino *dentro* de este. En ese mundo, todas las almas comparten un vínculo identitario: el ser hijos de Dios. En ese mundo, el amparo a los demás, también a los más humildes (sobre todo a ellos), es el modo de superar esa actitud de aislamiento y desesperación que con tanta elocuencia has expuesto.

El mercenario mantuvo su mirada baja, apresada por el fuego.

—Me gustaría ver ese mundo.

—Nada cambia en el que habitas —le dijo Miguel—. Nada puede cambiar. Tal es tu verdad. Pero si hay una verdad que todos podríamos aceptar, esa es que *todo cambia.* Tú también eres un creyente, amigo mío. Lo que pasa es que no lo sabes.

Telamón, a pesar de sí mismo, levantó los ojos para mirar a Ruth. La observó con atenta y meticulosa atención.

Los ojos de Miguel buscaron los de Telamón. El nazareno contuvo su discurso hasta que la mirada del mercenario se cruzó con la suya, captando su interés.

—Hace veintidós años, en Jerusalén, yo me encontraba en el Lugar de la Calavera cuando Jesús de Nazaret afrontó su destino.

Las comisuras del guerrero se hundieron dibujando una expresión de duda y escepticismo.

—Aquella jornada no vi a ningún Dios, sino a un hombre —dijo Miguel—. Un mortal. Lo vi sufrir y morir, y me fui destruido en cuerpo y alma. Luego, tres días después, llegó corriendo mi tío Estéfano. «Ven conmigo de inmediato», me ordenó.

»Y obedecí.

»Aquel día —prosiguió Miguel— me encontré con el que había perecido, con el que los romanos habían crucificado; aquel cuyos devotos habían amortajado y sepultado. Lo volví a ver en carne y hueso. Me sostuvo la mirada, me habló, sujetó mis manos. Estaba vivo. Lo vi.

—¿Y qué tipo de *pharmakón*, o «ayuda al piadoso», bebiste o mascaste antes? —inquirió Telamón.

La expresión de Miguel le dio la respuesta.

—Entonces, solo fue algo alimentado por tu imaginación —dijo el mercenario—, por el pesar, la angustia y el desesperado deseo de creer.

—Vi lo que vi. Él me tocó.

—Amigo mío, he servido en campaña, desde Britania hasta Hispania y Galia, y desde África hasta Judea. He visto a hombres caer bajo la espada, la lanza y el hacha. Pero jamás he visto a un muerto volver a levantarse y vivir.

—Este lo hizo.

El nazareno buscó la mirada del mercenario.

—Bien, acepto tu escepticismo, hermano... Tu descreimiento e incluso tu escarnio. Digamos que tienes razón. Es cierto; es muy probable que, presa del dolor y el pesar, tuviese una visión y viese al fantasma del rabino de Nazaret. Digamos que es verdad. ¿Resta eso importancia a su vida y padecimiento? Si era simplemente un hombre como tú o como yo, y prefirió morir antes de traicionarse a sí mismo y al sentido al que creía haber dedicado su vida... ¿no es ese sacrificio una cautivadora historia para todos nosotros? Incluso si no se tratase de la sobrenatural encarnación del hijo de Dios. Un hombre así es digno de admiración y alguien a quien merece la pena querer emular, ¿no te parece?

Miguel sostuvo la mirada de Telamón durante un buen rato, después la bajó y se recostó a la luz de la hoguera.

Telamón lanzó un vistazo a Ruth, después a David y, por último, a la hechicera. En todas sus miradas, la de la bruja incluida, brillaba la disposición, incluso el ansia por aceptar la postura de Miguel, que para el mercenario no era sino absurda.

Al final, el guerrero se volvió hacia el nazareno.

—Ya entiendo por qué el jefe de la guarnición de Jerusalén ha salido a campo abierto para darte caza... Y por qué él, y la propia Roma, te consideran el hombre más peligroso de Palestina.

Libro octavo
El proceder del Imperio

XXVII
El estanque

La luz del sol rielaba alegre sobre la superficie del estanque. El agua era tan clara que se podía ver el fondo, a seis metros de profundidad.

Ahí arrojó Telamón a la niña completamente vestida.

La pequeña aulló como si la hubiese arrojado a un pozo de vinagre en vez de a un estanque de agua.

Habían pasado treinta y seis horas desde aquella noche alrededor de la hoguera. Durante todo ese tiempo, a excepción de dos breves paradas para descansar y abrevar a los caballos, la partida progresó siguiendo una ruta paralela al camino que Telamón identificó como «la calzada del trineo». A lo largo de su recorrido, les explicó el mercenario, dos legiones romanas se habían dedicado durante casi tres años al transporte de enormes sillares y otros materiales para llevar a cabo un ambicioso proyecto que sería, una vez terminado, el más largo acueducto jamás construido fuera de la península itálica.

Miguel, caminando pesadamente junto al mercenario, le preguntó cómo lo sabía.

—Trabajé en su construcción.

La Décima Fretensis dedicó treinta y seis meses a la empresa, le dijo.

—Podría mostraros las canteras, están en las montañas, a unas sesenta millas al sur, y unos caminos muy lisos sobre los que trineos tirados por troncos de cien mulas transportaban los bloques cortados.

En un punto del recorrido, Telamón se detuvo y señaló un mojón de piedra cincelada, medio enterrada por la arena, que los romanos llamaban *memento*, «recuerdo», destinado a dar fe del trabajo de la Décima Fretensis y la Sexta Ferrata.

LEG X FRE ET LEG VI FER

—Este trabajo es lo que en las legiones se conoce como *penitentiae*, «penitencia». Tenía el propósito de poner al cuerpo de ejército en forma para la campaña que se avecinaba en Armenia. No se permitían mujeres, vino ni esclavos de campo. Nada.

—¿Funcionó? —preguntó Miguel.

—Todo lo que hace Roma funciona.

La partida llegó entonces a ver el acueducto. El propósito de los latinos al emprender tal proyecto consistía en abastecer lo que sería un refugio y punto de aprovisionamiento de agua en la calzada entre Gaza y Alejandría. La fuente del acueducto y su última etapa, al oeste y el sur, les dijo Telamón, era una gran catarata situada en el curso alto del Nilo. Los ingenieros romanos habían realizado en ese lugar la construcción de un elevador escalonado, alimentado por propulsores helicoidales atornillados en el fondo del cauce, que bombeaban el agua del río hasta una reserva del tamaño de un lago. «Hay que reconocer la pericia de esos cabrones», dijo el mercenario. Hicieron que el agua fluyese creando un desnivel mínimo de apenas un palmo por kilómetro.

La construcción del acueducto había comenzado en el séptimo año del mandato de Claudio, casi dos décadas después de la crucifixión de Jesús de Nazaret, y se abandonó pasados tres años de trabajo, tras el estallido de lo que sería el precedente de la Gran Revuelta judía en Galilea y Jerusalén. La calzada aún permanecía inconclusa cuatro años después, durante el segundo año de gobierno del emperador Nerón.

Un espectacular conducto de agua de dos niveles se extendía casi trece kilómetros hacia el noroeste, en dirección al mar. Terminaba en medio de un yermo basáltico, abandonado casi cincuenta kilómetros antes de alcanzar su destino, lo que iba a ser el puerto de

Aquila Agripina, situado a una jornada de marcha al este de Pelusio, en la desembocadura del Nilo, y protegido por una fortaleza que recibía el nombre hebreo de Sin y que se hallaba en un pueblo costero llamado Firdana.

Las unidades de caballería que patrullaban el camino del acueducto estuvieron a punto de descubrirlos en dos ocasiones aquella mañana, y en tres pasado el mediodía. La tercera vez se encontraban al descubierto, en una cuenca sin accidentes. Hubieron de obligar a sus caballos a tumbarse, colocando todo su peso sobre los cuellos de los animales para sujetarlos. David estaba seguro de que se les había agotado la suerte. Pero el resplandor del sol de mediodía era tan cegador que el enemigo pasó de largo, apenas a cien pasos de distancia, sin verlos.

La partida salió de la peripecia gravemente afectada. Una vez fuera de la olla y situados a cubierto, Telamón los reunió. Tomó asiento y otro tanto hicieron los demás.

—La actividad de las patrullas cobrará intensidad a medida que nos acerquemos al Nilo. Es seguro que una de ellas nos descubrirá, si no ahora, en cuanto lleguemos al río. Así que esto es lo que vamos a hacer…

Y señalándose a sí mismo, a Miguel y a la hechicera, añadió:

—Nosotros tres, en la primera ocasión en la que nos persiga un enemigo del que no nos podamos librar, huiremos como maniobra de distracción. Saldremos a uña de caballo tan rápido como podamos para que se lancen a capturarnos.

La hechicera lo fulminó con la mirada.

—¿Qué clase de trampa es esa? —preguntó, enfrentándose al mercenario—. ¡Darás media vuelta y te llevarás a la niña!

—¡Cállate! —cortó Telamón.

—¿Es este el plan que llevas pergeñando todo este tiempo? —inquirió la bruja.

El guerrero indicó con un gesto a David y a la niña que se situasen a su lado.

Colocó un águila de oro en las manos de cada uno.

—Cuando Miguel, esta mujer y yo hayamos alejado al enemigo de vosotros, vais directamente a Pelusio, compráis un pasaje y os embarcáis a Corinto.

Entonces incluso el nazareno intervino.

—¿Te refieres a que...? —comenzó a decir.

—¡Dios Todopoderoso! ¡El sol ha decidido salir por el oeste! —apostilló la bruja.

Se volvió hacia la niña y el joven para observar sus reacciones.

Los dedos de David se cerraron alrededor de la pesada moneda.

La niña, en cambio, devolvió de inmediato la suya al mercenario. Negó con la cabeza, empecinada. La pequeña rodeó con sus brazos la cintura de Miguel y no parecía tener intención de soltarlo.

—La niña ama a su padre —señaló la hechicera.

Miguel revolvió el ya enmarañado cabello de la pequeña.

—Ah, bueno, no soy su padre —dijo con toda naturalidad, como si fuese, y siempre lo hubiese sido, un hecho evidente.

El mercenario, y también la bruja, reaccionaron sorprendidos.

—No sé quién es su padre —dijo el nazareno—. La encontré en prisión, sola y abandonada tras la muerte de su madre. Me hice responsable de ella. Pero no soy su padre.

Telamón observó a Miguel durante un buen rato. «Sí, eso sí lo creo», parecía decir la expresión del mercenario.

—El plan sigue vigente —dijo—. La bruja, tú y yo alejaremos a la primera patrulla que nos encuentre. David y Ruth huirán por su cuenta.

—Deje que sea yo quien cabalgue —se apresuró a decir David—. Llévese a Miguel. Usted puede proteger a la niña y al nazareno. Yo no.

Telamón rechazó su propuesta.

—Los perseguidores, si son romanos, creerán que tengo la carta o la niña. Me suponen demasiado codicioso para abandonar semejante trofeo. Lo mismo pensarán zelotes y nabateos. Si algo sé de esos malandrines, y los conozco bien, creedme, es que el ansia por derramar mi sangre aún será mayor que su sed de oro.

Ya estaban en noviembre. Faltaban cinco o seis horas para el ocaso.

—Continuaremos avanzando hasta llegar a un lugar seguro, junto al acueducto —dijo Telamón—. Allí descansaremos y abrevaremos a los animales.

Ordenó a la hechicera hacer algún brebaje o comistrajo que los ayudara a mantenerse alerta durante las horas de oscuridad.

—Descansaremos y nos refrescaremos todos, los animales también, junto al acueducto. El Nilo está poco más adelante, a menos de cinco millas. No podemos detenernos. Debemos llegar al río y ponernos a cubierto antes del alba.

David jamás había oído la voz del mercenario con un tono tan serio y lúgubre.

—Aprended de memoria lo que os voy a decir a continuación, como si vuestras vidas dependiesen de ello —les anunció.

Hizo una pausa para asegurarse de que todos le prestaban atención.

—Recordad esto: si os atrapan, huid de inmediato.

Entonces se dirigió directamente a Ruth:

—De inmediato. En ese mismo instante. Cada minuto que pase a partir de tu captura hará más difícil la huida. El enemigo te atará, te incapacitará partiéndote un brazo o una pierna o cegándote. Escapa de inmediato. Haz cualquier cosa, lo que sea, para huir.

Le entregó a Miguel un sable de la caballería romana, comprobó que David tenía la dolabra dispuesta y le devolvió a la bruja sus dos cuchillos de lanzamiento. Se aseguró de que Ruth recibiese la daga marcada con una x.

Entonces el mercenario habló a la hechicera:

—¿Qué medicinas puedes hacer con esas hierbas y raíces que recoges?

—Puedo hacer remedios para todo excepto para tu negro corazón.

El mercenario meditó un instante.

—¿Puedes hacer jabón?

La partida llegó al acueducto una hora antes del ocaso. Telamón, destacándose con David como centinela, señaló a los demás la existencia de un estanque con fondo de piedra bajo la arcada, producto de la afición que tenían los romanos por los baños y a bañarse.

—Cinco minutos nada más. Quitaos la mugre. Nos mantendrá despiertos y listos para la marcha nocturna.

La bruja realizó una rápida cosecha.

Recogió una planta llamada aloe para hacer jabón. La hechicera cortó trozos grandes como la palma de su mano, los despojó de espinas, peló y luego machacó hasta que su interior carnoso, al que llamó *saponica*, produjo una espuma fina que emitía un olor parecido al de la lavanda, solo que más fuerte y amargo. La bruja hizo paquetes del tamaño de la mano de un hombre empleando los restos de la propia planta.

—Que no os toque los ojos. Su aceite os picará. Por lo demás, es tan bueno como cualquier cosa que podáis encontrar en el puesto del mejor perfumero.

Fue entonces cuando el mercenario cogió a Ruth y, soltando una carcajada, la arrojó al estanque.

—¡Veamos qué hay bajo esas capas de roña!

La niña se rebeló e intentó escapar por todos los medios. Telamón la sujetó por ambas muñecas. Tenía en la mano un paquete de jabón, que empleó para restregarla. Miguel y David también reían. La hechicera intervino hecha una furia, aseverando que no era correcto que un hombre adulto bañase a una niña.

La bruja se hizo cargo del asunto.

Se metió en el estanque en busca de Ruth, mientras la niña lanzaba patadas y puñetazos para liberarse. La pequeña tenía la guedeja empapada y su túnica y ropajes pegados al cuerpo.

La bruja tiraba de las ropas de la niña.

—¡Quítate estos harapos mugrientos! ¿Cómo voy a lavarte con ellos puestos?

Se desató una pelea pródiga en salpicaduras y zarandeos, para gran regocijo de los demás. Al final, la bruja, simplemente, se limitó a dominar a la cría. Le arrancó la ropa.

La niña, entonces desnuda, le propinó a la bruja un furioso puñetazo en el rostro. La pequeña se agarró a su ajada túnica y sus no menos ajados ropajes. Pero la hechicera no dejaría que se los llevase.

Ruth salió del estanque a gatas, roja de vergüenza. Corrió directamente hacia Miguel y se arrojó a sus brazos. Los espectadores se reían a mandíbula batiente, pensando que la preocupación de la niña se debía a una cuestión de pudor.

Todo solaz cesó en el instante en que vieron la espalda de la pequeña.

Espeluznantes líneas y verdugones cruzaban la carne desde la cintura hasta los hombros. Incluso la bruja contuvo la respiración al verlos. Pero aquello no era todo. Trenzadas entre esas marcas, se podían ver cicatrices espatuladas, obra de hierros candentes. David se apartó, tapándose los ojos. «¿Qué clase de monstruo inflige tales horrores a una niña inocente?», pensó.

La pequeña sollozaba. Miguel la arropó con su propia túnica.

—¿Quién te ha hecho eso? —espetó David—. ¿Qué clase de…?

—¡Cállate! —ordenó la hechicera. La mujer se apresuró a colocarse junto a la pequeña, cubriéndola con sus ropas.

La niña continuaba aferrada a Miguel, con el rostro oculto entre los pliegues de su túnica.

Todos miraron al guerrero, esperando su reacción.

Durante unos eternos instantes, Telamón permaneció en silencio.

Aguardó inmóvil hasta que Ruth se volvió y miró, apartando el rostro de los pliegues de la túnica de Miguel.

Después, el mercenario dejó sus armas a un lado, se quitó las cáligas y caminó descalzo hasta situarse frente a la pequeña.

—¿Me las guardas un rato?

El guerrero se despojó de sus ropas y se las tendió a la pequeña. Dio media vuelta y, desnudo, se metió en el estanque.

La mirada de la niña siguió cada uno de sus pasos.

En la espalda y los hombros del mercenario se podían ver el mismo tipo de marcas y cicatrices que tenía la pequeña.

Los demás reaccionaron igual que la primera vez.

Telamón se restregó, lavándose aprisa, y salió del estanque.

Regresó frente a Ruth.

La mirada intercambiada entre la niña y el guerrero no se parecía a ninguna que David, recordando después aquel momento, hubiese visto antes.

La pequeña le tendió al mercenario su túnica y demás vestiduras.

Telamón se vistió. Se volvió hacia el ocaso.

—Acostaos. Todos. Descansaremos hasta una hora antes del alba y entonces partiremos. Haré la primera y última guardia.

XXVIII
El acueducto

David se despertó al sentir una cadena alrededor de su cuello y la punta de una espada en la garganta. Aún era de noche. Hombres y caballos corrían por el vivac. El joven sintió que unos guerreros pertrechados con armaduras lo levantaban violentamente. Vio de soslayo una hoguera apagándose sobre una elevación situada al oeste. Intentó moverse, pero sus miembros parecían de plomo.

El joven comprendió de inmediato lo sucedido.

Se durmió durante la guardia. La bruja lo había drogado. Por alguna razón, la hechicera cambió el brebaje que solía darle para mantener sus sentidos alerta durante las horas de guardia.

Además, había prendido una hoguera para llevar a los romanos hasta ellos.

El joven entrevió a su maestro. Dos legionarios lo sujetaban, inmovilizándole los brazos a la espalda, mientras un tercero lo golpeaba en la cara con un casco de hierro. Después llegó otro, pertrechado con una pica, y le barrió las piernas. Dos tremendos golpes que parecieron capaces de partir las tibias del guerrero. El hombre se desplomó como un saco, sostenido solo por el agarre de sus antiguos camaradas.

David se oyó a sí mismo gritar; era su voz, pero parecía la de otro. Se debatía bajo la presa de los soldados que lo sujetaban; intentaba ver a la niña, a Ruth.

—¡Corre! ¡Corre! —chilló el muchacho.

Vio a la hechicera. La bruja bramaba algo que David no llegó a comprender mientras corría frenética yendo de un lado a otro del campamento. Antorchas y teas rompían la oscuridad.

Un garrotazo dejó a David aturdido. Las manos que lo sujetaban lo arrojaron al suelo. Cayó sobre Miguel. Habían amarrado al nazareno con una fuerte soga. Sus brazos estaban retorcidos, formando ángulos forzados.

Vio al teniente.

Vio a Severo.

Vio a la niña pasar corriendo bajo la luz de una antorcha. Iba descalza, empuñando la daga tallada con la x.

—¡¡A ella!! ¡¡A ella!! —gritaba la bruja.

La niña tropezó y cayó despatarrada. Un cabo cubierto con un capote y calzado con pesadas cáligas claveteadas se lanzó sobre ella. La pequeña le clavó la hoja en el muslo. El hombre lanzó un puñetazo. La niña lo esquivó. Otros intentaron, en vano, sujetarla.

De alguna manera, Telamón, encadenado, había conseguido alzarse sobre sus rodillas.

—¡Corre! —gritó.

Y Ruth corrió.

—¡Apresadla, imbéciles! —mugía la bruja en arameo y latín simplificado mientras atravesaba el campamento corriendo a toda velocidad, enfurecida—. ¡Es ella! ¡Ella es la que buscáis!

La niña salió disparada, huyendo rauda como una liebre, inclinada hacia delante y haciendo fintas en todas direcciones.

—¡No la matéis!

Esa fue la orden de Severo.

David vio entonces al oficial, pertrechado con su armadura, atravesar el desbarajuste dando grandes zancadas y golpeando a los hombres con su fusta mientras estos intentaban atrapar a la pequeña. Esta pasó como una exhalación junto a los dos soldados de caballería que sujetaban a David y uno de ellos la agarró. El brazo derecho del joven quedó suelto. En su cabeza resonó la orden de Telamón:

SI OS ATRAPAN, HUID DE INMEDIATO

El muchacho se liberó de un brinco.

Todavía estaba debilitado por el brebaje de la bruja.

El joven no sentía sus pies. Sus gemelos parecían de piedra.

Pero se las arregló para correr.

De pronto, el vivac situado bajo el acueducto se había convertido en un maremágnum de romanos y nabateos a pie y a caballo lanzados en persecución del chico y la niña.

—¡¡A ella!! —aulló la bruja—. ¡¡Atrapad a esa mocosa!!

La pequeña se encaramó de un salto sobre una pila de mampuestos. Brincaba descalza de uno a otro.

David la siguió.

Oía a los hombres lanzando blasfemias tras ellos, persiguiéndolos cargados con quince kilos de pertrechos.

Les lanzaban piedras que pasaban zumbando a su alrededor.

Al final, sin saber muy bien cómo, David y Ruth alcanzaron la cima del acueducto y se metieron en el canal por donde discurriría el agua. El conducto se extendía frente a ellos hasta allá donde alcanzaba la vista... Cuatrocientos, ochocientos metros o quizá más.

El chico y la niña corrieron por allí tan rápido como les permitieron sus pies.

Por debajo los perseguían jinetes e infantes.

Los chicos cubrieron treinta metros. Sesenta. Cien...

Llegado cierto punto, el suelo descendía bruscamente bajo el acueducto. Una arquería de piedra salvaba los tres estadios de quebrada, cortada a pico. Desde la base subían los juramentos que sus perseguidores a caballo, o a pie, lanzaron al verse bloqueados por el precipicio. Ruth corría sobre el acueducto rápida como una golondrina. David, recuperando fuerzas, galopaba tras ella.

Atrás, en el escenario de la captura, Severo retenía a su sobrino, Quinto Flavio Publio, sujetándolo por la hombrera del capote. El teniente acató las órdenes. Con un bramido envió una segunda oleada de perseguidores nabateos y romanos.

—¡Habrá un águila de oro para el que me traiga a esa cría!

Ni David ni Ruth tuvieron modo de saber qué sucedía entonces en el campamento, y tampoco fueron capaces de averiguarlo más tarde, a no ser por lo poco que pudieron ver a lo lejos y los retazos de conversación que llegaban arrastrados por el viento.

Telamón estaba atado con cuerdas a un costado del carromato de intendencia, medio estrangulado por una cadena colocada alrededor del cuello. Severo, erguido frente a él, le exigía que hiciese volver a la niña.

—¡Dile que dé media vuelta! ¡Te obedecerá!

—No.

Severo le asestó un revés en el rostro. Los legionarios que sujetaban al mercenario anudaron sus ligaduras con más fuerza.

—Llámala o te destripo aquí mismo.

El oficial llevó una mano a la cáliga izquierda de Telamón. De allí sacó la otra daga que ocultaba el mercenario, también con una x tallada en el pomo.

—Tan agudo como siempre, ¿eh, peregrino?

Tan rápido que el ojo apenas pudo detectarlo, los puños del tribuno lanzaron tres golpes al pecho desnudo del guerrero. Izquierda, derecha, izquierda.

—Dile que vuelva.

—No puedo.

—No quieres.

En ese momento, la hechicera se adelantó.

—¡Haz que este la llame! —chilló, señalando a Miguel.

Dos soldados sujetaban al nazareno, atado, de rodillas en el suelo a los pies de Telamón. La hechicera presionaba a Severo con agresividad, maldiciéndolo a él y a sus hombres por haber dejado escapar a la niña. El oficial no necesitó tener ningún conocimiento de hebreo o arameo para entender el tenor de la perorata o percibir la ponzoña de su desprecio.

—¡Quitadme a este basilisco de encima!

Entonces la bruja posó sus manos sobre el teniente. Este retrocedió y la apartó de un empujón. La mujer volvió a coger al oficial, llevándolo hacia el nazareno.

—¡Haz que él la llame! ¡La niña responderá!

Rayaba el alba.

Protegidos por la oscuridad reinante en la quebrada, el chico y la pequeña se escabulleron entre los arbustos hasta llegar a la hendidura y, desde ahí, de nuevo al borde, para luego retroceder al amparo de las sombras hasta el lugar de la captura.

Grandes pilas de mampuestos abandonados punteaban el ruinoso trazado del acueducto. El chico y la niña pasaron de una a otra. Veían las antorchas de sus perseguidores y ya podían oír con claridad los gritos de soldados y jinetes registrando aquí y allá e intentando dar con ellos.

Severo permanecía en el lugar del apresamiento, en pie, junto al maniatado e impedido Miguel. El tribuno ordenaba a su prisionero, tal como la bruja le había indicado con tanta vehemencia, que se levantase y llamase a la niña.

El nazareno ni siquiera contestó.

—Sácale el otro ojo —ordenó el oficial.

El cabo de cáligas claveteadas obedeció.

Miguel cayó sobre la tierra apretando sus manos contra el rostro. La sangre manaba a borbotones entre sus dedos.

—Maldita sea tu alma... ¡Levántate y llámala!

La bruja se irguió.

Telamón la atravesó con la mirada.

La mujer parecía mostrar un perverso orgullo por la desafiante actitud de Miguel frente al poder de Roma. Le habló al oficial.

—Sácale las tripas.

Le dijo, además, que no importaba que la pequeña hubiese logrado huir, al menos de momento, pues las entrañas del hombre todavía ocultaban una segunda copia de la carta del Apóstol.

David y Ruth, con sigilo y presteza, habían abandonado el acueducto para colocarse en un punto de observación situado sobre una especie de pirámide formada por un montón de mampuestos tirados a unos doscientos pasos al sur del campamento. Para entonces ya caía sobre ellos la luz del alba. Retorciéndose en los intersticios de la masa de piedras, descendieron por la pirámide hasta llegar a un escondrijo donde nadie los vería, aunque ellos sí podían otear entre las rocas y dominar el campo.

Los chicos no eran capaces de oír toda la conversación mantenida entre los romanos y la bruja. Tan solo les llegaban palabras arrastradas por el viento.

—Así que te has puesto de parte del emperador —parecía decir el teniente.

La hechicera escupió.

Extendió un brazo huesudo hacia Miguel, quizá urgiendo a sus captores a hacer lo peor.

Severo no pensaba ponerle las cosas fáciles a la bruja.

El chico y la niña vieron cómo el tribuno ordenaba a dos de sus hombres que sujetasen a la hechicera. Los soldados colocaron en la diestra de la mujer alguna clase de objeto cortante, no un arma sino, al parecer, una herramienta como esas que se empleaban en los mataderos o en el *macellum*, como llamaban los romanos a la carnicería.

—Si tanto lo deseas, bruja... Destrípalo tú.

A continuación, se oyó una segunda salva de juramentos e imprecaciones. La bruja rehusaba con vehemencia al tiempo que maldecía a los romanos por cobardes. Los legionarios la obligaron a arrodillarse frente al nazareno.

—¿Cómo es que de pronto te has vuelto tan delicada? —mugió el cabo de cáligas claveteadas al oído de la hechicera—. Una cuchillada, cariño. Lo llaman «limpiar las verduras». ¡Hazlo, tesoro! ¡Eres tú quien lo desea!

David y Ruth no podían ver el rostro de Miguel ni oír sus palabras, si acaso llegó a pronunciar alguna, desde su escondrijo entre los mampuestos. Solo sabían que era él por su postura. El nazareno no se encogía ni temblaba asustado, sino que se mantenía erguido sobre sus rodillas.

Lo que sí oyó David fue el chillido de la bruja, además de verla ejecutar una tentativa de apuñalamiento. Carcajadas de escarnio brotaron entre la soldadesca. El cabo con cáligas claveteadas se agachó junto a la bruja, de modo que sus rodillas rodearon las caderas de la mujer mientras sus hombros y brazos la arropaban por detrás.

—Vamos, hermosura. Deja que te ayude.

Y cerrando su puño izquierdo alrededor de la mano con la que la mujer empuñaba el arma, al tiempo que con su diestra le sujetaba el antebrazo, la empujó una y otra vez contra el vientre de Miguel. Los otros dos legionarios sujetaban al nazareno bien erguido para que dejase expuestas sus entrañas.

La bruja aulló y berreó.

Telamón miraba impotente.

La pequeña Ruth, observando oculta entre los bastos bloques de piedra, se encogió sobre sí misma presa del sufrimiento. David tuvo que sujetarla empleando ambos brazos y toda su fuerza. La niña no profirió ningún chillido, pero se retorcía con las puñaladas que abrían el vientre del nazareno.

Luego, los romanos obligaron a la bruja a hurgar con sus dedos en las entrañas de Miguel. La hechicera chillaba como una bestia herida. Puñetazos y patadas la mantuvieron en su lugar.

Los miembros del nazareno se agitaban con movimientos agónicos; su cuerpo se retorcía con las convulsiones. Pero, a pesar de todo, no emitió ningún sonido. Y entonces su espíritu lo abandonó. El cuerpo se desplomó, doblándose por la cintura.

La bruja, profiriendo un grito de aflicción, se apartó de sus captores dando un brinco. Tenía la pechera del vestido y los antebrazos empapados de flemas y tejido. Su cuello y rostro, incluso su enredada melena, brillaban con la sangre del nazareno.

Miguel quedó entonces tirado en el suelo, sin vida, libre del agarre de los dos hombres que lo sujetaron. Su cabeza colgaba del desmadejado cuello formando un ángulo grotesco.

A una señal de Severo, árabes y legionarios permitieron a la bruja salir del anillo de seguridad. David la vio correr a toda velocidad como si se hubiese vuelto loca, alejándose hacia el interior del desierto.

Soldados romanos y salteadores nabateos redoblaron la intensidad de su búsqueda por encima y alrededor del escondrijo de los chicos.

Entonces Severo y sus hombres se volvieron hacia Telamón.

XXIX
El proceder del Imperio

—¡Registradlo! —bramó el cabo con cáligas claveteadas.

En cuestión de segundos, los romanos rebuscaron entre la ropa y el equipamiento del mercenario. Desde su alejado punto de observación, David pudo ver a un escuchimizado sargento de rizado cabello anaranjado meter sus manos en las águilas de oro que Telamón llevaba guardadas entre sus cosas. El individuo las mostró triunfante.

—¡Levantadlo! —bramó el suboficial. Aseguraron una cadena alrededor del cuello de Telamón. Los eslabones de hierro se ciñeron tanto que parecían a punto de partir la columna vertebral del mercenario. David forzó la vista. La cadena subía hasta una especie de polea. El guerrero, medio estrangulado, estaba atado con cuerdas a un saliente de piedra situado en el muro del acueducto.

Le rodearon el pecho con una fuerte soga, pasándola bajo sus brazos y anudándola muy tensa por detrás. Cuando el hombre intentó resistirse, el cabo con cáligas claveteadas lo golpeó bajo un ojo con el pomo de su *gladius* tan fuerte como pudo. Con otro cordel ataron los pies del mercenario dando dos vueltas alrededor de sus tobillos.

—Asegurad la sujeción de las muñecas —ordenó Severo—. Un cabo para cada una. Y atadlas bien fuerte. No quiero resbalones de ninguna clase.

Le pasaron una soga bajo las axilas y tiraron de él, enderezándolo. Dos árabes, primero uno y después otro, le escupieron en el rostro. Un tercero lo agarró por los testículos. Miró directamente a los ojos del mercenario e hizo un gesto obsceno, al tiempo que profería una maldición en dialecto nabateo.

Un grupo de legionarios apartó a los guerreros tribales. Los soldados se adelantaron, reuniéndose alrededor de Telamón. Todos y cada uno de ellos escudriñaban su rostro en busca de alguna señal de miedo o cualquier indicio de que el cautivo fuese a suplicar por su vida. Varios parecían conocerlo. Estos lo escrutaban aún con más atención.

—¿Estáis seguros de que es él? —preguntó uno.

—Este es.

Quien respondió fue Severo, situándose al frente. Con un gesto apartó a todos, romanos y árabes, del guerrero. El comandante, acompañado por su teniente, quedó solo frente al cautivo.

—Atraparemos a la niña... Lo sabes, peregrino. ¿Cuánto puede haberse alejado? En cuarenta millas a la redonda no hay una brizna de hierba donde esconderse.

El tribuno señaló los montones de mampuestos, quizá una veintena o más, que se extendían casi dos kilómetros a lo largo del camino del acueducto abandonado.

—Está escondida en uno de esos... Retorcida entre las piedras —afirmó Severo—. ¿Dónde si no podría estar?

Telamón pudo volverse solo lo suficiente para observar la línea de túmulos. Los hombres de Severo, con la ayuda de sus aliados árabes, ya estaban cortando y recogiendo ramas de zumaque y terebinto que arderían como yesca.

—La ahumaré o la asaré allá donde se esconda —dijo Severo—. A menos que entres en razón y la llames.

—Yo no mando en ella —respondió el mercenario.

—¡No estoy para juegos, te lo advierto!

—Tampoco yo.

A los pies de Telamón yacían los restos mortales de Miguel. La mirada del mercenario se dirigía al cadáver del nazareno.

Severo lo advirtió.

—¿Acaso Roma ha actuado con demasiada dureza? —preguntó el tribuno—. Te he visto perpetrar cosas mucho peores estando de servicio, peregrino. Te contraté precisamente por eso. Aunque, claro, quizá creas que este agente subversivo o mesiánico o como quiera que se hiciese llamar no merecía tan truculento final, y que la carta esa que llevaba o que lleva la cría, si la bruja decía la verdad, no merecía tomar unas medidas tan desmesuradas para interceptarla y destruirla —dijo Severo empleando el término latino *extirpare*, que significa «extirpar, arrancar o desarraigar».

»El emperador no teme a nadie sobre la faz de la Tierra —prosiguió el tribuno—. No hay ejército que lo impresione. Ninguna insurrección podría derrocarlo. Solo hay una cosa que inquieta el ligero sueño de Roma... Y es esa que este misionero extiende con sus palabras y mensajes.

El comandante romano hizo una pausa y lanzó una mirada a los legionarios y demás oficiales presentes, que prestaban gran atención a cada una de sus palabras.

—Fe —dijo—. Un sueño de liberación... No solo en la vida del más allá, sino en esta; en este mundo, aquí y ahora. ¡El «reino de los cielos»!

Severo se volvió hacia Telamón.

—La cosa más peligrosa del mundo es la fe. Por eso te escogí a ti para esta misión, peregrino; a ti y a ningún otro. Un hombre que no cree en nada... Que se enorgullece de no creer en nada.

»Y, a pesar de todo, me has fallado. Lo cierto es que, según parece, te has pasado al enemigo... Y a cambio de tener que pagar un elevadísimo precio. ¿Por qué? ¿Qué te ha hecho cambiar de bando? ¿Qué te ha hecho cambiar de idea?

Se acercaron entonces tres legionarios, haciendo señales para llamar la atención del teniente. Al parecer, el oficial les había ordenado buscar cierto objeto. Los soldados saludaron indicando que habían cumplido la tarea.

Portaban una sólida viga de madera recogida, a juzgar por su aspecto, del material de construcción esparcido por la zona.

—Bien —aprobó el teniente.

Con un gesto indicó a los soldados que elevasen la viga horizontalmente hasta sujetarla en la polea situada sobre Telamón, en la pared del acueducto. Los tres hombres, con la ayuda de algunos más, tomaron el madero y lo levantaron por detrás del mercenario. El cabo con cáligas claveteadas y otros dos hombres cogieron al guerrero y lo empujaron hacia atrás hasta situarlo directamente bajo aquel aparato.

Severo hizo un ademán, ordenando a sus hombres que se detuviesen.

Observaba a Telamón con algo que parecía auténtica perplejidad.

—¿Qué fue? —le preguntó—. ¿Fui yo? ¿Tanto me odias? ¿Es por Roma? ¿Tu corazón se ha vuelto tan radicalmente en contra de los camaradas con los que serviste?

El tribuno señaló la viga colgada por encima de los hombros de Telamón.

—Estás dispuesto a terminar tu vida envuelto en un dolor agónico... ¿Para qué? ¿Para realizar un gesto tan superficial como vacío contra el emperador? ¿Contra la suprema e indiscutible potencia que gobierna el mundo?

El oficial golpeó con la mano el larguero horizontal.

—¿Ves a qué obligas a Roma? ¿Comprendes cuál es el fin que has decidido darte? ¡Fuimos hermanos! El modo de desenvainar la espada, la manera de ajustarme la armadura... ¡Lo aprendí de ti! ¿Qué te ha pasado?

El guerrero respondió con voz tranquila, sin rastro de rencor.

—Lo mismo podría preguntarte yo, hermano.

El tribuno retrocedió medio paso.

—Atadlo al trasto ese.

A una señal de su comandante en jefe, los legionarios cortaron las ligaduras de cuero sin curtir que sujetaban las muñecas de Telamón. Estiraron los brazos del mercenario, extendiéndolos a los lados, y los ataron a la viga de madera.

—¿Lo clavamos, señor? —preguntó el sargento.

Severo negó con la cabeza.

De nuevo se acercó a Telamón.

—Hay algo más, ¿verdad? ¿Qué es? —El oficial señaló el cadáver del nazareno tirado en el suelo—. ¿Amistad con este sujeto? ¿Respeto por su valor?

—Era todo un hombre —respondió Telamón—. Era mejor que yo.

Severo retrocedió un solo paso.

Lanzó una mirada al teniente.

El oficial de caballería se situó al frente.

—¡Levantadlo! —ordenó.

Los soldados aseguraron las muñecas de Telamón en los extremos del madero con tres vueltas de cuerda. Después sujetaron también sus codos. A un asentimiento de Severo, los legionarios tiraron de las sogas de la polea. El larguero se elevó. Telamón sintió cómo levantaban su peso.

Los ojos del tribuno no se apartaron de los del mercenario durante todo el proceso.

—¿O acaso es admiración por el Apóstol, por ese tal Pablo? Pues bien, ten en cuenta esto... Partidas de búsqueda romanas han interceptado otras dos copias de una carta como esa que proteges... Y estaban a punto de obtener una tercera cuando salí de Jerusalén. ¡Ese cristiano es un tipo taimado, sí señor! Tu carta puede que solo sea un señuelo. ¿Has pensado en eso, peregrino? Puede que ni siquiera sea una carta.

El oficial escrutó los ojos de Telamón intentando averiguar si el guerrero había considerado tales posibilidades... O si la información recién facilitada lo incomodaba de algún modo.

—¿No has visto la carta, ¿verdad, peregrino? El texto está en la cabeza de la niña. ¿Y si no son más que tonterías? ¿Y si es un sinsentido? ¿Qué sabrá esa galopina, hija de las calles y carne de presidio? Vas a sufrir, amigo mío... Y, de hecho, vas a morir... ¡por nada!

—Si de verdad te crees tus propias palabras, tribuno, ¿por qué estás aquí? —respondió Telamón.

Algo se apagó en la mirada del oficial.

—¡Tirad! —gritó—. ¡Arriba! ¡Subidlo bien alto! Quiero que lo vean a millas de distancia.

Los legionarios tiraron de las dos sogas, cada una sujeta a un extremo del travesaño.

El guerrero sintió que sus pies abandonaban el suelo.

—¡Tirad de las dos a la vez! —gritó el teniente—. ¡Mantened esa viga nivelada!

Un legionario se situó frente a Telamón y desenvainó su *gladius*.

Resultaba evidente que pretendía asestarle lo que los romanos llamaban *ictu misericordiae*, un «golpe de gracia» para acelerar el paso del cautivo a la otra vida.

—¡Quieto, imbécil! —mugió el sargento de cabellos anaranjados. Agarró al hombre por un brazo y lo apartó con malos modos—. ¿Acaso quieres privarnos del espectáculo?

David y Ruth solo pudieron entender algunas de las palabras del oficial, arrastradas por el viento hasta su apartado punto de observación, oculto en el túmulo de bloques de piedra sin pulir, pero no les llegó ninguna de la respuesta del mercenario, si es que este dio alguna. Entre los ángulos de los mampuestos bajo los que se ocultaban solo alcanzaban a ver al tribuno, y de vez en cuando al teniente, que continuaba hablando con el prisionero a su estilo, sin prisa y, al menos en apariencia, sin maldad.

Cuando izaron el cuerpo de Telamón, el aparato osciló hacia atrás casi un metro, golpeando con fuerza el muro de piedra del acueducto. Severo se desplazó siguiendo ese movimiento para mantenerse cerca del costado del mercenario, como si estuviese unido a él.

—¡Parad! ¡Quietos! —berreó el sargento de cabellos anaranjados. Telamón colgaba suspendido medio cuerpo por encima del suelo. El suboficial y otros tres hombres sujetaron al guerrero por los muslos y los tobillos, dos por cada pierna. A una orden del sargento, tiraron hacia abajo tan fuerte como pudieron.

Telamón sintió cómo se desencajaban las articulaciones de sus hombros.

Su vientre sufrió convulsiones. El contenido de su estómago, que era bien poco, brotó líquido desde su garganta. Puso los ojos en blanco. Las tripas del mercenario sufrieron espasmos y contracciones. Ambas piernas se sacudían sin control.

—¡Más alto! —decidió el suboficial.

Las sogas se tensaron.

—Ponedle un soporte —ordenó Severo.

Los legionarios se apresuraron a levantar un montón de piedras bajo el lugar donde colgaban los pies de Telamón.

—Dadle lo justo para que llegue estirándose, pero no para que descanse el peso.

La primera patrulla de jinetes enviados a reconocer el terreno regresó al galope. Informaron que no habían encontrado ni a la niña ni al chico, aún.

Severo la envió de inmediato a retomar su labor, reforzándola con todos los árabes y la mayoría de los jinetes beduinos unidos a ellos.

—¡Aquí no come ni bebe nadie hasta que traigáis a ese par de niñatos!

El tribuno se volvió de nuevo hacia el mercenario y se aplicó en instruir a sus legionarios para que estabilizasen el travesaño del que colgaba Telamón. Entre los escombros de la obra encontraron una escala de madera. Con ella, los soldados lograron fijar al cautivo levantándolo un poco más y manipulando las sogas y la polea con unos cuantos fuertes tirones. Las plantas de sus pies ya colgaban a casi dos metros de altura. Su espalda, bajo el travesaño, golpeaba ligeramente los sillares del acueducto.

—Te armas de valor, mercenario. Lo veo en tus ojos. Has puesto toda tu voluntad en resistir. —El tono del oficial sonaba personal, casi a confidencia, pero el volumen de su voz era lo bastante elevado como para que la oyesen los legionarios situados alrededor, incluso aquellos que no se encontraban tan cerca—. ¿Crees que las cosas no pueden empeorar? Pueden, créeme.

El tribuno ordenó a dos soldados que se adelantasen, indicándoles después que se situasen debajo del crucificado.

—Mostradle qué le habéis traído.

El más alto de los dos extendió la mano derecha, cubierta con un guante de herrero, hacia Telamón.

En ella sujetaba una saca de tela. Su boca tenía amplitud suficiente para abarcar la cabeza de un hombre.

Dentro rebullía un enjambre de escorpiones vivos.

—¿Acaso soy un monstruo? Me conoces, Telamón. No soy tal cosa. Así que ofreceré una última posibilidad de clemencia. ¿Me oyes? Mueve la cabeza si puedes oírme.

El mercenario volvió la cabeza hacia su torturador.

—Haz que venga la niña —dijo Severo—. Os dejaré libres… Y al chico también… Con la condición de que no permitas que la carta del Apóstol llegue a su destino. Vete. Vive tu vida. Te daré las águilas de oro que te prometí. Llévatelas. Te juro por mi honor como oficial romano que no te perseguiré ni permitiré que lo hagan otros... ¡Por todos los dioses, entra en razón! ¡Acepta mi oferta y vete!

Telamón respondió de inmediato.

—La niña nunca accederá.

Severo se volvió hacia sus hombres y habló lo bastante alto y claro como para que lo oyeran todos.

—¡Vosotros sois testigos, camaradas y hermanos de armas! Le he ofrecido a este hombre más clemencia de la que le hubiese ofrecido nadie. Y, a pesar de todo, la rechaza. Ya lo habéis oído. Nos desdeña. Desdeña a Roma. ¡No le deja al Imperio otra opción sino la que exige la justicia!

El teniente señaló al soldado más alto.

Este se adelantó.

Severo levantó la vista hacia Telamón.

—Ahumaremos a la cría y la habremos sacado de su escondrijo antes del ocaso. Para entonces serás incapaz de pronunciar una palabra. ¿Tienes algún último mensaje que le podamos dar de tu parte?

El guerrero escupió hacia su torturador. El escupitajo, carente de humedad, resbaló por el labio inferior del mercenario y se deslizó sin fuerza hasta su barbilla.

Severo hizo un gesto de asentimiento hacia el soldado.

El legionario, asistido por su compañero, se encaramó al túmulo. Llevaba en su mano enguantada la bolsa con los escorpiones y, empleando el cuerpo suspendido de Telamón como asidero, se ayudó a subir con la otra.

—Apártate —dijo el soldado a su camarada—, no sea que se escape uno de estos.

El soldado se colocó a la altura de Telamón. Puso la saca directamente frente al rostro del mercenario.

—¡Acaba de una vez! —ordenó Severo desde abajo.

El legionario se situó junto a Telamón empleando los desencajados miembros del guerrero para equilibrarse. Desde ahí, envolvió la cabeza del prisionero con la saca y ató la abertura alrededor del cuello.

—Agradécemelo, hermano —le dijo mientras lo hacía—. Te estoy haciendo un favor.

XXX
Un sepulcro de piedra

Pasó la primera noche y la jornada siguiente.

Romanos y nabateos peinaban el lugar y el desierto circundante en todas direcciones. Concentraban sus labores de búsqueda en los grandes túmulos de rocas. Los registraron uno por uno, desde el situado más próximo hasta el más alejado. Los legionarios y sus aliados, siguiendo las órdenes de su comandante en jefe, escogieron a los individuos más ligeros y delgados para que reptaran entre los intersticios de los mampuestos. Como este sistema no dio resultado, colocaron grandes manojos de arbustos y leños entre las piedras y los introdujeron en el fondo de los montículos embutiéndolos con largas barras. Les prendieron fuego y añadieron haces de resinosas ramas de *elah* y zumaque que, empleando la misma técnica, también embutieron en las entrañas de los túmulos. Pretendían sacar a los jóvenes de su escondrijo, si es que se ocultaban allí, produciendo el humo más denso y tóxico posible.

David y Ruth se escabulleron hasta llegar al fondo de la pirámide donde se escondían, huyendo del humo y del goteo de resina ardiendo. Cada uno cubrió los hombros del otro con dos e incluso tres dobleces de ropa. Se taparon la boca, la nariz y los ojos con sus pañuelos de cabeza. Y, a pesar de todo, el humo penetraba en sus pulmones con tan nocivo efecto que hubo momentos en los que perdieron las ganas de resistir y tuvieron que hacerse callar entre ellos, e incluso sujetarse para no salir.

El recurso al que recurrieron fue llenar sus bocas con arena y, tapándose la nariz con dos dedos, respirar a través de ella.

Y allí permanecieron David y Ruth, abrazados, con los ojos fuertemente cerrados para protegerlos frente a los asfixiantes y tóxicos vapores que atestaban su refugio.

La pequeña y el chico resistieron treinta y seis horas enterrados en su sepulcro de piedra. La cantidad de arena y ceniza sobre ellos ahogaba cualquier ruido; una situación aterradora, pues no tenían modo de oír o sentir la proximidad de sus perseguidores, que podían andar muy cerca.

Al pánico se añadía la horrenda sensación de estar enterrados en vida, cegados y aprisionados en un angosto escondrijo, haciendo que las horas pasasen con infinita lentitud. Al final, cuando ya no pudieron resistir más su encierro, ascendieron por los recovecos abiertos entre los mampuestos y, al llegar a la superficie del túmulo, osaron echar un vistazo, a pesar de la continua presencia de árabes y romanos.

Era mediodía. La sed acrecentaba la desesperación del chico y la niña. David hizo señales a la pequeña en varias ocasiones, indicándole que iba a intentar llegar al estanque del que romanos y árabes sacaban agua día y noche para ellos y sus monturas. Pero Ruth lo retuvo con vigor en cada una de esas ocasiones. No pensaba dejarlo ir.

Los romanos invirtieron toda la jornada enviando sin cesar partidas de búsqueda, ya fuesen romanas, árabes o de sus aliados beduinos, hacia el norte y el este, previendo la posibilidad de que el chico y la niña hubiesen conseguido escapar y se dirigiesen al mar. Otras patrullas, a pie y a caballo, continuaban peinando el área circundante al campamento y las dunas extendidas a mediodía y a poniente.

Los chicos permanecieron inmóviles en su escondrijo durante horas. Podían ver las tiendas, los carromatos de intendencia y las sogas que delimitaban los campamentos de romanos, árabes y beduinos. También podían ver el cuerpo de Miguel tirado sobre su espalda, sin enterrar. Y a Telamón.

La saca llena de escorpiones permanecía alrededor de la cabeza del mercenario. ¿Estarían aún vivas esas criaturas? ¿Lo estaría

Telamón? La cabeza del guerrero colgaba sin vida. La mandíbula reposaba sobre su pecho.

No se movía.

Severo continuaba enviando partidas de búsqueda. El chico y la niña veían al oficial romano rondar bajo el vuelo de lona, que proyectaba una sombra triangular sobre el lugar donde dormía y el pilón de piedra lleno de agua potable dispuesto en la base del estanque. También lo vieron conversando impaciente con los cabecillas de los nabateos y de los forajidos tribales. Estallaron altercados. Tres horas después de mediodía, el principal grupo de beduinos, veinte en total, subió a sus monturas y se fue al galope.

De vez en cuando, Severo se plantaba frente a la crucificada figura de Telamón y le hablaba a solas. La cabeza del mercenario no se movía. Su rostro no se volvió hacia Severo ni hubo parte de su cuerpo que respondiese. Colgaba inerte. El chico y la niña se encontraban demasiado lejos para oír las palabras del romano.

¿Esas «conversaciones» implicaban que Telamón aún vivía? ¿O acaso el tribuno hablaba con el cadáver siguiendo una especie de impulso perverso? ¿Las palabras de Severo tenían intención de atormentar aún más a su antiguo camarada? A los chicos les daba la impresión de que el oficial charlaba con el mercenario, de que incluso le hacía confidencias. Se dirigía a la inmóvil figura de un modo diferente al empleado con cualquier otro miembro de la expedición, incluido su sobrino, el oficial de caballería.

Aquella noche, durante la segunda guardia, llegaron los lobos.

La primera vez, los romanos espantaron a las bestias con maldiciones y pedradas; lo mismo hicieron en otras dos ocasiones posteriores. Pero horas después, David y Ruth vieron los amarillentos ojos de la manada brillando en la oscuridad.

En algún momento a lo largo de la tercera guardia, las criaturas habían logrado infiltrarse. Pelotones romanos y grupos de árabes se enfrentaron a los más atrevidos con antorchas y moharras. Pero la manada no iba en busca de los vivos.

Los lobos buscaban a Telamón.

El chico y la niña observaban impotentes cómo las bestias rodeaban el cuerpo del mercenario, colgado del travesaño... Al principio a cierta distancia, realizando rápidas incursiones de reconocimiento con las orejas estiradas hacia atrás, planas sobre el cráneo, y el pelo del lomo erizado; después, acercándose más, con veloces avances y retiradas que poco a poco alimentaban su audacia. Los lobos no gruñían ni ladraban. Las almohadillas de sus zarpas no hacían ruido sobre la arena. Los centinelas romanos y nabateos se habían retirado del hombre crucificado para reunirse con sus camaradas y contemplar el espectáculo.

Los pies de Telamón, atados, se movieron.

Ruth apretó la mano de David.

¡¡Estaba vivo!!

Los pies del mercenario se balanceaban bajo su torso inerte. Encontró, empleando los dedos de los pies, el túmulo de piedras bajo él. Se apoyó en las rocas, enderezándose y estirándose para mantenerse tan alejado del suelo como fuese posible.

Los lobos comenzaron a realizar tentativas.

Algunos, los más osados, tomaban carrerilla para corcovear retorciéndose y chascando las mandíbulas en el aire. Poco después llegó el turno de los más astutos. Estos comenzaron a emplear el montón de piedras como una especie de tabla de salto donde impulsarse. Corrían hasta el túmulo, acelerando a medida que se aproximaban, y después brincaban sobre la superficie vertical con el fin de lanzarse hacia lo alto, empleando primero sus patas delanteras y después las traseras.

Para árabes y romanos, aquello era un espectáculo grandioso. Hacían apuestas acerca de cuál sería el lobo que derramase la primera sangre.

—¡Cortad las cuerdas! —gritó un soldado—. ¡Dejad que los bichos se lo coman!

Los demás le abuchearon, haciéndolo callar.

Aquella truculenta competición era mucho más divertida.

Las mandíbulas de un lobo llegaron a los pies de Telamón. Se cerraron produciendo un ruido similar al de la piedra de una catapulta al estrellarse contra las murallas de una ciudad. Saltó la sangre. El olor de esta hizo que los animales se pusieran frenéticos. Uno tras otro, se lanzaron dando alocados brincos hacia los colgantes pies de

Telamón. Tantas criaturas acometían al mismo tiempo que comenzaron a pelear entre ellas.

Los soldados y los árabes los vitoreaban.

Las bestias se cansaron, pasado cierto tiempo.

Incluso los romanos se aburrieron.

Los lobos se retiraron.

La figura de Telamón quedaba, de nuevo, colgada e inmóvil.

Al final, llegada la mañana, árabes y romanos levantaron el campamento y se marcharon.

XXXI
Escorpiones

David y Ruth observaron al último jinete perdiéndose de vista tras la duna situada en el extremo occidental del acueducto. Los chicos aguardaron hasta una cuenta de cien. Después, aún ocultos en su escondrijo, realizaron una segunda cuenta y luego una tercera. Al final, se escabulleron saliendo del agujero donde se habían ocultado y corrieron a toda prisa hacia Telamón.

La niña iba por delante, descalza. David vio que se estaba quedando atrás. El corazón martillaba en su pecho. El joven miró en la dirección que árabes y romanos tomaron en su partida. Continuó corriendo, luego volvió a mirar y aún lo hizo una vez más.

—¿Qué pretendes? —preguntó a la niña.

La pequeña se situó junto al túmulo. Las piedras apiladas se alzaban por encima de su cabeza. Sobre ellas, los desnudos pies de Telamón, que a David le costaba reconocer como extremidades humanas, se balanceaban suspendidos, con los dedos —o lo que una vez fueron dedos— rozando la superficie. La niña introdujo sus manos entre las grietas del túmulo de rocas. Comenzó a escalar.

—¿Qué haces? ¡No vas a poder bajarlo!

David sabía que tendría que acercarse. El guerrero fue su mentor. Y él había llegado a idolatrarlo. Debía ayudar a la pequeña. Debía ayudarla en su labor de socorro.

Pero no era capaz.

—¡Está muerto! —le dijo—. ¡Déjalo!

La niña pataleó. Le hizo señales a David para que se apresurase.

El joven señaló hacia el lugar por donde se habían alejado árabes y romanos.

—¡Van a regresar! Sabrán que hemos salido de nuestro escondite. ¡No podemos quedarnos!

David corrió para intentar coger a la niña por el brazo y apartarla del túmulo. Ella se zafó de su agarre y volvió a patalear, esta vez con más impaciencia.

El chico rehusó continuar. Retrocedió y sus pies tropezaron con algo.

El cuerpo de Miguel.

Los restos del nazareno yacían desmadejados y sin enterrar. Los romanos lo habían dejado allí, donde cayó. David retrocedió aún más ante esa visión.

Miró de nuevo a Telamón. La cabeza del mercenario seguía cubierta con la saca llena de escorpiones.

—¡Está muerto! ¡Déjalo! ¡Tenemos que marcharnos de aquí!

Tres veces la amenazó con dejarla allí.

Tres veces le ordenó que se apartase.

Pero la niña no le hizo caso.

El peso de Telamón pendía de dos sogas, ambas atadas con tres vueltas alrededor de sus extremidades superiores. La primera le sujetaba las muñecas al extremo del travesaño del cual colgaba. La segunda apresaba sus brazos justo por encima del codo. Cada una de ellas estaba asegurada en los salientes de la cara del acueducto.

—¡Ven aquí! —gritó David—. ¡Ayúdame a enterrar a Miguel!

La niña hizo señales indicando que esa tarea podía esperar: «¡Debemos salvar al vivo!».

Colocó piedras y matojos para formar un montón contra la base del muro del cual colgaba Telamón. Se subió y, a partir de ahí, intentó introducir los dedos de sus pies desnudos en los resquicios abiertos entre los sillares de la edificación. Empleando esos asideros, la pequeña logró ponerse a la altura de los pies de Telamón y después continuó escalando hasta llegar a sus rodillas. Llevaba la daga tallada con la **x** sujeta entre los dientes.

Abajo, David iba de un lado a otro, nervioso.

—¡Para! ¡Caerá a plomo!

Finalmente, el joven se vio obligado a acercarse. Apartó la mirada del espectáculo que ofrecía la saca alrededor del rostro y la cabeza de Telamón.

Él también escaló, llevando su propia daga.

—Los romanos nos crucificarán. O algo peor.

La niña le hizo señales. «Corta la soga de tu lado en cuanto yo corte la del mío».

—Va a desplomarse. No podremos sostener su peso.

La niña cortó.

David también tuvo que hacerlo.

El guerrero cayó, en efecto, inclinándose primero hacia la niña cuando la hoja de la pequeña cortó la cuerda, y después, balanceándose con violencia, hacia David; en realidad sobre David, pues el joven también colgaba por los asideros que las rocas proporcionaban a los dedos de sus manos y pies. El muchacho gritó horrorizado cuando la saca se balanceó frente a su rostro. Desesperado, comenzó a cortar la cuerda que sujetaba la muñeca izquierda de Telamón.

El cuerpo del mercenario se dobló desde lo alto al tiempo que sus rodillas y tobillos cedían bajo el peso del torso. Sus brazos cayeron como los de un títere al que le hubiesen cortado los hilos. El guerrero cayó de bruces junto a la base del montón de rocas, todavía envuelto en la saca llena de escorpiones.

La niña saltó desde el lugar donde estaba encaramada al suelo, junto a Telamón.

—¡Ha muerto! —gritó David—. ¡Echa un poco de arena sobre él y vámonos!

La niña seguía sin hacerle caso.

Cogió a Telamón por las muñecas, tiró de él y lo arrastró hasta enderezar su torso sobre la arena. Luego lo sujetó por los tobillos e hizo lo mismo.

David descendió tanteando el muro del acueducto. Continuaba vigilando en busca de cualquier señal que indicase el regreso de los jinetes. Forzaba sus sentidos para oír voces o el sonido de cascos de caballos aproximándose.

La niña volteó el cuerpo de Telamón hasta lograr colocarlo boca arriba, sobre la arena.

—¡Deja la saca! ¡No la toques!

La pequeña tiró del nudo que la aseguraba.

—¡Cuidado! ¡Esos pequeños cabrones aún pueden estar vivos!

La niña le quitó la saca con un violento tirón.

Salió vacía.

David vio el rostro de Telamón.

—¡Dios mío!

Le fallaron las rodillas. Sintió que las palmas de sus manos golpeaban la arena. Oyó sus propias arcadas mientras sentía convulsas sacudidas en el vientre.

El rostro de Telamón estaba amoratado e hinchado un cincuenta por ciento más de su tamaño. El lugar donde deberían estar sus ojos parecía una superficie de tejido distendido y brillante. Recordaba una de esas vejigas que, en las Dionisias, los niños hinchan soplando por un extremo y luego pintan como si fuesen caras. Solo que el rostro de Telamón no parecía un rostro.

La niña, en cambio, no apartó su mirada en ningún momento.

Se arrodilló junto al mercenario y posó un oído sobre su pecho.

David continuó vomitando el escaso contenido de su estómago.

La pequeña, tirando de los tobillos de Telamón, realizó el monumental esfuerzo de arrastrarlo hasta el borde del estanque. David la oyó sacar agua, primero con las manos y después empleando sus ropas, que empapaba como si fuesen una esponja y luego retorcía sobre el rostro del guerrero.

La niña se plantó delante de David y dio una patada en el suelo, lanzándole arena. El muchacho sintió que lo sujetaba por un brazo. La pequeña tiró de él levantándolo y haciéndole gestos, señalando con expresión apremiante el círculo de piedras que rodeaba las cenizas de una de las hogueras del campamento romano.

—¿Cómo? ¿Qué quieres?

Quería que hiciese fuego.

—¿Está vivo?

La niña le dio una patada en las costillas. Tiró de él con fuerza, arrastrándolo hacia el círculo de piedras.

David se resistió.

—¡¡Una hoguera nos delataría!!

La niña lo pateó más fuerte. Le dio puñetazos en la cara.

—¡Vale, para, maldita sea!

David amontonó ramas de matojos y alhagi. Hizo un nido de yesca y prendió chispas sobre él. La pequeña se acercó de nuevo y volvió a patearlo. Le colocó un resquebrajado cuenco de arcilla en la mano.

Después de prender la hoguera y de calentar agua para la niña, David se apartó. Durante unos minutos se esforzó por excavar un hoyo donde enterrar los restos de Miguel. Pero el suelo era tan duro y pedregoso que, al carecer de herramientas, solo pudo arañar una zanja poco profunda. El muchacho arrastró el cadáver del nazareno hasta el surco y apiló piedras encima. «Al menos evitará que los lobos se coman sus huesos», pensó.

A continuación, subió por los escalones tallados en la cara del acueducto hasta alcanzar un escondrijo en el canal superior. Desde allí arriba oteó el paisaje en todas direcciones, escuchando con atención cualquier sonido lejano.

Vio a la niña allá abajo, a la sombra de las excavaciones. En una mano sujetaba la pequeña piedra de afilar, del tamaño de una moneda, que solía llevar en una correa de cuero crudo alrededor del cuello. Con ella afilaba la punta de su daga.

David observó con miedo y horror.

Allí, arrodillada junto al inmóvil Telamón, la niña pareció hacer una pausa, como si pidiese ayuda a los cielos. Después, con desesperante suavidad, sajó la carne junto al ojo izquierdo del guerrero. David no pudo ver el borbotón de fluido blanco amarillento que brotó y luego saltó de la herida; su punto de observación estaba demasiado alejado para distinguir mucho más y, por otra parte, tampoco quería. Vio a la niña retroceder e incluso, por un instante, apartarse asqueada. Pero se recuperó de inmediato.

El guerrero no se había movido ni emitido sonido alguno. «Está muerto. Y esa cría está loca. Está cuidando de un cadáver», pensó David.

La niña recogió del fuego el cuenco de agua hirviendo. Mojó el dobladillo de su vestido y, con mucha ternura, frotó la herida de Telamón.

David bajó un rato después.

Sentía angustia y se lo reprochaba a sí mismo, pero es que no era capaz de acercarse al cuerpo de su maestro.

Ruth atendió al mercenario durante horas.

¿Cuántas perforaciones realizó en la carne del amoratado rostro del guerrero?

¿Cuántas veces había mojado y limpiado sus heridas?

Al final, David se sentó en la arena junto a ella.

Bajo la fuerte solana del mediodía y el aún más achicharrante calor de las primeras horas de la tarde, David observó a la niña inclinándose sobre el guerrero, presionando sus labios contra la supurante carne de Telamón para chupar tanto veneno como pudiese retener. Luego escupía el ponzoñoso humor en la arena y se enjuagaba la boca con agua del estanque.

La niña realizó esos cuidados una y otra vez.

El guerrero no se movió en ningún momento.

XXXII
Los vivos y el muerto

Los chicos tiraron de la parihuela durante toda la noche. La sujetaron arrastrándola cada uno por un lado y cambiaban cuando sentían sus espaldas y piernas demasiado agotadas para continuar.

Ya podían advertir la respiración del guerrero... Boqueadas tan tenues que el chico y la pequeña tenían que poner una oreja directamente encima de la boca del mercenario para sentir, más que oír, las exhalaciones.

Los jóvenes habían confeccionado mochilas con trozos de sus vestiduras y arneses para los hombros trenzando ramas de tamarisco. El extremo inferior de la parihuela marcaba profundas líneas en la arena y la gravilla del suelo, que cada cierto tiempo intentaban ocultar lo mejor que podían posando la estructura para luego retroceder, seguir su rastro y borrarlo, barriéndolo con ramas de acacia y alhagi.

Los chicos levantaron la parihuela del suelo con los primeros albores y, transportando a Telamón como hacen los soldados con un camarada herido, buscaron un lugar donde refugiarse durante las horas diurnas.

La pareja cubrió menos de un kilómetro la primera noche, y poco más la segunda.

Patrullas militares y partidas de búsqueda recorrían la zona sin cesar.

De vez en cuando, la niña se ocupaba de las heridas de Telamón. Resultaba evidente que tenía dislocadas las articulaciones de los hombros. Los brazos del mercenario caían sin fuerza, desmadejados como los de una muñeca; los tuvieron que sujetar a la parihuela para que no se arrastrasen por la arena. El guerrero gemía con cada golpe y sacudida. En los músculos de los hombros, alrededor de las articulaciones, se habían formado espeluznantes abscesos. Aparte de esos gemidos de dolor, el guerrero no emitía ruido alguno ni hacía signos de ningún tipo.

Su carne parecía arder con la fiebre.

Ruth sajaba los abscesos en el rostro del mercenario y luego cauterizaba las incisiones con el plano de la daga, previamente calentado en las brasas que obtenían de hogueras que los chicos prendían a mediodía en hoyos excavados en el suelo, pues solo entonces se atrevían a encender fuego, ya que era menos probable que el humo o las llamas delatasen su presencia. La niña hacía acopio de las mismas plantas medicinales que había visto recoger a la hechicera. Trataba las heridas en la carne de Telamón con una pasta hecha de semillas de azucena del diablo, que luego cubría con jugo extraído de pétalos de jacinto que machacaba entre sus dedos. Telamón gemía cada vez que estiraban o encogían sus extremidades. La masa de tejido distendido que era su rostro hacía que sus ojos permaneciesen sellados.

—¿Está mejor? ¿Ves alguna señal de curación?

El guerrero no movía ni los dedos de los pies. No podía ver ni hablar. La respiración, cuando era perceptible, consistía en débiles, laboriosas y superficiales boqueadas.

La segunda jornada, llegado el mediodía, Ruth indicó a David que se colocase frente a ella, junto al cuerpo tendido de Telamón. Los chicos habían desarrollado un primitivo pero eficaz código de signos. «Prepárate», le hizo saber la niña al muchacho.

—¿Para qué?

La pequeña situó a David junto al hombro izquierdo de Telamón. El mercenario yacía inconsciente con la espalda apoyada en la litera, oculta en un claro abierto entre unas acacias. ¿Acaso el guerrero los podía oír? ¿Era consciente de la presencia de los chicos?

La niña sujetó la muñeca y el antebrazo izquierdo de Telamón. Con gran cuidado extendió el miembro hacia el oído del hombre, de modo que lo estiraba por encima de la cabeza en paralelo a la espina dorsal. Con una mano continuó sujetando la muñeca y movió la otra para agarrar el codo. Asentó los pies en el suelo. Luego le indicó a David que, a su señal, golpease el plexo solar de Telamón con ambos puños y tan fuerte como pudiese.

David lo hizo.

En cuanto el guerrero se convulsionó, la niña tiró del húmero apartándolo de la articulación del hombro hasta que sintió una zona rasposa y un vacío. Ahí introdujo con un golpe la cabeza del hueso.

El cuerpo de Telamón se estremeció de arriba abajo. David se arrojó sobre él, descargando todo su peso para sujetarlo. Del grotesco tajo que era la boca del guerrero salieron borbotones de espuma. David creyó ver que sus ojos se abrían un instante antes de volver a cerrarse, sellados por un agónico dolor.

La niña saltó hacia atrás. El brazo del mercenario se soltó de su agarre. La pequeña permaneció paralizada, con los ojos abiertos como platos, durante un tiempo que a David se le hizo eterno. Luego, cogiendo aire, se situó de nuevo junto a Telamón y le pasó los dedos, con mucha suavidad, sobre los músculos del hombro. El guerrero se retorció de dolor.

—¿Está encajado? —preguntó David.

La niña respondió con un simple encogimiento de hombros.

Pasaron unos larguísimos instantes. La pequeña volvió a pasar las puntas de los dedos por el mismo sitio.

—¿Está la articulación encajada? ¡Maldita seas! ¿Me lo quieres decir?

La niña gruñó airada.

El muchacho la maldijo de nuevo.

—¿Lo está o no? ¿Tienes alguna idea de qué estás haciendo?

Veinte minutos después, los chicos se dedicaron al otro hombro.

Al atardecer de la tercera jornada llegaron a los juncales que marcaban el límite oriental del Gran Lago Amargo.

—El mar del Éxodo —musitó David.

Telamón ya era capaz de emitir algún que otro sonido inarticulado, aunque solo de vez en cuando y, por norma general, fruto de intensos dolores; además, estos precedían a episodios de una pérdida de consciencia tan profunda que a los chicos les parecía cercana a la muerte. La fiebre continuaba devorándolo. A veces, durante apenas un instante, el guerrero salía de su sopor y se esforzaba por levantarse, aunque solo conseguía estremecerse de dolor en el momento en que apoyaba una mano en el suelo para incorporarse. No abría los ojos. Su boca no ingería alimentos.

Los chicos tenían que trabajar en equipo para separarle los labios y derramar entre ellos, poco a poco, casi gota a gota, un cuarto de taza de agua. Esto les llevaba alrededor de una hora y lo cierto es que aquellos esfuerzos no parecían saciar su sed, ni siquiera aliviarla, sino causarle espasmos de dolor y angustiosas convulsiones. A veces, cuando la pequeña Ruth intentaba limpiar la frente de Telamón con un trapo húmedo, el hombre deliraba incoherencias y se retorcía como si estuviese amarrado a una mesa de tortura.

Tras el ocaso de la tercera noche, David se aventuró a salir en busca de alguna señal que les indicase dónde se encontraban. Su campamento estaba ubicado, aunque no lo sabían, a una jornada de Menfis y a unos sesenta y cuatro kilómetros de la ciudad portuaria de Pelusio y el brazo más oriental de la desembocadura del Nilo.

La zona estaba poblada.

David distinguió algunas hogueras ardiendo sobre un pequeño altozano, apenas a cuatrocientos metros de su escondite (el desierto continuaba hasta la salina ribera)... Una docena desperdigada al sur y algunas más apiñadas en racimos a lo largo de la orilla, hacia el norte.

—Un pueblo —informó en cuanto retornó al vivac—. Hay gente.

«Debemos regresar. Volver al desierto. Aquí nos encontrarán», dijo la niña, empleando la lengua de signos.

—¿Te has vuelto loca? —preguntó David.

Los dos jóvenes estaban tan quemados por el sol y deshidratados por la falta de agua que no podían cerrar la boca. Los conductos de sus ojos ya no producían lágrimas. La sequedad del desierto se cebaba en sus rostros, manos y pies produciendo grietas y fisuras que crecían con el paso del tiempo y les causaban espasmos de dolor en sus carnes cada vez que realizaban un gesto brusco o tropezaban. Las ampollas de sus labios hacían que incluso el escaso goteo de agua que llegaba a sus gargantas cada atardecer fuese como beber fuego.

David sentía como si el interior de su cráneo se estuviese asando, como si su cerebro se cociese allí metido... Incluso por la noche, cuando no había sol.

El muchacho se dio cuenta de que ya no podía distinguir la realidad de los espejismos.

—Tenemos que arriesgarnos a entrar en uno de esos poblados —le dijo a Ruth—. Hay que conseguir ayuda. Encontrar agua. No podemos seguir así.

Aquella noche pasaron dos patrullas, una a pie y otra a caballo, tan cerca de ellos que pudieron oír las conversaciones de los rastreadores e incluso oler el aroma del aceite de palma que ardía en sus antorchas.

David estuvo a punto de gritar.

Tiempo después, recordando la situación, creyó haberlo hecho.

Las patrullas pasaron de largo.

Aquella misma noche, algo más tarde (aunque luego David pensó que quizá sucedió a la noche siguiente), se sentó a observar cómo Ruth cuidaba de las heridas y abscesos de Telamón. Toda el agua que eran capaces de almacenar durante la jornada la dedicaban a esos cuidados, y no a aliviar su sed.

David pensó en matar a Telamón.

Una puñalada con su daga... Incluso bastaría propinarle un débil golpe en la cabeza con una piedra.

Entonces el chico tendría agua.

Podría sobrevivir.

Consideró asesinar a Ruth.

El joven sopesó varias opciones. «Debo ser astuto. Es lista y pelea como una gata salvaje», pensó.

El chico se debatía entre estrangularla mientras dormía o ahogarla hundiendo su rostro en la arena cuando advirtió que la niña reaccionaba frente a algo.

Miró y vio de qué se trataba.

Una de las ranuras que eran los ojos de Telamón se había abierto parcialmente.

La visión horrorizó a David. Lo miró detenidamente. El ojo del mercenario recordaba a las órbitas de peces muertos, o casi, que había visto en el mercado costero. La pupila mostraba la misma mirada inexpresiva e indiferente. Para David, aquel fue el espectáculo más grotesco que había visto jamás.

Ruth tuvo una reacción opuesta. Se incorporó de inmediato, mostrando una expresión de súbita y renovada esperanza.

De alguna manera, Telamón se las arregló para volver la cabeza hacia la niña y abrir la estrecha línea de su ojo aún un poco más.

El mercenario volteó su mano derecha, que reposaba con la palma apoyada en la tela que cubría el suelo, volviéndola hacia arriba.

Ruth posó de inmediato su mano infantil en el hueco de la palma del guerrero. Telamón cerró su ojo como si careciese de fuerza para mantenerlo abierto un segundo más.

Pero sus dedos se cerraron alrededor de la mano de Ruth.

Cuando David levantó su mirada hacia el rostro de la niña, vio cómo una lágrima lo surcaba, dejando un rastro por la mugre de su mejilla.

XXXIII
Los perseguidores

Era mediodía. David vio primero una pluma de polvo elevarse en la azulada distancia, avanzando desde el norte, la misma dirección de la que procedían la mayor parte de las patrullas de búsqueda desde que abandonasen el acueducto. Al principio el joven pensó que se trataba de una nube generada por una turbonada o *migdal*, una «torre de polvo». En aquel yermo, bajo el abrasador calor diurno, se producían cientos de torbellinos semejantes.

Pero entonces el *migdal* se dividió en dos.

Las dos torres continuaron su avance, una siguiendo el margen de los juncales y otra hacia el este, internándose en el desierto.

David se puso en pie.

La niña esperó hasta una cuenta de treinta. Después también se levantó.

Emprendieron una frenética actividad, esforzándose por colocar el peso de Telamón en la litera de arrastre.

—¿Por dónde? —preguntó David, mirando a su alrededor.

Ruth se encontraba entonces tan afligida como él.

Se limitaron a coger las varas de la parihuela y tirar cuanto pudieron para alejarse de la cada vez más cercana patrulla a caballo.

La lengua hebrea, como es sabido, carece de groserías e improperios. David recurrió al árabe. Maldijo a la pequeña Ruth, al negro corazón de los cielos y a su cochina suerte.

«¡Nos atraparán!».

«¡Nos quemarán con hierros!».

«¡Nos crucificarán!».

El muchacho maldijo la cobardía de su espíritu, que hubiese abandonado al guerrero de no estar apresado por la vergüenza y la ira que sentía hacia sí mismo. ¡Y cómo pesaba su maestro! ¿Cómo podía pesar tanto, si había perdido hasta la última gota de fluido corporal?

La litera dibujaba profundos surcos en la tierra, dejando un rastro que hasta un ciego podría seguir.

La fuerza de la niña se agotó. Sujetaba la parihuela con mano insegura y temblorosa.

—¡Tira, maldita seas!

A solo medio estadio del lugar donde los chicos penaban se encontraba el borde de una rambla reseca. ¡Un buen lugar donde esconderse!... Si fuesen capaces de levantar la parihuela para no dejar huellas. Pero sus últimas fuerzas los habían abandonado. David cortó las sujeciones del guerrero.

—¡Lo arrastraremos por los tobillos!

Y así lo hicieron.

Tras un esfuerzo agotador, el muchacho y la niña lograron subir su carga hasta la cima del escarpe del seco cauce. Después dejaron que se deslizase como un tronco. La cabeza del guerrero se arrastró por la arena. Su cuerpo no movía un solo músculo. Era un peso muerto. Un cadáver.

David dejó a su maestro en una depresión abierta en el fondo del escarpe. Con la poca fuerza que le quedaba, el chico gateó hasta llegar de nuevo a la cima de la ribera.

Las dos plumas de polvo que los seguían convergieron.

El muchacho ya podía distinguir a los caballos.

Se deslizó hasta el cauce.

—¡Enterrémoslo!

Los chicos arañaron arena y gravilla con las manos, que colocaron sobre el cuerpo postrado del hombre. Arrancaron matas de hisopo y retama que crecían en la orilla. Las colocaron sobre el montón de tierra, del cual aún sobresalía medio cuerpo del mercenario.

Telamón gimió y rodó, incorporándose sobre un codo.

—¡Dadme un arma!

Los chicos se quedaron mirándolo.

Los rasgos del guerrero se contrajeron de dolor al intentar levantar su propio peso.

—¡Mi espada! ¡Dádmela!

La niña obedeció.

El hombre no fue capaz de cerrar sus dedos alrededor de la empuñadura. El *gladius* cayó de su mano.

David ya oía a los caballos. La tierra de la rambla temblaba.

La niña estaba en pie, encarando el lugar por donde avanzaba la primera patrulla de perseguidores.

Empuñaba su daga tallada con la x.

David recogió del suelo la espada del guerrero.

También él se irguió.

Los chicos ya podían oír las voces de los hombres.

Los primeros perseguidores rodearon un meandro del reseco cauce.

Otros aparecieron por la ribera opuesta.

No eran romanos.

No eran Capuchas Negras.

No eran nabateos.

David se irguió cuan alto era, empuñando el *gladius* con fuerza. Se orientó hacia los jinetes que avanzaban por la izquierda.

Ruth empuñaba su daga vuelta hacia la columna que se aproximaba por la derecha.

Los jinetes llegaron al galope.

Los primeros refrenaron sus monturas y rodearon a los chicos. Los caballos babeaban y sus narinas emitían nubes de vapor. Los frenos de las bridas tiraron de sus mandíbulas. David oyó cómo el metal rozaba los dientes de los caballos cuando estos trataban de tascarlo y evitar que el bocado tirase de sus encías.

El cabecilla de los jinetes desmontó de un salto. Calzaba botas raídas bajo unos amplios pantalones, de los llamados *salwar kameez*, que tanto gustaban a los bandidos y, en realidad, a cualquiera que cubriese grandes distancias a caballo. En su mano empuñaba un sable sirio de hoja curva y guarda de cruz. Señaló a Telamón con el arma; de alguna manera, el guerrero había logrado alzarse sobre sus rodillas.

—¡Este es! —gritó a sus camaradas.

Desmontaron otros dos jinetes. El primero desarmó a David arrancándole el *gladius* de la mano con un golpe de lanza. El segundo agarró al muchacho por los cabellos y lo obligó a arrodillarse en la arena.

—Desarmado —dijo a los demás.

El jefe de los jinetes se irguió frente a la niña.

—Y tú eres la muda —dijo.

La pequeña retrocedió frente a él, empuñando su daga con fuerza.

—¿Y tú? Tú eres el aprendiz de guerrero —aseveró el cabecilla, dirigiéndose a David.

Telamón se esforzaba por levantarse. No podía. Se tambaleó avanzando de rodillas, desarmado y apenas capaz de ver o hablar, hasta situarse frente al jefe, como si pretendiese proteger a los pequeños. La niña se apresuró a colocarse a su lado. David sintió que el jinete lo ponía en pie tirando de él con violencia... También sintió el sable del individuo en su cuello. «Y ahora me van a descabezar», pensó.

El gerifalte pasó un rato contemplando a Telamón.

—No me reconoces, ¿verdad?

El jinete extendió su brazo derecho frente al mercenario. David y Ruth fijaron su mirada en él. Por la muñeca y el dorso de la mano, saliendo de dos en dos o de tres en tres por debajo del puño de su manga, surgió un curioso grupo de abejas.

Libro noveno
El Nilo

XXXIV
El hombre hecho de abejas

«El hombre hecho de abejas se llama Timoteo», recordó David.

Sus camaradas y él iban acompañados por un médico griego. El físico respondía al nombre de Erixímaco... Aunque, para abreviar, lo llamaban «Erix». Los miembros de la compañía se referían a sí mismos con un término hebreo, *kvutzot*, que significa «jóvenes guerreros». David reconoció a algunos por haberlos visto en el Hormiguero.

Timoteo y sus compañeros permanecieron nueve días con Telamón y los chicos, caminando con ellos, a veces a plena luz del día, aunque con más frecuencia tras el ocaso, de una cueva a algún lugar discreto donde vivaquear y de nuevo a otra cueva. Tiempo después, cuando la cantidad y frecuencia de las patrullas romanas, árabes y egipcias que peinaban la zona hizo que fuese un tanto imprudente confiar en tales refugios, se ocultaron en los palafitos y los «campamentos de temporada» de las tribus ribereñas, pues eran lugares seguros donde pasar parte de la noche, en algunas ocasiones incluso la noche entera. Resultaba evidente que aquellos individuos conocían el territorio y todos sus escondrijos.

Por primera vez en lo que le habían parecido meses, David dispuso de agua suficiente para beber.

—Podría tragar el río entero —dijo.

El físico no se lo permitió. Restauró poco a poco la condición de los chicos. Su dieta consistió principalmente en una especie de gachas de tallos de hinojo cocidos en un horno cónico de arcilla, llamado tayín, acompañadas con un tipo de carpa que comían los lugareños, cabeza y todo, y una variedad de tubérculos cuyos nombres David no supo pronunciar ni fue capaz de retener en su memoria.

Aquellos juncales, fertilizados por el rico limo que llegaba con la crecida anual, arrastrado desde las mesetas de Etiopía y Sudán, producían cantidades inimaginables de lino, arroz, trigo y mijo. David quedó maravillado ante tal abundancia en el paisaje. No había colinas en aquella parte de Egipto. Para obtener un punto de observación tenían que subirse a una torre hecha con juncos trenzados; además, los desplazamientos no se realizaban a pie, sino a bordo de una balsa o alguna otra embarcación también hecha de juncos. Un viajero iba «corriente abajo» hacia Alejandría, aunque el rumbo indicado por las estrellas fuese el norte.

Los pueblos situados en aquella zona no eran independientes; veintisiete dinastías egipcias los gobernaron como feudos durante milenios. Los habitantes de esas colonias ya habían sobrevivido a veintidós siglos de servidumbre al servicio de los faraones, a la conquista de Alejandro Magno y al gobierno de la dinastía tolemaica hasta que, en tiempos de César y Marco Antonio, la región se incorporó al Imperio romano.

Una dura y orgullosa pobreza iluminaba aquellas razas ribereñas. Sus rostros, quemados por el sol, brillaban como el carbón. Las mujeres llevaban el cabello corto y los hombres lucían melenas sujetas y envueltas en una especie de redecillas blancas llamadas *toctinai* o, simplemente, «tocs». Los labradores se bañaban al oscurecer, pero no en el río, cuya agua era demasiado espesa debido al sedimento arrastrado por la corriente, sino en unos elevados canales laterales llamados *mantera*, en los que depositaban y filtraban agua hasta hacerla cristalina mediante el empleo de grúas contrapesadas. Allí, y solo entonces, los hombres se soltaban la melena. Acostumbraban a cantar durante el baño (sus esposas e hijas también les dedicaban cánticos) y extendían sus tirabuzones negros como el azabache dejándolos flotar frente a ellos mientras se relajaban estirando los brazos, meciéndose.

Para David, aquello era un insólito espectáculo de encanto y belleza. ¡Esos hombres trabajaban muy duro a cambio de tan magra compensación! Y, sin embargo, qué alegres parecían. Los hombres de los juncales no vestían túnicas ni pantalones, sino una especie de faldellín corto y ajustado hecho de lino que llamaban *pteratai*, «garcetas». Los capataces vestían uno más largo, señal de que no tenían que hundirse tanto en el fango.

Las viviendas del lugar se construían sobre pilotes. Uno pasaba entre ellas caminando sobre pasajes hechos con planchas, pero estos no se encontraban por encima de la superficie del agua, a plena vista, sino hundidos en la corriente, hasta el tobillo o media pantorrilla, para confundir y desanimar a cualquier posible invasor. Las abuelas, e incluso cualquier niño por pequeño que fuese, conocían esos pasajes como la palma de su mano. Se deslizaban por ellos veloces como carpas. Por el contrario, los miembros de la partida de Timoteo, a pesar de conocer bien a los lugareños y sus costumbres, siempre acababan hundiéndose en el barro hasta el corvejón cada vez que intentaban emplear esos pasajes, para gran divertimento de los ribereños.

El Nilo lo dominaba todo en aquellos juncales. Los labriegos cosechaban según los usos de sus ancestros. Sus dioses eran el sol y el río. Los asuntos de Estado, tema central de cualquier conversación entablada en Alejandría o Pelusio, parecían en aquel lugar algo tan remoto como, digamos, caminar sobre la Luna. De hecho, este satélite, allí llamado con nombres griegos, Febo, «brillante», o Europa, «rostro ancho», era algo más cercano, pues gobernaba la noche derramando agradables bendiciones y proporcionando descanso tras la dura jornada de labor.

Al cuarto día, Telamón fue capaz de hablar. Pudo incorporarse y comer, e incluso levantarse, aunque con gran dificultad y fortísimos dolores. No obstante, el hecho de dar un paso o mantenerse erguido más de unos instantes era, de momento, algo impensable. La niña y el muchacho dedicaban el día entero a cuidarlo y jamás se alejaban de su lado más de unos cuantos pasos.

—¿Por qué has venido a buscarme? —preguntó Telamón a Timoteo aquella tarde.

—Para matarte o para salvarte —respondió el hombre hecho de abejas—, según el camino que hubieses escogido seguir.

Esa tarde Telamón consiguió sentarse en una posición casi erguida, apoyado contra una silla de montar con su manta enrollada para formar un cabezal. La compañía, incluidos varios *kvutzot*, acampó alrededor de una hoguera de acacia prendida en una poza excavada en un pequeño islote, uno de esos que llamaban «viajero», próximo al pueblo de los juncales.

—En menos de treinta y seis horas recibimos en el valle de Lavanda la noticia de las calamidades del Hormiguero. Al día siguiente se presentó la caballería romana de Jerusalén. Buscaban la carta... La epístola escrita por Pablo el Apóstol; dirigida a la *polis mysteriodis*, la comunidad oculta allá en Corinto, en Grecia.

»Los romanos sabían que Miguel el Nazareno y la niña hicieron un alto en su huida y pernoctaron con nosotros. Esos soldados creían que Miguel llevaba la carta o, al menos, que sabía dónde estaba, y tenían prisa por conseguirla. Por entonces aún no sabían que la carta es la propia niña, pues la lleva grabada en su memoria.

—¿Y cómo lo supiste tú? —preguntó Telamón.

El hombre hecho de abejas no contestó.

—En el valle temíamos que, de alguna manera, hubieses sacado la misma conclusión y que, una vez llegado al lugar donde estaban Miguel y la niña, los atrapases y entregases a los romanos... cumpliendo con la misión encargada por el tribuno Severo.

—¿Cuándo supiste que la niña era la carta? ¿Ya lo sabías cuando nos recibiste al chico y a mí?

De nuevo, Timoteo se limitó a sonreír.

—Los romanos creían que nosotros, allá en el valle, conocíamos la ruta que seguiría Miguel. Nos ordenaron guiarlos en su persecución. Al negarnos, primero nos golpearon y después asesinaron a los principales del campamento. Devastaron las cosechas de nuestros campos y saquearon los almacenes con el aceite y las esencias que habíamos reservado para comerciar más adelante.

Telamón digirió aquellas palabras con expresión seria. Quiso saber si los romanos conocían su paso por el valle. Le preguntó a

Timoteo si lo habían interrogado, a él o a cualquier otro, o intentado obtener alguna información acerca de la ruta que pensaba seguir.

—¿Te preguntaron si habías hablado con nosotros o nos habías visto?

—Los romanos conocían tu ruta o, al menos, se la imaginaban gracias a tu anterior parada en los corrales de Gaza. Y sabían que tu camino los llevaría a Miguel y la niña.

El hombre hecho de abejas no dijo nada acerca de lo pasado a manos de los *equites legionis*. Tampoco era difícil deducir, a partir de su silencio, que los soldados de la caballería de la Décima Legión lo habían tratado con su acostumbrada rudeza.

—Seguimos tu rastro desde el Hormiguero hasta la playa de Narices Cortadas —dijo Timoteo—. Después, de pozo en pozo hasta el lugar donde atacaron los Capuchas Negras y, al final, llegamos al acueducto.

Timoteo dijo que los *kvutzot* y él habían visto el túmulo donde descansaban los huesos de Miguel. Descubrieron signos de la crucifixión de Telamón y rastros del esfuerzo realizado por los chicos para socorrerlo y resucitarlo.

La compañía hubo de cambiar de ubicación en dos ocasiones durante las siguientes tres jornadas a causa de la proximidad y frecuencia de las patrullas. El hombre hecho de abejas les hizo saber que solo podrían contar con la colaboración de los ribereños durante cierto tiempo. Eran pobres y se estaban ofreciendo fortunas a cambio de cualquier información que llevase al apresamiento de los fugitivos.

Según Timoteo, el mayor peligro para Telamón y los chicos no vendría de parte de árabes o romanos, sino de las comunidades hebreas de Pelusio y, sobre todo, de Alejandría. Esta no solo era la ciudad más grande de Egipto, sino de toda Asia, y, además, en ella vivía la más próspera y prestigiosa población judía del mundo, superada solo por Jerusalén. La componían mercaderes, magistrados, comerciantes marítimos, militares de alta graduación, eruditos y mecenas. Esta comunidad había sufragado buena parte de la célebre Biblioteca, operativa desde tiempos de la dinastía tolemaica.

Los romanos podían ejercer el control militar y administrativo de Egipto, admitió Timoteo, pero las finanzas, la cultura y la filosofía estaban en manos de los judíos. Y estos creían que esas misivas de Pablo el Apóstol amenazaban el bienestar e incluso la propia existencia de su comunidad tanto como a Roma.

—El emperador los culpa, me refiero a los judíos, del surgimiento y difusión de ese culto mesiánico, pues su enraizamiento y expansión ha sido espectacular, y casi por completo dentro de la comunidad hebrea.

Lo cierto era, según le explicó Timoteo, que la llamada «buena nueva» del reino de los cielos se dirigía, al menos de momento, exclusivamente a los hijos de Israel.

—Los zelotes y las clases dominantes judaicas temen a este culto, pues su objetivo es suplantar e incluso reemplazar a la religión de Moisés y los profetas; o eso creen. La masa secular teme más a Roma, pues esta puede golpear a la comunidad hebrea por considerarla cómplice de la sedición política, y la verdad es que ya lo ha hecho.

Timoteo también le dijo que las recompensas ofrecidas por el emperador serían una miseria en comparación con las que prometería, y que probablemente ya hubiese prometido, la élite de saduceos y fariseos.

—Y no van a daros caza unas zarrapastrosas bandas de vigilantes o malhechores, sino unidades compuestas por profesionales curtidos... Equipos de mercenarios especializados en cazar hombres, destacamentos militares o cualquier otro grupo organizado, profesional, jerarquizado y bien coordinado; de modo que, si te libras de uno, sus aliados conocerán de inmediato tu ruta de escape y convergerán para atraparte.

Durante aquellas primeras jornadas, Erix, el físico, se dedicó a restaurar el tacto y la movilidad en las extremidades de Telamón. Con la ayuda de algunos miembros de la partida, el médico compuso los dislocados hombros del mercenario. Le compuso los huesos, los sujetó con una férula y redujo la inflamación mediante el empleo de compresas de miel, hisopo y vinagre.

La partida llevaba grandes cantidades de miel en ánforas de arcilla.

—Cuando un hombre muere en la cruz no se debe a la hemorragia o al trauma que sufren los tendones —expuso el médico—, sino al destrozo sufrido en nervios y órganos internos a causa del drenaje de fluidos hacia las extremidades inferiores, privando de ellos a las superiores. Uno queda sordo y ciego. No puede respirar. El corazón no es capaz de soportar semejante presión... Y se detiene.

El físico les explicó a los chicos con todo detalle cuál era el estado de Telamón; David y Ruth atendieron cautivados por sus palabras.

—Las extremidades superiores de vuestro amigo se recobrarán. De hecho, ya lo están haciendo. Lo que me preocupa es el trauma sufrido por las inferiores... Sus piernas y sus pies. Están gangrenados. Es un milagro que no los haya perdido. Tantos días sufriendo esa hemorragia interna ha destrozado sus articulaciones y tejidos. No debe levantarse ni caminar.

Los *kvutzot*, recurriendo a los lugareños, obtuvieron información actualizada de la operación de búsqueda y captura desarrollada por el Imperio. De Pelusio y Herodópolis habían salido patrullas romanas con la misión de peinar ambas riberas del Gran Lago Amargo. Otras, entre ellas partidas de jinetes nabateos y sanusíes, Capuchas Negras de Alejandría y *shomrim* fariseos y saduceos de Menfis y Heliópolis, merodeaban por el Nilo corriente arriba hasta lugares tan apartados como Cene y Afroditópolis. Esos nombres no significaban nada para los chicos, pero después, con la ayuda de unos mapas esbozados en la tierra por Timoteo y algunos de sus compañeros, comprendieron cuál era su posición respecto al desierto que acababan de abandonar; Alejandría y el Nilo quedaban al oeste y al norte se extendía el mar Romano.

Tiberio Claudio Modesto, legado de Roma en Alejandría, había ofrecido una recompensa por cualquier información que llevase a la captura del guerrero y los muchachos. El monto ascendía a sesenta mil denarios... Una cantidad equivalente a cinco años de paga para un centurión o a veinte años de servicio para un legionario raso. Timoteo les dijo que todos los hombres de las tribus asentadas río abajo, también las mujeres y los niños, habían abandonado sus aldeas para peinar los yermos entre las riberas del Nilo próximas a Pelusio y los juncales, en busca de obtener el trofeo.

Los dolores de Telamón se intensificaban al atardecer. Parecía como si el calor lo abandonase cuando el sol se ponía. El guerrero se estremecía y tiritaba. Sufría periodos de parálisis acompañados por un enorme terror que parecía fruto de una posesión diabólica o de la influencia de espíritus malignos. Nada podía aliviar tales episodios y solo se calmaba cuando Ruth cogía sus manos entre las suyas y susurraba cantándole nanas, como hacen las madres con sus bebés.

Timoteo también pasó horas sentado junto a Telamón. Lo alimentó con miel, que sacaba con una cuchara de madera y luego pasaba por los labios del mercenario. Hablaba al guerrero en latín y griego, aunque no estaba seguro de que lo oyese y, en tal caso, de que comprendiese sus palabras.

También David estuvo presente en esas sesiones. Le parecía que el hombre hecho de abejas no hablaba tanto por el bien de Telamón como para instruirlos en una especie de filosofía, quizá podría llamarse fe, que no era nazarena ni romana, sino fruto de sus pesares y ocultas reflexiones.

—Amigo mío —decía, como si se dirigiese al guerrero—, te has pasado la vida esforzándote por superar las adversidades y resistir el calor, el frío, el hambre y la fatiga. Te has entrenado en la escuela de las privaciones para aprender a no querer nada ni tener que querer a nadie, para no tener necesidad de nada ni necesitar a nadie. Y mírate ahora. Estás indefenso. Dependes por completo de la caridad de otros.

David escudriñó entonces la expresión del mercenario. ¿Oía? ¿Respondería si pudiese? El chico también observó a la niña. ¿Qué esperaba de Telamón? ¿Qué esperaba para sí misma?

—Así era yo cuando, siendo poco más que un niño —proseguía Timoteo—, me llevaron ante los magistrados acusado de ser un delincuente habitual y un ratero. Así era cuando me clavaron en la cruz. Y así era cuando Miguel el Nazareno me bajó para llevarme, con ayuda de otros, a la seguridad del valle de Lavanda.

David observó que los párpados de Telamón se movían en momentos como aquel. Entonces la pequeña Ruth se levantaba e iba a situarse entre el mercenario y el hombre hecho de abejas… Era su forma de decir que, de momento, la conversación debía cesar.

Timoteo hizo saber a los chicos su intención de llevar al guerrero, apenas estuviese en condiciones de viajar, al refugio del valle de Lavanda. Allí el mercenario estaría protegido. Allí se podría curar.

—¿Cuánto tiempo llevará esa sanación? —preguntó David.

—Si no hay problemas, unos dieciocho meses.

El chico se quedó mirando a Ruth.

—¿Y qué pasa entonces con la carta del Apóstol?

—La carta se las arreglará para llegar a Corinto —respondió Telamón—. O quizá no. En cualquier caso, ahora mismo es imposible que ese mensaje vaya a ninguna parte.

XXXV
Un rostro visto en la oscuridad

El mercenario comenzó a instruir a los chicos en el manejo de las armas antes incluso de ser capaz de ponerse en pie y erguirse. Y lo hizo con gran seriedad y apremio.

Erixímaco, el físico, le ordenó que cesase de inmediato todo aquel ejercicio. Le prohibió levantarse. No le estaba permitido efectuar ninguna labor, ya fuese física o mental, y le especificó con vehemencia que se refería, sobre todo, a la instrucción de combate.

Telamón hizo oídos sordos.

Timoteo y los demás observaron preocupados cómo el guerrero, en pie al principio de aquellas sesiones de entrenamiento y luego de rodillas, cuando no podía soportar el esfuerzo apartaba a los chicos de la compañía para llevarlos a un lugar situado en los márgenes de los juncales. El mercenario había encontrado un bosquecillo de tamariscos cuyos troncos podrían servir como *palus*, o poste, con el que los chicos podrían entrenarse.

Timoteo se encaró a Telamón.

—¿Es que te has vuelto loco? ¿Qué pretendes conseguir con esos absurdos ejercicios? ¿Surcarás el mar hasta Corinto? ¿Piensas enfrentarte a los romanos?

Telamón le rebasó y caminó renqueando hasta el lugar de instrucción. El hombre hecho de abejas fue tras él, exasperado.

—Hay un par de cosas que tienes que oír y entender de una vez —le espetó—. Te he dicho que el Apóstol —y los romanos lo saben de sobra— no ha enviado solo una copia de la carta. Sus escritos han sido copiados una docena de veces, ¡quizá más! Por lo que sabemos, a estas alturas ya pueden haber llegado una, dos o diez copias a esa comunidad oculta en Corinto. ¡Deja esa instrucción militar! Te vas a matar, y vas a matar a esos chicos sin ninguna razón.

»Tampoco es que tu amo y señor Severo sea menos inteligente que su rival. Los aldeanos de las riberas nos han informado de que también él ha tendido una trampa. Esos romanos han desplegado falsas partidas de fugitivos, gente vestida y equipada como tú y esos dos chicos. El tribuno ha ordenado situarlos en Pelusio, Alejandría y, a fin de cuentas, en cualquier puerto de la costa egipcia con el fin de atraer la atención de cualquiera que sea cómplice de colaborar en el encargo del Apóstol. ¿Qué posibilidades tienes? ¡Mírate! No puedes combatir y, desde luego, esos chavales tampoco. Deja esta locura. Si no lo haces, te abandonaremos.

Telamón no quiso escucharlo.

Hizo que los jóvenes practicasen una y otra vez técnicas de lucha cuerpo a cuerpo contra adversarios más grandes y fuertes. Les enseñó a combatir con la dolabra, la daga y los dardos lastrados. El guerrero los instruyó para que golpeasen con la primera, y que lanzasen y asestasen puñaladas con las otras dos, buscando siempre el mismo objetivo: las extremidades inferiores de sus rivales. Les enseñó a lanzar ataques sincronizados. El chico y la niña realizaron ejercicios consistentes en desencadenar acometidas a los muslos, pantorrillas e incluso a los pies del enemigo. La pareja maniobraba sin cesar dibujando con sus movimientos formas similares a «X» o «S», según las órdenes del mercenario, mientras mantenían una posición muy baja.

Cada vez que uno de ellos, sobre todo el chico, no hacía caso o no lograba seguir las indicaciones del mercenario, perpetrando un ataque apresurado en posición erguida, o casi, Telamón le hacía repetir el ejercicio sujetando una pesada roca con la mano libre; en caso de que ese método no lograse el efecto deseado, le preparaba al chico una especie de mochila cargada de piedras y arena.

—¡Manteneos agachados! ¡Atacad al talón de Aquiles! Creedme, si le dais un tajo a un hombre en cualquier lugar por debajo de sus pantorrillas, no os olvidará jamás —les aseguró una y otra vez.

Les vendaba los ojos y les hacía lanzarse hacia el poste a corta distancia y propinar un tajo de dolabra al paso. Les enseñó a caer y levantarse. Les hizo parar series de golpes desplazándose de un lado a otro.

Timoteo y los demás observaban aquellas sesiones con creciente preocupación pues, al terminar, el mercenario se encontraba tan debilitado por el esfuerzo que no era capaz ni de arrastrarse hasta el campamento y debían llevarlo en volandas.

Una y otra vez, el médico le pedía a Telamón que desistiese en su empeño. Y una y otra vez, Telamón se negaba.

Erix apeló a los chicos. El muchacho y la niña lo miraron sin responder nada.

—¿Queréis que muera? ¿Queréis ser la causa de su fallecimiento?

Aquel atardecer, después de cenar, Timoteo quiso mantener una franca conversación con el mercenario.

—Siéntate conmigo, por favor. —Hizo un gesto hacia los chicos—. Vosotros también. Voy a contaros una historia.

Telamón aceptó. El muchacho y la niña se sentaron flanqueándolo. Se acomodaron alrededor de una hoguera apagada, cerca de la brumosa ribera del río cargado de limo. El físico se unió a ellos, además de dos *kvutzot*.

—Durante mis años mozos, allá en Jerusalén, me hice un nombre como ratero y ladronzuelo —comenzó a relatar Timoteo—. Mis víctimas eran viajeros, transeúntes y cualquier alma cándida recién llegada a la ciudad sagrada. Pero eso ya lo sabéis. Os lo ha contado Miguel, e incluso yo mismo ya he dicho algo sobre todo esto.

»Los vigilantes del templo me atraparon varias veces. Pero yo no cambiaba; quizá no podía, o quizá no quería... Hasta que al final me entregaron a los romanos. Me apresaron y condenaron a morir crucificado. Eso sucedió unas cuantas semanas antes de que el rabino de Nazaret se encontrase con su sino de esa misma manera.

»Mi ejecución habría de tener lugar en el Gólgota, como la suya, pero en el osario de la pendiente más allá de la puerta del Muladar, donde cada noche queman la basura de la ciudad. Aquel amanecer había cuatro golfos, como yo, clavados en otras tantas cruces. Estaban tan próximas unas de otras que podíamos incluso hablar entre nosotros. Ninguno teníamos familia y, en cualquier caso, si alguno la tenía, esta se mantendría apartada de allí, ya fuese por vergüenza o por temor a sufrir el mismo destino. Allí pasamos la jornada, colgados al sol. Murieron tres.

»Cuando los soldados, entretenidos en observar a los dos restantes, perdieron interés en nuestra ordalía, Miguel y varios de sus compañeros se acercaron sigilosos y nos bajaron de allí. Yo no lo conocía. Nunca lo había visto. Él tampoco me conocía, ni a mí ni al otro muchacho. Miguel y sus compañeros lo arriesgaron todo por rescatarnos, pues su destino hubiese sido el mismo que el nuestro, de haberlos prendido. El otro chico falleció. Pero Miguel me salvó. Me sacó de Jerusalén oculto bajo el doble fondo de una carreta de bueyes y me llevó al valle de Lavanda. Después regresó a la ciudad.

Telamón y los chicos escuchaban con gran interés.

—Me recuperé en aquel valle —prosiguió Timoteo—. Allí sané. Y allí me quedé. Hice de ese lugar mi casa y de la apicultura mi vocación.

Timoteo hizo una larga pausa, observando al guerrero y a los chicos para asegurarse de que contaba con toda su atención.

—Un día, un año después de haberme asentado en el valle, o quizá más, dos desconocidos llamaron a mi puerta. Se presentaron diciendo que eran compañeros de Miguel, el hombre que me había salvado. Me rogaron que hiciese un acto de bondad... Deseaban, según decían, quedarse una temporada en el valle. No podían compensarme por la acogida y, de hecho, no podían ni pagar su manutención. Resultaba evidente que aquellos dos hombres estaban huyendo. Los llevé de inmediato a casa y me puse a su servicio.

»Solo me pidieron una cosa: material de escritura.

»Se lo conseguí. Pasaron semanas. Nunca les pregunté qué era aquello que escribían, ni siquiera cuál era el objetivo de su empeño. Por no preguntar, no les pregunté ni sus nombres; y la verdad es que tampoco se molestaron en decirlos.

»Pasaban el tiempo juntos, solos, sin aventurarse jamás a salir al jardín, y mucho menos al colmenar.

»Entonces comencé a experimentar una serie de sensaciones preocupantes. Tuve visiones perturbadoras. Oía voces de hombres profiriendo gritos agónicos. Vi los rostros de aquellos cuyas vidas habían terminado en la cruz. Conocía a algunos de ellos. Pero jamás había visto a la mayoría. Sus rasgos quedaron grabados en mi memoria. Eso me hizo padecer un profundo terror. ¿Qué me estaba pasando? ¿Estaba perdiendo el juicio? Sentía como si, de alguna manera, aquellos dos desconocidos fuesen la causa de la posesión que me afligía.

»Decidí expulsarlos. Intenté encontrar el modo de planteárselo. Y entonces llegó la noche que había escogido para hacerlo, y me dispuse a ello... Estaba atravesando la oscuridad en dirección a la cabaña donde vivían cuando vi a un tercero salir por la puerta. Sin duda alguna, aquel individuo era un completo desconocido... No era ninguno de los dos que habían llegado al valle.

»El hombre me vio y me saludó llamándome por mi nombre. Aquello fue raro, por no decir insólito, pues nunca me había cruzado con ese individuo y, desde luego, no cabía la posibilidad de que él me conociese. El hombre se acercó a mí. De pronto me sentí presa de un gran terror, pues en ese momento supe que aquello no era una persona, sino otra cosa.

»"¿Quién eres?", le pregunté, intentando ocultar mi inquietud. "¿Cómo es que sabes mi nombre?".

»"Soy amigo de esos a los que has concedido refugio. Timoteo. Quiero darte las gracias en su nombre por tu valor y amabilidad", contestó.

»Luego se situó justo frente a mí. Tenía los ojos oscuros y brillaban con una compasión como yo jamás había visto. "No temas", me dijo. Y entonces supe, sin necesidad de más palabras, que él, como yo y como todos los presentes en mis visiones, había sufrido la crucifixión. Y que esta lo había transformado.

»Aquel hombre no hizo nada más que mirarme a los ojos... Pero de su mirada brotaba un amor tan fuerte que me hizo trastabillar y perder el equilibrio. Caí de rodillas frente a él. Y, de nuevo sin palabras, percibí que no solo compartía un vínculo con ese hombre y con todos los que habían sufrido en la cruz, sino con la humanidad entera; sentí que debía pasar el resto de mis días al servicio de todos vosotros.

»En ese momento, mis dos huéspedes salieron de su refugio. Al verme con aquel hombre, apretaron el paso acercándose a mí, preocupados. Me ayudaron a levantarme. "¿Estás bien, Timoteo? ¿Puedes hablar".

»Miré en todas direcciones. El tercer hombre había desaparecido. Nervioso, interrogué a los otros dos. "¿Adónde ha ido? ¿Quién es? ¿Qué me ha pasado?"

»Mis huéspedes solo me dijeron: "Ahora tú también lo has visto".

»Los desconocidos partieron a la mañana siguiente. No volví a verlos, ni a ellos ni a su compañero. Y tampoco he recibido noticias suyas en todos estos años. Sin embargo, ese encuentro ha sido un momento crucial, único en mi vida.

Telamón digirió la historia con sobria concentración. La expresión de su rostro denotaba que ni sabía qué pensar de ella ni cuál era el mensaje que Timoteo pretendía enviarle.

Timoteo percibió la perplejidad del guerrero.

Sonrió.

Se dirigió directamente a Telamón.

–Como he dicho, el hombre que me rescató de la cruz fue Miguel, a quien los romanos asesinaron cumpliendo las órdenes de Severo, como viste a los pies del acueducto, cuyos restos enterraron estos chicos y que mis camaradas y yo encontramos mientras os buscábamos. Este Miguel era sobrino de Esteban, un seguidor de Jesús que encontró su final con el cumplimiento de la sentencia de muerte por lapidación pronunciada por un magistrado romano… En realidad un judío ferviente perseguidor de cristianos llamado Saulo de Tarso.

»Este Saulo, como ya es de sobra conocido, experimentó de camino a Damasco una milagrosa visita de origen divino. Dejó de servir a Roma como perseguidor de aquellos seguidores de la nueva fe y se rehízo como su más astuto y apasionado paladín. Tomó el nombre de Pablo el Apóstol… Sí, ese Pablo; el mismo que redactó la carta que portaban la pequeña Ruth y Miguel el Nazareno y que tú,

Telamón, tenías orden de obtener y llevar a Jerusalén para entregársela a Severo, el jefe de la guarnición.

Timoteo buscó la mirada de Telamón.

—Las visiones que experimenté presa del terror... Esos rostros que vi... El tuyo era uno de ellos.

La mirada de Telamón permanecía ausente.

—Te reconocí en el momento en el que llegaste al valle de Lavanda. ¿Recuerdas cuando las abejas se arremolinaron a tu alrededor sin ni siquiera rozar tu piel? Nunca habían hecho algo así con nadie, con nadie excepto conmigo. Jamás.

»Sin embargo, que te presentaras como lo hiciste me confundió. Los que han pasado por la cruz y sobrevivido al trance poseen cierta *mirada*. Y es inconfundible. Tú no la tenías —aseveró.

La mirada de David fue del hombre hecho de abejas al mercenario.

En los ojos de ambos brillaba cierto pesar, una especie de compasión que el joven no había detectado ni descubierto antes.

—Ahora la tienes —le dijo Timoteo a Telamón.

Para asombro de David, el guerrero ni lo negó ni lo discutió.

Ruth también lo percibió. Lanzó una mirada al muchacho. Las expresiones de ambos confirmaron un mismo parecer.

—No puedes quedarte, Telamón. Pronto nos encontrará alguna patrulla, ya sea romana o árabe. Es un milagro que aún no nos hayan descubierto. Debes ir a un lugar seguro. Debes descansar; debes curarte. ¡Ven con nosotros! Podemos protegerte. Nuestros guías se ocuparán de que evites cualquiera de esas partidas de caza lanzadas en tu búsqueda.

»Sería una locura por tu parte que intentases embarcarte a Corinto —prosiguió Timoteo—. Además, es posible que los romanos ya hayan acabado con cualquier comunidad oculta. No cabe duda de que han desplegado legiones enteras para acordonar la ciudad; vamos a ver, ¿cómo piensas romper ese cerco? ¿Con qué fuerzas? ¿Con estos chicos? Bien, supongamos que lo consigues, ¿qué esperas lograr con eso? Hace meses que circulan informes acerca del desmoronamiento de las comunidades cristianas tras la campaña de terror lanzada por Roma. Ya sabes, hermanos que se traicionan, individuos que denuncian a sus compañeros para salvar el pellejo... ¿Cómo van a reaccionar esas despavoridas almas frente a ti, a quien los romanos no han dudado en cargar de sospechas? ¡Vuelve con nosotros! Has hecho todo lo humanamente posible y has soportado todo lo soportable. ¡Mis camaradas y yo hemos venido a salvarte! ¡Ese es el significado de mi visión! ¡Por esa razón estoy aquí!

Telamón lo meditó con seriedad.

—Con el debido respeto, Timoteo, debo discrepar de tu interpretación. Esa visión tuya, si es que hay que creer en semejantes cosas, puede significar exactamente lo contrario... Que tu misión no consistiese en devolverme a lugar seguro, sino en socorrerme para poder seguir adelante.

»No he sobrevivido a la cruz para abandonar mi misión —dijo el guerrero—, sino para ocuparme de cumplirla.

Timoteo tardó un buen rato en responder.

—Comprenderás que ni mis hombres ni yo podremos acompañarte —dijo finalmente.

La expresión de Telamón mostró que lo aceptaba.

—La travesía a Grecia será extremadamente peligrosa —añadió Timoteo—. La temporada de navegación ha concluido. Ya han comenzado a desatarse las galernas invernales. Ni siquiera los romanos se atreven a embarcarse en ningún navío menor que un cuatrirreme. —Hizo una pausa y sonrió—. No obstante, imagino que en el puerto de Pelusio podrás encontrar, a cambio de la cantidad de oro adecuada, al capitán de algún barquichuelo que esté lo bastante loco, o sea lo bastante ambicioso, para intentarlo.

Telamón no lo discutió.

Extendió una mano.

—Gracias, amigo mío.

El hombre hecho de abejas estrechó la mano del guerrero.

—¿Qué harás cuando llegues a Corinto? —preguntó.

El guerrero se volvió hacia Ruth.

Buscó sus ojos y le sostuvo la mirada.

—Haré lo que me ordene esta niña —respondió.

Libro décimo
Arcadia

XXXVI
El mar en invierno

La niña avanzaba al frente, descalza, caminando sobre un suelo cubierto de espinosas hojas de roble y afiladas piedras como si fuese una alfombra de lana. Se volvió para hacer una señal con la mano a sus acompañantes. *¡Vamos! ¡Seguidme! ¿Por qué os retrasáis?*

El país llamado Hélade consta de dos regiones bien diferenciadas, una septentrional y otra meridional, unidas por un istmo.

Corinto se halla cerca de ese paso terrestre. Esta localidad es una de las grandes polis griegas, posee un importante puerto comercial y, como potencia, se encuentra a la par, o casi, de Tebas, Argos, Atenas o Esparta.

La parte alta de la ciudad, Acrocorinto, se alza sobre una elevación rocosa que domina el golfo de Corinto y la bahía Sarónica. Desde el promontorio situado en la zona noroeste un observador puede ver, en días despejados, la otra orilla de la bahía de Itea y los riscos detrás de los cuales ascendía el camino de las Sacerdotisas hasta Delfos y su gran santuario dedicado al dios Apolo.

Unos treinta y cinco kilómetros al este de Corinto se halla la ciudad de Megara, una potencia marítima y terrestre rival, en tiempos antiguos, de Atenas. Si el caminante continúa su recorrido ingresará en la región de Ática, cuya polis más importante, Atenas, se encuentra a cuarenta kilómetros de distancia siguiendo el camino costero. Este era poco más que una vereda de carros cuando los romanos conquistaron Hélade, y lo convirtieron en una auténtica calzada.

Al sur de Corinto se extiende el Peloponeso, la montañosa península de la Grecia meridional. Argos, la capital de la región donde se hallaba Micenas, corte del homérico Agamenón, se encuentra a dos jornadas de marcha, es decir, unos sesenta y cinco kilómetros. Más al sur de ese territorio está la región llamada Lacedemonia, cuyas polis más importantes son Esparta y sus tributarias Pelana y Selasia, además de Gerontras y el puerto de Citera. Los habitantes de estas ciudades, y de otras situadas en la vecina Mesenia, reciben el nombre de *periíki*, periecos, es decir, «los que viven en la periferia». Sus ejércitos están obligados, en virtud de un antiguo acuerdo, a seguir a los espartanos «adonde sea que los lleven».

Todas esas regiones, ya sean de la Grecia meridional o septentrional, así como todas las poblaciones del interior, se encontraban entonces bajo el yugo romano. El comercio interurbano y ultramarino se realizaba empleando las monedas y el cambio establecido por la metrópoli, así como su sistema de pesos y medidas. Los pleitos se dirimían en cortes romanas presididas por magistrados romanos. Las fechas de los documentos y la correspondencia oficial, es decir, el día de la semana y el mes, se escribían en latín, aunque para los asuntos domésticos la gente continuaba empleando los antiguos calendarios.

Las escuadras de las ciudades-Estado helenas hacían maniobras y navegaban ostentando enseñas y divisas donde se veía el águila del emperador. El pago de los bogadores se realizaba en moneda romana y remaban bajo la autoridad del Imperio.

Al norte de Lacedemonia, dominando las boscosas montañas del corazón del Peloponeso, se extendía la región de Arcadia, la más grande de Grecia y, junto a las salvajes provincias septentrionales colindantes con Macedonia e Iliria, la menos civilizada.

Telamón y los chicos atravesaban entonces esa región, dirigiéndose a Corinto.

Timoteo había permanecido cuatro jornadas más con el mercenario después del punto de inflexión que supuso aquella tarde. El grueso de la compañía, siete jinetes y una reata de cuatro mulas, partieron de inmediato a través del Sinaí hacia el valle de Lavanda. Tres hombres, entre ellos Timoteo, se quedaron con Telamón y los chicos.

Llegada la tercera jornada, se unió a ellos el patrón de una chalana procedente del puerto de Pelusio. Era un egipcio judío llamado Tomer («Honesto»), primo de uno de los camaradas de Timoteo, que llegó en compañía de su hijo, un joven de catorce años que servía como primer ayudante y timonel. En realidad, la chalana no era más que una balsa hecha de juncos. El aspecto de la embarcación hacía pensar que se hundiría con el peso de dos hombres, pero según dijo el patrón, una vez en el agua podía transportar doscientos veinte sacos de grano, es decir, pienso suficiente para alimentar a una cohorte de caballería durante una semana, o cuatrocientas barricas de aceite o vino. La chalana tenía tan poco calado que podía deslizarse, impulsada por una pértiga, a través de un juncal no más profundo que los tobillos de un hombre.

Padre e hijo llevaron a los fugitivos Nilo abajo, pero no a Pelusio, lugar que consideraban demasiado peligroso, sino a la propia Alejandría, navegando hacia el oeste a través de canales y ramales conocidos, según parecía, solo por ellos. Ni el progenitor ni su vástago admitieron el pago de ninguna clase de remuneración a cambio de sus servicios pues, dijeron, habían aceptado hacer el recorrido por el mero placer de la aventura.

El patrón de la chalana les contó, con tremenda satisfacción, que la persecución de Telamón y la pequeña Ruth se había convertido en una sensación mundial.

—Están escribiendo canciones sobre ti, chiquilla. ¡En Egipto ya eres más famosa que la primera Cleopatra! Las historias acerca de tus andanzas y prodigiosas huidas han surcado los mares y llegado incluso a Roma. ¡El mismísimo emperador clama por tu cabeza!

La última propuesta que Timoteo le hizo a Telamón (y que le dijo era de vital importancia, vista la escala e intensidad del operativo dispuesto para la captura de los fugitivos) fue que Ruth escribiese la carta de Pablo el Apóstol. Con ese propósito sacó los utensilios necesarios y los dejó al cuidado del guerrero.

—Tienes que hacer algo para que la epístola sobreviva en caso de que esa pequeña sufra alguna desgracia, Dios no lo quiera.

Timoteo no soltó a Telamón hasta que este le dio su palabra de honor de que así sería.

Fue el barquero Tomer quien se ocupó de que Telamón y los chicos descendiesen el Nilo hasta llegar a Alejandría, al recinto portuario de Posideo y, concretamente, a una taberna frecuentada por «gente que sabe cómo mantener la maldita bocaza cerrada».

Eunosto, el puerto Viejo, era el más occidental de Alejandría y en el que había más posibilidades de eludir la vigilancia del Imperio. Posideo se encontraba en el extremo. El llamado Gran Puerto, situado al este, recibe el nombre de Psent, «doble corona», pues sus extremos, dieciséis estadios de punta a punta, flanquean la torre de señales de Faros, colocada de modo que parece una joya de la tiara real. El Gran Dique, el Heptastadio, une el continente con la isla de Faros. Dentro de esos recintos y otros lugares abyacentes, les dijo el patrón de la chalana, residían unos marinos tan intrépidos que serían capaces de enfrentarse con el remolino del mar hiperbóreo en pleno mes de enero.

Llegado el caso, tal como descubrieron Telamón y los chicos, ninguno aceptó zarpar. Y David bien pudo ver por qué. La primera mañana, situado en la playa entre el rompeolas llamado Ptero, «ala», y el que llevaba al faro, sufrió tal golpe de viento, aun dentro del protegido recinto portuario, que hubo de separar los pies más de la anchura de sus hombros y asentarlos bien en la arena para evitar ser derribado. No había una sola embarcación que osara hacerse a la mar. Esquifes y transbordadores estaban varados en la playa, quilla arriba, con unos cabos amarrados a grandes piedras que les impedían bambolearse. Las cabrillas corrían sobre la superficie formando un oleaje desordenado, con sus espumosas crestas barridas por el fuerte vendaval. Y todo eso dentro de la boca del puerto.

Y lo peor era, según pudo ver David, que las olas tenían una longitud de onda, es decir, la distancia de una cresta a otra, de entre tres y seis metros. En otras palabras, un mar así puede destrozar un braco grande o volcar uno pequeño. No había vela capaz de aprovechar semejante viento, y este rasgaría la lona en caso de intentarlo; eso si no partía el mástil o los mástiles de la embarcación.

Cierto capitán, al mando de un barco de cabotaje, al que Telamón no preguntó su nombre y que él tampoco facilitó, les explicó los riesgos que entrañaba la navegación en esa época del año. Los meses de travesía, les dijo, eran los comprendidos entre la llegada de las Pléyades, que casi todos los años coincidía más o menos con las calendas de mayo, hasta la puesta de Arturo, mediado el mes de octubre. Fuera de ese periodo, solo experimentados marineros de cabotaje se aventuraban a salir del puerto, de cualquier puerto, y únicamente si poseían un conocimiento preciso de las aguas... Y, desde luego, sin perder nunca de vista la línea litoral.

—Échale un vistazo al puerto, hermano. Lo único que verás serán embarcaciones varadas para el carenado, el arreglo de la tablazón o la pintura... Ahí, en los talleres, podrás comprobar que se dedican a coser velas, trenzar cabos, arreglar aparejos o reemplazar sus piezas... ¡Se acabó la temporada de navegación! ¡Ni un chiflado se haría a la mar en esta época!

Telamón escuchó, paciente.

—Hay una historia que viene de antiguo —dijo, una vez concluyó el marino— sobre Filipo de Macedonia; ya sabes, el padre del gran Alejandro. Verás, al rey se le había metido en la cabeza poner sitio a cierta urbe cuya ciudadela estaba situada en la cima de un promontorio con unas laderas tan inclinadas que, según le aseguraron sus generales, no habría fuerza ofensiva capaz de ascender por ellas en número suficiente para tomar al asalto sus murallas y conquistar la plaza. El camino era tan abrupto, le decían sus oficiales, que, simple y llanamente, no se podía subir. El rey se limitó a sonreír y dijo: «¿Ni siquiera a lomos de un burro cargado de oro?».

Telamón colocó sus dos últimas águilas de oro, las que tiempo antes les diese a los chicos, sobre la mesa de la taberna.

Treinta y seis horas más tarde, la partida ya disponía de capitán y navío, y tras siete jornadas de travesía, a medianoche, pisó tierra firme en un islote sin nombre ni embarcadero situado media legua al sur del puerto lacedemonio de Gitión.

Habían llegado a Grecia.

XXXVII
El Peloponeso

La Hélade propiamente dicha, o sea, los territorios de la Grecia continental (excluyendo las islas independientes situadas en los mares Egeo y Jónico), estaba conformada por tres tipos de regiones. En el primero se incluyen las potencias marítimas asentadas alrededor de puertos o fondeaderos, como era el caso de Atenas o Corinto, y cuya prosperidad dependía del comercio y la navegación. En el segundo se encontraban las potencias agrícolas del interior como, por ejemplo, Argos y Tebas. En esta segunda categoría también se podrían añadir aquellos reinos donde abundaban excelentes praderas para la cría de caballos, como Tesalia y Ftía.

El tercer tipo lo integraban las regiones situadas en zonas montañosas. En esos abruptos y elevados territorios escaseaban las ciudades. La población se agrupaba, cuando lo hacía, en pueblos, aldeas y puestos fronterizos que, muchas veces, no eran más que posiciones fortificadas. Sus comarcas, situadas a gran altura sobre el nivel del mar, no eran adecuadas para el cultivo de cereales o la obtención de forraje más allá de una producción de subsistencia y, por tanto, tampoco eran especialmente apropiadas para la crianza de ganado vacuno o de cerda. Además, también escaseaban los olivos. Incluso cabras y ovejas sufrían para encontrar un sustento adecuado y sus pastores habían de protegerlas continuamente frente a cuatreros y depredadores.

Estas últimas eran las regiones más pobres de Grecia, sus páramos. Los clanes que habitaban esos montes, al menos en el Peloponeso, eran tan antiguos que hablaban un idioma que no era ni dorio ni jonio, sino una lengua pelasga. En ese lugar hay desfiladeros y valles en los que ni los espartanos de antaño ni los romanos de entonces osaban entrar sin antes haber llegado a un acuerdo con los caudillos de las colinas y pagado cierto tributo, pero no en oro, pues los montañeses lo desdeñaban, sino en aceite o ganado. El medio de subsistencia de estos clanes familiares consistía en la caza, la pesca y, en no pocas ocasiones, el pillaje.

«Esta es la tierra de mi madre», dijo la niña empleando su lengua de signos.

Ninguna calzada atravesaba aquellas montañas. Pocos eran los pasos que mereciesen el apelativo de camino. El viajero transita por esas tierras sin cultivar siguiendo senderos, la mayoría tan estrechos que solo permiten el paso de un hombre, o «veredas», poco más anchas que un camino de cabras. Estas regiones están conformadas por una confusión de montes y valles, muchos sin nombre, poblados por lobos, ciervas, jabalíes, águilas y una subespecie de zorro, de capa pardo-rojiza, que los romanos llamaban *vulpinos*. En la zona abunda todo tipo de caza. Los caminos solo son llanos cuando siguen los cauces de riachuelos y arroyos secundarios. Los claros son escasos y pequeños. Se puede reconocer a los lugareños por su vestimenta, con frecuencia confeccionada con pieles, y sus tocados, a menudo de piel de lobo o zorro.

—¿Cómo es que conoces este sitio, si nunca lo habías visto? —preguntó David.

Mediante signos, la niña le hizo saber que su madre había dedicado muchas tardes a recitarle historias, para instruirla. Y también le indicó que conocía todos los accidentes y caminos. «Bajo dos robles se cruzan tres senderos. La aldea de mi madre se encuentra en el sendero de la cresta», decían los signos de la niña.

Para entonces, David y Telamón sabían interpretar los signos de la pequeña con la misma facilidad que un discurso hablado.

—¿A qué distancia? —preguntó David.

La niña no contestó y continuó caminando.

La condición física de Telamón estaba empeorando tras la continua mejoría experimentada desde que llegaron a los juncales del

Gran Lago Amargo. Cuando zarparon del puerto de Alejandría ya era capaz de andar ayudándose con dos cayados. Pero entonces, la fatiga acumulada en brazos y hombros estaba haciendo que caminar resultase una tarea imposible. Y, aún peor, una especie de parálisis empezaba a afectar a sus extremidades superiores. No podía cerrar los dedos alrededor de la empuñadura de una daga o una espada. Ni siquiera era capaz de sujetar una piedra.

Corría el mes de diciembre. Las tormentas bajaban desde los picos cubiertos de nubes. El granizo y las ventiscas de aguanieve convertían los pedregosos puertos de montaña en caminos resbaladizos y traicioneros. Al caer la noche una gélida neblina, que los griegos llamaban *amike*, descendía sobre valles y cañadas convirtiendo al más protegido de los refugios en un húmedo y frío cobijo. Las noches se hicieron aún más crudas y las zonas umbrías de los valles conservaban la escarcha hasta el mediodía.

Telamón se negaba a aminorar el paso. Avanzaba trastabillando, sujetándose en troncos y ramas para mantenerse en pie. El chico y la niña cubrían un tramo y luego esperaban a que el guerrero los alcanzase.

Durante los descansos, el mercenario continuaba con su instrucción en el manejo de las armas.

En la cuarta jornada de marcha, a mediodía, hubieron de vadear un río.

—Conozco este lugar —dijo Telamón—. Es el vado de las Dádivas.

La corriente era poco más que un arroyo, pero un observador situado en medio del cauce disponía de un estadio de campo abierto en cada dirección. La orilla opuesta presentaba una amplia franja de gravilla limpia y brillante bajo la luz del sol.

—Este era un lugar de reunión, y puede que aún lo sea, para los clanes que viven por las barrancas que hay corriente arriba, donde nacen los afluentes de este riachuelo—dijo Telamón.

Los chicos se quedaron mirando al guerrero.

—¿Cómo lo sabes? —preguntó David.

—Porque estamos en Arcadia… En mi tierra.

El guerrero se dirigió a la niña.

—Conozco el pueblo de tu madre, ese de los tres senderos.

La pequeña Ruth no hizo ningún ademán de respuesta. A David le extrañó todo aquello. «Vamos a ver, si los parientes de Ruth han habitado estas colinas durante siglos, y seguro que así fue, y Telamón acaba de decir algo que lo vincula con sus orígenes… ¿No tiene nada que preguntar?», pensó David.

Pero no. Ruth no realizó ninguna señal de querer entablar conversación. Parecía que apartaba la mirada, e incluso que evitaba deliberadamente la de Telamón.

El mercenario también apartaba la suya.

—Te estarás preguntando qué se cosecha en un paraje como este, así que te lo voy a decir: hombres. Soldados. Cumplida cierta edad, los jóvenes de por aquí solo sueñan con marchar—explicó Telamón, dirigiéndose a David—. Yo lo hice cuando tenía unos quince años. ¿Con qué propósito? Con el de pelear.

Entonces Ruth se volvió hacia él. Ambos jóvenes se dispusieron a escucharlo con atención, pero el guerrero no habló más del asunto.

El hombre se relajó solo al final de la jornada, cuando la partida se acomodó en un saliente de fácil defensa y, refugiados bajo cubierta para protegerse de la helada, se dispusieron a dar cuenta de una cena consistente en berros silvestres y truchas pescadas a mano en un arroyo, al calor de una hoguera prendida dentro de un hoyo.

Recostado contra el tronco de un roble, con los pies envueltos en pieles y su *paenula* ceñida alrededor de los hombros, les comenzó a contar cómo salió de su pueblo, siendo un muchacho poco mayor que David, y quizá siguiendo aquel mismo sendero (no lo recordaba con seguridad), hasta llegar caminando al fondeadero de Citera; allí se embarcó a Sicilia decidido a dedicarse al oficio de las armas. Pero, como a todos los que no disfrutaban de la ciudadanía romana, le estaban vedadas dos cosas: entrar en la península itálica y alistarse directamente en la legión.

Ingresó en un cuerpo de auxiliares, infantería ligera dedicada a hostigamientos, escaramuzas y labores de reconocimiento, y combatió en Dacia, Moesia, Galia y Bretaña antes de que lo destinasen a Hispania Citerior, la España «próxima». Más tarde, en Cartago Nova, se presentó a las pruebas para ingresar en la legión. Las superó y lo aceptaron en la Décima Fretensis. A ella, dijo el guerrero, dedicó veintidós de sus veinticinco años de servicio, antes de que le concediesen la licencia como recompensa al valor mostrado en la batalla de Comana, en Capadocia.

—Pero ahora, de vuelta a mi tierra, no sabría decir qué camino lleva al hogar de mis ancestros, o si aún existe mi clan.

Telamón hizo una pausa. David y Ruth intercambiaron miradas. Ninguno de los dos había oído hablar al guerrero durante tanto tiempo de tema alguno, y mucho menos de algo que le afectase tan personalmente.

El mercenario advirtió las expresiones de los chicos. Sonrió.

—Era un muchacho como cualquier otro criado en estas montañas. Cazaba. Ponía trampas. Soñaba con salir de aquí.

»Un día se presentó un hombre en nuestra casa... Un soldado solitario y acosado por sus enemigos tras alguna batalla perdida. Mi padre estaba fuera, en realidad estaba combatiendo en alguna campaña. Mi madre y mis hermanas desocuparon nuestra propiedad, temerosas de la ira de aquel hombre o de la de sus perseguidores en caso de que averiguasen que le habíamos proporcionado refugio.

»Yo me quedé. Lo acogí. Yo tendría unos nueve o diez años. Lo oculté en el "fuerte" subterráneo que había excavado para jugar... Cosas de niños. Le llevé pan de cebada y vino. Hice vendas para sus heridas y quemé los ensangrentados harapos que llevaba. Aquel tipo andrajoso, al que estaban dando caza, no me dijo ni una palabra y tampoco yo a él. Ni yo le pregunté su nombre ni él me preguntó el mío.

»Dos veces se presentaron patrullas enemigas en su busca. Y en las dos ocasiones me planté en la entrada de aquella especie de guarida donde se ocultaba y les mentí a la cara. Los convencí. Podía oler al soldado escondido bajo mis pies, pero, por alguna razón, esos que pretendían cazarlo no.

»La séptima tarde se preparó para partir. Sus heridas eran demasiado graves para que sobreviviese. Y él lo sabía. Lo único que deseaba aquel individuo era ahorrarme la molestia de tener que deshacerme de su cadáver y explicar su existencia a las autoridades, en caso, por supuesto, de que llegasen a saber de ella. Todo eso lo comprendí sin necesidad de palabra alguna. Señalé hacia la cima de una colina. Allí había madrigueras entre las rocas. En ese lugar podría buscar acomodo para morir. Tenía una lanza de unos ocho pies de asta y contera aguzada, sobre la que se apoyaba como si fuese un cayado, y una espada de hoja corta colgada de un tahalí que llevaba al hombro. Le di un pequeño odre de vino y algo de estofado de carnero envuelto en hojas de vid. «¿Hay algún dios al que quieras que haga una ofrenda para honrar tu muerte?», le pregunté... Esas fueron las primeras y últimas palabras que le dirigí.

»"Eris", respondió.

»*Discordia.*

»Ahora la respuesta del soldado me parece una broma sórdida, pero entonces me la tomé muy en serio. En ese instante supe que sería un guerrero. No uno como él. No un campesino reclutado al servicio de su ciudad y luego abandonado a su suerte por sus propios paisanos.

»Yo no combatiría por una causa o una bandera.

»Lo haría por la lucha en sí.

»Combatiría en nombre de esa diosa y de la cruda e inalterable verdad que representa.

En ese instante se volvió hacia Ruth.

—Y he sido fiel a esa promesa hasta la noche que te conocí —le dijo.

XXXVIII
La aldea

Los despertaron los chillidos de unos sabuesos saliendo de entre los matorrales a sus pies. Alrededor de la partida se alzaban unos hombres fornidos como osos blandiendo garrotes y grandes mazas de guerra hechas de maderas duras. La mano de David voló en busca de su dolabra, pero un tosco, bruto y sonriente joven de su edad se la arrebató, empuñándola contra él.

Dos de aquellos osos humanos levantaron a Telamón y lo sacudieron con violencia. Le lanzaron preguntas cargadas de hostilidad en una lengua que David ni supo reconocer ni podía entender.

La niña se había zafado de quienquiera que fuese el patán que la atrapó y que le propinaba furiosas paradas en las tibias. La pequeña echaba espumarajos por la boca. David oyó la palabra *snyrem*... Más tarde sabría que eso significa «arpía» en lengua pelasga.

Telamón se debatió intentando liberar sus brazos de los dos enormes tiparracos que los sujetaban. No tenía fuerza para huir. Sus captores lo advirtieron. Uno de ellos, al parecer el cabecilla, gruñó algo a su compinche.

Soltaron a Telamón.

El mercenario cayó al suelo de rodillas.

Ruth corrió a su lado, empuñando la daga.

Los hombres-oso los rodearon. Le berrearon a Telamón una pregunta, después otra y luego otra más en una lengua salvaje e incomprensible.

El guerrero contestó.

Y ellos entendieron sus palabras.

David jamás había oído ese idioma. No era griego, parecía más bien un idioma perteneciente a otro mundo, a otra época.

Telamón se señaló a sí mismo, a David y a Ruth, y les dijo algo a los montañeses. Estos se volvieron hacia los chicos. Uno de ellos rebuscó bajo la túnica de David, tanteando con rudeza. Otro buscó entre las nalgas del muchacho. Le metió los dedos en las orejas, le obligó a abrir la boca y luego introdujo media mano en ella. David sufrió una arcada y escupió. El hombre le asestó un revés en la sien que casi le hizo perder el conocimiento. Desarmaron y registraron a Ruth. Los hombres-oso parecieron entonces satisfechos. Gruñeron algo a los demás, cosa que pareció apaciguar buena parte de su hostilidad.

El cabecilla había descubierto el tatuaje de Telamón.

LEGIO X

Cogió el brazo del mercenario y lo retorció para que los demás pudiesen verlo.

—¡Vaya! ¿Entiendes el romano? —quiso saber.

—Y también el griego —contestó Telamón—. ¿Y tú?

Una hora después, o quizá fuesen tres o cuatro, llevaron a los cautivos (pues en eso se habían convertido) a través de dos picos y tres cuencas hasta un lugar situado en el corazón de un baluarte de montaña. David no vio que hubiesen enviado a ningún emisario, pero al llegar había una congregación de no menos de tres docenas de individuos, entre hombres, mujeres y niños, esperando por ellos. Ponis de pequeña talla, patos, gansos y perros de caza, además de un par de veintenas de los chuchos más feos y sarnosos que el chico había visto en su vida, rodearon a los recién llegados. En el centro del círculo arrojaron la coraza y las armas de Telamón.

De nuevo mostraron la **x** de su tatuaje.

Al verla profirieron gritos de furor. Una paisana se situó frente a Telamón, se levantó la falda y, dando media vuelta, le mostró sus mugrientas nalgas y luego, volviéndose de nuevo hacia él, le propinó una feroz patada en los testículos. El gesto fue recibido con aullidos de alegre escarnio.

David oyó cómo unas cuarenta gargantas vociferaban repetidas veces la misma frase acompañándola con gestos que daban a entender la intención de abrirles el vientre y sacarles las tripas. La pequeña Ruth se había situado por delante de Telamón.

Se enfrentó a los hombres-oso.

Gesticuló haciendo signos.

Para asombro de David, los montañeses y sus mujeres parecían entenderlos.

Poco a poco amainó el furor y la suspicacia de los lugareños, que al principio comenzaron a mostrar cautela, luego curiosidad y, al final, interés.

¿Qué les decía la pequeña?

David vio cómo expresaba con mímica el acto de la crucifixión. Luego señaló al guerrero. Eso les produjo una fuerte impresión. El caudillo de los montañeses palpó las articulaciones de los hombros del mercenario. Luego destapó sus pies, todavía amoratados e hinchados. El cabecilla presionó con sus dedos las palmas de Telamón, para obtener una respuesta de contracción. Al ver que esta no tenía lugar, exhaló un fuerte suspiro y se volvió hacia sus compatriotas con una expresión que parecía aceptar y confirmar todo lo que Ruth había dicho.

Hablando su lengua, Telamón les preguntó si conocían un pueblo donde se cruzaban tres senderos bajo dos robles.

Los hombres-oso respondieron de inmediato.

—Perdido —dijo uno hablando un griego rudimentario pero comprensible—. El pueblo y todos los de allí.

Ruth reaccionó angustiada ante esas palabras.

—Roma los asesinó —continuó el hombre—. Tres días ya pasados.

XXXIX
El juicio

Los montañeses constituyeron una corte de justicia formada por un consejo de siete hombres, al parecer caudillos de las tribus de la zona y parientes de los exterminados habitantes del pueblo de Tres Senderos. Acusaban a Telamón, a David y a Ruth de ser cómplices, o agentes, de las tropas del Imperio que habían perpetrado la masacre. Las deliberaciones duraron la noche entera y la mañana siguiente.

Los acusados fueron encontrados culpables y sentenciados del siguiente modo:

El mercenario y los dos chicos serían ejecutados. Excavarían una sola tumba en el recinto de la cuenca donde arrojaban los huesos de los asesinos, traidores y malhechores. Meterían a los tres en el hoyo y, una vez dentro, los degollarían. Cuando se hubiesen desangrado hasta morir, los decapitarían y les cortarían manos y pies. Los enterrarían desnudos, boca abajo, sin armas, amuletos o talismanes que sirviesen para identificarlos. No habría marca alguna que señalase su lugar de enterramiento.

El propósito de todo eso era garantizar que sus espíritus vagasen sin descanso durante toda la eternidad.

Cuando pronunciaron la sentencia, David, para su propia consternación, no pudo evitar el llanto. Sus ojos derramaron cántaros de lágrimas. Eso le hizo sufrir una vergüenza insoportable, pero no lograba encontrar el modo de dominar su desesperación.

A su izquierda estaba la pequeña Ruth, entre Telamón y él. Ni la niña ni el guerrero reaccionaron. Ambos permanecieron impertérritos.

Ordenaron que los mantuviesen bajo custodia en un lugar donde habrían de esperar a su ejecución. Cuando sus guardias, cuatro guerreros de la comarca, sujetaron a los prisioneros para llevárselos, Telamón pidió permiso para hablar.

Preguntó al consejo si al menos sería posible permitir que la pequeña visitase la aldea devastada. El mercenario les explicó que era el pueblo natal de su madre y que la niña había viajado hasta allí desde Jerusalén, por tierra y por mar, en busca de unos parientes a los que no conocía. ¿Podría, al menos, ver su hogar, el pueblo de sus ancestros, antes de que se ejecutase su sentencia de muerte?

Rechazaron su petición.

Se trataba de un asunto de piedad y reverencia a los cielos, tal como David pudo más o menos entender a partir de las palabras del jefe del concejo, un discurso donde se mezclaban elementos pelasgos con un rudimentario latín vulgar, como el empleado en las legiones.

Ya desde los tiempos antiguos, declaró el jefe, en Arcadia, y sobre todo en aquella región, una comarca llamada Aleuade, no se adoraba a los dioses olímpicos, sino a sus poderosos predecesores, los titanes. Aquella inmortal raza de gigantes había reinado en el lugar durante eones antes de que Zeus ocupase el trono divino... Las deidades olímpicas expulsaron a los titanes de allí para enviarlos al Tártaro. Todas las cárcavas y valles de Arcadia aún lloraban su dolor y pesar por la extinguida estirpe.

En aquel territorio, les hizo saber, cualquier delito de sangre o contaminación ritual, como la masacre perpetrada por los romanos, se debía limpiar y purificar según los Usos Perdidos, unos ritos tan antiguos y secretos que nadie salvo los ancianos y sacerdotes versados en ellos podía llevar a cabo.

No obstante, el jefe del consejo se apiadó de Ruth. Prometió enviar a alguien en representación de la pequeña para que recogiese y devolviese a ese único pariente vivo las pertenencias de los caídos que los sacerdotes considerasen apropiados.

Nombraron y despacharon a los apoderados.

Llevaron a Telamón y a los chicos al interior de un túmulo...

Una especie de bodega de raíces excavada a un lado de un montículo. Allí aguardarían hasta que los llevasen a encontrar su sino. Les dieron un jarro de arcilla con agua, un cuenco de madera con pan y un caldero para hacer sus necesidades.

—¿Cuándo va a ser? —preguntó Telamón al más veterano de los guardias.

El hombre le dijo que la ejecución se llevaría a cabo en cuanto regresasen los sacerdotes del pueblo devastado.

Telamón tomó asiento recostándose contra la pared del fondo de la celda. La niña se sentó en el lugar diametralmente opuesto, con la mirada fija al frente. David, por su parte, se situó tan lejos del guerrero y la pequeña como el angosto espacio le permitió.

No podía dejar de sollozar.

Pasó una jornada durante la cual, y a pesar de todos sus esfuerzos, la mente del joven se regodeó una y otra vez en cosas tales como el sacrificio ordenado por el tribunal y el pronunciamiento de la sentencia.

Para el juicio, los habían encerrado en la cabaña comunal situada en el centro de la aldea: un hoyo parecido a una osera, medio enterrado, construido a modo de fortín, con el suelo de tierra, los muros de piedra y un tejado hecho con tablones de maderas duras tan grandes que, a menos que se pusiese un enorme empeño, no había modo de romperlos, serrarlos o quemarlos. La única entrada consistía en una apertura estrecha como la de una cripta, con aspilleras y dispuesta de modo que se girase dos veces a la izquierda, con la clara intención de hacer que los efectivos de una posible fuerza invasora recibiesen el ataque por el lado más desprotegido.

Los metieron en esa madriguera y los sentaron entre dos filas de montañeses armados con hachas y espadas largas. Para entonces, treinta y seis horas después de su captura, los lugareños —entre ellos también se contaban habitantes de una docena de cuencas dispersas por la zona que se consideraban parientes directos, o indirectos en virtud de lazos matrimoniales, de los moradores de la aldea arrasada— habían acudido para participar en los rituales de duelo y discutir cuál sería la respuesta a la masacre y otras atrocidades recientes.

Resultaba evidente que varios de aquellos individuos habían servido, al igual que Telamón, como soldados de fortuna en las fuerzas romanas. El interrogatorio comenzó en latín o, mejor dicho, en una especie de jerga empleada como lengua franca que aquellos antiguos legionarios y auxiliares aún recordaban. David se dio cuenta de que entendía una palabra de cada tres, más o menos. También se encontraban presentes las esposas y los hijos de aquellos veteranos, además de lo que parecía la mitad de su ganado. Por todos lados andaban y se cruzaban cabras, cerdos, armiños y perros.

El interrogatorio se inició al anochecer y continuó durante toda la noche.

—¿Quiénes sois?

—¿De dónde venís?

—¿Por qué estáis aquí? ¿Con qué motivo?

Parecía como si los caudillos montañeses ya conociesen las respuestas, o al menos eso infirió David a partir de sus expresiones y las palabras que intercambiaban. Habían oído de la red de captura dispuesta por el Imperio. Sabían de las recompensas ofrecidas por Roma.

Telamón respondió en nombre de todos.

Habló empleando el dialecto y la jerga de los soldados. Daba respuestas breves. No apeló a ninguna clase de linaje ni identidad compartida. No intentó dar detalles de los actos llevados a cabo por él o los chicos, ni se esmeró en formular una defensa elaborada. Era obvio que el tribunal respetaba aquella actitud. Allí se consideraba una conducta varonil digna de un guerrero. David se permitió concederse un destello de esperanza.

Telamón declaró que la pequeña Ruth buscaba la aldea de su difunta madre, pues creía que sus parientes le darían cobijo y ella y sus acompañantes estarían a salvo.

El consejo lo tuvo en cuenta.

—¿Y adónde ibais?

—Nuestro destino es Corinto.

—¿Para hacer qué?

Telamón les habló de la carta del Apóstol y de la intención que tenían de entregarla a la comunidad cristiana oculta en aquella ciudad.

—Entonces, quemaron nuestra aldea por culpa vuestra —dijo el interrogador principal—. Masacraron a los nuestros a causa de vuestra misión.

Telamón no respondió.

El cabecilla señaló a la pequeña Ruth.

—Por culpa de esa niña.

Telamón se puso en pie.

—Si quieres tomar una vida, toma la mía.

El cacique y los demás miembros del consejo observaron al guerrero. Repararon en sus muchas heridas y en el estado de debilidad física.

—Tú eres de por aquí, de estas montañas —dijo el cacique—. Pero no habías vuelto desde hace tres veces diez años.

—Pues aquí estoy.

—No por propia voluntad. ¿Eres cristiano?

—No.

—¿Romano?

Telamón negó con la cabeza.

—¿Eres el padre de esa niña?

—No.

—¿Entonces, qué relación guardas con ella?

—Ninguna.

—¿Y por qué ofreces tu vida a cambio de la suya?

—Y la del muchacho.

El consejo deliberó allí mismo, en el lugar donde se encontraba. Los jueces debatieron con vehemencia durante mucho tiempo mientras los presentes los escuchaban con gran atención, reparando en cada matiz de sus reflexiones.

Al parecer, llegados a ese punto, el sino de los prisioneros dependía de dos aspectos sutiles y contradictorios. ¿Esa niña era la verdadera causa de la masacre? Indirectamente, sí. No obstante, los romanos perpetraron la carnicería siguiendo sus propios intereses. La niña y sus camaradas no tuvieron nada que ver con ello. De hecho, los cautivos no solo desconocían por completo la comisión de aquel crimen, sino que sus actos y objetivos no podían ser más opuestos al mismo.

El consejo debatió durante toda la noche. Pocos asistentes abandonaron la reunión, y los pocos que lo hicieron fueron reemplazados de inmediato por otros; todos parecían estar perfectamente informados y conocer las últimas noticias de las deliberaciones.

La sentencia se pronunció a mediodía.

Pasó el resto de la jornada, y la noche también. Luego, al amanecer, se presentó una paisana con algo de comida. Los guardianes le franquearon la entrada al recinto... Apartaron tres pesados travesaños dispuestos en la zona de acceso y la ayudaron a entrar.

Aquella fue la primera oportunidad que tuvo Ruth para hablar con una mujer de la comarca. La pequeña preguntó por su madre empleando el lenguaje de signos. ¿La recordaba alguien del pueblo o de Tres Senderos? ¿La recordaban con cariño o alguna clase de afecto?

—Se marchó siguiendo a las legiones —afirmó la paisana—. Con eso ya te digo todo lo que necesitas saber.

Ruth palideció al oír la noticia.

La mujer cogió el caldero con los desechos nocturnos y lo cambió por uno nuevo.

—Olvídate de ella —le dijo—. Era la puta de un soldado.

David y sus compañeros pasaron el día oyendo el ruido de hombres yendo y viniendo. Y aullidos de sabuesos. También se podía oír el ruido de caballos, ya fuesen al trote o llevados por el ronzal.

—¿Han vuelto los sacerdotes?

Telamón negó con un gesto.

Hacia el ocaso, oyeron el tintineo de armas, corazas y caballos siendo ensillados. Justo al otro lado de la entrada retumbaron los pesados pasos de los hombres.

De nuevo apartaron los travesaños de la entrada.

—¡Salid!

Telamón y los chicos salieron para ingresar en la mortecina luz del crepúsculo.

Les arrojaron a los pies sus armas y bagajes.

Se veían jinetes y hombres armados apresurándose en todas direcciones. Los seguían mujeres y niños cargados con grandes paquetes, al parecer con la impedimenta de los suyos y sus parientes.

—¡Marchaos! ¡Alejaos de aquí! —les dijeron de nuevo a Telamón y los chicos.

—¿Qué ha pasado?

El jefe de los guardias, que también se estaba dando prisa en abandonar la aldea, se detuvo para contestar.

Les dijo que durante la noche se había presentado una patrulla de reconocimiento romana, perteneciente a un cuerpo de caballería de élite, dirigida por un joven teniente que afirmaba haber surcado los mares desde Alejandría. Según dijo el oficial, su destacamento había sido enviado desde un campamento itinerante compuesto por dos cohortes, ochocientos combatientes, y establecido en Orcómeno desde hacía un par de noches; la población se encontraba a una jornada de camino al norte del pueblo. Además, también les había dicho que la infantería y los escuadrones del contingente marcharían sobre la comarca en menos de cuarenta y ocho horas.

La columna iba a ir de pueblo en pueblo... a la búsqueda de Telamón y la niña.

El teniente dio el nombre del mercenario y también añadió su descripción. Y dijo que él mismo había luchado contra ese bellaco. También advirtió a los jefes de la aldea de que sus oficiales poseían información fiable según la cual ellos, u otros caciques de pueblos aledaños, habían capturado al renegado y a la niña que protegía, y que aún los tenían presos.

El oficial romano les exigió que entregasen a los cautivos de inmediato. Primero les habló de una recompensa muy generosa y después amenazó con devastar la región entera si se enteraba de que, en efecto, sus habitantes tenían al hombre y a la pequeña en su poder y no los entregaban.

—¿Dónde está ahora ese teniente? —preguntó Telamón.

—Se fue a caballo con los suyos —respondió el guardián—. Y con las manos vacías.

Los montañeses estaban levantando el pueblo entero con la clara intención de internarse más profundamente en las montañas y prepararse para combatir.

—¿Y qué hay de nosotros? ¿Por qué no nos habéis entregado?

Los compañeros del guardián llegaron aprisa trayendo caballos por el ronzal. El hombre se montó en uno de un salto. Señaló a los ancianos del consejo, ya todos a caballo y dispuestos a marchar.

—Si los romanos os quieren muertos, entonces nosotros os queremos vivos.

Los montañeses parecían alegres o, al menos, tranquilos frente a la perspectiva de abandonar sus hogares y trasladarse a sus cuarteles de invierno. Los ojos de los más ancianos, hombres y mujeres, brillaban. Incluso los perros hacían alegres cabriolas entre las patas de los caballos.

Toda animosidad contra Telamón y los chicos había desaparecido. El pueblo entero parecía contemplar a sus antiguos cautivos como nuevos camaradas e incluso, de modo tácito, como parientes. Mientras el guerrero y los suyos recogían armas e impedimenta, el jefe del consejo se presentó ante ellos a lomos de su montura. Con él iban dos jóvenes que llevaban carne seca guardada en un envoltorio de paja.

—¿Adónde irás, hermano?

—Pues allá donde pensábamos ir antes de que vuestra hospitalidad nos entretuviese —contestó Telamón.

El jefe rio. Ofreció al mayor de sus dos acompañantes, su sobrino según dijo, como guía.

Entonces hubo un revuelo. Vieron antorchas subiendo por la ladera, procedentes del fondo de la cuenca.

—¡Son los sacerdotes! —gritó alguien—. Vuelven de Tres Senderos.

De inmediato cesó toda actividad. La gente se arremolinó para recibir a los recién llegados. Telamón y los chicos se unieron a ellos.

Los enviados eran dos, un hombre mayor y otro más joven que llevaban una sola mula. Los rodearon parientes preocupados, ansiosos de noticias. ¿A cuántos asesinaron? ¿Había algún superviviente? ¿Qué encontraron?

Los sacerdotes repartieron paquetes del pueblo destruido... Bienes u objetos personales de parientes que no fueron pasto de las llamas o robados durante el saqueo. Los parientes de la gente masacrada recibieron la mayor parte. Luego, casi al final, el más anciano de los sacerdotes sacó un pequeño paquete «para la niña que había venido».

Era para Ruth.

Pocos lugareños advirtieron el intercambio. El sacerdote le dio el bulto en persona, pero sin apenas dedicarle una mirada. Sin embargo, la pequeña Ruth lo recibió con gran y reverente agradecimiento.

El paquete estaba envuelto en una bolsa de ante cerrada con una correa de cuero crudo. David se situó junto a ella para ayudarla y ver el contenido. Telamón permaneció cerca, al otro lado.

El paquete, dijo el sacerdote, se había hecho específicamente para Ruth, al parecer unos años antes, anticipándose a la posibilidad de su regreso. Contenía objetos procedentes de tierras lejanas que su madre había enviado a casa durante la última década, o quizá algo más.

La niña no tiró nerviosa de la bolsa de ante, ni rompió impaciente el envoltorio, aunque tenía los ojos abiertos como platos y se encontraba muy inquieta. Primero lanzó una mirada a Telamón y después a David.

Alrededor de ellos había una buena cantidad de montañeses pasando por el mismo trance... Tomando los últimos efectos personales de sus difuntos seres queridos.

Ruth abrió el paquete y sacó su contenido: un estilo de ébano y una tablilla de madera encerada para escribir, y un manojo de papeles escritos en latín y griego sin relación entre ellos... Se trataba de simples documentos habituales en la logística militar, como órdenes escritas, informes de novedades y facturas de material de intendencia, muchos de ellos rasgados, con tachaduras, borrones y las esquinas dobladas. Los papeles parecían material de escritorio desechado por los burócratas militares. «Es la clase de material inútil que un analfabeto emplearía para aprender las letras y la forma y sentido de la palabra escrita», pensó David.

Ruth no encontró nada más. Rebuscó otras dos veces en la bolsa, e incluso le dio la vuelta para sacar todo su contenido.

Lanzó un vistazo a Telamón que podría interpretarse como una mirada desesperada y después hundió los hombros, alicaída.

David le puso una mano en el hombro para intentar consolarla, pero ella la apartó, dio media vuelta y se alejó.

El chico se volvió a Telamón.

—¿Qué buscaba?

—Un indicio —contestó el guerrero.

—¿De qué?

—De algo que demostrase su relación de parentesco conmigo.

Varios montañeses, testigos de la escena, cesaron sus preparativos para abandonar el poblado. Observaron al hombre y a la niña durante un instante. Y no pocos se acercaron para contemplar la escena.

Telamón se aproximó a Ruth y, arrodillándose, se colocó a su altura. La pequeña continuaba dándole la espalda. No pensaba volverse.

El guerrero le habló con mucha ternura.

—Pensabas que podría ser tu padre. Esa era tu esperanza cuando rebuscabas en ese hatillo, ¿verdad? Deseabas descubrir algún objeto, algún documento que lo confirmase.

La niña no respondió ni con signos ni con un cambio de postura.

—De entre todos los soldados de todas esas legiones destacadas en todos esos lugares… Y de entre los miles de mujeres que los siguen…

Ruth continuaba dándole la espalda, aunque su actitud indicaba que, en efecto, y en contra toda lógica, esa era su esperanza.

Telamón lo advirtió.

—¿Quieres saber la verdad? —le dijo—. También yo lo deseaba. He calculado años y meses…

La niña se volvió hacia él al oír aquello. Su mirada buscó la de Telamón como si quisiera confirmar la veracidad de sus palabras.

—Pero en la época en la que tu madre y yo pudiésemos habernos encontrado y, sin saberlo, tener un hijo de tu edad… Mira, estuve todo ese tiempo realizando tareas disciplinarias en el desierto, construyendo el acueducto ese por el que pasamos. No hubo permisos. Ni salidas. Ni mujeres.

Uno de los ancianos del consejo, al oír el intercambio, se acercó. El hombre no solo dirigió sus palabras a Ruth y Telamón, sino a todos los testigos de la conversación, y dijo lo siguiente:

—Si de verdad esta niña no es capaz de saber quién fue su padre, a duras penas los dioses se ofenderían si ahora eligiese a uno.

David aceptó la idea de inmediato. Lo mismo, al parecer, hicieron los demás asistentes. El chico se volvió hacia la pequeña para ver si compartía ese mismo sentimiento.

Ruth respondió con un signo.

—¿Qué ha dicho? —preguntó el anciano.

—Ha dicho: «Ya he escogido a uno» —respondió David.

En ese instante, el jefe del consejo de montañeses detuvo su montura junto a Telamón.

—Recoged vuestras cosas —ordenó—. Tenéis que salir de inmediato.

El cacique les informó de la presencia de una fuerza de choque romana avanzando hacia el sur en ese momento. Hizo un gesto hacia su sobrino, el guía, para que se ocupase de la partida del guerrero.

—Mi chico os llevará por sendas que jamás encontrarán esos hijos de puta.

Por todos lados había familias recogiendo sus enseres para marchar, ya fuese a pie o a caballo, por cualquiera de los senderos y veredas que los internarían aún más en las montañas.

El jefe, a caballo, se despidió de Telamón con un gesto.

—Ese teniente romano dijo una cosa más acerca de Corinto —anunció.

El mercenario dejó lo que estaba haciendo.

David y Ruth también se volvieron hacia el cacique.

—La han incendiado —les dijo—. Cuatro legiones, desplazadas desde lugares tan lejanos como Moesia y Macedonia. Los romanos están quemando la ciudad de cabo a rabo.

Libro undécimo
Corinto

XL
Mens Bellator

Corinto, como todas las ciudades griegas, está constituida por dos entidades municipales bien diferenciadas («la villa principal», llamada *asty*, y «la zona rural» o *jora*). En el caso de Corinto, a estas dos hay que añadir una tercera… Los puertos de Lequeo y Céncreas.

David, enviado por Telamón para realizar labores de reconocimiento, recorrió las dos primeras. El mercenario consideró que el modo de explorar la zona sin llamar la atención sería enviar a un chico solo. Y así, desarmado y vestido como otro muchacho de la calle, David podría deambular por todas partes y meterse en cualquier barrio. Podría confundirse entre la multitud y mezclarse en cualquier grupo, entablar conversaciones con desconocidos e incluso, fingiendo una inocente curiosidad, interrogar a legionarios y oficiales encargados del orden. Un chico que simulase estar haciendo un recado o intentando, digamos, llevar un mensaje podría preguntar direcciones y curiosear acerca de los nombres de las unidades militares y su disposición. Podría preguntar por las comunidades ocultas.

Corinto tiene la siguiente topografía:

La parte alta, el Acrocorinto, estaba situada sobre una elevación natural de aspecto asombroso y fácil defensa, por encima de la zona rural. Murallas con cinco grandes portones protegen la ciudadela, y el más famoso de ellos es el llamado Dípilon, la Puerta Doble. Tras sus fortificaciones, que tienen treinta metros de altura en el punto más vulnerable, el sudeste, y diez metros de grosor en su parte más ancha, se extiende una ciudad escarpada y desigual que sigue la irregular forma del terreno. Las calles son empinadas y abundan estrechos callejones escalonados. El curso de la avenida central es tan abrupto que la llamaban «Escalera», y en algunas zonas «Escala».

El cuerpo administrativo romano se encontraba acuartelado en la Estoa Sur, un espacio abierto en el corazón de la parte alta de la ciudad. Corinto contaba con dos mercados: el griego y el romano. Los romanos habían adaptado estas plazas y sus puestos con el fin de emplearlos como almacenes y centros de mando para la intendencia y logística de cuatro legiones: la Quinta Macedónica, la Séptima Claudia Pia Fidelis, la Octava Augusta y la Primera Germánica. Sus soldados se acuartelaron en diferentes barracones situados dentro de la ciudad y en algunos campamentos temporales levantados por ellos mismos. Cohortes de las dos primeras habían actuado en Moesia y Dalmacia, sus principales centros de operaciones, y en Corinto desde hacía ya veintisiete meses para controlar a los levantiscos griegos y mantener el orden. Las dos últimas legiones se habían desplazado desde Novae, en Moesia, y Colonia Agrippina, en la Baja Renania, para reforzar a las dos primeras en su labor de sofocar la creciente agitación causada no solo por el clandestino movimiento cristiano y la reacción frente a las severas medidas adoptadas contra este, sino también por el revigorizado irredentismo corintio que pretendía recuperar la autonomía y autodeterminación de antaño. Cuanto más férrea fue la mano romana, más amargo fue el resentimiento del pueblo sometido y más violenta su resistencia.

Bajo Acrocorinto se extendía la *jora*, la zona rural, por las laderas que descendían hacia el norte, el oeste y el sur de la ciudadela y se esparcían a lo largo de las calzadas que llevaban a los dos puertos: Lequeo, situado en el noroeste, en el golfo de Corinto, y Céncreas, en el sudeste, abierto en la bahía Sarónica. Estas vías eran el hogar del pueblo llano y allí se encontraban mercados secundarios, escuelas y barrios que descendían en cascada en dirección a los puertos.

Una partida sana y en buenas condiciones podría cubrir los sesenta y cinco kilómetros que separaban Arcadia de Corinto en dos jornadas de marcha, tres a lo sumo. A Telamón y los chicos les costó seis. El mercenario, preocupado por la seguridad del joven, despidió al guía al comenzar la segunda jornada. La preocupación de este por la familia que había dejado atrás, en las montañas, lo desolaba.

Comenzaron a encontrar refugiados a partir de la segunda mañana de marcha en dirección norte, a pesar de hallarse aún a más de cincuenta kilómetros de la ciudad. Se cruzaron con familias a pie tirando de carretas y carretillas. Todos huían al interior.

—¿Sois cristianos? ¿Venís de Corinto? —preguntó David a un grupo de aspecto particularmente astroso—. Decidnos, ¿cómo están las cosas en la ciudad?

Los huidos apuraban el paso sin hablar. Algunos se detuvieron, pero solo para preguntar por el camino al sur. ¿Cuánto quedaba hasta la frontera? ¿Había soldados por allí? ¿Alguna ciudad con mercado?

El deterioro de la condición física de Telamón comenzaba a ser preocupante. No podía ni mantener el paso de un anciano y debía descansar cada cuarto de hora para recuperar fuerzas y cubrir el siguiente tramo.

Algo había cambiado tras la emotiva conversación entre el guerrero y la pequeña Ruth. Al principio David lo contempló con desconcierto, después sintió curiosidad y luego una envidia que le causó remordimientos. El hombre y la niña ya no se comunicaban mediante signos o, por parte de Telamón, con palabras. La niña abría la marcha, el mercenario se esforzaba por mantener el paso en la retaguardia y David iba en el medio.

¿Acaso el motivo de la vergüenza que ambos sentían se debía a haber expuesto, en realidad confesado, los más íntimos anhelos de sus corazones? Al revés de lo que sucediese en el pasado, Telamón se mostraba incapaz de aceptar ayuda de la niña para ascender o descender por algún trecho del camino especialmente duro, y no le permitía aligerar su carga a la hora de montar o desmontar el campamento. El hombre evitaba cruzar su mirada con la de ella, y otro tanto hacía la pequeña. Sin embargo, y a pesar de aquel aparente alejamiento, a David le parecía que ambos se habían fundido de modo tácito en uno solo, en una unidad hermética e indivisible. Parecía como si cada uno comprendiese los pensamientos del otro sin necesidad de gestos ni palabras; de hecho, parecían adivinar las intenciones y reaccionaban o actuaban con antelación. La niña, en vanguardia, llegaba a una bifurcación, a cualquiera de las muchas que se encontraban a lo largo de cada jornada, y aminoraba el paso apenas un instante como si buscase en el aire alguna señal o indicación de parte del guerrero, que a menudo avanzaba tan atrás que probablemente no sabía de la necesidad de escoger un camino; y entonces, como si sintiese alguna clase de instrucción, tomaba decidida uno de los ramales, ya fuese el derecho o el izquierdo.

Un centenar de preguntas se agolpaban en la mente de David. Deseaba desesperadamente interrogar a la niña a solas, o a Telamón, e incluso a los dos a la vez. No obstante, parecía como si cada vez que se acercaba uno de ellos, aun en silencio, de inmediato le ponían una barrera invisible e impenetrable.

Solo una vez David logró obtener un destello de información. El guerrero continuaba instruyendo a ambos chicos en el manejo de las armas. Al terminar una de esas sesiones de entrenamiento, en la cual Ruth había superado a David no solo en aprendizaje técnico sino en capacidad de aplicación, Telamón llamó al joven aparte. Le habló a solas, en confidencia.

—Esto que os estoy enseñando a Ruth y a ti se llama en las legiones *mens bellator*, «la mente del guerrero». He conocido a hombres que lucharon con bravura y denuedo durante veinte años sin haber llegado a dominar este asunto. La niña ya lo ha conseguido. Por eso ella es mejor que tú en el ejercicio de las armas. No te culpes por ello. La pequeña tiene un don, eso es todo. Ya es una guerrera hecha y derecha. No compitas. Combate a su lado y siéntete orgulloso de ella. Aprende de ella.

Llegada la sexta mañana, la partida alcanzó la colina de los Delfines, que domina Acrocorinto y el golfo de Corinto. Los romanos habían reformado esta elevación, famosa en toda la Hélade por su santuario dedicado a los caminantes y una estatua de la diosa Misericordia, hecha de bronce y a media escala, en cuyas manos ahuecadas los viajeros depositaban monedas para los necesitados, en un puesto de control ocupado por efectivos de la infantería y la caballería del Imperio y cerrado al público. No permitían ni entrar ni salir del recinto. En el lado oriental del complejo se había levantado un enorme y paupérrimo campamento de refugiados y familias que intentaban abandonar la ciudad. La intersección de la calzada y varias hectáreas de su entorno se habían convertido en el acantonamiento temporal de una legión, protegido con empalizadas y fortificado con terraplenes, además de un foso de unos cuatro metros y medio de anchura erizado de afiladas estacas. Telamón reconoció los estandartes de la legión Quinta, la Macedónica.

La partida se escabulló rodeando los campamentos y, tras realizar ciertas investigaciones, encontró un pequeño pinar poco frecuentado que disponía de un buen punto de observación; estaba situado en un recodo y desde allí podían observar el puerto de Lequeo y los barrios del noroeste de la ciudad.

Se veían volutas de humo alzándose por encima del puerto y a lo lejos se podía oír el fragor de la lucha. Al sur, una doble hilera de veloces patrulleras romanas bloqueaba la bahía.

—No es fácil incendiar una ciudad —les dijo Telamón—. La fuerza de ocupación tiene que progresar barrio por barrio. Hay toda una ciencia dedicada a eso... Y los romanos la dominan de sobra.

Telamón les habló de la devastación de Corinto que tuvo lugar hacía ya doscientos años. El cónsul Lucio Mumio, al mando de dos legiones (veintitrés mil infantes y tres mil quinientos soldados de caballería), derrotó a trece mil infantes de la Liga Aquea. Los hombres de la ciudad fueron pasados por la espada y las mujeres y niños vendidos como esclavos.

—Fue el año de la caída de Cartago. Ambas ciudades sufrieron el mismo sino, solo que se permitió la repoblación de Corinto a capricho del conquistador.

Había llegado el momento de que Telamón enviase a David a la capital. Hizo que el muchacho y Ruth se sentasen y después les habló con gran seriedad.

—Sabéis que realizaría esa labor de reconocimiento personalmente...

—Pero a usted lo detectarían al instante... Aunque fuese disfrazado —dijo David—. Debo ser yo quien lo haga.

El guerrero se aseguró de que David comiese algo y no fuera con el estómago vacío. Hizo repetir al muchacho el tipo de información que necesitaba saber; cuáles serían los lugares donde habría mayor probabilidad de obtenerla y cómo habría de comportarse en caso de que soldados agentes de policía le diesen el alto.

—Sabemos, por boca de Severo, que el jefe de la comunidad cristiana es un hombre llamado Simón el del Puerto. ¿Pero de qué puerto? ¿De Lequeo o de Céncreas? ¿Todavía vive ese individuo? ¿Dónde? Y si hubiese huido o sido asesinado, ¿quién ocupa ahora su puesto? Y en caso de que no sea posible averiguar el paradero de ese tal Simón, ¿cabe la posibilidad de contactar con su hermana, esa a la que llaman Miriam? ¿O hay que recurrir a la otra, a Josefa, a la que apodan Partenos, «Virgen»?

Telamón informó a David de cómo bajar por el sendero que salía del pequeño pinar y, sobre todo, de cómo regresar, tarea que habría de llevar a cabo en la oscuridad.

—No puedes portar ningún tipo de arma. Habrá patrullas y puntos de control por todas partes.

El guerrero continuó instruyendo a David acerca del mejor modo de burlar el toque de queda, pues los horarios serían diferentes según el barrio o distrito y podrían variar al antojo del oficial al cargo de la zona, y a poner especial atención a la hora en la que, como muy tarde, el joven habría de abandonar la ciudad, además del santo, seña y contraseña que tenía que saber para emplearlo cuando regresase al bosquecillo de pinos.

Ruth escuchó aquellas instrucciones con suma atención.

Telamón advirtió en la mirada de ambos chicos que comprendían que se aproximaba el momento de la prueba definitiva.

—Eso que habéis aprendido es el espíritu de la batalla —les dijo, recalcando las palabras—. Asumidlo, ejecutadlo como habéis hecho y, a pesar de vuestra juventud, sembraréis el terror incluso entre esos jactanciosos romanos.

Telamón le tendió a David el último trozo de *kishar*, cecina de cabra, que le quedaba y su odre de vino. Después le habló con seriedad.

—Dime, ¿para qué te entrenó tu padre?

La expresión de David indicaba que no comprendía la pregunta.

—¿Para qué labor o vocación? ¿Qué era lo que tu padre más deseaba para ti?

El joven respondió de inmediato.

—Un rabí. Quería que fuese rabí.

—¿Qué es un rabí?

—Un maestro. Una especie de sacerdote.

El chico sintió que se sonrojaba al verbalizar ese objetivo. En ese momento lanzó un vistazo a Ruth y después, con expresión descompuesta, se volvió de nuevo hacia Telamón.

—Es verdad, no sé leer ni escribir. Pero puedo recitar la Torá de principio a fin.

Telamón lo observó.

—Un maestro —dijo, y luego posó una mano afectuosa sobre el hombro del muchacho—. Quizá esta noche me enseñes algo que hasta ahora no he sido capaz de aprender.

XLI
La villa y el campo

David permaneció catorce horas en la villa. Podría haber salido antes, en cuanto obtuvo la información que precisaba el guerrero. Pero eligió quedarse. Se lo estaba pasando bien.

La polis de Corinto era víctima de la antorcha, aunque con un estilo muy poco romano, sin apenas consistencia. David pudo confirmar de primera mano la presencia en el lugar de unidades pertenecientes a cuatro legiones, aunque al parecer estas ni se comunicaban ni se coordinaban entre ellas. No habían evacuado a la población ni la habían concentrado en campamentos a la espera de las decisiones del conquistador.

Hasta la misma Naturaleza parecía conspirar en la extensa y agónica ruina de la plaza. Durante toda la mañana se desataron tormentas procedentes del golfo, que amainaban brevemente (circunstancia que aprovechaban las teas romanas para retomar su labor) y poco después volvían a cobrar fuerza apagando y frustrando durante un breve periodo de tiempo los esfuerzos de los *incendiarii*.

David deambuló por la urbe con total libertad. Por sus callejuelas merodeaban bandas de jóvenes, locales o llegados de la zona rural, en busca de botín y aventuras. El muchacho se topó con varias de estas catervas. Telamón le había ordenado averiguar las identidades de las legiones y sus comandantes. ¿Cuántas eran? ¿Dónde acampaban? ¿Qué órdenes tenían?

Primero gracias a los jóvenes, y después a lo visto con sus propios ojos, David supo que un destacamento de la Décima Fretensis se había desplazado hasta allí desde Judea... «¿Quién la manda? ¿Cuándo llegó?».

David obtuvo sus respuestas tras una hora de pesquisas.

Severo.

Marco Severo Pertinax, tribuno y comandante en jefe de la guarnición de Jerusalén, se encontraba en el lugar al mando de dos compañías de la Décima. Habían llegado por mar, según le informó un sargento de ese mismo contingente, desde Judea vía Pelusio, en Egipto. Dos legiones destacadas en Moesia, la Quinta Macedónica y la Octava Augusta, eran las encargadas de llevar a cabo la mayor parte del trabajo sucio. Habían demostrado su poder reduciendo el Acrocorinto a cenizas, aunque respetaron los dos mercados más importantes, el griego y el romano, las sedes judiciales, ambas estoas, los edificios de la administración del Imperio, el bouleuterión y el templo de Apolo. Más de sesenta mil habitantes de la villa y las zonas rurales fueron detenidos o desplazados.

—¿Qué hay de las comunidades nazarenas? —preguntó David.

—Muertos o crucificados; quizá aún haya por ahí uno o dos grupos a la fuga.

—¿Y dónde se podrían encontrar?

El sargento se tocó la escarcela de cuero que colgaba en sus caderas.

—Muchacho, aquí hay un *accio* de plata para ti si eres capaz de averiguarlo y decírmelo a mí y a nadie más.

Al igual que en el acantonamiento fortificado que David, Telamón y Ruth encontraron en la colina de los Delfines, las legiones habían construido campamentos temporales con empalizadas y fosos erizados de estacas en distintas áreas de la ciudad, como eran el Campo de Pelota y los extremos del *diolkos*, el camino de portaje entre Lequeo y Céncreas; además de en las rutas de acceso a ambos puertos.

David no tuvo problemas para entrar en esos campamentos. A pesar de que estaban incendiando la ciudad barrio a barrio, la actividad comercial cotidiana continuaba efectuándose sin disminuir un ápice. David avanzó hacia la entrada de un castro situado justo a las afueras del Acrocorinto. Descalzo y ataviado con una túnica desastrada, mostrando solo un pergamino desechado que había recogido en la calle, entre la basura, gritó anunciando su llegada.

—¡Recogida de colada!

Con un gesto y sin dedicarle apenas una mirada, le indicaron que entrase.

Las calles del campamento estaban embarradas. Dentro de la fortificación ardían a fuego lento seis grandes hoyos sulfurosos donde los incendiarios (no solo legionarios, sino también operadores independientes de las ciudades aledañas e incluso voluntarios de la propia villa) obtenían y encendían sus antorchas. Montones de mugrientas túnicas salpicadas de brea y estopa se apilaban junto a las *contubernia*, las tiendas militares con capacidad para ocho individuos. David tomó varias y se las echó al hombro. Así, cargado y caminando a paso vivo, pudo moverse con total impunidad a lo largo y ancho del campamento.

Una hora después encontró a Severo.

El oficial pasó a medio galope a la cabeza de una compañía de équites. Era casi mediodía.

—¿Quién es ese? —preguntó David a un cabo situado junto al cenagoso camino que era la *via principalis* del campamento.

—Vino de Judea —contestó el individuo—. Es un mandamás. Ha llegado por mar.

David se deshizo de su carga y se escabulló entre la caravana de intendencia. La escuadra de Severo abandonó el campamento en dirección a la llanura abierta en la puerta Dípilon, llamada en tiempos prerromanos Campo de Pelota y entonces *Campus Martius*, el Campo de Marte. La columna militar recorrió la calle Alta, que rodeaba la ciudadela por su cara occidental, y descendió al galope por un lugar de la colina llamado calle de los Trípodes debido a los santuarios alineados en ella, dedicados a los héroes. El piso de adoquines estaba resbaladizo por la lluvia. Un caballo perdió pie y cayó, su jinete salió despedido y el animal patinó colina abajo, pataleando, con ojos aterrados. Media docena trastabilló enredándose en un choque en cadena.

Severo, a la cabeza de la columna, observó la situación sin decir nada. El destacamento se alejó retumbando, internándose en la parte baja en dirección al puerto de Lequeo. Tras la compañía dirigida por el tribuno salieron otras dos, desplazándose y desplegándose aprisa. A continuación, al parecer procedentes de campamentos cercanos, llegaron soldados de infantería tocados con gáleas, los cascos con carrilleras y sin visera, con sus crestas oscurecidas por la lluvia y las placas protectoras goteando agua. Iban pertrechados con armaduras segmentadas. También portaban antorchas.

David los siguió a pie. Durante las primeras horas de la tarde recorrió barrios que parecían abandonados al paso de las fuerzas romanas y solo volvían a la vida tras su marcha. Se acercó y preguntó a unos diez o doce jóvenes desvalijadores y saqueadores, así como a unos cuantos partisanos armados dedicados a levantar barricadas, amas de casa dispuestas a defender sus calles con escobas y garrotes y ancianos que denunciaban a las fuerzas de ocupación y, con feroces arengas, urgían a sus compatriotas a presentar resistencia. David no fue capaz de hallar, con razonable certeza, la ubicación de la sede de algún movimiento de resistencia local (al parecer no existía tal sitio) ni supo de los escondites de los nazarenos.

El joven decidió que sí, que Simón del del Puerto aún estaba vivo y combatiendo, aunque nadie supo o quiso decirle dónde y cómo. El «puerto» al que se refería su apodo era Lequeo. Media docena de personas le confirmó ese dato.

Llegaba la noche. Un constante goteo seguía cayendo desde los aleros de los tejados de la ciudad. David concluyó que ya había reunido información suficiente para que Telamón dispusiese el siguiente paso. Permanecer allí suponía correr el riesgo de quedar inmovilizado por el toque de queda o hacer que su maestro temiese por su muerte o captura… Y así obligarlo a realizar una azarosa y apresurada incursión en la ciudad.

El chico se dispuso a regresar.

Atravesó el barrio de los alfareros, llamado Cerámico, y el ágora romana manteniéndose entre las sombras sin ser visto por nadie; estaba seguro de ello. Mientras ascendía la colina hacia el pequeño bosque de pinos, David ensayaba de qué y en qué orden iba a informar. Se sentía orgulloso de sí. Estaba impaciente por rendirle novedades a Telamón. Tenía la certeza de que el guerrero aprobaría y alabaría su trabajo.

Al llegar a unos treinta pasos de la cima, David se postró boca abajo y siseó el santo y seña. Tuvo que hacerlo dos veces antes de recibir la contraseña.

El muchacho avanzó con sigilo, manteniéndose agachado. Entró en el bosquecillo encogido entre los ramales, por el noroeste, por el mismo lugar que salió.

Lo primero que vio fue a Telamón en pie, armándose.

Tras el mercenario, y en cuclillas junto a un pequeño montón de estopa ardiendo, se encontraba Ruth. David advirtió un pergamino desatado y una especie de estilo. La niña escribía algo.

—¿Qué ha pasado? ¿Qué sucede?

La mano de Ruth detuvo sus movimientos.

—Continúa —ordenó Telamón a la pequeña. Por su parte, el guerrero siguió sujetando las correas laterales de su coraza.

David forzó su mirada para intentar ver en la penumbra.

Detectó una tercera figura.

Una mujer.

Una salvaje y desordenada melena.

Ojos ardientes.

A David se le erizó el vello de todo el cuerpo.

—¿Qué? —acertó a decir—. ¿Cómo?

La hechicera se deslizó hacia el resplandor.

Ruth dirigió unos signos a David. *Telamón ha cambiado de idea. Va a ir solo. No nos dejará acompañarlo.*

El guerrero sujetó a David por el codo.

—Siéntate y calla —le dijo.

XLII
Un artículo valioso

David se quedó mirando a la bruja.

—¿Cómo ha llegado aquí la diabla esta? —Luego, dirigiéndose a Telamón, preguntó—: ¿Es un fantasma?

El guerrero le ordenó al chico que se sentase. Pero el muchacho estaba demasiado nervioso para oír nada. Intentó facilitar a su maestro la información que había reunido durante su labor de reconocimiento en la ciudad. Parecía como si hubiese olvidado la mitad, o más. Informó de que probablemente Simón, el dirigente cristiano, estaba vivo y en la lucha, aunque no hubiese corroborado ese dato con sus propios ojos, y que el «puerto» al que se refería su apodo era Lequeo, el occidental.

Resultaba evidente que Telamón adivinaba la esencia de las demás cosas que iba a contarle David… Gracias al humo que se elevaba sobre la ciudadela, al frenético tráfico de personas por las arterias que llevaban fuera de la plaza y de su experiencia bélica, además de su conocimiento de los usos de las legiones.

El guerrero solo le dijo una palabra a David.

—¿Severo?

La expresión del muchacho le sirvió de respuesta.

—¿Estás seguro? ¿No hay duda?

—Lo vi, señor. Lo seguí durante casi una hora.

Entonces Ruth también se puso en pie.

—Quédate sentada —le ordenó Telamón—. Acaba tu escrito.

La pequeña no le hizo caso y, empleando la lengua de signos, le dijo de nuevo a David que el guerrero pretendía apartarlos de la operación definitiva.

No les permitiría pelear.

David se esforzaba por asimilar todo aquello. Se volvió otra vez hacia la bruja.

—¿Cómo has llegado aquí? ¿Cómo has atravesado el mar?

La hechicera rio.

—Volé.

El muchacho sintió que le ardían las sienes. Avanzó hacia la mujer como si fuese a golpearla. Telamón lo sujetó por el codo.

—¡Me trajo Severo, mamerto! —le dijo la bruja—. En calidad de cautiva para el divertimento de la escoria legionaria que sirve a sus órdenes.

David la atravesó con la mirada.

—¡Miente! ¡Los romanos la han soltado para que nos encuentre! —Anduvo con cautela hacia el borde del pequeño pinar, hasta un claro donde el follaje le proporcionaba un buen punto desde el que observar la ladera bajo ellos—. ¿Dónde están, tarasca? —Luego, dirigiéndose a Telamón, dijo—: Tenemos que matarla. ¡Matarla ahora mismo y salir de aquí!

Telamón continuó colocándose sus pertrechos de guerra sin ninguna prisa.

—¿Te ha enviado Severo? —preguntó a la hechicera.

—Así sus entrañas ardan en los infiernos.

—¿Y entonces por qué estás aquí? ¿Cómo nos has encontrado?

—He venido a ayudarte, peregrino…

La hechicera estiró ambas manos mostrándole un puñado de hierbas, al parecer producto de su más reciente cosecha.

—¡Ah! —chilló David con feroz énfasis—. ¿Qué clase de idiotas crees que somos? —Dio un manotazo hacia la ofrenda con intención de arrancarla de manos de la bruja—. ¡Llévate tu veneno lejos de aquí antes de que te saque las tripas, tal como teníamos que haber hecho la primera vez que te vimos!

La bruja apartó el manojo, protegiéndolo. David se acercó a ella con intención de volver a golpear.

—¿Qué ha pasado con tu «celo», bruja? No se te ocurra decirnos que te avergüenzas de cómo carneaste a Miguel...

La bruja palideció al oír aquellas palabras, pero se mantuvo firme.

—El celo adopta muchas formas y se puede emplear al servicio del Todopoderoso de muchas maneras diferentes.

—¿Qué quieres decir con eso? —preguntó Telamón. Luego observó a la mujer—. ¿Qué te hicieron los romanos en ese barco?

—Nada que no hubiesen hecho antes a cualquiera que haya caído en sus garras. Y en cuanto a encontraros, eso no fue ninguna faena. —La bruja señaló a David—. Media docena de personas vio a este galopín emprender su escandaloso ascenso por la colina hace un cuarto de hora. Y al menos una veintena más lo vio merodeando por la ciudad.

David insistió diciéndole a Telamón que la matase o que le permitiese a él hacerlo. El muchacho reiteraba la acusación de que la bruja había salido en busca de la partida siguiendo órdenes de Severo, trabajando al servicio de Roma y los romanos.

—¡Mátala y vámonos!

La mirada de la pequeña Ruth permaneció fija en Telamón durante todo el enfrentamiento. El mercenario continuaba pertrechándose con todo cuidado y gran decisión. En cuanto a la niña concernía, el hombre no mostraba ni ira ni intención de causar daño alguno a la hechicera.

David lo miraba, también asombrado ante semejante control.

Al parecer, la tremenda audacia de la bruja para presentarse ante Telamón y los chicos después de todas las traiciones perpetradas contra ellos y Miguel el Nazareno, por no hablar de la osadía que mostró al enseñar de nuevo su arsenal de drogas, había hecho que el guerrero, contra todo pronóstico, tomase en serio a la mujer. La bruja supo verlo en su mirada.

—Leí la carta —dijo ella.

Telamón la fulminó con la mirada.

—¿Cómo?

—La epístola del Apóstol. Los romanos... Ese cabo canijo, acompañado por su teniente... Los dos bajaron a la sentina. Allí me tenían encadenada. Llevaban una lámpara y la carta.

—¡No la creas! —chilló David—. ¡Son más perfidias!

—Tenían copias, según dijeron —prosiguió la hechicera con voz tranquila—. Otras cuatro epístolas enviadas por el Apóstol, además de esa que llevas. Todas interceptadas. Según dijo el teniente, habían incendiado ciudades enteras para arrebatárselas a sus portadores.

Los ojos de Ruth continuaban fijos en Telamón. La mirada del guerrero ordenaba a la bruja que continuase su relato.

—El teniente me la leyó. Dijo que era para recompensarme, para mostrar que se había cumplido mi deseo de interceptar la dichosa epístola.

De nuevo la mirada de Telamón ordenó a la bruja que continuase.

—Pero el objetivo del teniente no solo era torturarme... Era demostrarme que ningún acto de rebeldía, por atrevido que fuese, podía tener la esperanza de triunfar frente a las legiones de Roma.

»Coge esto —insistió la bruja a Telamón, tendiéndole el paquete de hierbas.

—¿Qué interés tienes en la carta, aparte de interceptarla? ¿Por qué has sacado el tema?

—Mercenario, lo mismo podría preguntarte a ti. No la has leído, ¿verdad? Su contenido no significa nada para ti. Lo mismo sucedía conmigo.

La bruja afirmó haber llegado a Corinto desde Pelusio embarcada en la flotilla romana que transportaba a Severo y las dos cohortes procedentes de Alejandría y Jerusalén. Confirmó la información relativa a las legiones que David obtuviese en la ciudad. El emperador, dijo, había desplazado a la Primera Germánica desde su base, a orillas del Rin. Siguiendo sus órdenes, tres cohortes de la Quinta Macedónica y dos de la Octava Augusta avanzaban a marchas forzadas desde Singidunum, en Moesia. Y la Séptima Claudia al completo ya estaba de camino desde Dalmacia. Lo que comenzó como una acción punitiva dirigida contra las comunidades mesiánicas había crecido hasta convertirse en una campaña a gran escala contra los descontentos e insurgentes de una reforzada y renacionalizada Grecia.

La presión de esa abrumadora fuerza había dividido a las comunidades cristianas, dijo la hechicera. La mitad de los comuneros huyó, o quizá más. Los cabecillas de los que aún quedaban eran dos hermanos, Simón y Miriam, y una profetisa llamada Josefa, conocida como Partenos, «Virgen».

Telamón la interrumpió.

—¿Por qué estás aquí? —preguntó de nuevo.

David encaraba a la bruja empuñando su dolabra con fuerza.

Ruth también estaba en pie, daga en mano.

La hechicera respondió con una voz de tan calmada sobriedad que hubieron de inclinarse hacia delante para oír sus palabras.

—Sea lo que sea lo que yo, o cualquiera, pueda haber creído o todavía crea acerca de ese presunto «apóstol», lo cierto es que es un profeta inspirado por los cielos. Sus palabras acabarán con Roma. Deben llegar a todos los que las quieran oír.

La bruja se dirigió a David.

—Eso, muchacho, es mi celo —le dijo.

Telamón la observó.

Luego miró a David, después a Ruth y de nuevo a la mujer.

—¿Qué hay en ese paquete?

La bruja avanzó un paso hacia él tendiendo el paquete de medicinas.

—Durante el tiempo que dura un turno de guardia —le dijo—, lucharás con la fuerza de tres hombres.

XLIII
Corinto

La tormenta descargó toda su furia al anochecer.

Telamón no pudo evitar que el muchacho y la niña, e incluso la bruja, lo siguiesen en su descenso hacia la ciudad. Al principio fueron tras él manteniendo la distancia. Sin embargo, comenzaron a acercarse al guerrero a medida que crecía la oscuridad y arreciaba la violencia del chaparrón. Al llegar al extremo de la calle de los Trípodes ya caminaban junto a él.

Ninguna de las imprecaciones del mercenario logró apartarlos de su lado.

Dos carretas de vendedores y un carromato volcados en el cruce de las calles, al parecer obra de la revuelta civil, formaban una barrera en la entrada al barrio que ascendía hacia el norte y el oeste de la plaza. Apenas unos minutos antes había concluido alguna clase de violento altercado entre lugareños y las fuerzas de ocupación. Telamón y los suyos cruzaron a hurtadillas una plaza sembrada de adoquines, a todas luces arrancados del pavimento y empleados como arma arrojadiza. Bajo sus pies crujía una alfombra de duelas partidas, mangos de herramientas rotas, empapados jirones de vestiduras desgarradas y restos destrozados de zapatos y botas. Dos cuerpos, el de un hombre y una mujer, yacían frente a la desbaratada hoja de una puerta, al parecer empleada como parte de la barrera que bloqueaba el callejón inferior. Ambos cadáveres estaban descalzos y con la cabeza descubierta. Hasta el último centímetro de la plaza estaba cubierto de esquirlas de tejas y loza, sin duda arrojadas desde lo alto de los edificios sobre las tropas imperiales, y por aquí y por allá se podían ver montones de excrementos (los de mayor tamaño pertenecientes a caballos y los de menor a hombres) casi licuados por el aguacero.

—¡Los están empujando al puerto! —gritó alguien.

—¿Llevando a quién? —preguntó David.

—¡A los nazarenos! —respondió el sujeto, y se alejó corriendo en esa dirección. Telamón lo siguió tan rápido como le permitían sus fuerzas. David y Ruth lo flanqueaban. La bruja corría por delante.

Todo en Corinto rueda cuesta abajo desde la parte alta de la ciudadela. Las tormentas invernales, como la desatada aquella noche, producían torrentes cuyo cauce se precipitaba por abruptas calles adoquinadas, discurriendo a lo largo de callejones escalonados. Grandes bocas de alcantarilla curvilíneas, cubiertas con rejas de hierro lo bastante fuertes para soportar el paso de yuntas y carros cargados, encauzaban la escorrentía hacia una red de cisternas y pilas de captación; después el agua pasaba a túneles de desagüe, que también recogían la de las calles de la zona baja de la villa, y desde allí, y mediante otra red de drenajes y canales, corría hasta el puerto yendo a desaguar en el golfo de Corinto.

Los puertos de la ciudad eran los más grandes de Grecia. Lequeo, situado en el litoral abierto al noroeste, medía veintinueve estadios, casi cuatro millas romanas. Cada metro, a excepción de la base naval de Posidonia, estaba ocupado por dársenas y zonas de reparación, almacenes y embarcaderos mercantes, establecimientos comerciales, centros de abastecimiento y los talleres y locales de veleros, carpinteros y arquitectos navales.

En el momento en que Telamón y los chicos alcanzaron el puerto, todas y cada una de sus vías de acceso estaban inundadas por la escorrentía de la tormenta y repletas de ciudadanos huyendo.

El paso que da al golfo, el del embarcadero, se llamaba *to Miselino*, «medialuna». Telamón reconoció el lugar con la mirada y vio, a poco menos de un kilómetro, varias formaciones militares empujando civiles frente a ellas. Grupos de lugareños, auténticas muchedumbres arrastradas por la vorágine desatada en la ciudad llegaban a la línea litoral corriendo tras los pasos de los legionarios.

Telamón y los chicos apretaron el paso tras el gentío. Los tres vestían capotes con capucha, entonces empapados y oscurecidos por la humedad, bajo los cuales ocultaban sus armas. David veía a la bruja avanzar frente a ellos cogiendo por los brazos a las damas y criadas con las que se encontraba. La hechicera señalaba primero en una dirección y después en otra. Los sujetos de su interrogatorio parecían responder: *No, por ahí no. Por allá.*

David cayó al suelo. Su dolabra salió despedida repicando sobre los adoquines. Vio a Telamón volviéndose para lanzarle una mirada feroz. El muchacho gateó aprisa y recogió su arma.

La bruja se presentó frente al guerrero corriendo a toda velocidad. Hablaba atropelladamente y gesticulaba con vehemencia hacia los callejones portuarios colindantes a la Medialuna.

En ese lugar, la ladera que descendía desde el Acrocorinto caía abrupta hacia el litoral. Las alcantarillas rebosaban agua de la escorrentía. David caía una y otra vez. Al atravesar a la carrera una plaza abierta, una especie de pista para carreteros y transportistas, el joven vio unas cuantas monturas de la caballería romana sin sus jinetes, bufando y con los ojos desorbitados mientras los palafreneros de la legión se esforzaban por mantenerlos reunidos. Al parecer, los soldados habían desmontado para sembrar el caos a pie. Resultaba evidente que aquellos callejones, resbaladizos debido al aguacero, yo no eran sino «partepatas».

La hechicera se escabulló en vanguardia. Se había convertido en la guía de la partida. Telamón renqueaba apoyándose en los agarraderos de las paredes y los postes de las vallas. Ruth se apresuraba a su lado, sin abandonarlo en ningún momento. El grupo llegó al borde del agua. Junto a las dársenas de madera y los atracaderos hechos con piedras y troncos se mecían esquifes y botes de remos. La gente huía, en parejas o pequeños grupos que parecían compuestos por parientes, siguiendo los callejones que daban a la Medialuna.

¿Cristianos?

David advirtió, frente a él, una línea de refugios abiertos y techados con tablas. Aleros amplios e inclinados, de treinta metros o más de anchura, protegían amarraderos abiertos en la roca junto a unas plataformas parecidas a muelles que se proyectaban hacia el puerto.

—*To Neórion* —dijo alguien.

Varaderos. Zonas de amarre y reparación.

La base naval.

La bruja corría por delante rebasando los refugios; veinte, treinta seguidos, todos vacíos a excepción de unos pocos.

De pronto, en el camino del grupo se presentaron… Los romanos.

Entre el aguacero se materializó un destacamento de legionarios pertrechados con armaduras y los escudos dispuestos en formación de combate. La sólida línea bloqueaba el paso por completo.

—¡Allí! —gritó la hechicera. Señalaba hacia algo semejante a un complejo de grutas abierto en la ladera del lado de la villa.

Docenas de hombres y mujeres corrían a ese lugar cargando con sus hijos pequeños y tirando de los ya crecidos.

La bruja agitó una mano con impaciencia, urgiendo a Telamón a que la siguiese.

Lo hizo.

David y Ruth corrieron a su lado.

Las grutas eran almacenes para el comercio marítimo, allí había velas y cabos, poleas y aparejos fijos o colgados, vino en grandes ánforas, aceite y grano. La población a la fuga se internaba en aquellas catacumbas. David oía a su espalda el sonido de las botas claveteadas repicando sobre los adoquines. Eran los legionarios arremetiendo contra la entrada del túnel. Los fugitivos se encontraban entonces casi en oscuridad absoluta.

La multitud dobló una esquina y luego otra más.

Los huidos llegaron después a una especie de alcantarilla o canal inundado.

Al frente se vislumbraba una débil luz.

David oyó gritos.

—¡Por aquí! ¡Aprisa!

La jadeante y desastrada muchedumbre salió del túnel y entró en una ancha cámara cuya bóveda goteaba agua de la escorrentía que fluía en la superficie. La débil luz se colaba a través de una rejilla metálica de drenaje colocada en lo alto. Sobre ella, en la superficie, pasaba gente corriendo. El agua del chaparrón caía a cántaros sobre los fugitivos situados allí abajo.

David vio a un grupo de hombres armados en el pasadizo, frente a él. No eran romanos. Hacían gestos con las manos animando a los fugitivos a continuar para después desviarlos hacia una escalera de piedra adyacente.

Esos guardias, al parecer judíos *shomrim* de la secta de los nazarenos, conformaban un punto de control a través del cual habrían de pasar los refugiados en su huida.

Los individuos observaban los rostros de la gente, indicando a los conocidos que continuasen y deteniendo a los demás.

David vio cómo obligaban a retroceder a un grupo familiar en el que se contaban ancianos y niños. Fue un enérgico y violento rechazo. Incluso a lo lejos, el muchacho distinguía las blancas córneas de los guardias brillando por encima de las máscaras que ocultaban sus rostros y amortiguaban sus voces. Dentro de la catacumba retumbaban los gritos y los pesados pasos de los legionarios lanzados a la caza. Los guardias parecían casi tan aterrados como la riada de fugitivos que los rebasaban.

La hechicera corría por delante en dirección al punto de control. Se dirigía a los guardias gritándoles algo en arameo. La rechazaron.

Telamón solo podía renquear, asistido por Ruth, que hacía todo cuanto estaba en su mano para ayudarlo.

David apresuraba el paso frente a ellos.

Una segunda línea de vigilantes, destacada tras la primera y situada en un punto más elevado de las escaleras, estaba arrastrando una especie de barricada hecha de hierro y madera para colocarla en su sitio. La última familia de fugitivos la rebasó.

—¡Retrocede! —mugió uno de los guardias a la hechicera. La golpeó con el extremo romo de su bastón.

David corrió hasta llegar al lugar donde se hallaba el vigilante. Señaló a Telamón y a la niña.

—¡Son ellos! ¡Ellos traen la carta del Apóstol!

El mismo guardia lo golpeó.

Dos más impedían el paso a la bruja y al chico. Ambos iban provistos de garrotes, que ya levantaban dispuestos a golpear.

—¡Traidores! —bramó el primer guardia—. ¿Creéis que somos imbéciles?

Por el túnel llegaban los romanos...

David sintió que Ruth tiraba de su codo. La familia con los ancianos y los niños se internaba, retorciéndose, en un angosto canal lateral con rejilla de hierro, una especie de desagüe secundario. La entrada era tan estrecha que las personas tenían que pasar de una en una, estrujándose entre las paredes.

—¡Por allí! —gritó la hechicera.

Empujó a David en esa dirección. Telamón y Ruth también fueron hacia allá. Tuvieron que aguardar hasta que hubo pasado la familia entera, con los pequeños y los ancianos.

David se volvió hacia Telamón. El guerrero parecía haber recuperado su fuerza. Los romanos llegaban.

Ruth y el muchacho se internaron en la entrada del túnel. El torrente, gélido y raso, los cubría hasta medio muslo.

Ya habían avanzado media docena de pasos contracorriente cuando David agarró a Ruth por el brazo.

—¿Dónde está la bruja?

Los dos se retorcieron para mirar a retaguardia.

Al otro lado de la entrada, una rendija parcialmente bloqueada por la rejilla de hierro, vieron a Telamón y a la hechicera, las dos últimas siluetas presentes en el túnel principal.

Y hacia ellas, portando antorchas y espadas, se abalanzaba la vanguardia de los legionarios.

David vio a Telamón empuñar su *gladius* y dar media vuelta para enfrentarse con los perseguidores.

La hechicera lo sujetó por el brazo.

El mercenario se zafó de un tirón y, alzando su espada, hizo ademán de volverse hacia la bruja. Resultaba evidente que creía que la hechicera estaba pergeñando alguna clase de traición. Entonces la mujer le chilló algo al oído. David y Ruth no pudieron oír nada debido al estruendo que retumbaba en el túnel y la riada que rugía a su alrededor.

Los romanos ya se encontraban a menos de quince metros.

La bruja señalaba hacia la angosta entrada y la rejilla de hierro. Intentó empujar con las dos manos a Telamón en esa dirección.

Pero el mercenario se resistía.

La bruja lo empujó con más decisión.

De pronto la mujer soltó una risotada… Un fuerte y jubiloso graznido que se elevó sobre la batahola llegando incluso a oídos de David y Ruth.

Vieron a Telamón apartarse de la bruja y agacharse para pasar a través de la rejilla de metal dispuesta en la entrada. Una vez dentro, la empujó, cerrándola.

Lo último que los chicos vieron desde su aventajada posición dentro del túnel fue a la bruja atacar a los romanos, con el agua cubriéndole hasta media pantorrilla y las manos desnudas, lanzándose contra los escudos y las puntas de las espadas de los legionarios que ya se abalanzaban contra ellos.

La bruja cayó.

Los romanos le pasaron por encima, pisoteándola.

David vio a Telamón aparecer justo frente a él.

El mercenario le hizo dar media vuelta sujetándolo por el hombro.

—¡Marchad! ¡Ahora!

De alguna manera lograron salir.

Telamón corría por delante de los chicos. Los guio a través de una plaza. Corrieron bajando por una callejuela bordeada de puestos, y después por otra. Los guardias y demás fugitivos huían por delante de ellos.

David sentía sus pulmones ardiendo. Sus muslos parecían rígidos nudos de madera. Había destrozado su calzado. Le sangraban las plantas de los pies. La multitud frente a él dobló una oscura esquina a la carrera y se internó en una plaza cubierta de robles.

La caballería del Imperio aguardaba.

Severo.

El teniente.

Alguien gritó que la *Virgen* huía entre el gentío. El nombre corrió de boca en boca a lo largo de la columna. Pareció como si de pronto los partisanos se inflamasen de valor.

David miró a su alrededor. La plaza tenía el aspecto de una especie de recinto comercial; un ancho romboide con muros de piedra en tres de sus lados.

Un mercado de esclavos.

El joven vio fuertes argollas de hierro colocadas en el muro del fondo. En ellas sujetaban a los esclavos, los romanos los llamaban *servorum* y los griegos *andrapodiá* («objetos con piernas humanas»), en grupos de ocho antes de que los sacasen de uno en uno para presentarlos en el lugar de la puja.

El muchacho vio los establos donde se almacenaban los niños en venta y los rediles donde los siervos ya vendidos aguardaban a ser entregados a sus nuevos amos. El recinto tenía medio estadio de ancho y un cuarto de largo.

La caballería romana ocupaba el extremo abierto de lado a lado.

Los fugitivos se amontonaron contra el muro más estrecho, atrapados entre los muros como las bestias salvajes en los juegos de gladiadores.

«Menudo lugar para morir», pensó David.

De pronto una mujer (joven, descalza, vestida de blanco y con el cabello largo y oscuro derramándose bajo la capucha que le ensombrecía el rostro) salió de entre la multitud y corrió hacia el lado abierto, hacia los romanos. La mujer tiró de unos cuantos urgiéndoles a seguirla. A todos les faltó valor. David vio cómo algunos se zafaban de ella y regresaban al abrigo de la muchedumbre.

La mujer avanzó en solitario. Iba desarmada. Ocupó una posición a medio camino entre los romanos y los suyos, encarándose al enemigo. Con un ademán se quitó la capucha que le ocultaba el rostro. David reparó en su fuerte mandíbula y sus ojos ardientes. La mujer chillaba algo que el chico no pudo oír en medio del fragor de la tormenta y los gritos de los fugitivos pidiéndole que regresase.

El joven advirtió que los insurgentes a su espalda cerraban filas para formar una masa compacta. Se estaban armando con adoquines, tejas y trozos de madera que empuñaban como garrotes.

David oyó una trompeta.

La línea de caballos atacó.

En cuestión de segundos arrollaron a la mujer vestida de blanco.

El *gladius* apareció en la mano de Telamón como por arte de magia.

David vio a Ruth empuñar su daga y los dardos lastrados.

El joven apenas había tenido tiempo para tomar una respiración cuando los équites llegaron a él. No podía dar crédito cuán rápido la caballería había cubierto los cien pasos que separaban la línea de combate de la masa rebelde. Los jinetes llegaron en formación cerrada, «bota con bota». Los pechos de sus monturas golpearon las filas de vanguardia como un sólido muro de músculo. Sus cascos y rodillas se hundieron entre la multitud como si fuesen las aspas de una cosechadora.

Los guardianes nazarenos resistieron como posesos. El impulso de la carga perdió fuerza, llegando a detenerse, cuando las dos primeras filas de caballos se estrellaron contra la compacta masa de disidentes.

David observó cómo Telamón se preparaba adoptando la postura de «enroque». El filo del sable de un soldado de caballería no alcanzó el cráneo del guerrero por apenas unos centímetros. Vio el *gladius* del mercenario moverse hacia delante y arriba en dirección al muslo del jinete que tenía encima. Los caballos, por instinto, se asustan ante cualquier cosa que se mueva por el suelo bajo sus vientres. Vio a uno de esos nobles brutos retroceder con ojos aterrados. A este lo siguió otro, golpeando a ciegas con sus cascos delanteros.

Las monturas romanas comenzaron a replegarse. Ante los animales, y bajo ellos, los defensores golpeaban con duelas y maderos. Muchos empuñaban picas y horquetas. Al parecer, los rebeldes tenían experiencia en enfrentarse con tropas a caballo en espacios cerrados.

Comenzaron a llegar refuerzos de los insurrectos, o quizá se tratase de un avance de aquellos situados en la retaguardia. David solo distinguía sombras entre la vorágine. Vio los tejados repletos de sediciosos. Desde aquella posición aventajada, hombre, mujeres y niños arrojaban ladrillos y tejas sobre la compacta formación de jinetes. David sabía que el valor de la caballería radicaba en su velocidad y capacidad de maniobra en campo abierto, además de la aterradora sensación que producía su aparentemente irresistible embate. No obstante, si las fuerzas a caballo se encuentran clavadas en un lugar cerrado llegan a inmovilizarse y sus principales virtudes, la fuerza y el tamaño, se convierten en sus principales inconvenientes.

Los defensores, agachados bajo los vientres de los caballos, golpeaban y apuñalaban con lanzas y dagas. Golpeaban incluso con sus manos desnudas. Los animales sobre ellos retrocedían y bufaban. David vio al teniente bramando órdenes a sus hombres para que desmontasen y combatiesen a pie. Los tajos de *spatha* que los soldados descargaban desde lo alto de sus monturas no solo eran inútiles frente a la acuclillada masa de insurrectos, sino que ponían en peligro a los propios soldados pues, cuando el brazo descendía al golpear, los dejaban expuestos a que los agarrasen y los desmontasen de un tirón.

¿Qué había pasado con la mujer de blanco?

David, inmovilizado bajo los caballos, entrevió durante un instante una visión tranquilizadora. ¡Estaba viva! Los defensores apostados en los tejados la estaban sacando de la refriega. De alguna manera había logrado evitar que la pisoteasen.

En ese momento llegaron más elementos subversivos. Estos atacaron con el furor de la desesperación. Arrancaron las puertas de los puestos del mercado de esclavos para emplearlas como escudos y barricadas. Trabajando en parejas, colocaron sólidos tablones ante ellos a modo de parapetos y, así protegidos, arrojaron piedras, cazuelas y jarros. Desde los aleros de los rediles para esclavos había más rebeldes lanzando ladrillos y adoquines. David pudo ver a uno de esos luchadores, un individuo calvo como una rana, disparar tres proyectiles de honda seguidos que resonaron en los cascos de los soldados a caballo situados más abajo.

—¡Simón! —gritó alguien, exultante.

«¡El dirigente!», pensó David.

El chico enfiló hacia el centro de la plaza. Vio al teniente de caballería a lomos de su montura, sobre el gentío, mirar en dirección al lugar del que procedía el chillido. El joven oficial fijó sus ojos en el hombre llamado Simón. Su intención era, evidentemente, cargar contra él. Sin embargo, el oficial no pudo avanzar ni un solo paso en aquel atestado lugar.

David vio a Telamón meterse en la refriega. Las medicinas de la bruja habían obrado el milagro. Tal como prometió, el guerrero combatía con la fuerza de tres hombres.

Lo vio desmontar a uno de los soldados con un golpe circular propinado desde el flanco y después asestarle otro, y otro más. El mercenario no perdía tiempo rematando a los caídos. Otros rebeldes se abatirían sobre ellos. David, por su parte, golpeaba con la dolabra las rodillas de los caballos romanos. A tan corta distancia el arma era tremendamente efectiva. Los animales no caían, pero sí se tambaleaban y retrocedían aterrados sacudiendo sus patas delanteras.

Por todos lados había jinetes derribados. La técnica de desplazarse lateralmente en cuclillas, que Telamón había enseñado a los chicos, resultó muy útil. Ruth arrojaba sus dardos lastrados desde abajo, tan cerca de los soldados que no podía fallar. Los jinetes ni siquiera la veían. La niña lanzaba sus proyectiles a bocajarro contra muslos y pantorrillas. Empleaba la daga para, sencillamente, apuñalar.

De nuevo David se fijó en el teniente romano. Este espoleaba a su montura con furia, llevando al animal paso a paso hacia la refriega, en dirección al alero donde se encontraba el cabecilla, Simón. «¡Si sigue así no podré alcanzarlo! Daría lo que fuese por golpearlo», pensó David.

El joven avanzó apretando con fuerza la dolabra contra su pecho para no perderla entre el tumulto. «¡Deja que me acerque a ese teniente, oh, Señor de los ejércitos! ¡Deja que me acerque lo suficiente para golpear!», eran sus únicos pensamientos.

Pero en su camino se cruzaban caballos y hombres enzarzados en un feroz cuerpo a cuerpo.

David avanzó con más empeño.

Vislumbró al oficial a caballo al otro lado de la barrera de hombres a pie. El romano estaba cerca, apenas a dos espadas de distancia, dirigiéndose hacia Simón, el cabecilla de los rebeldes. El campeón de los nazarenos, al borde de un alero, rechazaba a otro romano, un soldado a pie, que le tiraba golpes de lanza desde abajo. Simón estaba de espalda a la escena. No podía ver al oficial acercándose.

David se lanzó hacia delante con todo su vigor gritando el nombre del cristiano. Pero no había sonido que se pudiese distinguir en medio de la algarabía. El muchacho vio cómo el sable del teniente se alzaba para descargar un tajo.

El chico levantó su dolabra para bloquearlo. La hoja del teniente cayó sobre el filo del joven con la brutal fuerza de un hombre a caballo al propinar un golpe desde lo alto con un arma que pesaba el doble que el instrumento empleado para intentar bloquearla. La dolabra es una herramienta diseñada como útil de trinchera. Un zapapico. Su blando hierro sin templar se partió por la empuñadura. David sintió que caía de rodillas. Entonces su mano asía un mango de madera, nada más.

Sobre él, el teniente alzaba de nuevo la espada con intención de volver a golpear.

En ese momento un hombre saltó de cabeza contra el romano desde un muro próximo, parte de uno de los rediles para los esclavos, empujándolo sobre la grupa de su montura.

Era Telamón.

El guerrero y el teniente se enzarzaron en el suelo, junto a David.

El joven intentó levantarse, pero el soldado, con todo el peso de su empapado capote y su coraza, ya se había abalanzado contra él. David se agarró a los brazos del oficial con intención de sujetarlo por detrás.

Telamón lo vio. Con un solo golpe, descargado con tal fuerza y velocidad que el chico apenas fue capaz de advertir, el guerrero machacó el entrecejo del teniente con el pomo de su *gladius*. David oyó el espeluznante sonido del hueso al ceder. Vio un horroroso velo de color negro rojizo supurar a borbotones de la cavidad abierta bajo la frente del oficial y derramarse sobre el puente de su nariz hasta acabar anegando, crecido por el chaparrón que caía del cielo, el vacío que entonces era su boca.

David sintió que sus rodillas flaqueaban cuando el peso muerto del romano cayó sobre él. Percibió cómo la vida del teniente se escapaba con un borbotón similar a un suspiro.

—¡Levántate! —vociferó Telamón tendiendo su mano izquierda a David.

Durante un instante, que al muchacho se le antojó eterno, aquel lugar en medio de la refriega se convirtió en un espacio tranquilo e inviolable.

Cesó el fragor.

No hubo movimiento que los interrumpiese.

Aquel fue un instante similar al vivido en la Angostura, cuando vio la flecha de Telamón pasar frente a sus ojos encuadrada en un cono de percepción superlativa, donde pudo distinguir incluso las barbas de las plumas y el ondulante movimiento del astil surcando el aire.

David sintió que Telamón tiraba de él poniéndolo en pie. Y luego notó que el mercenario apretaba la empuñadura de la *spatha* del teniente en su mano. Vio a Simón, el dirigente cristiano, aparecer junto al guerrero como por arte de magia. El nazareno le dio una palmada a Telamón en el hombro... Un gesto de respeto y gratitud entre dos hombres.

En ese momento otro oficial a caballo irrumpió en el oasis de paz. Y, de pronto, regresó el fragor. David encaró al intruso.

Severo.

El comandante vio a Telamón.

—¡¡Tú!! —chilló.

El tribuno tenía los brazos cubiertos hasta los codos de tejido y entrañas. El acero de su sable estaba deformado y romo por los golpes descargados. La sangre corría por la mandíbula de su montura, cortada por el hierro del bocado.

Los talones del militar se hundieron en los flancos del caballo. El animal se lanzó hacia delante. Intentaba arrollar a Telamón con el pecho.

Los ojos de Severo, enmarcados en los bordes del casco, le parecieron a David los de una bestia salvaje.

Telamón intentó hacerse a un lado para evitar la enorme figura que se abalanzaba contra él, pero las rodillas y cascos del caballo lo alcanzaron. El guerrero comenzó a derrumbarse. David lo sujetó para sacarlo de allí. El joven sintió cómo el filo de la *spatha* de Severo pasaba a escasos milímetros de su oreja izquierda emitiendo un feroz silbido.

Entonces la pequeña Ruth apareció frente al romano. Se hallaba al borde del alero del redil de los esclavos, mirando a los ojos del tribuno. En su mano sujetaba una pesada teja de arcilla.

La pequeña la arrojó con toda su fuerza contra el rostro de Severo.

La teja golpeó al romano en los dientes y se rompió en mil pedazos al estrellarse contra las carrilleras de su casco. La cabeza del tribuno se echó hacia atrás con violencia. Su mano izquierda tiró de las riendas al tiempo que apretaba sus muslos, rodillas, pantorrillas y talones con fuerza, alrededor del cuerpo del animal.

Los romanos entrenaban a sus corceles desde que eran potros como a aquel —que muy probablemente no era propiedad de Severo sino una montura escogida entre las pertenecientes a las unidades de élite destacadas en Corinto— para retirarse de la refriega al sentir que su jinete se tambaleaba en la silla. Y precisamente eso fue lo que hizo el caballo del tribuno.

En ese instante un gran chillido surgió entre los legionarios de refuerzo que entraban en la plaza. Vieron a su comandante en jefe sufrir el golpe. Advirtieron el retroceso de su montura. El destacamento, conformado por soldados de infantería, irrumpió en el lugar. El grueso de los legionarios, más de un centenar, no atacó el centro de la plaza por las buenas, sino que se dividió en dos compañías que se desplegaron en los flancos. Cada una de esas alas tomó uno de los muros del redil de esclavos, derecho e izquierdo, y progresó a lo largo del mismo en formación de a cuatro y doce en fondo. Los insurgentes, incluido Simón, huyeron ante aquel irresistible avance.

David se levantó como pudo. La caballería se lanzó a la carga; al chico le pareció increíble la velocidad y violencia con la que las tropas del Imperio ejecutaron la maniobra, una táctica que hubiese sido difícil de realizar incluso en una plaza de armas. El joven se volvió hacia Telamón.

La visión le heló la sangre.

El rostro del guerrero había adquirido un tono cetrino. Le fallaban las rodillas.

¿Estaba pasando el efecto de las drogas de la bruja?

Los legionarios avanzaban hacia Telamón desde ambos flancos a sorprendente velocidad.

¡Huye!, le dijo la mirada del mercenario.

El chico no podía hacerlo.

Llovieron golpes sobre él, y de nuevo cayó al suelo. Vio a Telamón machacado por golpes de escudo propinados desde ambos lados.

Los rebeldes bramaban y aullaban desde la techumbre de los rediles para esclavos.

David oyó la voz de Severo alzándose sobre el fragor:

—¡Dejádmelo a mí! ¡Es mío!

De alguna manera, dos legionarios habían pasado una soga alrededor del brazo con el que Telamón empuñaba su escudo. Con ese mismo cabo lo amarraron a una argolla sujeta al poste de los esclavos. El guerrero tiró, pero no pudo liberarse.

—¡Retroceded! ¡Ese hombre me pertenece!

Severo ya había desmontado.

El caballo, perfectamente entrenado, mantuvo su posición en el punto exacto donde el tribuno lo había dejado, sin retroceder ni asustarse.

El anillo de legionarios se abrió, despejando la zona central de la arena. Sobre ellos, por dos de los lados, los insurrectos les lanzaban tejas y maldiciones. Los soldados los hicieron retroceder enviándoles rociadas de flechas y jabalinas.

Severo caminó acercándose a Telamón.

—¿Vas a enrocarte, peregrino? Enséñame cómo se hace, ya me lo enseñaste una vez.

Las fuerzas del guerrero parecían haberlo abandonado por completo. Colgaba del cabo sujeto al poste de los esclavos, exhausto.

Severo golpeó al mercenario de revés, por el lado de la espada.

De alguna manera, el *gladius* de Telamón desvió el golpe.

David se debatía y chillaba desaforado, intentando liberarse de los legionarios que lo retenían.

Entonces el tribuno se fijó por primera vez en el muchacho. Un brillo oscuro destelló en su mirada.

—Tu aprendiz podría salvarte —le dijo a Telamón.

El mercenario tiró con toda su fuerza de la ligadura que lo mantenía atado al poste.

Observó a Severo caminar hacia David.

El tribuno dirigió entonces sus palabras al joven.

—Tú y yo somos discípulos del mismo maestro —le dijo—. Muéstrame qué has aprendido.

Con un asentimiento, el oficial ordenó a los soldados que lo soltasen. Obedecieron.

David se lanzó contra el tribuno.

La pesada *spatha* de Severo alcanzó al chico en pleno vientre. El muchacho se había abalanzado contra el acero extendiendo las manos, con intención de arrancar los ojos del oficial.

Telamón profirió un chillido agónico.

Este grito tuvo su eco en las gargantas de cientos de personas.

El guerrero, con un último golpe, logró soltarse.

Alcanzó a Severo con dos zancadas.

El oficial se volvía entonces para encararse con su enemigo, ansioso por hacer que sufriese el mismo sino que David.

Pero el muchacho no tenía intención de soltar la *spatha* del tribuno.

Las manos de David, entonces empalado en el acero, abiertas ambas hasta el hueso, se cerraban alrededor del filo del oficial sujetándolo con fuerza.

El *gladius* de Telamón se hundió en el abdomen del tribuno justo debajo de donde termina la caja torácica, y luego, con un movimiento bien entrenado, la punta ascendió entre los pulmones punzándole el corazón.

Entre los testigos brotaron gritos de congoja o exultación, según el bando al que perteneciesen.

David sostuvo la mirada de Telamón con un último hálito de consciencia. En ellos brillaba la ira y el pesar, pero una máscara de fría y profesional depredación eclipsó ambos sentimientos.

Con un solo movimiento, Telamón extrajo la hoja del cuerpo de Marco Severo Pertinax. El guerrero envainó su arma y, apoyando una rodilla en los adoquines del mercado de esclavos, resbaladizos por el agua y la lluvia, tomó con ambos brazos el cuerpo sin vida de David. Los legionarios que habían sujetado al chico retrocedieron ante él. Telamón se levantó con el cuerpo del muchacho cargado sobre su hombro derecho. Lo sacó de la arena como haría un veterano con un hermano de armas caído en el campo de batalla.

XLIV
De hombres y ángeles

Parecía como si cada persona con la que se encontraban les ofreciese su ayuda.

Se presentaban guías en cada granja y encrucijada. Se indicaban senderos y veredas en la oscuridad. En tres ocasiones hubo desconocidos que guiaron a los grupos de fugitivos a través de poternas y a lo largo de caminos que evitaban los puntos de control... Rutas de escape que nadie que no conociese a fondo el lugar podría saber, y mucho menos encontrar.

Telamón continuaba cargando con el cuerpo de David. Ruth apretaba el paso junto al mercenario. En dos ocasiones, cuando el hombre trastabilló, intentó hacerse cargo del peso del muchacho. Sin embargo, su fuerza no estaba a la altura de su voluntad, y en cada una de esas ocasiones Telamón hubo de retomar la carga. Resultaba evidente que las fuerzas del mercenario estaban llegando a su límite. Ruth recordaba las advertencias de Eriximaco, el médico... El punto débil del mercenario eran sus extremidades inferiores. La niña veía cómo Telamón perdía pie una y otra vez.

Hubo otros entre el grupo de refugiados que intentaron ayudarlo, aliviar el peso de sus hombros. El mercenario los rechazaba con ferocidad. No pensaba permitir que nadie tocase el cuerpo de David ni que lo ayudasen a cargar con él.

Ruth, en los momentos en los que podía ordenar sus pensamientos, se maravillaba por la suerte que tuvieron los insurrectos al lograr escapar del corralón de los esclavos. Cuando Severo encontró su final, el anillo de legionarios, profiriendo gritos de congoja, recuperaron su cadáver llevándolo tras el muro formado por sus altos escudos. La caballería cerró la formación para proteger las alas. La falange de infantería se retiró en orden, paso a paso, acribillada por las repetidas rociadas de piedras, flechas y ladrillos que les llovían desde los aleros del recinto.

Los sublevados treparon los muros de la plaza huyendo por las vigas de los tejados y los gabletes de los corrales de esclavos. Aunque algunos de ellos contribuyeron a franquear el paso de Telamón y Ruth, a la niña le resultó evidente que pocos sabían, si es que lo sabía alguien, quiénes eran esos extranjeros o cómo habían llegado a mezclarse con ellos.

Y nadie, ni uno solo, ni siquiera los que parecían ser los jefes, estaba al tanto de que ellos portaban la epístola del Apóstol.

Ruth sujetaba con firmeza el pergamino que había escrito en el pequeño pinar. En realidad no sabía qué hacer con él.

La multitud a su alrededor, que al principio de la huida de la ciudad se contaba por centenares, comenzó a dividirse en bandas y grupúsculos que fueron dispersándose en la oscuridad por senderos y veredas. Algunos huyeron hacia el este, en dirección a la región de Ática y su capital, Atenas, mientras otros se dirigieron al oeste, hacia Sición, Acaya y las islas jónicas.

El grueso se abrió paso hacia el sur, internándose en el Peloponeso.

En dos ocasiones, cuando los grupos descansaron, Ruth intentó poner el pergamino del Apóstol en manos de Telamón. Le urgió, con signos, a que se identificase y diese a conocer su misión a alguien con autoridad.

El guerrero o bien no podía o bien no quería hacerle caso. Sus ojos habían adoptado el color de una lápida. Sus miembros parecían haber perdido toda sensibilidad. No pensaba soltar a David ni permitiría que la niña lo ayudase, aunque solo fuese un instante.

Los grupos a la fuga prosiguieron durante lo que parecían horas. De vez en cuando se unían otras partidas, caminaban juntos un trecho y luego se separaban desvaneciéndose en la oscuridad. Ruth caminaba fatigosamente junto a algún individuo, a veces otra chica, y de pronto descubría que se iban con apenas una rápida palmada en la mano o una apresurada despedida.

Había pasado la tormenta. En una oscura encrucijada, alguien dijo que era la frontera de Argólida, la pequeña se encontró entre un grupo dirigido por la mujer vestida de blanco que viese en la plaza del mercado de esclavos.

Según supo, se trataba de Josefa, llamada Partenos, «Virgen». Llegados a aquel punto, el grupo dirigido por la dama sumaba menos de dos docenas de individuos, aunque otros más numerosos continuaban pasando por aquel cruce.

Ruth tomó una decisión. Se apartó de Telamón y resolvió, con toda premeditación, no informar de sus intenciones y se dirigió a la *Virgen*. Los componentes del grupo de la dama la rodearon. La niña intentó, empleando la lengua de signos, hacerles saber que Telamón y ella, además del joven cuyos restos mortales cargaba el mercenario, habían llegado hasta allí desde Jerusalén portando, para la *Virgen* y otros jefes de las comunidades, una epístola de Pablo el Apóstol.

Ruth les mostró el pergamino. Extendió ambas manos ofreciéndoselo a la dama.

Para asombro de la pequeña, la *Virgen* lo rechazó. Sus acólitos hicieron otro tanto, aún con mayor vehemencia. La dama se negó a hablar con Telamón e incluso a permitir que se presentase ante ella. No pensaba mirar la carta, ni siquiera para comprobar su autenticidad, y tampoco iba a permitir que lo hiciese ninguno de los suyos.

Ruth no podía comprenderlo. Se sintió confusa, exasperada y también furiosa.

La reacción de la *Virgen* hacia ella no fue de ira u hostilidad, más bien de angustia y desesperación.

—Abandona esta compañía, ¡te lo digo por tu propio bien! —le ordenó a Ruth, primero en griego, luego en arameo y, por último, en hebreo—. Si continúas, no podré protegerte.

Ruth no informó del asunto a Telamón. Se esforzó por intentar encontrar el sentido de todo aquello.

Tal como ella lo entendió, la comunidad cristiana de Corinto se había dividido. Al menos dos facciones, además de varios elementos independientes, contendían por la supremacía.

Transcurría la noche y más miembros de la comunidad a la fuga se unían a ellos y poco después se separaban siguiendo diferentes caminos, circunstancia que Ruth aprovechaba para intentar escuchar cualquier conversación que aliviase o derramase algo de luz en su consternación. Caminaba dando tumbos junto a dos hombres que iban hablando de la *Virgen* y su facción. La «victoria» nocturna sobre sus perseguidores romanos les había roto el corazón.

—¿Por qué? —preguntó uno de ellos.

—Porque se logró mediante el empleo de las armas. Luchamos. Nos rendimos al odio. Tomamos vidas.

Una matrona que estuvo caminando junto a Ruth durante un cuarto de hora habló de Simón y de su hermana Miriam. Los partidarios de esa facción disfrutaron de la resistencia presentada aquella noche y del emprendimiento de una acción conjunta por parte de toda la comunidad.

—¡Así es como sobreviviremos! No habrá otra manera.

En cuanto a la carta del Apóstol, que apareciese en ese momento (si es que la epístola era auténtica) suponía un asunto menor para ambos bandos. Para los seguidores de la *Virgen*, las palabras sacramentales del Apóstol podían parecerles poco más que un amargo reproche y una medida de lo bajo que habían caído los ideales de fe y amor a los que aspiraba la comunidad. Por otro lado, para los partidarios de Simón y Miriam, la carta, o la falsificación que mercaban aquellos truhanes y agentes dobles, no podría considerarse sino como una treta de Roma, ideada para llevar a la comunidad a la muerte y destrucción.

A medianoche, el miedo, la fatiga y el excesivo esfuerzo habían agotado a la congregación lanzada a la fuga. Las paradas se hacían cada vez más preocupantemente frecuentes. Los grupos donde había ancianos y niños comenzaron a retrasarse. Telamón apenas podía proseguir con su renqueante caminar. Ruth tenía que llevar sus armas e impedimenta, y ella también comenzaba a flaquear gravemente.

Al final llegaron a un asentamiento poblado. La noticia corrió a lo largo de la columna.

¡Agua!

¡Refugio!

¡Descanso!

Las distintas facciones llegaron de una en una. El asentamiento no constituía ni siquiera una aldea, pues se trataba de tres recintos particulares visibles a lo largo de un angosto valle. Los grupos recibieron una cálida bienvenida. Una fuente techada y con abrevaderos alivió la sed de los fugitivos. La columna, que para entonces era una línea de caminantes que se extendía a lo largo de varias millas, se agolpó, componente a componente, en aquel refugio.

Telamón, haciendo una señal dirigida solo a Ruth, apartó el cuerpo de David llevándolo al más elevado y remoto reducto que pudo encontrar a primera vista... Una grieta abierta bajo unos peñascos y situada a unos treinta metros por encima de los tres recintos.

La niña, siguiendo instrucciones del guerrero, permaneció un rato en la zona inferior para llenar los odres y asegurarse de que nadie, independientemente del bando al que perteneciera, los siguiese colina arriba. Lo cierto es que jóvenes de ambas facciones, de Simón y de la *Virgen*, vigilaban cada paso que daba la pequeña. La niña tuvo buen cuidado de no hacerse notar y de llamar la atención sobre ella al subir siguiendo las filas en dirección a la fuente. Llenó los odres y se apresuró colina arriba, dando vigorosas zancadas a pesar de su fatiga, para encontrarse con Telamón.

El guerrero había excavado una trinchera, angosta pero profunda, en el extremo oriental del promontorio. El lugar era un buen punto desde el cual observar bajo la luz de la luna. Ruth apuró el paso. Telamón acababa de envolver a David con su propio capote de campaña. El hombre y la niña, juntos, bajaron los restos del muchacho. Ruth observó mientras el guerrero juntaba y derramaba con sus manos desnudas tierra y piedra en el hueco abierto sobre su amigo.

«¿Cuántas veces a lo largo de los años habrá ejecutado Telamón tan penoso servicio? Y, a pesar de todo, nunca lo ha hecho con tanto pesar como ahora», pensó, segura de sus conclusiones.

El mercenario se puso en pie. Con una mirada le indicó a Ruth dónde habría de situarse. Después, el guerrero pronunció una sola palabra.

—Rabí.

A continuación, se arrodilló y hundió, hasta que el pomo hubo desaparecido bajo la tierra recién puesta, la daga tallada con la **x** que llevaba oculta en la bota derecha desde su llegada a la venta llamada Pie de la Cuesta, e incluso antes.

En ese momento, toda la preocupación de Ruth se concentraba en Telamón. Parecía como si sus miembros careciesen de fuerza. ¿Sería capaz, al menos, de volver a levantarse?

Cuando la niña dio un paso para ayudarlo, oyó el crujido de una rama al romperse y vislumbró unas formas avanzando aprisa entre las sombras. Más abajo, desde el sendero, llegaron rudos sonidos. Guardias y jóvenes armados pertenecientes a la facción de Simón y Miriam se presentaron en el lugar.

Telamón y Ruth se volvieron para enfrentarse con ellos.

Los guardias los rodearon. El número de intrusos ascendía a seis, pero pronto fueron ocho, y luego diez. Iban armados, empuñando arcos y picas. El jefe señaló a la pareja frente a él.

—Desarmadlos —ordenó—. Lleváoslos ya.

XLV
Simón el del Puerto

A pesar de su mayor fuerza y superioridad numérica, el hombre y la niña presentaron tan feroz resistencia que los guardias no fueron capaces de arrebatarle el *gladius* a Telamón y la daga a Ruth. Al no lograrlo, los *shomrim* los golpearon con las conteras de sus bastones de casi dos metros de longitud. Los derribaron con bastonazos en las tibias y los tobillos.

Los jóvenes empujaron a Telamón y a Ruth cuesta abajo descargando sobre ellos una lluvia de estacazos y coscorrones.

Llevaron a la pareja sendero abajo, abajo, muy abajo, hasta que al final llegaron a un claro abierto a los pies de la ladera. Bajo las antorchas dispuestas en el suelo aplanado ante la fuente se había congregado una reunión de sesenta hombres o más, nazarenos de ambas facciones, así como gente del valle donde se encontraban los recintos. Luego llegaron otros, subiendo a toda prisa en parejas o tríos para unirse a la multitud. Empujaron a Telamón y Ruth presentándolos ante Simón y Miriam.

Instantes después también acudió la *Virgen*, apoyada por todo un coro de adeptos.

El llano se convirtió en un círculo de cuerpos y rostros alrededor del guerrero y la niña. El jefe de los guardias los hizo avanzar empujándolos con violencia.

Telamón se revolvió y golpeó al sujeto en el rostro.

Sobre el mercenario llovieron bastonazos y garrotazos. Pero no caía. A pesar de todo por lo que habían pasado, el guerrero y la niña todavía conservaban sus armas. La pareja se enfrentó a la turba que los rodeaba.

Al final, el guerrero habló.

—¡Tenemos una carta del Apóstol! ¡Os la hemos traído desde Jerusalén!

Ruth colocó el pergamino en la mano libre de Telamón. Este lo mostró al anillo de nazarenos.

Todos rechazaron la epístola.

—¿Qué os hace falta? —gritó Telamón—. ¿No es esto lo que habéis estado esperando? ¿Acaso no es esta carta la causa del derramamiento de sangre perpetrado esta noche? ¡Se han perdido... Hemos perdido tres vidas para traérosla! ¿No es lo que buscabais?

Telamón sostuvo el pergamino frente a él, ofreciéndolo.

Simón se avanzó levantando una antorcha.

Bajo la luz, y a pesar de la tierra y el barro en el antebrazo del mercenario, pudo ver con claridad el tatuaje militar.

LEGIO X

Un murmullo de ira se extendió entre la muchedumbre.

Simón arrancó el pergamino de manos de Telamón.

—A ver, romano, ¿es que crees que somos tontos de remate?

—¡Matadlo! —chilló alguien.

Ruth miró a su alrededor. Telamón y ella estaban rodeados por medio centenar de semblantes carentes de misericordia.

El mercenario aún empuñaba su *gladius*.

No obstante, todos podían ver que se encontraba al borde de sus fuerzas.

—¡Está acabado! —berreó otro mientras hacía gestos hacia los nuevos talentos para que atacasen—. ¡Derribadlo!

Antes de que ninguno pudiese dar un paso, la *Virgen* avanzó hacia el círculo de luz. Se situó frente a Telamón y luego se volvió para enfrentarse a sus compatriotas.

—¿También vais a crucificar a este?

Las palabras fueron recibidas con aullidos de rabia. Hombres, y no pocas mujeres, vociferaron contra ella.

—¡Apártate!

—¡Quítate de en medio!

Simón el del Puerto dio grandes zancadas situándose frente a la *Virgen*. Su hermana Miriam avanzaba a su lado. El dirigente cristiano señaló a Telamón y la niña.

—Son impostores enviados por Roma —afirmó para que todos lo oyesen—. Ya antes han venido otros para engañarnos. —Luego, dirigiéndose a Telamón, le dijo—: Hemos perdido cuatro familias, además de esposas e hijos, engañados por farsantes como vosotros. Deja que te diga algo: eran mejores actores. Más convincentes.

Miriam tomó la palabra:

—¿Cuántos más de nuestros hermanos habrán de morir arrastrados por semejante traición antes de que nos enfrentemos a esos cobardes?

Entre el gentío brotaron más voces... «¡Matadlos!».

Alguna alma intrépida osó elevar su voz en contra. Esa voz gritó diciendo que el preso situado frente a ellos había asesinado al comandante de las fuerzas romanas. Y que la niña había golpeado al malandrín en el rostro.

—¡Todos lo hemos visto! —gritó el individuo—. ¿Pueden unos impostores perpetrar semejantes hazañas contra Roma?

—Yo no vi nada de eso —replicó Simón sin asomo de duda—; lo que vi fue un montaje llevado a cabo con sangre falsa y trucos teatrales destinados a engañarnos como a estúpidos. Vimos al oficial romano sacado de la plaza entre las ovaciones de sus hombres. ¿Quién entre nosotros juraría que Severo ya no respira? Os aseguro que yo no.

El cristiano señaló a su espalda, hacia el camino por el que la comunidad había huido hasta alcanzar aquel lugar.

—Por lo que sabemos, Severo —o quizá otros en su nombre— nos pisa los talones a uña de caballo... ¡Guiado por estos farsantes!

Los guardias desencadenaron un rápido ataque. Los golpes de sus cayados de casi dos metros alcanzaron a Telamón en las rodillas. En cuestión de segundos, los atacantes le arrebataron la espada al mercenario y la daga a Ruth.

Miriam se alzó sobre el guerrero. En su mano sujetaba una piedra del tamaño de un ladrillo.

—¿Quién os envía? ¡Contestad!

Telamón dirigió una mirada a Ruth. La niña se estiró hacia el pergamino tirado en el suelo. Miriam lo apartó de un golpe, arrojándolo de nuevo sobre la tierra.

—¿A qué distancia se encuentran los romanos?

—No hay ningún romano.

Miriam golpeó a Telamón en el rostro.

Ruth saltó sobre la mujer.

Telamón, a pesar del golpe recibido, sujetó a la pequeña.

—¿A qué distancia están? ¡Habla, maldito traidor!

Josefa la Virgen cogió a Miriam del brazo. Algunos miembros de la facción de esta chillaron airados. Las mujeres forcejearon. Se intercambiaron vehementes palabras en griego y en alguna clase de dialecto portuario.

La *Virgen* afirmó, con una voz tan potente que sus palabras llegaron con facilidad al extremo más lejano de la congregación, que aquella noche los actos de Simón y Miriam le habían partido el corazón.

—¿Cómo podemos…? ¿Cómo puede ninguno de nosotros presentarse frente a nuestro Redentor después de haber devuelto golpe por golpe… y haber obtenido satisfacción de ello?

La joven les hizo saber a Simón y a Miriam que el odio mostrado esa noche, incluso hacia aquellos «espías» (al decirlo señaló a Telamón y a Ruth) la había hecho lamentar cada palabra pronunciada y cada acto realizado en nombre de la fe y el amor.

—¿Quiénes somos, hermanos? Observémonos. ¿En qué nos hemos convertido?

Alguien gritó entre la multitud.

—¡Pues coge la carta!

La *Virgen* respondió sin vacilar.

—No permitiría que se obtuviese esa carta, aun si fuera auténtica, de semejante modo… Mediante el derramamiento de sangre y la deliberada abolición de todos y cada uno de los ideales y dogmas de fe que hemos jurado seguir.

La *Virgen* aplastó la carta a sus pies, pisándola con el talón.

Ese acto produjo, por un momento, un silencio de asombro y desconcierto.

—¿Y qué es lo que tendríamos que hacer, Partenos? —exigió saber Miriam—. ¿Dejar que los romanos nos pasen por la espada como a nuestros hermanos de Antioquía, Cirro y Epidauro?

—¡Sí! —respondió la *Virgen*—. Antes haría eso que traicionar la fe que hemos jurado seguir y por la cual lo hemos dado todo.

Telamón se estiró para coger la carta.

Estacazos y golpes lo hicieron retroceder.

Los guardias apartaron a Miriam y a la *Virgen* de la gresca.

—¡Matadlo! Gritaron algunas voces.

Telamón volvió a erguirse protegiendo a Ruth con su cuerpo.

Los guardias lo golpearon hasta ponerlo de rodillas. Otros sujetaron sus brazos.

Simón avanzó, empuñando en su mano el *gladius* del guerrero.

—¡Ábrele la garganta! —gritó alguien—. ¿A qué esperas?

La *Virgen* chilló intentando evitar aquel asesinato.

La dama vio a Telamón mirar a los ojos de Ruth.

Simón levantó la hoja para hundirla en el cuello del mercenario.

Una voz rompió el silencio.

No pertenecía a Telamón ni a Simón.

Tampoco era la de Miriam o la *Virgen*.

Era la de Ruth.

Era la de la niña.

> *Pablo, llamado a ser apóstol de Cristo Jesús por la voluntad de Dios, y el hermano Sóstenes, a la iglesia de Dios que está en Corinto...*

La mirada de Telamón se volvió hacia la niña. A pesar de la capa de sangre que oscurecía sus rasgos, resultaba evidente la asombrada reacción del guerrero.

La espada en manos de Simón se detuvo un instante.

... a los que han sido santificados en Cristo Jesús y llamados a ser su santo pueblo, junto con todos los que en todas partes invocan el nombre de nuestro Señor Jesucristo, Señor de ellos y de nosotros...

Todas las miradas se centraron en la niña.

La comunidad mantenía un silencio absoluto, total.

Ruth continuó declamando.

Con cada palabra, con cada frase, se hacía más y más difícil dudar de que, en efecto, los versículos recitados eran obra de Pablo el Apóstol. Aquello no podía ser un fraude. El origen del texto era demasiado evidente.

La reunión se había sumido en el más profundo silencio. Solo se oía la voz de Ruth. El timbre de voz de la niña no se había transformado por obra de alguna clase de prodigio en el de una mujer adulta. Continuaba siendo la voz de una niña que recitaba los versículos del Apóstol haciéndolos, de alguna manera, más poderosos y persuasivos.

El asunto principal de la carta, según la recitó la pequeña, era una llamada del Apóstol a la cohesión dentro de la comunidad, a la hermandad frente a las adversidades externas, que llegaban incluso a persecuciones homicidas.

Cada palabra caía como un latigazo sobre aquellos que se habían dejado llevar por el temor, el recelo y la ira.

Pablo les escribía haciéndoles saber que conocía el hecho de que algunos miembros de la joven iglesia sufrían una presión extraordinaria. Les imploraba que permaneciesen fieles al espíritu de la fe, la esperanza y la caridad que los había llevado a dejarlo todo para seguir al hombre al que llamaban su Redentor. Pues sin ese amor esencial nada era posible y cualquier idea o acción carecería de sentido.

Si hablo en lenguas humanas y angelicales, pero no tengo amor, no soy más que un metal que resuena o un platillo que hace ruido. Si tengo el don de profecía y entiendo todos los misterios y poseo todo conocimiento, y si tengo una fe que logra trasladar montañas, pero me falta el amor, no soy nada.

Se oía sollozar a un hombre. Otros miembros de la comunidad abrazaron a sus compañeros pidiéndoles perdón. Los guardias que sujetaban a Telamón lo soltaron.

Incluso Simón bajó su espada. Se la devolvió al guerrero.

> *El amor es paciente, es bondadoso. El amor no es envidioso ni jactancioso ni orgulloso. No se comporta con rudeza, no es egoísta, no se enoja fácilmente, no guarda rencor. El amor no se deleita en la maldad, sino que se regocija con la verdad. Todo lo disculpa, todo lo cree, todo lo espera, todo lo soporta.*

Las palabras del Apóstol dichas por boca de Ruth se dirigían directa y específicamente a los conflictos y fallas de fe presentes en ambas facciones, que aquella jornada se habían puesto de manifiesto con tantísima claridad.

Todos sabían que habían decepcionado al Padre.

Todos comprendían que habían fallado al Hijo.

> *El amor jamás se extingue, mientras que el don de profecía cesará, el de lenguas será silenciado y el de conocimiento desaparecerá. Porque conocemos y profetizamos de manera imperfecta; pero cuando llegue lo perfecto, lo imperfecto desaparecerá.*

Ruth se irguió entonces. Al hablar, sus palabras no brotaban como balbuceos entrecortados, no carecían de compostura ni confianza, sino que resonaban con fuerza, gracia y poder. «¿Cómo fue capaz esta niña de mantener la boca cerrada todo este tiempo mientras soportaba, soportábamos, todo lo que tuvimos que soportar, cuando hubiese podido hablar en cualquier momento?», parecía decir la expresión plasmada en el rostro del guerrero.

> *Cuando yo era niño, hablaba como niño, pensaba como niño, razonaba como niño; cuando llegué a ser adulto, dejé atrás las cosas de niño.*

En ese momento, Ruth miró a Telamón a los ojos y él le sostuvo la mirada.

> *Ahora vemos de manera indirecta y velada, como en un espejo; pero entonces veremos cara a cara. Ahora conozco de manera imperfecta, pero entonces conoceré tal y como soy conocido. Ahora, pues, permanecen estas tres virtudes: la fe, la esperanza y el amor. Pero la más excelente de ellas es el amor.*

XLVI
La encrucijada

—Quedaos con nosotros —suplicó Simón.

El dirigente rogaba el perdón de Telamón y Ruth, les imploraba que no huyesen a refugiarse en el aislamiento y el peligro, sino que permaneciesen, desde entonces y para siempre, con el grupo.

Miriam, situándose junto a él, apoyó la petición de su hermano.

—No hay modo de que podamos recompensaros por lo que habéis hecho por esta comunidad —aseveró—. Y más aún sabiendo que este servicio que habéis realizado no ha sido para favorecer a un pariente o a alguien querido por vosotros, sino para ayudar a unos desconocidos y, además, corriendo gravísimos peligros… Por favor —dijo—, quedaos con nosotros. Nadie será más honrado ni a nadie tendremos en mayor estima en nuestros corazones.

La compañía se encontraba entonces en la última encrucijada.

—¿Te quedarás, hermano? —preguntó Simón a Telamón.

La expresión del guerrero le dio la respuesta.

Telamón aseguró que les deseaba lo mejor. Les dijo que había sido un privilegio estar al servicio de aquellos que lo habían arriesgado todo, y seguían arriesgándolo, por algo en lo que creían y solo se podía ver con los ojos del alma.

Entonces se adelantó la *Virgen*. Tomó las manos de Telamón entre las suyas y realizó su propio ruego al mercenario para que permaneciese en la comunidad. Él la hizo callar, como a los demás, sin pronunciar una sola palabra.

El guerrero se inclinó y recogió sus armas y pertrechos.

La *Virgen* se dirigió entonces a Ruth.

—Y tú, pequeña. Nadie ha arriesgado tanto como tú ni actuado con mayor entrega. Seguramente querrás quedarte con nosotros. Yo seré tu madre, hermana y amiga. No puedes ser tan temeraria como para volver a la vida de las calzadas, apartada de la sociedad.

La respuesta de la niña no se concretó con palabras; la pequeña se limitó a inclinarse hacia el suelo y a tomar la impedimenta y el palo de transporte del guerrero.

Los cargó al hombro.

Llegados a ese punto, un miembro de la compañía se adelantó para hablar con la mujer vestida de blanco en privado, pero lo bastante alto para que los demás lo oyesen. El hombre se identificó como uno de los que, por casualidad, había recorrido el camino junto a Ruth durante la mayor parte de la noche en la que huyeron de la ciudad. Informó a la dama de que la niña le había parecido muda, a él y a todos los que se habían encontrado con ella.

De hecho, afirmó el individuo, la niña había pasado toda la fuga comunicándose con el guerrero y otros miembros del grupo mediante señas y gestos. Por eso, suponía, el guerrero pareció tan sorprendido cuando la pequeña comenzó a hablar recitando los versículos del Apóstol. Él, el mercenario, nunca había oído brotar una palabra de sus labios.

La *Virgen* se volvió a Telamón.

—¿Es cierto?

El guerrero lo confirmó con la mirada que dirigió a Ruth.

La dama permaneció en silencio durante un buen rato. Después, acercándose para hablar con Ruth y que todos la oyesen, la tocó en un hombro para detenerla y plantearle una última pregunta.

—No he vuelto a oírte hablar desde que recitases los versículos del Apóstol. ¿Podrías hablar ahora, pequeña?... ¿Podrías escribir? ¿Por favor?

La *Virgen* había hecho aquella petición buscando con la mirada una respuesta, pero no de la niña, sino del mercenario. El guerrero no brindó respuesta alguna; tan solo se volvió, dando su consentimiento a Ruth.

—Puedo —le dijo a la *Virgen*—. Y lo haré.

La niña volvió a situarse junto al guerrero.

Lo último que la dama y toda la comunidad vieron de Telamón y la pequeña fueron sus siluetas caminando, mientras los primeros destellos del alba caían suavemente sobre sus hombros.

Fin

Agradecimientos

Deseo expresar mi agradecimiento a Shawn Coyne, por creer en esta historia desde su estadio embrionario y ayudarme a estructurarla y modelarla a lo largo de sus muchas evoluciones. A Sterling Lord, también conocido como *lord* Editorial, por encontrarme un lugar con estilo y despacho donde escribirla. Y también a Star Lawrence por su inmediata y apasionada fe en este material, y por conducirlo y protegerlo a lo largo de su viaje de publicación y más allá.

La impresión de este libro, por encomienda de Almuzara, concluyó el 8 de noviembre de 2021. Tal día del año 30 de nuestra era nace el emperador romano NERVA César Augusto. Su mandato estuvo condicionado por dificultades financieras y por sus conflictos con el ejército, si bien fue tenido por los historiadores antiguos un emperador sabio y moderado, opinión compartida por otros más modernos, como Edward Gibbon.